W0368983

Thomas Franke

Soko mit Handicap: Aktion Licht

Über den Autor

Thomas Franke ist Sozialpädagoge und bei einem Träger für Menschen mit Behinderung tätig. Als leidenschaftlicher Geschichtenschreiber ist er nebenberuflich Autor von Büchern. Er lebt mit seiner Familie in Berlin.

Mehr über den Autor: www.thomasfranke.net

Thomas Franke

Aktion Licht

Kriminalroman

SOKO MIT HANDICAP

Gerth Medien

Inhalt

Das Anliegen ... 7
Ein Drink und eine Reiseempfehlung ... 13
Eine beunruhigende Hypothese ... 23
Hilfsbereites Chaos ... 34
Unsichtbare Augen ... 40
Der Unfall ... 47
Peter ... 58
Schollen-Jan ... 67
Aktenlage ... 76
Eine metaphorische Stahlbetonplatte ... 84
Alte Schulden ... 93
Gedankenkarussell und Pizzaassoziationen ... 106
Videochat ... 113
Der Grauhaarige ... 119
Abschied ... 126
Verklemmte Synapsen ... 134
Akteneinsicht ... 141
Ein Cocktail mit Folgen ... 152
Zugfahrt im Nebel ... 156
Herzmuscheln und ein väterlicher Rat ... 169

Traue niemandem 177
Verwirrende Nachrichten und Safranreis 184
Finsternis 197
Dreimal der laufende Mann 202
Der Trick der Dunkelheit 213
Wellen und Nebel 222
Operation jagender Hase 234
Die stille Tyrannin 242
Houston, da hamwa den Salat 250
Aktion Licht und der junge Mann 259
Hilflosigkeit 262
Der reinste Bikini 270
Freundschaft und ein verräterisches Licht 280
Bisse in der Finsternis 284
Die Stimme aus der Dunkelheit 296
Westketchup und Neun-Millimeter-Kugeln 300
Bekenntnisse 307
Die Wurzel der Wut 321
Der Schlüssel 330
Schüsse 342
Emmentaler und Leberwurst 348
Das Schweigen und der Riecher 352
Abendschau 358
Danksagung 365

Das Anliegen

Zerschnittenes Licht fiel durch das vergitterte Fenster auf den kahlen Boden. Ein leichter Geruch nach fauligem Abfluss lag in der Luft; sie schmeckte muffig und feucht. Ein Schritt vom Bett zum Tisch, zwei Schritte zum Waschbecken, einer zur Kloschüssel, vier Schritte zum Fenster, einer zurück zum Bett. Der Kunststoff seines blauen Trainingsanzugs rieb unangenehm auf seiner Haut. Doch Robert Marquardt konnte nicht aufhören, den winzigen Freiraum zu nutzen, der ihm geblieben war.

Von Zeit zu Zeit hörte er Schreie und gebrüllte Befehle. Dann wieder Stille. Am schlimmsten waren die Kontrollgänge. Alle paar Minuten, zumindest kam es ihm so vor, hallten Schritte auf dem Gang vor seiner Zelle wider. Er hörte das Ratschen des Schiebers, zwei Augen starrten stumm auf ihn, den Gefangenen. Manchmal befahl ihm eine Stimme, sich zu setzen und die Hände auf die Knie zu legen. Eine völlig absurde Maßnahme, aber er hatte gelernt, dass es nicht klug war, sich dieser Anweisung zu widersetzen.

Beim ersten Mal hatte er sich geweigert. Als zwei Wachen mit Knüppeln hereingekommen waren, um ihn zu zwingen, hatte er sie niedergeschlagen. Kurz darauf war die halbe Wachmannschaft hereingestürmt. Selbst mit seinen außergewöhnlichen Fähigkeiten hatte er keine Chance gehabt. Nun gab es kaum einen Körperteil, der nicht in irgendeinem Farbton zwischen Blau und Grün schimmerte. Auch nachts erfolgten die

Kontrollen ohne Unterlass. Er musste auf dem Rücken liegen, die Hände auf der Decke platzieren.

Seit fünf Tagen hatte er kaum geschlafen. Alles tat ihm weh, und ein bohrender Schmerz hatte sich in seinem Schädel häuslich niedergelassen.

Hohenschönhausen – wie um alles in der Welt bin ich nur hier gelandet? Er fuhr mit den Händen über sein stoppelbärtiges Gesicht. Seit dem Unfall war es stetig bergab gegangen. Vielleicht war Hohenschönhausen nur der logische Schluss seines systematischen Niedergangs. Es war, als hätte er mit der Fähigkeit, in der bestausgebildeten Elitetruppe der Nationalen Volksmarine zu dienen, auch seine Identität verloren. Zuerst hatte er getrunken, um den Schmerz zu betäuben, dann, um die Leere zu vertreiben. Es war verrückt, dass ein so harmlos klingendes Wort wie „Tauchuntauglichkeit" ein ganzes Leben zerstören konnte!

Er war durch alle Raster gefallen, und zum Schluss hatte er auf Vermittlung eines wohlwollenden Beamten hin eine Pförtnertätigkeit bei der kommunalen Wohnungsverwaltung erhalten – gähnende Langeweile und noch mehr Frust. Irgendeine der Dummheiten, die er im Suff begangen hatte, musste ihn hierhergebracht haben. Vielleicht dieser blöde Witz, den er an die Wand geschmiert hatte?

Er stoppte seinen unruhigen Lauf und starrte auf die Lichtflecken auf dem Zellenboden. Sie waren grau und kalt wie Beton.

Das Einzige, was wirklich Licht in die Düsternis dieses Ortes brachte, waren die Erinnerungen an das Mädchen.

Die Sonne geht unter und legt einen purpurnen Schleier über die grauen Fassaden der Mietkasernen. Geschäftig eilen Menschen an ihm vorbei. Er bleibt stehen, hört das Quietschen der wegfahrenden Tram, und ihm fällt auf, dass er eine Station zu früh ausgestiegen ist.

Plötzlich ist da ein Gesicht, braune Locken, sommersprossige Nase und ein Lächeln, das nicht von dieser Welt zu sein scheint. Sie fragt ihn irgendetwas, doch er ist so gefangen von ihrem Lächeln, dass er nichts anderes tun kann, als dümmlich zurückzugrinsen.

Auf ihrer makellosen Stirn zeigen sich irritierte Falten. „Willst du auch zum Jugendgottesdienst?", fragt sie erneut. Ihre Stimme ist ein samtiger Alt.

„Äh ..." Er deutet ein Nicken an und erntet erneut dieses bezaubernde Lächeln.

„Ist gleich dort drüben." Sie weist mit der Hand auf die nächste Straßenecke. „Wir können zusammen gehen, wenn du willst."

„Klar." Zusammen gehen hört sich großartig an, *schießt es ihm durch den Kopf.*

Von dem Gottesdienst bekommt er nicht allzu viel mit. Die Musik ist überraschend gut. Aber die Worte des Pastors rauschen an ihm vorbei. Größtenteils liegt es daran, dass dieses Mädchen neben ihm sitzt ...

Das Quietschen eines Riegels riss ihn aus seinen Gedanken. Überrascht wandte er sich um. Die Tür ging auf.

„Hände auf den Rücken, Gesicht zur Wand!", bellte einer der beiden Wachmänner.

Robert gehorchte. Ihm wurden Handschellen angelegt.

„Mitkommen!"

Sie führten ihn durch leere Flure, und schließlich ging es in ein kleines, muffig riechendes Zimmer. Die Mustertapete an der Wand hätte auch bei seinen Eltern im Wohnzimmer hängen können. Die Vorhänge am Fenster waren nikotingelb verfärbt und die Auslegware war abgewetzt.

Ein kräftiger Mann mit schütterem Haar saß am Schreibtisch und machte sich Notizen. Annähernd zwanzig Minuten stand Robert stumm da und wartete. Dann sah der Mann plötzlich auf und lächelte so herzlich, als wären sie alte Bekannte.

„Setzen Sie sich, Herr Marquardt." Er wies auf den gepolsterten Stuhl.

Robert setzte sich, während der Mann eine ziemlich dicke Akte aus seiner Schreibtischschublade nahm und sie langsam aufschlug.

„Möchten Sie etwas trinken? Ein Bier vielleicht oder Wodka?"

Robert hob überrascht die Brauen. „Ein Bier wäre schön", erwiderte er.

Der Mann hinter dem Schreibtisch machte sich eine Notiz und blätterte in der Akte.

„Sie haben ein Alkoholproblem, Herr Marquardt."

Robert schwieg. Was hätte er auch sagen sollen? Vermutlich hatte der Mann recht.

Erneut wurden Seiten umgeblättert. Der Verhörspezialist studierte die Akte, als wäre Robert Luft, und genauso sollte er sich wahrscheinlich auch fühlen.

Plötzlich seufzte der Mann und richtete sich auf. Er faltete die Hände auf der Akte und starrte Robert ins Gesicht. „Unser Land hat Ihnen viel gegeben, Herr Marquardt. Sie haben eine hervorragende Ausbildung genossen. Man hat Ihnen Vertrauen geschenkt. Und dann missachten Sie einen Befehl und machen alles zunichte."

Ungerufen drangen Bilder vor Roberts inneres Auge.

Er sieht das aufgewühlte Meer, die lauernde Dunkelheit, das bleiche Gesicht des bewusstlosen Kameraden, spürt das Gewicht des schweren Körpers, der ihn in die Tiefe hinabzuziehen droht. Dann laute Rufe über ihm und Hände, die den reglosen Taucher packen. Kälte zieht die Kraft aus seinen Gliedern. Zu schwach, sich weiterhin gegen den Sog der Tiefe zu stemmen, sinkt er hinab, Wogen schließen sich über ihm und trüben das Licht des Scheinwerfers. Dann trifft ihn die Explosion der Unterwassermine wie eine gewaltige Faust.

Er biss die Zähne zusammen und schwieg.

„Man hat sich um Sie gekümmert, Ihnen Chance um Chance gegeben. Keine davon haben Sie genutzt. Dabei gibt es doch so viel schlimmere Schicksale, und manches lässt sich mit Humor besser ertragen. Haben Sie Humor, Herr Marquardt?“

Robert zuckte mit den Achseln.

„Ich fragte: Haben Sie Humor?“

„Ich denke, schon … manchmal“, erwiderte Robert.

„Es geht doch nichts über einen guten Witz. Kennen Sie den? Was ist der Unterschied zwischen Marx und Murks? – Marx ist die Theorie!“ Er lachte gekünstelt.

Robert verzog das Gesicht zu einem gequälten Lächeln. Genau diesen Spruch hatte er aus einer Laune heraus mit Kreide an eine Wand geschrieben. Dabei war er noch nicht einmal sonderlich politisch interessiert. Es war ihm nur darum gegangen, überhaupt irgendetwas zu spüren.

„Sie lächeln?!“, fuhr der Mann ihn an. „Das ist eine Verhöhnung der sozialistischen Grundpfeiler unseres Staates!“

„Ich hatte getrunken. Es tut mir leid“, sagte Robert. Beides war nicht gelogen. Er könnte sich in den Hintern beißen.

Wieder blätterte der Mann in der Akte. „Unser Land hat viel für Sie getan, sehr viel. Und Sie? Sie haben nichts zurückgegeben. Stattdessen finden Sie Gefallen an subversiven, konspirativen Tätigkeiten.“ Er blätterte weiter in der Akte, machte ein paar Notizen und hob dann wieder den Blick.

„Ich will ganz ehrlich sein: Es sieht nicht gut aus. Vier bis fünf Jahre Bautzen bringt Ihnen das allemal ein.“

„Vier bis fünf Jahre?!“, fuhr Robert auf. „Für einen Witz?“

„Ach?“ Der Mann lächelte. „Sie glauben, es geht hier um die paar Worte, die Sie an die Wand gekritzelt haben, diesen albernen Dummejungenstreich?“ Er schüttelte den Kopf, wurde schlagartig ernst und nahm einen Bogen Papier zur

Hand. „Am 15. Mai 1987 haben Sie mit einer gewissen Mechthild Baumbach Kontakt aufgenommen, einem subversiven Element aus reaktionären Kirchenkreisen, die versucht, die Grundlagen unserer sozialistischen Gesellschaftsordnung zu unterminieren. Halten Sie das für klug, Herr Marquardt?“

„Ich habe diese Frau nur einmal gesehen und das rein zufällig. Ich weiß nicht einmal, wo sie wohnt. Es wird keinen weiteren Kontakt geben.“

„Oh“, der Mann lächelte und beugte sich vor, „aber ich *möchte,* dass es weiteren Kontakt zwischen Ihnen gibt. Es ist mir sogar ein großes Anliegen.“

Ein Drink und eine Reiseempfehlung

Hauptkommissar Seidel lehnte an seinem Schreibtisch. Er hatte die massigen Arme vor der Brust verschränkt und musterte Lina, als wäre sie ein bizarres Insekt, das er zum ersten Mal in seinem Leben sah. „Also gut. Ich fasse noch mal zusammen – unterbrechen Sie mich, falls ich irgendetwas nicht korrekt wiedergeben sollte: Sie wurden gebeten, uns bei der Ermittlung im Todesfall Mike Lörke zu unterstützen, der gemeinsam mit Ihrem Bruder in einer WG für Behinderte gelebt hat. Laut pathologischem Befund kam es durch die intravenöse Injektion von Pentobarbital zu einem Atemstillstand. Reanimationsversuche schlugen fehl. Da dieses Medikament weder dem Opfer noch dessen Mitbewohnern verschrieben wurde und darüber hinaus in Deutschland heutzutage nur noch in Ausnahmefällen in der Humanmedizin verwendet wird, gingen wir von einem möglichen Tötungsdelikt aus. Und da kamen Sie ins Spiel. Ihr Auftrag war es, Marek Michalowski ausfindig zu machen, den Pfleger, der in der Nacht, in der unser Opfer starb, Dienst hatte. Denn bedauerlicherweise war dieser wie vom Erdboden verschlungen. Habe ich das so weit korrekt zusammengefasst?"

Lina nickte und lächelte verkniffen. Sie ahnte, was nun kommen würde.

„Sie gingen auch sehr engagiert zu Werke, allerdings taten Sie nicht, was Sie tun sollten. Stattdessen spielten Sie mir eine illegal aufgenommene Audiodatei vor, der zufolge die

Leasingfirma, für die Herr Michalowski arbeitete, eine dubiose Überweisung getätigt hatte. Später verdächtigten Sie die Eltern des Verstorbenen, diese hätten ihren Sohn ermorden lassen, um an sein Erbe zu kommen."

„Sie müssen zugeben, dass es ziemlich überzeugende Hinweise darauf gab –"

„Ich bin noch nicht fertig!", unterbrach sie der Hauptkommissar barsch. „Jetzt kommen Sie zu mir und teilen mir mit, dass Sie inzwischen davon ausgehen, weder Familie Lörke noch Marek Michalowski, der übrigens immer noch verschollen ist, seien für Lörkes Tod verantwortlich, sondern eine unbekannte dritte Partei." Mit jedem Satz, den er sprach, wurde der Mann lauter. „Und diese habe den Verstorbenen möglicherweise gar nicht töten, sondern mit irgendeiner experimentellen Geheimdienstmethode verhören wollen. Wissen Sie, wie das klingt?"

„Äh … interessant?"

„Das klingt vollkommen bescheuert!", explodierte Seidel. „Was glauben Sie, wo Sie sind? Wir spielen hier nicht in einer billigen Vorabendserie. Das ist die Mordkommission! Ich habe keine Zeit für solchen Blödsinn!"

„Finden Sie nicht, dass Sie meine Ausführungen ein klein wenig verkürzt wiedergegeben haben?", wandte Lina ein.

„Ganz im Gegenteil: Ich finde, dass ich schon mehr als genug Zeit mit Ihren abstrusen Fantasien verschwendet habe."

„Aber –"

„Danke für Ihre Mitarbeit. Sie können gehen!"

„Aber –"

„Ich sagte: Sie können gehen!"

Lina presste die Lippen zusammen und stand auf. Es kostete sie all ihre Selbstbeherrschung, die Tür nicht mit voller Wucht hinter sich zuzuknallen, nachdem sie den Raum verlassen hatte. Natürlich hatte sie geahnt, dass es ohne konkrete Beweise und Zeugenaussagen nicht leicht werden würde, den Kommissar von einem neuen Ermittlungsansatz zu überzeugen. Aber sie hatte Marek Michalowski nun mal versprochen, ihn aus dem Spiel zu lassen. Er hatte Angst um sein Leben, und Lina fürchtete, dass seine Sorgen nicht ganz unberechtigt waren.

Leider halfen ihr diese Überlegungen im Moment nicht weiter. Ihre Hoffnung, dauerhaft zur Mordkommission wechseln zu können, konnte sie begraben. Wut, Enttäuschung und Frustration strahlten ihr aus allen Knopflöchern, als sie ihre alte Dienststelle betrat und dort einige belanglose Aufgaben zugeteilt bekam.

Sie war gerade dabei, alte Akten zu schreddern, als es an der Tür klopfte. „Hi, Lina, darf ich reinkommen?"

„Wenn du kein Problem mit Feinstaub hast." Lina entleerte den Auffangbehälter in die Papiermülltonne und drehte den Kopf zur Seite, als feinste Papierteilchen aufstoben.

„Dieser Seidel ist ein Trottel", sagte Ben, während er sich auf einen der Stühle setzte. „Er hat keine Ahnung, was ihm entgeht."

„Die einzige Spezialistin für mechanischen Datenschutz mit Besoldungsgruppe A8?", mutmaßte Lina und schob ein weiteres Dutzend Blätter in den Schlund des Aktenvernichters.

„Eine überaus scharfsinnige, unkonventionelle und hartnäckige Ermittlerin", erwiderte Ben ernst, und mit einem Grinsen fügte er hinzu, „die darüber hinaus auch noch ausgesprochen attraktiv ist, selbst mit Papierstaub in der Frisur."

Lina musste niesen.

„Gesundheit."

„Danke."

„Erzählst du mir, was passiert ist?", fragte Ben.

„Seidel wollte, dass ich ihm Marek Michalowski liefere. Das habe ich nicht getan, also hat er mich zurückgeschickt."

Ben runzelte die Stirn. „Da steckt noch mehr dahinter, habe ich recht?"

„Vielleicht ... Aber momentan will ich nicht darüber reden. Ich muss erst mal in Ruhe nachdenken."

„Verstehe." Er nickte langsam und erhob sich. „Dann will ich dich nicht weiter bei deinen wichtigen Aufgaben stören." Er wandte sich zur Tür.

„Ben?"

„Ja?"

„Danke für die Ermutigung." Lina lächelte. „Ich weiß das sehr zu schätzen."

Er breitete die Arme aus. „Wenn du reden willst: Ich bin immer für dich da."

„Okay, ich melde mich dann beim nächsten Champions-League-Finale."

Er grinste und korrigierte: „Fast immer."

„Ich werd's mir merken."

Ben verabschiedete sich, und den Rest ihres Arbeitstages verbrachte Lina allein mit ihren Sorgen und in Gesellschaft von kiloweise Altpapier.

Am Abend war sie sich sicher zu wissen, was zu tun war. Mit derselben Sicherheit ging sie davon aus, dass ihr Vorschlag Theo ganz und gar nicht gefallen würde, deshalb traf sie ein paar Vorkehrungen.

Anschließend fuhr sie zur Mohrenstraße 14. Es war Sarah, die junge Aushilfe mit den blau gefärbten Haaren, die ihr öffnete.

„Hi, du willst bestimmt zu Theo."

„Genau."

„Er ist in seinem Zimmer und zockt."

„Danke!"

Im Flur stand Keno. Er wippte mit dem Oberkörper vor und zurück. Seine Finger bewegten sich blitzschnell hin und her, wie die Flügel eines Kolibris, und er schien voll und ganz in ihre Betrachtung versunken zu sein.

„Hi, Keno", sagte Lina.

Er schien sie nicht zu bemerken, aber als sie ein paar Meter weitergegangen war, hörte sie ihn leise „Lina" sagen.

Ein Lächeln huschte über ihre Lippen. Keno hatte sie begrüßt – darauf konnte sie sich etwas einbilden.

Als sie an der Tür zu der großen Wohnküche vorbeikam, erblickte sie zunächst das imposante Hinterteil von Helene, die gerade in den unteren Fächern des Kühlschranks stöberte. „Hallo, Lene."

„Tachchen, Lina", grüßte die älteste Bewohnerin der kleinen WG zwischen ihren Beinen hindurch. Dann nahm sie ihre Suche wieder auf und brummte: „Wo is'n der blöde Vanillepudding? Jestern jabs hier noch drei Stück von die Dinga."

Aus Paulas Zimmer dröhnte ein Song von Billie Eilish.

Die Badezimmertür wurde geöffnet.

„Hallo, Scott!", sagte Lina.

Theos hünenhafter Mitbewohner nickte ihr schüchtern lächelnd zu und verschwand in seinem Zimmer.

Lina klopfte an Theos Tür und trat ein. Sie konnte gedämpfte Schüsse vernehmen. Die Geräusche kamen aus den Kopfhörern ihres jüngeren Bruders und wurden untermalt von hektischem Tastendrücken auf einem Controller.

„Okay, der Zombie ist down. Pass auf! Pass auf, hinter dir! Oh, Mist!"

Lina verdrehte die Augen und zupfte an Theos Kopfhörern. Ihr Bruder zuckte erst erschrocken zusammen und meinte dann trocken: „Tut mir leid, ich muss Schluss machen, die Polizei ist hier. Ciao."

Er nahm die Kopfhörer ab, wendete seinen E-Rollstuhl und schaute vorwurfsvoll zu seiner Schwester auf. „Musst du mich so erschrecken?“

„Leider hast du mein Klopfen nicht gehört.“ Lina ließ sich in Theos Besuchersessel fallen. „Ich finde es immer wieder bewundernswert, mit welcher Inbrunst du dich deinem Studium widmest. Um welches Fach ging es da gerade?“

„Survivalpsychologie – Überlebensstrategien in extremen Stresssituationen“, erwiderte Theo lässig. „Aber lass uns ruhig das Thema wechseln. Das ist nichts für Laien.“ Mit einer geschickten Bewegung seines Rollstuhls wich er dem Sofakissen aus, das Lina nach ihm warf. „Darf ich dir einen Drink anbieten?“

„Ein Malzbier on the rocks, bitte.“

„Hab ich nicht.“

„Cola light?“

„Hat Paula ausgetrunken.“

„Dann eben Cola ohne light.“

„Die hat Lene eliminiert.“

Lina seufzte. „Was hast du denn überhaupt da?“

„Momentan, äh, Milch und Leitungswasser.“

„Nicht dein Ernst!“

„Ich könnte dir auch einen Kaffee machen.“

„Ich nehme ein Wasser.“

„Kommt sofort“, flötete Theo, düste in die Küche und kam wenig später mit einem vollen Glas zurück.

Lina nahm ihr spartanisches Getränk von dem kleinen Tisch, der an seinem Rollstuhl befestigt war. Sie trank einen Schluck – wenigstens war es schön kalt.

„Wie lief das Gespräch mit Seidel?“, fragte Theo.

Lina warf ihrem Bruder einen finsteren Blick zu und nahm noch einen Schluck Wasser.

„So schlimm?“, hakte er nach.

„Du meinst, so schlimm, dass ich versuche, mich mit hochprozentigem Berliner Leitungswasser zu betrinken?“

„Ich habe eher deinen Blick gemeint. Das letzte Mal, als du so drauf warst, hast du anschließend den Sohn von Hausmeister Sobanski verprügelt.“

„Der Typ hatte meiner besten Freundin unter den Rock fotografiert“, brummte Lina zu ihrer Verteidigung. Dann fügte sie hinzu: „Ich bin raus. Seidel will mich nicht mehr dabeihaben.“

„Verflixt.“ Theo presste die Lippen zusammen. „Aber wenn ich ehrlich bin, überrascht mich das nicht. Du hast ihm nichts von Marek Michalowski erzählt?“

„Natürlich nicht!“, erwiderte Lina. Mithilfe von Theos Mitbewohnern hatten sie am Wochenende die Nachtwache ausfindig gemacht, die Zeuge von Mikes Tod gewesen war. Die Aussage des jungen Mannes hatte dem Fall eine dramatische Wendung gegeben. Demnach war tatsächlich ein Fremder in die WG eingedrungen, allerdings nicht, um zu töten, sondern um unter Verwendung eines Medikaments, das während des Kalten Krieges als Wahrheitsdroge gedient hatte, an Informationen zu gelangen. Mikes Tod war mehr oder weniger ein Unfall gewesen. Das wirklich Verrückte an der Sache war allerdings, dass Mike nur aufgrund einer Verwechslung hatte sterben müssen. Eigentlich hatte die ganze Aktion Theo gegolten. Der Eindringling hatte immer wieder gefragt: *Wo ist es? Wo hat er es versteckt?*

Ungünstigerweise hatten weder Theo noch Lina die leiseste Ahnung, was damit gemeint sein könnte. Klar war nur: Der Typ war gefährlich. Er hatte Marek mit dem Tod gedroht, sollte dieser sich an die Polizei wenden. Lina hatte dem jungen Polen versprechen müssen, nichts von ihrem Gespräch zu verraten. Und daran hielt sie sich auch.

„Theo“, sagte Lina ernst, „ich habe nachgedacht –“

„Irgendwie hört sich das nicht gut an“, unterbrach sie ihr Bruder.

„Du bist hier in Gefahr! Früher oder später werden diese Leute ihren Irrtum bemerken. Was sollte sie daran hindern, noch einmal hier einzubrechen? Und dann bist du dran!“

„Ich glaube nicht, dass sie das noch mal machen werden. Das ist doch viel zu riskant.“

„Ach ja?“ Lina schnaufte. „Was hat sich geändert? Ich sehe keinen Wachschutz vor der Tür. Und ich kann mir nicht vorstellen, dass die Kleine, die heute Dienst hat, in der Lage wäre, dich zu beschützen.“

„Lina“, sagte Theo in besänftigendem Tonfall, „das Ganze muss eine Verwechslung sein. Ich habe nicht die leiseste Ahnung, was die Typen suchen.“

„Das hatte Mike auch nicht!“, fuhr Lina ihn an. „Und jetzt ist er tot! Benutz deinen Verstand, Theo. Du weißt, dass ich recht habe. Du musst untertauchen, wenigstens für ein paar Tage.“

„Untertauchen?“ Theo blickte demonstrativ an sich herab. „Wie stellst du dir das vor?“

„Gut, dass du fragst“, erwiderte Lina. „Ich habe schon alles organisiert.“

„Du hast was?!“, fragte er ungläubig.

„Wie der Zufall es will, machen Mama und Oma Lilo gemeinsam Urlaub in einem Ferienhaus auf dem Darß. Und du bist dabei.“

„Was?“

„Das heißt nicht *was*, das heißt *Danke schön*“, erwiderte Lina. „Es ist geradezu perfekt. Da Oma wegen ihrer Hüft-OP noch mit dem Rollator unterwegs ist, musste das Häuschen ohnehin barrierefrei sein. Es gibt zwei Schlafzimmer und eine

Schlafcouch im Wohnzimmer. Morgen früh geht es los. Die beiden freuen sich schon auf dich."

Theo starrte sie mit offenem Mund an, und Lina gratulierte sich im Stillen. Es geschah nicht oft, dass ihr Bruder sprachlos war.

„Ich helfe dir, deine Sachen zu packen", verkündete Lina freudestrahlend. „Dein Rollkoffer ist unter dem Schrank, oder?"

„Moment mal!", empörte sich Theo. „So einfach geht das nicht!"

„Doch, das ist kein Problem für mich. Ich ziehe den Koffer hervor. Siehst du? Und jetzt lege ich ein paar Sachen hinein."

„Sehr witzig!", ätzte Theo. „Ich kann hier nicht weg. Ich studiere!"

„Im Fernstudium. Das Ferienhaus hat WLAN."

„Lina, du kannst mich nicht einfach auf den Darß verfrachten und –"

„Ja, ich gebe zu, mit dem E-Rolli ist das nicht ganz unkompliziert", unterbrach ihn Lina. „Deshalb werde ich mir euren Bus leihen und dich hinfahren."

„So meinte ich das nicht, und das weißt du ganz genau!"

„Natürlich weiß ich das!", fuhr Lina auf. „Mir war völlig klar, dass du auf stur schalten wirst. Aber hast du auch mal an Mama gedacht? Ist es nicht schlimm genug, dass Papa einfach von einem Tag auf den anderen verschwand? Soll sie jetzt auch noch ihren Sohn verlieren?"

Theo wurde blass. „Das ist nicht fair!", stieß er hervor.

Lina legte beide Hände auf die Schultern ihres Bruders und sah ihm eindringlich in die Augen. „Ich will nicht, dass dir etwas passiert. Ist das so schwer zu verstehen?"

„Ich kann mich nicht ewig verstecken."

„Natürlich nicht", bestätigte Lina.

Theo atmete tief durch. „Also gut, eine Woche!"

Lina wollte widersprechen, biss sich aber auf die Lippen. Eine Woche war besser als nichts. Und wenn Theo erst mal auf dem Darß war – nun, dann saß sie am längeren Hebel.

Eine beunruhigende Hypothese

Der Mann ohne Namen betrachtete sich im Spiegel des Aufzugs. Er sah die schlanke, sehnige Gestalt eines Mannes zwischen fünfundfünfzig und sechzig Jahren. Er trug Jeans und ein Hemd mit kurzen Ärmeln; secondhand, aber sauber. Die Haare waren geschnitten und er war frisch rasiert. Die helle Haut an seinem Kinn bildete einen seltsamen Kontrast zum dunklen Braun an Stirn und Wangen. Die Wunde an der Schulter spannte noch etwas, schien aber gut zu verheilen.

Ein heller Glockenton erklang, als der Aufzug den sechsten Stock erreichte. Der Namenlose stieg aus, zog einen zusammengefalteten DIN-A4-Bogen mit dem Logo des Pro-Humanis-Instituts aus der Brusttasche und zeigte ihn der Dame am Empfangstresen. Sie lächelte freundlich. „Zimmer 6.38, bitte. Den Flur links entlang."

„Danke."

Ihm war bewusst, dass er ein Risiko einging, aber ihm lief die Zeit davon. Er brauchte Antworten. Der Aushang in der Klinik hatte Hoffnung in ihm geweckt. Er hatte sorgfältig recherchiert und war sich ziemlich sicher, bei seiner Risikoanalyse keinen Fehler begangen zu haben. Nun musste er es einfach darauf ankommen lassen. Er klopfte an die Tür.

„Herein!", ertönte eine Frauenstimme.

Ein weicher Teppich schluckte das Geräusch seiner Schritte, als er eintrat. Der Raum sah anders aus, als er erwartet hatte. Trotz der medizinischen Geräte vermittelte er aufgrund der

Auslegware, des Sofas und des Bücherregals einen beinahe wohnlichen Eindruck.

Eine junge Frau um die dreißig erhob sich von ihrem Schreibtischstuhl und reichte ihm die Hand. Sie hatte asiatische Gesichtszüge, auf ihrem Namensschild stand „Dr. Cho Shiwon“.

„Guten Tag, Dr. Shiwon.“

Sie lächelte. „Dr. Cho. Im Koreanischen wird der Nachname stets zuerst genannt. Und Sie sind?“

Der Namenlose erwiderte das Lächeln. „Genau das ist das Problem.“

„Ich verstehe. Bitte nehmen Sie Platz.“ Sie wies auf den Besucherstuhl vor ihrem Schreibtisch. „Darf ich einen kurzen Blick auf Ihr Einladungsschreiben werfen?“

„Natürlich.“ Er reichte es ihr.

Sie warf einen Blick darauf und gab anschließend etwas in ihren Rechner ein – wahrscheinlich die Patientennummer, die man ihm zugeordnet hatte. „Ich sehe, dass Sie ursprünglich Herrn Dr. Kohlmann zugeteilt waren. Was hat Sie dazu bewogen, um einen Wechsel zu bitten?“

„Man sagte mir, dass es bei einem therapeutischen Setting in besonderer Weise auf eine gute Vertrauensbasis ankommt, und diese war meines Erachtens nicht gegeben.“

„Interessant. Können Sie das begründen?“

„Es war ... so ein Gefühl“, erwiderte er. *Und die Tatsache, dass ich Männern in meinem Alter, die darüber hinaus noch eine Weile im Staatsdienst tätig waren, grundsätzlich nicht traue,* fügte er in Gedanken hinzu.

Ein winziges Lächeln umspielte die Lippen der jungen Frau, verschwand aber sofort wieder und machte einem professionell-neutralen Gesichtsausdruck Platz.

Der Namenlose hatte herausgefunden, dass sich nur äußerst wenige Probanden für diese Studie gefunden hatten.

Soweit er wusste, war er der Einzige, der sich bei Dr. Cho in Behandlung begeben würde. Zumindest, wenn er der unbedachten Nebenbemerkung der Dame von der Anmeldung Glauben schenkte. Insofern bot er der Ärztin die einzige Chance, die Studie durchzuführen und an einer möglicherweise bahnbrechenden wissenschaftlichen Entwicklung teilzuhaben. Abgesehen davon argwöhnte er, dass es um das Verhältnis zwischen Dr. Kohlmann und Dr. Cho nicht zum Besten stand. Schließlich hatte er am Zucken ihrer Mundwinkel auch eine gewisse persönliche Befriedigung herauslesen können.

Dr. Cho studierte erneut die Angaben auf dem Bildschirm. „Ich sehe mir gerade Ihren medizinischen Befund an. Die MRT-Ergebnisse sind nicht ganz eindeutig. Sie haben vor vielen Jahren ein Schädel-Hirn-Trauma erlitten. Es gibt nur geringfügige Hinweise auf Vernarbungen. Insofern gehen wir erst einmal davon aus, dass bei Ihnen eine dissoziative Amnesie vorliegt. Das bedeutet, dass der Verlust Ihrer Erinnerungen eine innerpsychische Abwehrreaktion auf ein oder mehrere traumatische Erlebnisse ist. In einem solchen Fall können wir Ihnen helfen. Sollten allerdings doch organische Faktoren ursächlich sein, wäre es möglich, dass wir Ihre Erinnerungen nicht zurückholen können."

Der Namenlose nickte. „Ich verstehe."

„Gut. Wir sind ein unabhängiges Institut, das im Auftrag unterschiedlicher pharmazeutischer Unternehmen Arzneimittelstudien durchführt. Dieser Prozess umfasst mehrere Stufen. Nachdem das Medikament Citoretrival an gesunden Probanden getestet wurde und nur geringfügige Nebenwirkungen aufgetreten sind, werden wir in einem zweiten Schritt Menschen behandeln, die tatsächlich an Amnesie leiden. Natürlich tun wir alles in unserer Macht Stehende, um Nebenwirkungen zu vermeiden, aber Sie müssen sich darüber im Klaren sein, dass

Sie sich einem gewissen Risiko aussetzen. Das Medikament kann nicht nur Schwindel und Sehstörungen verursachen, sondern auch schwerwiegende Erkrankungen wie Epilepsie oder Psychosen initiieren."

„Dessen bin ich mir bewusst."

Die Ärztin nickte ernst. „Ich will ganz offen zu Ihnen sein: Manche Menschen lassen sich durch die nicht unbeträchtliche Höhe der Aufwandsentschädigung dazu verleiten, das Risiko auszublenden. Wenn Sie noch etwas Bedenkzeit benötigen –"

„Ich brauche keine Bedenkzeit", unterbrach sie der Namenlose. „Meine Entscheidung ist gefallen. Ich habe gar keine andere Wahl."

Ihr Blick huschte zu seinem wettergegerbten Gesicht. „Sie brauchen das Geld?"

„Nein. Ich brauche meine Erinnerung!"

Sie schluckte, und ihre Wangen röteten sich. „Entschuldigen Sie, ich wollte nicht..."

„Kein Problem", erwiderte der Namenlose, und sein Lächeln zeigte ihr, dass er es genauso meinte. „Fangen wir einfach an."

„In Ordnung." Sie blickte wieder auf ihren Bildschirm. „Ihre anamnestischen Daten wurden zwar bereits erfasst, aber ich würde gerne noch einmal von Ihnen persönlich hören, wie es Ihnen ergangen ist." Sie wandte sich ihm zu. „Wenn Sie zurückdenken, was ist Ihre älteste Erinnerung?"

Der Namenlose betrachtete die junge Frau. Ihr Blick war offen und ein klein wenig unsicher. Es war ein Blick, der Vertrauen in ihm weckte. „Alles, was ich Ihnen erzähle, ist vertraulich?", fragte er.

„Ja. Die Studie umfasst lediglich die Wirkung des Medikaments. Nur die medizinischen Daten und Fakten werden weitergegeben und ausgewertet. Bezüglich der Inhalte Ihrer Erinnerungen unterliege ich der ärztlichen Schweigepflicht."

„Gut." Der Namenlose lehnte sich auf seinem Stuhl zurück. Er schloss für einen kurzen Moment die Augen und begann zu erzählen. „Die älteste Erinnerung, von der ich mit Sicherheit weiß, dass sie kein Traum war, ist der Blick über eine weiße Bettdecke hinweg zu einer weiß verputzten Wand. Dort hingen ein Kruzifix und ein archaisches Bild von einem Hirten, der ein Lamm auf seinen Schultern trug. Der Maler war wohl kein großer Künstler, denn der Kopf des Schafes sah etwas unförmig aus, beinahe so, als trüge es einen weißen Verband um den Schädel. In meiner Situation fand ich das seltsam tröstlich."

Die junge Ärztin machte sich Notizen und nickte auffordernd.

„Irgendwann registrierte ich, dass ich mich in einem Krankenhaus befand. Eine Krankenschwester betrat das Zimmer. Als sie sah, dass ich wach war, beugte sie sich vor und fragte: ‚Jak się masz?'"

Dr. Cho hob die Brauen. „Und was heißt das?"

„Das ist Polnisch und bedeutet ‚Wie geht es Ihnen?'. Ich antwortete der Frau, so gut ich konnte. Aber es stellte sich heraus, dass ich rasch an meine Grenzen kam. Ich konnte mich weder an meinen Namen erinnern noch an irgendetwas, was ich vor meinem Krankenhausaufenthalt getan hatte. Alle meine Erinnerungen waren wie weggeblasen. Meine Aussprache war seltsam und mein Wortschatz ziemlich eingeschränkt. Wie ich später herausfand, hatte ich ein mittelschweres Schädel-Hirn-Trauma erlitten. Man hatte mich frühmorgens in einem Waldstück am östlichen Stadtrand von Swinemünde gefunden – mit einer Platzwunde an der Stirn und einer Kugel im Rücken. Laut Aussage der Ärzte war die Schusswunde älter als die Platzwunde; mehrere Stunden, vielleicht sogar einen halben Tag. Die Kugel hatte keine lebenswichtigen Organe verletzt und steckte fest. Dadurch war der Blutverlust mäßig, aber permanent. Es war keine medizinische Versorgung erkennbar. Meine Kleidung war blutdurchtränkt. Ich musste demnach mit der Wunde umhergelaufen sein. Aufgrund diverser Kratzer an Gesicht und Händen ging man davon aus, dass ich durch ein Waldgebiet gelaufen war."

Falls Dr. Cho durch diese Äußerungen geschockt war, ließ sie es sich nicht anmerken. „Also sind Sie durch den Wald Richtung Swinemünde geflohen?"

Er zuckte mit den Achseln. „Möglicherweise. Das lässt sich im Nachhinein schwer feststellen. In jedem Fall war der Blutverlust auf Dauer so hoch, dass ich das Bewusstsein verlor und mit dem Kopf gegen einen Stein prallte. Die Folge war besagtes Schädel-Hirn-Trauma. Mein Leben verdanke ich einem Anwohner, der früh am Morgen mit seinem Hund in der Nähe spazieren ging."

„Sie schildern das in einem bemerkenswert nüchternen Tonfall", sagte Dr. Cho.

Der Namenlose zuckte erneut die Achseln. „Möglicherweise liegt es daran, dass ich nur wiedergebe, was man mir gesagt hat. Ich selbst habe keine Erinnerungen an diese Ereignisse."

Die junge Ärztin nickte. „Was ist dann passiert?"

„Sobald man mich für vernehmungsfähig hielt, kamen Polizisten mit jeder Menge Fragen im Gepäck zu mir ins Krankenhaus. Ich konnte so gut wie keine davon beantworten. Nicht einmal meinen Namen wusste ich. Die Polizei tappte im Dunkeln. Es hatte keine Schießerei in der Nähe gegeben. Die Kugel vom Kaliber 7,62 mal 54 Millimeter war die Standardmunition der russischen Armee und kam bei den unterschiedlichsten Gewehren und Maschinengewehren im gesamten Gebiet des Warschauer Pakts zum Einsatz. Sie wurde und wird auch heute noch im Schießsport verwendet. Das bedeutete, die Aussagekraft ging gen null. Klar war eigentlich nur, dass die Munition nicht von einer Kurzwaffe abgefeuert wurde."

„Entschuldigen Sie, ich bin militärisch nicht besonders bewandert. Was ist eine Kurzwaffe?"

„Eine Pistole."

„Der Schuss kam also aus einem Gewehr. Könnte das Ganze auch ein Jagdunfall gewesen sein?"

„Auszuschließen ist nichts, wobei ich nicht unbedingt für die Jagd gekleidet war."

„Was trugen Sie?"

„Einen schwarzen Neoprenanzug."

„Das ist ungewöhnlich."

„Zumindest modisch etwas eigenwillig", bestätigte der Namenslose.

„Haben Sie eine Erklärung dafür?"

„Nein." Er schürzte die Lippen. „Vielleicht wollte ich schwimmen gehen?"

„Wie ging es weiter?"

„Die Besuche der Polizisten wurden seltener. Mir schien, sie hatten aufgegeben. Ich erholte mich zusehends, und dann hatte ich Glück. Ich begegnete Wolfgang, einem deutschen Rentner, der an der polnischen Ostsee Campingurlaub machte. Er war barfuß in einen beinahe sieben Zentimeter langen Wallerdrilling aus Carbonstahl getreten und hatte sich damit die Ferse bis zum Knochen durchbohrt."

„Entschuldigung, in *was* ist er getreten?"

„In einen Angelhaken", erklärte der Namenlose. „Wolfgang kam also ins Krankenhaus, wo wir uns begegneten. Rückblickend bin ich ihm dankbar, dass er nicht nur tollpatschig, sondern auch sehr redselig war, denn auf diese Weise wurde mir bewusst, dass ich hervorragend Deutsch sprach und verstand, weit besser als Polnisch. Und mir wurde klar, dass ich Deutscher sein musste. Also beschloss ich, das Krankenhaus auf eigene Faust zu verlassen. Ich packte meine wenigen Habseligkeiten zusammen, schlich mich nachts über die Grenze und –"

„Warum heimlich?", unterbrach ihn Dr. Cho. „Warum gingen Sie nicht einfach zur deutschen Botschaft?"

„Gute Frage." Der Namenlose runzelte die Stirn. „Die Antwort lautet: Ich hatte Angst!"

„Wovor?"

„Wenn ich das wüsste. Seitdem ein Teil meiner Erinnerung zurückgekehrt ist, habe ich permanent das Gefühl einer lauernden Bedrohung. Etwas in mir zwingt mich dazu, mich in Deckung zu halten und gewissermaßen unterhalb des Radars zu leben." Er erwähnte nicht, dass er als Obdachloser lebte, denn das war der Ärztin mit Sicherheit bekannt.

„Wann ist das alles passiert?"

„Im Jahr 2003."

„Das ist lange her."

„Ja."

Dr. Cho wirkte nachdenklich. „Und seitdem können Sie sich an kein einziges Ereignis erinnern, das vor diesem Zeitpunkt stattfand?"

„An nichts, was ich sicher von einem Traum unterscheiden könnte", erwiderte der Namenlose.

„Über diese Träume würde ich gerne später mit Ihnen sprechen."

Er spürte, wie ihm eine Gänsehaut über den Rücken lief. „Natürlich", erwiderte er und verdrängte das eisige Gefühl der Furcht, das sich in seinem Inneren ausbreitete.

„Eine letzte Frage noch für heute: Haben Sie jemals einen Menschen getroffen, der glaubte, Sie wiederzuerkennen?"

Erneut lief dem Namenlosen ein Schauer über den Rücken. Er dachte an den Fremden, der ihn gefangen genommen und mit Medikamenten vollgepumpt hatte. Wenn er allerdings diese Episode erwähnte, wusste er schon jetzt, in welche Schublade man ihn stecken würde.

„Sie zögern", stellte die junge Frau fest.

„Nein, ich … ich erinnere mich, dass tatsächlich einmal ein Mann behauptete, er würde mich kennen. Er nannte mich Peter."

„Und?", hakte sie nach. „Haben Sie noch Kontakt zu ihm? Was hat er zu Ihnen gesagt?"

„Wir haben keinen Kontakt mehr. Es war eher … eine flüchtige Begegnung."

„Das ist bedauerlich." Die Ärztin wirkte enttäuscht. „Es hätte ein guter Ansatz sein können. Wäre es denkbar, dass Sie diesen Mann suchen und –"

„Nein", unterbrach sie der Namenlose, „keine Chance."

„Okay." Sie nickte langsam. „Und was hat der Name Peter in Ihnen ausgelöst? Hat er irgendeine Erinnerung oder ein Gefühl in Ihnen wachgerufen?"

„Ich habe es wirklich versucht, aber", er schüttelte den Kopf, „da war nichts."

Dr. Cho nickte langsam, schaute auf ihre Notizen und nickte wieder. Dann suchte sie den Blick des Namenlosen. „Ich … will ganz ehrlich zu Ihnen sein."

„Ich bitte darum!"

„Es kann sein, dass diese Studie nicht das Richtige für Sie ist."

Ein kalter Schreck durchfuhr den Namenlosen, aber er ließ sich nichts anmerken. „Was meinen Sie damit?"

„Es wäre möglich, dass Sie weit mehr ärztliche Hilfestellung benötigen, als wir in diesem Rahmen leisten können."

Der Namenlose beugte sich vor und sah sie eindringlich an. „Sagen Sie mir einfach, was Sie denken."

Dr. Cho biss sich auf die Lippen und wirkte mit einem Mal sehr jung und verunsichert. „Also gut. Es gibt verschiedene Formen der dissoziativen Störung. Manche Menschen reagieren mit einer Amnesie auf ein Trauma. Das bedeutet, sie drängen alles, was sie an das schreckliche Ereignis erinnert, in ihr Unterbewusstsein. Andere hingegen reagieren komplexer. Bei diesen Menschen kommt es zu einer Abspaltung von Persönlichkeitsanteilen, und sie entwickeln eine multiple Persönlichkeit."

„Und was heißt das?"

„Bei einer dissoziativen Persönlichkeitsstörung entwickelt ein Mensch unterschiedliche Persönlichkeiten mit je einer eigenen Erinnerung. Dieses diffuse Gefühl der Bedrohung, das Sie vorhin erwähnten, könnte darauf hindeuten. Ebenso der Umstand, dass jemand Sie zu erkennen scheint, Sie aber mit dem Namen, bei dem er Sie nennt, nichts anfangen können. Wissen Sie, es könnte sein, dass Sie beides sind: der Mann, der sich an nichts zu erinnern scheint, und Peter."

„Wie bitte?"

„Wie der Begriff ‚Multiple Persönlichkeit' schon sagt: Es könnte sein, dass Sie als Reaktion auf ein Trauma zwei oder sogar noch mehr Persönlichkeiten entwickelt haben, die unterschiedliche Erinnerungen haben, aber nichts voneinander wissen."

„So wie Dr. Jekyll und Mr. Hyde?"

„Na ja, der Vergleich hinkt etwas."

Der Namenlose nagte nachdenklich an seiner Unterlippe. „Verstehe ich Sie richtig? Es wäre also möglich, dass ich eine multiple Persönlichkeit habe, muss aber nicht zwingend der Fall sein?"

„Korrekt. Das ist nur eine Hypothese."

„Gut." Der Namenlose richtete sich auf. „Probieren wir es aus."

Dr. Cho hob überrascht die Brauen.

„Was soll schon passieren? Wenn Sie feststellen, dass ich mich das nächste Mal mit Peter vorstelle, können Sie mich postwendend in die nächste psychiatrische Klinik einweisen. Allerdings muss ich darauf hinweisen, dass ich nicht krankenversichert bin. Und wenn es Sie beruhigt, können Sie mich während der Sitzung auch fixieren."

„Also, das können wir nicht machen. Wir sind doch keine geschlossene –"

„Das ist mir vollkommen egal", unterbrach sie der Namenlose. „Ich unterschreibe Ihnen gerne alle Einverständniserklärungen, die Sie brauchen. Meinetwegen können Sie mich in Ketten legen. Aber Sie müssen eines verstehen: Ich will endlich wissen, wer ich bin. Und Sie sind meine beste, vielleicht sogar meine einzige Chance, dieses Ziel zu erreichen. Bitte! Lassen Sie es uns versuchen!"

Die Ärztin schluckte. Sie war ein wenig blass um die Nasenspitze, als sie schließlich vorsichtig nickte. „Also gut, kommen Sie bitte am Mittwoch um 9 Uhr zur ersten Sitzung. Wir werden dann nach jeder Einheit entscheiden, ob und wie es weitergehen kann."

Der Namenlose stand auf und ergriff ihre zierliche Hand. „Danke, Dr. Cho, vielen Dank! Ich bin mir sicher, Sie werden es nicht bereuen."

Die junge Frau lächelte etwas nervös. „Ich freue mich auf unsere ... Zusammenarbeit."

Hilfsbereites Chaos

Frustriert blickte Theo zu dem Regalbrett hinauf, auf dem das Ladegerät seines Handys lag. Irgendjemand, wahrscheinlich die Reinigungskraft, hatte es dort abgelegt, und nun war es für ihn genauso unerreichbar wie die Deckenlampe.

„Watt glubschte denn die janze Zeit da ruff?“, meldete sich Helenes Stimme hinter ihm, „versuchste grad, dit Rejalbrett zu hyposinieren?“

„Es heißt hypnotisieren“, verbesserte Theo reflexhaft.

„Sag ick doch.“

„Mein Problem ist, dass ich nicht an mein Ladegerät herankomme“, erklärte er.

Helene fixierte das Regal und kniff abschätzend die Augen zusammen. „Da hamwa schonma watt jemeinsam. Ick müsste hüpfen, um da ranzukomm. Aba ick fürschte, dann wundert sich der Typ unter uns, warum plötzlich meene Alabasterlatschen aus seene Decke glubschen.“ Sie wandte den Kopf zur Tür und rief: „Scotti, kommste mal?“

Doch anstelle des hünenhaften Mitbewohners streckte Paula den Kopf zur Tür herein. „Was ist denn los? Warum brüllst du so?“

„Kommste an dit Teil da ran?“, erkundigte sich Helene.

„Klaro!“ Paula streckte sich und griff schwungvoll nach dem Ladegerät. Sie bekam es tatsächlich zu fassen, allerdings fegte sie dabei eine Buchstütze in Form einer gipsernen Leseratte herunter, die krachend auf dem Linoleumboden zersplitterte. Ihres Halts beraubt, polterten gleich darauf auch noch mehrere Fachbücher wie schwergewichtiges Herbstlaub zu Boden.

Helene brachte erstaunlich behände ihre Alabasterfüße in Sicherheit, und Paula sagte nur: „Upsi!"

Glücklicherweise behauptete der Pschyrembel seine Stellung und bereitete dem dominosteinartigen Absturz des Wissens ein Ende.

Nun betrat auch Scott den Raum und starrte mit großen Augen auf das Chaos.

„Bitte schön." Paula ließ das Ladegerät auf Theos Rollstuhltisch plumpsen. Dann funkelte sie Scott an und fauchte: „Wärst du früher gekommen, wäre das nicht passiert."

Theo schob die linke Hand unter den rechten Ellenbogen. Nun konnte er die rechte Hand weit genug heben, um sich seufzend die Nasenwurzel zu massieren.

Paulas Blick fiel auf den offenen Koffer, der auf Theos Bett lag. „Soll'n wir dir beim Packen helfen?"

„Nein danke", erwiderte Theo rasch. „Aber ich wäre froh, wenn ihr das Chaos hier beseitigen würdet."

„Is so jut wie aledischt." Helene bückte sich ächzend und klaubte das abgebrochene Ohr der Leseratte vom Boden. Als sie wieder hochkam, taumelte sie ein wenig. „Puh", sie hielt sich an Theos Rollstuhl fest, „mir iss grad 'n bisschen schwindlich. Ick gloob, ick bin untazuckat."

Theo hob die Brauen. Er hatte ernsthafte Zweifel an der Selbstdiagnose seiner Mitbewohnerin. Da sie unter dem Prader-Willi-Syndrom litt und deshalb über keinerlei Sättigungsgefühl verfügte, war Unterzuckerung ein körperlicher Zustand, der ihr praktisch unbekannt sein dürfte.

Keno schob den Kopf zur Tür herein. Mit kritischem Blick betrachtete er das abgebrochene Hinterteil der Leseratte zu seinen Füßen. Dann bemerkte er: „Tim hat ein rotes Auto“, und verschwand wieder.

„Ohne Spezialausrüstung wird dit nüscht, Freunde“, resümierte Helene, nachdem sie ein paarmal tief durchgeatmet hatte. „Scotti? Biste mal so lieb und holst ’n Besen und ’n paar Schokoriegel?“

Der Hüne nickte bedächtig und verschwand im Flur.

Indessen hatte Paula sich im Schneidersitz auf Theos Bett niedergelassen und betrachtete den Inhalt seines Koffers.

„Du hast ja gar keine Pflegeprodukte eingepackt!“

„Was?“ Theo blickte sie entgeistert an.

„Null Problemo, ich helf dir.“ Sie sprang auf und eilte in Theos Badezimmer. Man konnte hören, dass sie eine Schranktür öffnete. „Was ist deine Lieblingsbodylotion?“

„Meine … Paula, hör sofort auf, in meinen Sachen herumzuwühlen!“

Scott betrat wieder den Raum, in der rechten Hand einen Besen, in der linken eine Tafel Schokolade.

„Supa, Scotti!“ Helene strahlte. „Ick denk ma, zuerst sollte ick ma um den medizinischen Notfall kümman.“ Sie griff nach der Schokolade.

„Paula, raus aus meinem Bad!“, rief Theo.

Seine Mitbewohnerin trat heraus, mehrere Tuben in den Händen haltend. „Wohin verreist du eigentlich?“

„Das … darf ich euch nicht sagen.“

„Ich muss es aber wissen. Sonst weiß ich nicht, welche Sonnencreme du brauchst.“

In diesem Moment betrat Lina das Zimmer. „Was ist denn hier los?“, entfuhr es ihr.

„Wir helfen Theo“, erklärte Paula.

„Jenau!“, bestätigte Helene.

Scott nickte ernst.

Lina blickte fragend zu ihrem Bruder. Der zuckte nur mit den Achseln. „Das ist wirklich sehr lieb von euch“, wandte sie sich wieder an die hilfsbereiten Mitbewohner, „aber zu viele Köche verderben den Brei. Es reicht, wenn ich Theo helfe.“

„Na jut.“ Ein Fleck auf Helenes Wange war alles, was von der Schokolade übrig geblieben war.

Bedächtig stellte Scott den Besen in die Ecke.

„Das Duschgel von Theo ist fast alle“, verkündete Paula.

Kopfschüttelnd blickte Lina den dreien hinterher.

„Man muss sie einfach lieb haben“, bemerkte Theo grinsend.

Etwa drei Stunden später saß er im Bus und starrte aus dem Fenster. Felder wechselten sich mit vereinzelten Brachen und Kiefernwäldern ab. Der alte T4 röhrte, als Lina Gas gab, und dem scheppernden Geräusch nach zu urteilen, konnte der Auspuff eine neue Schweißnaht gebrauchen.

Theos Gedanken mäanderten umher wie die schmalen Feldwege in dem spärlich besiedelten Umland, aber immer wieder kehrte er zu einer Frage zurück: *Warum ich?*

Der ungeklärte Todesfall seines Mitbewohners und Freundes Mike Lörke hatte die ganze WG erschüttert. Sie alle fragten sich, wer Mike getötet haben könnte und warum. Inzwischen hatten sie herausgefunden, dass ein Fremder sich im Schutz der Dunkelheit in die WG geschlichen hatte. Er hatte Mike ein Psychopharmakon gespritzt und ihn immer wieder gefragt: *Wo ist es? Wo hat er es versteckt?*, allerdings ohne zu verraten, was er suchte und wer mit „er“ gemeint war. Und dann war Mike kollabiert. Seine geschwächten Lungen hatten die Nebenwirkung des Medikaments nicht mehr kompensieren können. Er war erstickt.

Inzwischen wusste Theo, dass diese Befragung eigentlich ihm gegolten hatte, und er zermarterte sich das Hirn. *Warum ich? Was hat der Fremde gesucht? Und wer ist „er"?* Theo hatte nicht die leiseste Ahnung. Es gab in seinem Leben keine Geheimnisse, die für irgendjemanden interessant sein könnten. Niemand hatte ihm jemals ein Geheimversteck verraten. Vielleicht war auch er selbst Opfer einer Verwechslung? Aber war das realistisch? Der Einbrecher hatte großen Aufwand betrieben. So etwas tat man doch nicht, wenn man sich seiner Sache nicht sicher war.

Theo seufzte. Er steckte in einer Sackgasse.

Lina bog von der Landstraße auf einen schmalen Feldweg ab. Schotter prasselte gegen den rostigen Unterboden des Busses.

„Bist du dir sicher, dass wir hier richtig sind?", rief Theo gegen den Lärm an.

„Ich nicht, aber das Navi!", rief Lina zurück.

Sie suchte im Radio nach einem passenden Sender, und wenig später übertönte lauter Punkrock den Lärm.

Theo seufzte. „Das ist jetzt nicht dein Ernst!"

„Zu leise?", rief Lina und grinste ihn über die Schulter hinweg an. Sie drehte den Regler noch ein wenig höher.

Theo hätte schwören können, dass er über das Getöse der Gitarrenriffs und ächzenden Stoßdämpfer hinweg hörte, wie seine Großhirnrinde rhythmisch gegen die Schädeldecke schnalzte.

Er schüttelte grinsend den Kopf. Manchmal hatte er den Eindruck, irgendein wichtiger Teil von Linas Gehirn habe noch nicht von Pubertät auf Erwachsensein umgeschaltet.

Plötzlich bremste seine Schwester so scharf, dass Theo in seinem Gurt nach vorn geschleudert wurde. Die blockierenden Reifen wirbelten eine imposante Staubwolke auf.

„Verflixt", Lina kurbelte das Lenkrad, „da hätte ich doch beinahe die Einfahrt verpasst."

„Kann es sein, dass du das Navi nicht mehr hörst?“

„Was?“, brüllte Lina. „Ich versteh kein Wort!“

Die Schotterpiste, die jede nordafrikanische Steppenlandschaft in den Schatten stellte, wich Kopfsteinpflaster.

Und dann, ganz abrupt, endete ihre Fahrt. Lina parkte den Bus vor einem reetgedeckten Häuschen, dessen weiß getünchte Wände im Licht der Nachmittagssonne strahlten.

Lina schaltete den Motor aus, und der Lärm verstummte. Sie streckte sich auf ihrem Sitz und öffnete die Tür. Der Wind trug fernes Meeresrauschen und den Schrei einer Möwe zu ihnen herüber.

Lina öffnete die Hecktür, löste Theos Gurte und brachte die Rampe an. Vorsichtig fuhr er hinunter auf den lehmigen Boden und atmete tief ein. Nach der langen Fahrt tat die frische Brise gut. „Es riecht ein bisschen nach Meer, findest du nicht?“

Lina strich sich eine Haarsträhne aus dem Gesicht. „Jep, und nach Kuhfladen“, ergänzte sie. „Komm, wir schauen uns die Bude mal an.“

Unsichtbare Augen

Die blau gestrichene Eingangstür war ebenerdig. Lina klingelte. Theo glaubte, von drinnen her Stimmen zu hören, aber niemand öffnete.

Lina drückte erneut auf den Klingelknopf, diesmal etwas ausdauernder.

Theo vernahm ein Rumpeln. Er fuhr so dicht wie möglich an die Tür heran und lauschte.

„Einen Moment“, vernahm er die Stimme seiner Mutter. Etwas leiser sagte sie: „Mama, was machst du denn?“

„Ich wollte nur mein Strickgarn aufheben ... Autsch, nicht so fest!“

„Kannst du dich nach hinten schieben?“

„Au. Ich fürchte, nein, Kindchen, ich stecke fest.“

„Mama?“, rief Theo. „Alles klar bei euch?“

„Ach, das sind nur die Kinder“, vernahm er die Stimme von Oma Lilo. „Lass sie doch erst mal rein.“

Kurz darauf wurde die Tür geöffnet. „Hallo, ihr beiden.“ Ein Lächeln huschte über die Gesichtszüge von Mechthild Marquardt. Ihre von einigen grauen Strähnen durchzogenen braunen Locken fielen ihr wirr ins Gesicht, und an ihrem T-Shirt hingen Staubflusen.

„Was ist denn mit dir los?“, fragte Lina. „Machst du einen verspäteten Frühjahrsputz?“

„Nicht ganz. Kommt rein.“ Mechthild umarmte erst Lina und dann Theo. Sie hatte den gleichen zierlichen Körperbau wie ihre Tochter, aber sie wirkte zerbrechlicher. Die feinen Fältchen in ihrem Gesicht zeugten von sorgenvollen Tagen, und ihrem Blick haftete meist etwas Melancholisches an. „Eure Großmutter hat sich offensichtlich vorgenommen, dieses Haus erst einmal auf allen Ebenen zu untersuchen."

„Unsinn, ich wollte bloß mein Strickgarn aufheben", tönte es dumpf aus dem Wohnzimmer.

Theo folgte den beiden Frauen nach nebenan und erblickte ein großes helles Sofa, unter dem ein in einen blauen Faltenrock gehülltes Hinterteil hervorragte.

„Oma? Was ... machst ... du ... da?", fragte er ungläubig.

„Wie gesagt, ich wollte bloß mein Strickgarn aufheben, und nun ... stecke ich fest."

„Kannst du nicht einfach ein Stück nach hinten rutschen?", schlug Lina vor, wobei es ihr offensichtlich nicht ganz leichtfiel, ernst zu bleiben.

„Auf den ersten Blick scheint dies die richtige Strategie zu sein", kam es unter dem Sofa hervor. „Das Problem ist, dass schon die kleinste Bewegung einen stechenden Schmerz in meiner Hüfte verursacht. Ich würde mal sagen, da ist das Gelenk in der Pfanne verrückt. Aber wenn ich mich nicht bewege, bin ich nahezu schmerzfrei."

„Mama, du weißt, dass du eine Hüftgelenksdysplasie hast", sagte Mechthild kopfschüttelnd. „Warum also kriechst du auf dem Boden herum und bittest mich nicht einfach um Hilfe?"

„So unglaublich es klingen mag: Ich habe das hier nicht geplant, Kindchen. Jetzt weiß ich auch, dass das keine besonders pfiffige Idee von mir war."

Lina prustete los, und auch Theo hatte Mühe, sich das Lachen zu verkneifen.

„Ich habe schon versucht, sie rauszuziehen, aber das klappt

leider auch nicht." Mechthild konnte sich ein Schmunzeln nicht verkneifen.

„Ich plaudere wirklich gerne mit euch", meldete sich die Stimme unter dem Sofa erneut zu Wort. „Aber auf Dauer ist es hier unten doch etwas unbequem."

„Also gut", Lina wischte sich eine Lachträne aus dem Augenwinkel, „wenn wir Oma nicht unter dem Berg hervorkriegen, dann müssen wir eben den Berg von Oma wegbekommen. Mama, fasst du mal mit an?"

Gemeinsam hoben die beiden Frauen das eine Ende des Sofas so weit an, dass sich Oma Lilo aufrichten konnte. Vorsichtig ließen sie es wieder herunter und stützten die alte Dame rechts und links, sodass diese aufstehen und sich anschließend auf dem Sofa niederlassen konnte. „Ah, das tut gut. Danke, Kinder." Sie umarmte ihre Enkelin. „Hallo, Linchen." Dann blickte sie zu Theo und streckte den Arm aus. „Lass dich drücken, mein Junge."

Theo fuhr zu ihr, und sie zog ihn in eine großmütterliche Umarmung. Ihr Parfüm gab ihm ein Gefühl von Geborgenheit.

„Oma Lilo, du bist wirklich immer für eine Überraschung gut."

„Ich tue mein Bestes."

„Müssen wir dich zum Arzt bringen?", fragte Lina.

„Ach, lass nur." Die alte Dame winkte ab. „Das renkt sich schon wieder ein."

„Mama, mit einer Hüftgelenksdysplasie ist nicht zu spaßen", mischte sich nun auch Mechthild ein.

„Mein Physiotherapeut hat mir ein paar Tricks gezeigt. Ich versuche, das selbst hinzubekommen, und wenn es nicht klappt, können wir immer noch zum Arzt fahren. Sei so gut und bring mir das Hundespielzeug aus meiner Tasche."

Mechthilds Brauen schossen nach oben. „Hundespielzeug?"

„Ja, so einen Gummiball, etwas größer als ein Tennisball."

Kopfschüttelnd nahm ihre Tochter das Spielgerät aus der Tasche und reichte es ihr.

„Da muss ich mich jetzt draufsetzen und bestimmte Übungen machen", erklärte Oma Lilo, während sie sich in Position brachte.

„Na gut." Lina stand auf. „Dann hole ich mal Theos Sachen aus dem Auto."

Irgendwie bekam es die alte Dame schließlich hin, ihre Bewegungsfähigkeit wiederherzustellen.

Sie aßen gemeinsam Abendbrot, und dann machte sich Lina auf den Heimweg.

„Fahr vorsichtig", mahnte Mechthild ihre Tochter.

„Immer. Du kennst mich doch."

„Eben."

Lina drückte erst ihrer Mutter, dann Oma Lilo einen Kuss auf die Stirn. Theo bekam einen Knuff gegen die Schulter.

„Halt mich auf dem Laufenden!", rief er ihr nach.

Lina winkte vom Auto aus und wendete den Bus. Schon bald sah Theo sie, eine große Staubwolke aufwirbelnd, an den Feldern entlangbrausen.

Zu dritt erledigten sie den Abwasch. Anschließend machte es sich Großmutter mit einem Buch im Sessel gemütlich.

Theos Mutter legte ihrem Sohn die Hand auf die Schulter. „Ich gehe noch etwas an den Strand, möchtest du mitkommen?"

„Klar."

Draußen zog sich der Himmel allmählich zu und Wind kam auf. Nur wenige Spaziergänger waren noch unterwegs. Theo hatte Mühe, seinen Elektrorollstuhl über den sandigen Pfad zu manövrieren. Er war froh, als er es bis zum Holzsteg geschafft hatte, der auf das Meer hinausführte.

Die Wellen rauschten in stetem Rhythmus an den Strand.

Möwen zogen ihre Kreise, und ihre Schreie trugen einen Hauch von Wehmut in sich.

Mechthild und Theo waren ganz allein auf der Aussichtsplattform und betrachteten den Horizont. Die untergehende Sonne zeichnete purpurne Bänder auf die im auffrischenden Wind dahinjagenden Wolken.

„Dein Vater hat das Meer geliebt“, sagte Mechthild mit sanfter Stimme. „Er konnte stundenlang am Strand stehen und auf die Wellen schauen.“

„Opa meinte, Papa sei früher Kampftaucher gewesen.“

„Stimmt.“

„Du hast mir nie davon erzählt.“

„Das war vor meiner Zeit.“

Theo blickte zu seiner Mutter auf. Im schwindenden Licht der untergehenden Sonne sah sie unglaublich jung aus. „Wie habt ihr euch eigentlich kennengelernt?“

„Das weißt du doch.“

„Ja, in der Jungen Gemeinde. Aber du hast nie erzählt, wie genau.“

„Lass mich überlegen. Es muss im Sommer 1987 gewesen sein. Das war die Zeit, in der es aufgrund des Kirchentages etwas mehr Freiraum gab. Ich war unterwegs zu einem Jugendgottesdienst. Da sah ich ihn, wie er aus der Tram ausstieg. Er sah so verloren aus. Ich sprach ihn an, und wir besuchten gemeinsam den Gottesdienst. Danach verloren wir uns aus den Augen, aber irgendwann war er wieder da.“

„War es Liebe auf den ersten Blick?“

Mechthild schüttelte den Kopf. „Dein Vater musste ganz schön um mich kämpfen. Anfangs hielt ich ihn für ziemlich oberflächlich, aufbrausend und, na ja … feierwütig.“

„Du willst damit sagen, er trank zu viel?“, hakte Theo nach.

Seine Mutter nickte.

„Was ist dann passiert?"

Mechthild schürzte nachdenklich die Lippen. „Wie gesagt, dein Vater war ausgesprochen hartnäckig. Er besuchte regelmäßig die Jugendgottesdienste, ließ das Trinken sein und begann, spannende Fragen zu stellen."

„Zum Beispiel?"

„Erst waren sie etwas abstrakterer Natur: Will Jesus nicht das Gleiche wie der Sozialismus? Hat die Wissenschaft den Glauben nicht längst überflüssig gemacht? Führen nicht alle Religionen irgendwie zu demselben Gott? Später wurden seine Fragen persönlicher: Warum nimmst du für deinen Glauben so viele Nachteile in Kauf? Woran merkst du, dass es Gott gibt? Denkst du wirklich, dass man mit Gott reden kann?" Mechthild stützte sich auf die Balustrade und lächelte versonnen. „Dein Vater war klug und humorvoll. Es war spannend, sich mit ihm zu unterhalten."

„Wann hast du dich in ihn verliebt?"

„Das kann ich dir gar nicht genau sagen. Es war, glaube ich, ein Prozess. Mir selbst fiel es zum ersten Mal auf, als er im Kindergottesdienst aushalf. Es ging darum, den Kindern die Geschichte von Mose und dem Auszug aus Ägypten nahezubringen. Dein Vater begann, eine Geschichte von fiesen Sklavenhalterameisen zu erzählen, die ein anderes Ameisenvolk unterdrückten. Die Kleinen hingen förmlich an seinen Lippen. Als ich ihn mit verstellter Stimme und wilden Grimassen inmitten der Kinder erzählen sah, da wusste ich irgendwie, dass ich nicht mehr ohne ihn sein wollte." Sie verstummte, und ihr Lächeln verblasste langsam. Schweigend blickten sie auf das Meer hinaus.

Theo ahnte, was sie dachte. Sie hatte nie mehr ohne ihn leben wollen, und doch hatte er sie eines Tages verlassen – ohne Vorwarnung, ohne sich zu verabschieden.

Nach einer Weile wandte sie sich ihm zu. „Warum fragst du das? Gibt es möglicherweise auch in deinem Leben jemanden, für den du etwas Besonderes empfindest?"

Für einen kurzen Moment blitzte das Gesicht von Luisa vor Theos innerem Auge auf. Es wunderte ihn, dass er ausgerechnet an sie dachte. Schließlich hatten sie sich nur einmal zufällig in der Bibliothek getroffen. Dann schüttelte er den Kopf. „Tut mir leid, Mama. Keine Schwiegertochter in Sicht."

Mechthild lächelte, schien aber nicht ganz bei der Sache zu sein. Ihr Blick war auf den Strand hinter ihnen gerichtet.

„Was ist?" Theo wandte sich ebenfalls um, konnte aber niemanden entdecken. Der Strand war vollkommen leer.

„Ach, nichts", antwortete seine Mutter. „Ich dachte nur, ich hätte da jemanden gesehen." Sie zuckte die Achseln. „Komm, wir gehen. Es wird allmählich kühl."

„Da hast du recht."

Wie um sie in ihrem Vorhaben zu bestärken, fing es an zu nieseln. Nur mit Mühe bewältigte der Elektrorollstuhl den sandigen Pfad. Theo war froh, als er den asphaltierten Teil erreichte. Doch den ganzen Weg entlang, die Böschung hinauf bis zum Haus, hatte er das unangenehme Gefühl, beobachtet zu werden.

Auf dem kiesbedeckten Parkplatz drehte er sich noch einmal um. Stand dort drüben bei den hohen Kiefern ein Mann? Theo beschirmte seine Augen mit der Hand, um sie vor dem zunehmenden Regen zu schützen. Nein. Er musste sich getäuscht haben.

„Kommst du?", fragte Mechthild und hielt ihm die Tür auf.

„Klar", erwiderte Theo, doch noch immer kam es ihm vor, als würden unsichtbare Augen ihm folgen, während er in das hell erleuchtete Haus fuhr.

Der Unfall

„Und dann“, die alte Dame packte Linas Arm und drückte erstaunlich fest zu, „war plötzlich mein Ring verschwunden!“ Sie beugte sich vor, hauchte in verschwörerischem Tonfall: „Die da hat ihn genommen“, und winkte mit den Augen unauffällig in Richtung der korpulenten Pflegedienstleitung, die mit verschränkten Armen im Türrahmen stand. „Die schleicht hier überall herum und beobachtet mich.“ Sie zog Lina noch dichter zu sich. Ihr Atem roch nach Kaffee und Zwiebeln – eine sowohl ungewöhnliche als auch olfaktorisch wenig reizvolle Kombination. „Und dann nutzt sie den einen Moment, in dem ich unaufmerksam bin, und schlägt erbarmungslos zu.“

„Haben Sie irgendwelche Beweise für Ihre Anschuldigungen, Frau Schulz?“, fragte Lina und befreite sich mühsam aus dem eisernen Griff der Seniorin.

„Sie brauchen die doch nur anzusehen, dann wissen Sie Bescheid. Nehmen Sie sich in Acht“, wisperte Frau Schulz.

Lina massierte sich die schmerzenden Schläfen. Dann wandte sie sich an die Pflegedienstleiterin, der man, anders als behauptet, den Zweitberuf als Schmuckdiebin nicht auf den ersten Blick ansah. Die Frau wirkte allenfalls ein wenig müde und desillusioniert. „Dann wollen wir mal nicht lange um den heißen Brei herumreden“, sagte Lina. „Haben Sie den Ring von Frau Schulz gestohlen?“

„Welchen?“, fragte die Frau, ohne sich im Mindesten aus der Ruhe bringen zu lassen.

„Den mit dem echten Rubin!", zischte die Seniorin.

Die Pflegedienstleitung seufzte und ging zum Nachttisch der alten Dame. Dort öffnete sie die Schublade.

„Finger weg!", schimpfte Frau Schulz empört. Dann wandte sie sich an Lina. „Um Gottes willen, halten Sie sie doch auf!"

„Was machen Sie da?", fragte Lina, als die Angestellte die Schublade ganz herauszog.

„Ich kläre ein Verbrechen auf", erwiderte die Frau ungerührt. Dann drehte sie die Schublade um und löste einen mit Tesafilm an der Unterseite befestigten Gegenstand. „Sie meinen den hier?"

„Geben Sie her!" Die alte Dame griff blitzschnell zu und steckte sich den Weißgoldring mit dem kunstvoll eingefassten roten Stein an den Finger. „Ich schwöre, ich habe keine Ahnung, wie der Ring dort hingekommen ist. Wahrscheinlich hat sie ihn versteckt!" Ihr knochiger Finger wies anklagend auf die Pflegedienstleitung.

Die Frau seufzte und fragte hörbar genervt: „Frau Schulz, warum sollte ich das tun?"

„Woher soll ich das wissen? *Ich* bin keine Diebin!"

„Gut", Lina erhob die Stimme, „dann wäre das ja geklärt. Ohne Diebstahl keine Anzeige."

„Moment, Sie wollen diese intrigante Person doch nicht einfach frei herumlaufen lassen?!", empörte sich Frau Schulz.

„Ich kann niemanden verhaften, der nichts getan hat", erwiderte Lina, die sich nicht entscheiden konnte, ob sie wütend oder belustigt sein sollte.

Sie verließ den Raum, ehe die alte Dame ihrer Empörung noch mehr Luft machen konnte. Die Pflegedienstleitung folgte ihr.

„Tut mir leid, aber wir mussten dieser Anzeige nachgehen", sagte Lina.

„Schon in Ordnung“, erwiderte die Frau. „An den meisten Tagen ist Frau Schulz eigentlich ganz umgänglich, aber hin und wieder …“ Sie verdrehte die Augen.

„Manchmal ist der Job ganz schön hart, was?“, fragte Lina.

„Ja. Aber dann sage ich mir immer: Wer weiß, wie wunderlich ich selbst im Alter mal werde. Dann bin ich sicher auch dankbar, wenn die Leute Geduld mit mir haben.“

„Eine gute Einstellung“, erwiderte Lina. Sie verabschiedete sich und ging zu ihrem Wagen.

Das war der letzte Außentermin für heute gewesen. Als sie losfuhr, konnte sie ein herzhaftes Gähnen nicht unterdrücken. Nun wartete in der Dienststelle noch eine Menge Papierkram auf sie.

Es war gestern spät geworden, und in der Nacht hatte sie schlecht geschlafen. Die Sorge um Theo ließ ihr keine Ruhe. Was suchten diese Leute? Warum sollte ausgerechnet Theo etwas davon wissen? Die ganze Sache war ein einziges Rätsel.

Lina vertraute ihrem Bruder. Wenn er selbst nur den Hauch einer Ahnung hätte, worum es gehen könnte, hätte er sie darüber informiert.

Wenn sie vorankommen wollte, musste sie gedanklich einen Schritt zurückgehen. Diese Leute wussten, wo Theo lebte. Sie waren über seine Behinderung informiert und wussten offenbar auch, dass er nachts ein Atemgerät benötigte. Irgendwie hatten sie diese Dinge in Erfahrung gebracht. So etwas stand nicht im Internet. Theo war in den sozialen Medien sehr zurückhaltend. Das bedeutete, die Typen mussten mit realen Menschen aus Theos Umfeld gesprochen und Erkundigungen eingeholt haben.

Lina parkte den Wagen vor der Dienststelle und stieg aus.

Theo hatte ihr erzählt, dass ein alter Armeekamerad ihres

Vaters ihre Großeltern besucht hatte. Das war schon ein seltsamer Zufall, schließlich musste die Armeezeit ihres Vaters um die fünfundzwanzig Jahre zurückliegen.

Sie ignorierte den Fahrstuhl und nahm die Treppe. Wer wusste schon, ob dieser Mann wirklich ein Kamerad gewesen war? Es lohnte sich, dort noch einmal anzusetzen. Theo hatte auch einen Namen genannt, aber Lina hatte ihn vergessen. Sie griff nach ihrem Handy, um nachzufragen, doch ihre Hosentasche war leer. Sie klopfte ihre Jacke ab. *Mist.* Wahrscheinlich lag es noch im Auto. Manchmal rutschte es aus ihrer Beintasche, wenn sie diese nicht zuknöpfte.

Sie eilte zurück und sah im Wagen nach. Erst auf dem Sitz, dann darunter. Irgendein Vollpfosten stieß einen Pfiff aus, nur weil die Suche sie in anatomischer Hinsicht dazu zwang, ihr Hinterteil in exponierter Lage zu positionieren. Lina erwog, dem Typen eine Lektion zu erteilen, beschloss dann aber, dass sie für diesen Mist keine Zeit hatte.

Wo war das bescheuerte Handy? Sie durchwühlte das Handschuhfach und sah sogar im Kofferraum nach, obwohl sie ihn heute gar nicht geöffnet hatte.

Vielleicht hatte sie es gar nicht mitgenommen und oben im Büro vergessen? Sie stapfte die Stufen wieder hinauf und suchte ihren Schreibtisch ab – nichts. Auch in ihrem Spind lag es nicht. „Hat irgendjemand von euch mein Handy gesehen?“, rief sie ins Büro.

Von den Kollegen kam nur ein ratloses Schulterzucken.

Sie rief sich vom Festnetz aus an. Doch nirgendwo war ein Klingeln zu hören. Anschließend rief sie sogar im Pflegeheim an, aber auch dort hatte niemand ihr Telefon gesehen.

Vielleicht hatte sie es zu Hause vergessen? Bei dem Stress, den sie derzeit hatte, wäre das durchaus möglich.

Sie schob den Gedanken an ihr Smartphone beiseite und

konzentrierte sich auf ihre Berichte. Sie würde später ihre Großeltern nach dem Namen des Mannes fragen.

Es war gegen 17 Uhr, als sie die Dienststelle verließ. Sie erwog, zuerst nach Hause zu fahren, beschloss dann aber, sich gleich auf den Weg zu Opa Dieter und Oma Iris zu begeben. Die beiden waren etwas eigen. Wenn ihr Tagesablauf zu sehr vom Gewohnten abwich, konnten sie unleidlich werden. Spontanbesuche vor dem Abendbrot um 18 Uhr waren akzeptabel, aber danach wollten sie ihre Ruhe haben.

Um 17.26 Uhr klingelte Lina an der Tür. Das letzte Mal waren sie und ihre Großmutter im Streit auseinandergegangen, daher erschien es ihr angebracht, sich heute etwas versöhnlicher zu zeigen.

„Wer ist da?“, schnarrte es aus der Gegensprechanlage.

„Ich bin's, Lina. Kann ich kurz reinkommen?“

Eine kurze Pause entstand. Dann ertönte der Summer. Lina eilte hinauf in den vierten Stock und klopfte an die Wohnungstür. Ihr Großvater öffnete. „Komm rein“, brummte er.

Lina zog die Schuhe aus und betrat den flauschigen Teppich.

Opa Dieter ging ins Wohnzimmer vor und deutete auf die Couch. „Setz dich.“ Er selbst ließ sich in seinem Lieblingssessel nieder.

Oma Iris kam aus der Küche. „Hallo, Lina.“ Sie stellte sich neben den Sessel und legte die linke Hand auf die Schulter ihres Mannes. Die beiden gaben ein seltsames Bild ab, das Lina an Schwarz-Weiß-Fotografien aus archaischen Zeiten erinnerte.

„Was willst du?“, fragte Oma Iris barsch.

„Zunächst einmal möchte ich mich entschuldigen“, erwiderte Lina und brachte etwas wie ein Lächeln zustande. „Theo meinte, ich hätte zu heftig reagiert, und ich denke … er hat recht.“

„Du hast eine sehr gute Freundin von mir beleidigt“, sagte Oma Iris mit unbeweglicher Miene.

Nachdem sie in menschenverachtender Weise über deinen Enkel gesprochen hat, dachte Lina und knirschte innerlich mit den Zähnen. Laut brachte sie ein „Tut mir leid“ heraus.

„Gut, Schwamm drüber“, sagte Opa Dieter, der das Thema offensichtlich rasch hinter sich bringen wollte. Zwischenmenschliche Beziehungen waren nichts, worüber er viele Worte verlor.

Oma Iris hingegen presste die Lippen zusammen. Lina war sich sicher, dass sie absolut nichts dagegen gehabt hätte, noch länger auf dem Thema herumzureiten.

„Das war der Grund, warum du hergekommen bist?“, fragte Linas Großvater und sah aus, als wolle er jeden Moment aufstehen und sie zur Tür begleiten.

„Nein. Es gibt da noch etwas anderes“, erwiderte Lina rasch. „Theo hat mir erzählt, dass ihr Besuch von einem Mann hattet, der Papa aus seiner Armeezeit kennt.“

„Das stimmt.“ Großvaters Augen leuchteten auf. „Sein Name ist Jan-Christian Petersen. Er war mit Robert zusammen bei den Kampftauchern. Da“, er wies an die gegenüberliegende Wand, „dieses Foto hat er uns geschenkt.“ Lina stand auf und betrachtete das Foto. Ihr Vater sah sehr jung aus und war ihr irgendwie fremd.

„Hat er gesagt, warum er ausgerechnet jetzt bei euch auftaucht? Ich meine, es ist ja schon über fünfundzwanzig Jahre her, dass die beiden zusammen gedient haben.“

„Das habe ich Theo schon erzählt: Er wollte ein Ehemaligentreffen organisieren.“

„Interessant. Hat er sonst noch etwas gesagt?“

„Nun ja, er hat sich gewundert, dass Robert einfach so verschwunden ist. Er meinte, das würde überhaupt nicht zu ihm passen. Aber“, ein bitterer Zug legte sich auf sein Gesicht, „Robert hat sich seit seiner Armeezeit ja sehr verändert.“

„Genauer gesagt, seit er deine Mutter kennenlernte“, fügte Oma Iris hinzu.

„Ach, tatsächlich?“ Lina blickte ihre Großmutter herausfordernd an.

„Na ja, Schatz“, Opa Dieter tätschelte die Hand seiner Frau, „ich denke, es hat ihn vor allem aus der Bahn geworfen, dass er nach dem Unfall seinen Dienst beim KSK 18 nicht mehr ausführen konnte.“

„Was genau ist bei dem Unfall eigentlich passiert?“, fragte Lina.

„Das unterlag der Schweigepflicht. Er hat es uns nie erzählt.“ Ein schmerzlicher Ausdruck trat in das Gesicht ihres Großvaters.

„Er hat auch nach dem Fall der Mauer nicht darüber gesprochen?“, hakte Lina überrascht nach.

„Wir hatten sehr wenig Kontakt, nachdem alles den Bach heruntergegangen war und die schöne neue Welt des Kapitalismus alle in ihren Bann gezogen hatte“, bemerkte Oma Iris.

„Einmal hat er etwas angedeutet.“ Opa Dieter runzelte nachdenklich die Stirn. „An jenem Abend hatte er ein bisschen viel getrunken.“ Er warf einen kurzen Seitenblick auf seine Frau und fügte hinzu: „Nachdem er aus der Reha entlassen worden war, trank er oft zu viel.“

„Und was hat er erzählt?“, hakte Lina nach, bevor ihre Großmutter wieder das Wort ergreifen konnte.

„Er meinte, jemand habe einen Fehler begangen, woraufhin Robert einen Kameraden retten musste.“

„Er hat seine Pflicht getan“, sagte Oma Iris leise und nickte ernst.

Zum ersten Mal erkannte Lina im Blick ihrer Großmutter

keine Bitterkeit, sondern Trauer über den Verlust des Sohnes, und dies stimmte sie ein wenig milder. „Warum konnte er seinen Dienst danach nicht mehr ausführen?"

„Das KSK 18 ist auf Taucheinsätze spezialisiert. Bei dem Unfall kam es unter anderem zu einer schweren Schädigung seines Trommelfells. Es blieben sogenannte atrophe Narben zurück – sie sind dauerhaft und inoperabel. Robert wurde für tauchunfähig erklärt."

Lina nickte langsam. „Ich verstehe. Wisst ihr sonst noch irgendetwas über diesen Petersen?"

Oma Iris kniff die Augen zusammen. „Warum interessiert dich das?"

„Ich habe meinen Papa sehr geliebt", erwiderte Lina, „und ich habe ihn verloren, als ich erst fünf Jahre alt war. Durch Petersen habe ich die Möglichkeit, eine Seite meines Vaters kennenzulernen, die mir sonst für immer verborgen bleiben würde."

Oma Iris schluckte und schwieg. Opa Dieters harte Züge wichen einem Lächeln. „Das ist eine gute Idee, Lina. Leider weiß ich nicht wirklich viel über den Mann. Petersen lebt irgendwo an der Küste. Einer Nebenbemerkung konnte ich entnehmen, dass er eine Zeit lang als Tauchlehrer gearbeitet hat. Außerdem ist er ein ziemlich guter Schütze und hat einen Jagdschein. Er hat uns Hirschwurst mitgebracht."

„Eine Adresse habt ihr nicht?"

„Leider nein, aber eine Telefonnummer. Warte, ich schreibe sie dir auf." Ihr Großvater stand auf, nahm eine Karte aus seinem Portemonnaie und schrieb eine Nummer ab. „Hier." Er reichte Lina den Zettel. „Er hat sie uns gegeben für den Fall, dass uns noch irgendetwas zum Verschwinden deines Vaters einfällt."

„Danke." Lina faltete den Zettel zusammen und steckte

ihn in ihre Hosentasche. „Das war sehr ... aufschlussreich für mich."

„Gerne", erwiderte Großvater. Dann warf er einen Blick auf die Uhr. Es war 18.02 Uhr.

Lina lächelte. „Zeit fürs Abendbrot, ich weiß. Keine Bange, ich muss ohnehin los."

„Wenn du ... wenn du willst, kannst du zum Essen bleiben", sagte Oma Iris, was offensichtlich nicht nur Lina, sondern auch Opa Dieter überraschte.

„Lieb von euch, aber das ist mir zu früh", erwiderte Lina. „Und ich hab noch einiges zu erledigen."

Oma Iris nickte. „Warte, ich bring dich raus." An der Tür fragte sie ihre Enkelin: „Hältst du uns auf dem Laufenden ... ich meine, wenn du irgendetwas über Robert ... über deinen Vater herausfindest?" In ihrem Blick lag so viel Schmerz, dass Lina einen Kloß im Hals verspürte.

„Mach ich, Oma." Sie drückte die Hand ihrer Großmutter.

„Vergiss es ja nicht", mahnte diese, bevor sie die Tür schloss.

Lina verzog das Gesicht zu einem schiefen Grinsen. Diese Frau konnte einfach nicht aus ihrer Haut.

Als Lina zu Hause ankam, durchsuchte sie als Erstes ihren Schreibtisch, dann die Couch und anschließend ihren Nachttisch. Sie durchforstete sogar ihr Bett. Wo war nur dieses verflixte Handy? Hatte sie es womöglich schon im T4 verloren, als sie Theo zum Darß gefahren hatte? Sie würde gleich morgen früh in der WG vorbeifahren.

Sie schmierte sich ein Brot und drehte nachdenklich den Zettel mit der Telefonnummer in der Hand, während sie zu Abend aß. Ob sie den Mann anrufen sollte? Warum nicht? Ihre Festnetznummer war unterdrückt.

Sie spülte den letzten Happen ihres Brotes mit einem Glas Wasser herunter und wählte die Nummer. Nach fünfmaligem

Klingeln meldete sich die computergenerierte Stimme einer Mailbox und bat darum, eine Nachricht zu hinterlassen.

Mist! Lina legte auf. Anschließend absolvierte sie ihr abendliches Fitnessprogramm und ließ sich von *Green Day* und der Rentnerband *Aerosmith* ein wenig das Hirn durchpusten.

Durchgeschwitzt, aber entspannt stellte sie sich schließlich unter die Dusche. Als sie gerade dabei war, sich das Shampoo aus den Haaren zu waschen, klingelte es an der Wohnungstür.

„Echt jetzt?", knurrte Lina.

Die Klingel verstummte, um gleich darauf erneut zu ertönen.

Wer auch immer um diese Zeit etwas von ihr wollte, war extrem hartnäckig. Lina stellte die Dusche ab, schlang sich ein kleines Handtuch um die Haare und ein großes um den tropfnassen Körper. Dann tappte sie zur Tür. Die Eingangstür war nur selten abgeschlossen, ihr Besuch stand also bereits vor ihrer Wohnungstür.

Sie legte die Kette ein und öffnete die Tür einen Spaltbreit. „Du? Was machst du denn hier?"

„Äh", Bens Blick glitt an ihr hinab und verharrte kurz auf ihren nackten Füßen, bevor er wieder hinauf zu ihrem Gesicht wanderte, „vermisst du das hier?" Er hielt ihr ein Smartphone vor die Nase.

„Mein Handy!" Verblüfft nahm sie es ihm aus der Hand. „Wo hast du es gefunden?"

Ein Grinsen huschte über sein Gesicht. „Unter deinem Spind."

Lina runzelte die Stirn. Eigentlich hatte sie gedacht, sie hätte auch dort nachgesehen. Aber sie war sich alles andere als sicher. „Und warum guckst du unter meinen Spind?"

„Die Kollegen meinten, du würdest dein Smartphone vermissen, und da dachte ich mir, ich helfe ein bisschen. In letzter

Zeit bist du ein klein wenig verhuscht, weißt du?" Er hatte sein jungenhaftes Grinsen aufgesetzt, und sie musste unwillkürlich lächeln.

„Danke! Das ist wirklich nett von dir."

„Ich komme wohl zu einem ziemlich ungünstigen Zeitpunkt." Bens Blick wanderte zu ihrem Handtuch, bevor er ihr wieder in die Augen blickte. Er fuhr sich durch die Haare und wirkte mit einem Mal verunsichert.

Für einen kurzen Moment erwog Lina, ihn hereinzulassen, dann löste sich der Knoten ihres Handtuchs und sie sprang blitzartig hinter die Tür und somit aus seinem Blickfeld. „Korrekt erkannt", sagte sie hastig. „Vielen Dank und bis morgen!" Sie schlug die Tür zu.

„Äh, tschüss ... und gern geschehen", hörte sie ihn noch sagen. Dann vernahm sie das Quietschen der Treppenstufen.

Kopfschüttelnd steckte sie das Handtuch wieder fest und legte das Smartphone auf den Wohnzimmertisch. Dann machte sie sich auf den Weg ins Bad. Höchste Zeit, dass sie das Shampoo loswurde. Ihre Kopfhaut juckte schon.

Peter

Der Namenlose stieg eine U-Bahnstation früher aus, nahm den südlichen Ausgang und schlug einen großen Bogen nach Norden, wobei er wenigstens fünf Minuten lang in einem unverschlossenen Hausflur wartete und durch den Türspalt die Straße beobachtete. Schließlich war er sich absolut sicher, dass er nicht verfolgt wurde, und begab sich zum Hintereingang des Pro-Humanis-Instituts.

Dr. Cho begrüßte ihn mit einem Lächeln. „Schön, dass Sie da sind. Wie geht es Ihnen?"

„Gut. Können wir gleich anfangen?"

Das Lächeln der jungen Frau geriet nur kurz ins Stocken. „Natürlich", sagte sie. „Bitte ziehen Sie die Schuhe und die Oberbekleidung aus."

„Warum?", fragte der Namenlose.

„Wir müssen während des Prozesses Ihre Vitalwerte messen." Sie deutete auf das EKG-Gerät im Raum. „Die Elektroden halten nicht auf Ihrem Flanellhemd. Und die Schuhe sind eine Frage der Hygiene. Ist das ein Problem für Sie?"

Der Namenlose schüttelte den Kopf und begann, sein Hemd aufzuknöpfen.

„Gut." Sie bedeckte die gepolsterte Liege mit einem langen Papiertuch.

Der Namenlose zog sein Hemd aus und hängte es über den Besucherstuhl. In Wahrheit war es ein Problem für ihn. Ohne Schuhe und verkabelt dazuliegen, machte ihn verwundbar.

Er wäre nicht in der Lage, sofort zu fliehen oder zu kämpfen, falls das erforderlich sein sollte. Er konnte sich nicht erinnern, wann er sich das letzte Mal freiwillig in eine so schutzlose Position gebracht hatte. Mit einem mulmigen Gefühl im Bauch zog er sich das T-Shirt über den Kopf.

Dr. Cho sog scharf die Luft ein, als sie die Narben auf seinem Oberkörper erblickte.

Er ignorierte es und zog die Schuhe aus.

„Machen Sie es sich bequem." Sie deutete auf die Liege.

Nach kurzem Zögern legte er sich auf das weiche Möbel.

Dr. Cho rollte das mobile EKG heran, nahm eine der Elektroden und besprühte sie mit einer Flüssigkeit. „Das kann jetzt ein bisschen kalt sein." Sie befestigte die Elektrode an seiner Brust. Dann strich sie mit dem Finger über die Haut unterhalb der noch nicht ganz verheilten Wunde an der Schulter. „Woher haben Sie die?"

„Von einem Messer."

Sie hob fragend die Brauen. „Ein Überfall", ergänzte er. „Ein paar hirnlose Schläger wollten sich einen Spaß daraus machen, einen Obdachlosen zu vermöbeln."

„Und?"

Er bleckte die Zähne. „Es war nicht ganz so vergnüglich, wie sie erwartet hatten."

Sie befestigte die zweite Elektrode. Der Namenlose konnte sich nicht erinnern, wann ihn das letzte Mal ein Mensch so behutsam berührt hatte. Es war ihm nicht unangenehm, aber dennoch irgendwie befremdlich. Eigentlich kam es in seinem gegenwärtigen Leben nur dann zu Körperkontakt, wenn jemand versuchte, ihn umzubringen oder seine Verletzungen wieder zusammenzuflicken.

Dr. Cho zeigte auf eine Narbe in Höhe des linken unteren Rippenbogens. „Und diese hier?", fragte sie.

Er zuckte mit den Schultern. „Ich habe keine Ahnung. Auch die Narbe am Oberarm kann ich nicht zuordnen. Die kleine Narbe auf dem Rücken stammt von der Kugel, der ich letztlich meine Amnesie verdanke."

Dr. Cho wirkte nachdenklich. Möglicherweise wuchsen gerade ihre Zweifel, ob er wirklich ein geeigneter Proband war.

„Können Sie mir noch mal erklären, wie das Ganze funktioniert?", bat er, um sie von etwaigen Überlegungen abzulenken.

Sie legte ihm die Manschette eines Blutdruckmessgeräts an. „Als Erstes überprüfe ich Ihre Vitalwerte." Sie maß den Blutdruck und nickte zufrieden. „110 zu 75, und Ihr Puls liegt bei 41. Sie haben eine bemerkenswerte Konstitution."

„Ich versuche, mich fit zu halten."

„Sie leben tatsächlich seit fast zwanzig Jahren auf der Straße?", hakte die Ärztin nach.

Er nickte.

Sie runzelte die Stirn, sagte aber nichts.

„Wie geht es weiter?", fragte der Namenlose.

„Im Grunde führen wir eine medikamentös gestützte Hypnosetherapie durch. Wir versuchen, schrittweise zu Ihren verborgenen Erinnerungen durchzudringen. Dafür setzen wir zunächst bei den Hinweisen an, die wir haben."

„Nämlich?"

„Peter", erwiderte Dr. Cho. „Lassen Sie uns gemeinsam herausfinden, ob dieser Name tatsächlich etwas mit Ihrer Vergangenheit zu tun hat oder ob es sich damals um eine Verwechslung handelte." Die Möglichkeit, dass Peter auch eine Identität einer schwer gestörten multiplen Persönlichkeit sein könnte, ließ sie unerwähnt. „Ich lege Ihnen nun eine Infusion." Sie desinfizierte seine linke Armbeuge, schob eine Kanüle in die Vene und regulierte den Tropf.

Der Namenlose deutete auf den Beutel mit der durchsichtigen Flüssigkeit. „Ist das dieses Citoretrival?"

„Überwiegend ist es eine Natriumchloridlösung. Wir beginnen mit einer sehr geringen Menge des Wirkstoffs." Sie lächelte. „Bitte entspannen Sie sich jetzt. Schließen Sie die Augen."

Der Namenlose gehorchte. Das Gefühl des Ausgeliefertseins war beklemmend. Nach einer halben Minute öffnete er die Augen wieder und kontrollierte den Raum.

„Bitte halten Sie die Augen geschlossen und entspannen Sie sich." Dr. Chos Stimme klang ruhig und souverän.

„Okay. Tut mir leid."

„Das muss es nicht. Es ist alles in Ordnung. Konzentrieren Sie sich jetzt auf Ihre Atmung. Sie atmen ein und spüren, wie frische, reine Luft in Ihre Lungen strömt, bis tief hinab zu Ihrem Zwerchfell. Ja, so ist es gut. Und jetzt atmen Sie aus und lassen alle Anspannung aus sich herausströmen. Sie atmen ein ... und wieder aus. Ihre Muskeln entspannen sich. Arme und Beine werden schwer. Sie haben das Gefühl, auf einer Wolke zu schweben."

Der Namenlose spürte, wie sich eine wohlige Wärme in ihm ausbreitete. Sie floss durch den Tropf in seine Adern, wanderte zu seinem Herzen und von dort aus langsam in Kopf und Bauch.

„So ist es gut", flüsterte Dr. Cho sanft. „Lassen Sie alle Gedanken los. Alles, was Sie sonst beschäftigt, spielt nun keine Rolle mehr. Es ist unwichtig. Lassen Sie Ihre Gedanken aufsteigen wie Luftblasen im tiefblauen Wasser des Ozeans."

Intuitiv griff der Namenlose das Bild auf. Er spürte, wie er schwerelos im Wasser trieb. Die Wellen hielten ihn umfangen, warm und weich. Luftblasen perlten aus seinem Mund und strömten nach oben. Er blickte ihnen hinterher, ein steter Strom von Leben. Dann veränderte sich etwas.

Das blaue Wasser trübt sich und verliert seine stille Gleichmütigkeit. Graue Wogen erheben sich, werden unruhiger, wälzen sich empor zu schmutzig grauen Ungetümen, schäumen und tosen, um gleich darauf tief hinabzusinken in düstere Täler. Die Wärme wird aus ihm herausgesogen, kalte Fluten packen ihn. Ein Gewicht liegt auf ihm, leblos und schwer. Es drückt ihn hinab in die dunkle Tiefe. Er blickt nach oben, sieht ein grelles rundes Licht, das unstet umherspringt und zunehmend trüber wird, je tiefer er sinkt. Eine kalte Hand greift nach seinem Herzen, denn er weiß, dort unten lauert der Tod. Ein Gesicht, bleich wie Kreide, taucht vor seinem inneren Auge auf. Die Augen sind verdreht, sodass nur noch das Weiße zu sehen ist. Panik flammt in ihm auf. Er stemmt sich mit aller Kraft gegen den Sog …

Ein hektisches Piepen drang an sein Ohr, dann eine warme Hand auf seiner Brust und eine Stimme dicht an seinem Ohr. „Beruhigen Sie sich. Sie sind in Sicherheit! Hier kann Ihnen nichts passieren. Bitte atmen Sie. Atmen Sie tief ein und aus."

Er gehorchte der Stimme, folgte dem Rhythmus, den die Hand auf seiner Brust mit sanftem Druck vorgab. „Alles ist gut. Können Sie mir sagen, was Sie gesehen haben?"

Er drehte den Kopf zur Seite und verdrängte die Furcht, die in ihm wühlte.

„Was haben Sie gesehen?", fragte die Stimme eindringlicher.

„Graues Wasser … Gefahr in der Tiefe … der bleiche Mann … ich muss … ich muss …"

„Sch, alles ist gut. Sie sind in Sicherheit."

„… ich muss ihn retten."

„Wen?", hakte die Stimme nach. „Wen müssen Sie retten?"

„Er ertrinkt! Sie können ihn doch nicht ertrinken lassen!" Das Piepen wurde hektischer.

„Schsch … Es ist gut. Entspannen Sie sich. Lassen Sie die Erinnerung sinken. Sie sind geborgen, umgeben von einem

Kokon der Sicherheit. All Ihre Erinnerungen können Ihnen nichts anhaben. Sie sind vorbei. Atmen Sie, atmen Sie."

Er gehorchte der Stimme, konnte nicht anders.

„Sie schweben wie auf einer Wolke über Ihrem bisherigen Leben. Sie fühlen sich wohl. Nichts, was Ihre Erinnerung Ihnen zeigt, kann Ihnen etwas anhaben."

Wärme breitete sich in ihm aus. Sein Atem ging ruhiger.

„Ihr Leben ist wie eine lange, gewundene Linie; ein Weg, der Sie über flache Ebenen und Hügel führt, hinauf auf steile Berge und hinab in tiefe Schluchten. Sie schweben über diesem Weg, sehen Ihre eigenen Fußstapfen. Abdrücke im Staub der Straße. Sie sind Peter. Erinnern Sie sich. Sie heißen Peter. Fühlen Sie, wie es ist, diesen Namen zu tragen?"

Er spürte in sich hinein. Da war eine Resonanz, nur sehr schwach, aber eindeutig wahrnehmbar. Der Name weckte etwas Vertrautes in ihm.

„Menschen nennen Sie bei diesem Namen. Blicken Sie in ihre Gesichter. Erinnern Sie sich."

Stimmen drangen an sein Ohr. Er atmete ruhig ein und aus. Langsam schwebte er auf die Stimmen zu. Ein Bild tauchte vor seinem inneren Auge auf...

„Peter?" Die Frau trägt eine Dauerwelle. Ihr Gesicht ist gleichmütig. Sie nimmt ein Blatt Papier aus einer Schreibtischschublade. „Bitte tragen Sie sich in die Liste ein."

Die Erinnerung verblasste und ein neues Bild erschien.

„Peter Waigel." Der Mann mit dem grauen Bart lächelt zufrieden wie ein Lehrer, dessen Schüler gerade eine Prüfung bestanden hat. „Nehmen Sie Platz." Er studiert eine Akte. „Nun, bei Ihrer Qualifikation werden Sie einen Großteil der Lehrgänge überspringen können." Er schaut auf. Sein Blick ist starr wie der einer Schlange, die ihr Opfer fixiert. „Was Ihnen fehlt, ist, sagen wir mal, der Instrumentenkoffer für die eher leisen, zwischenmenschlichen Töne."

Das Bild flackerte und wich dem einer verrauchten Kneipe.

„Peter", ein stämmiger Mann mit beigefarbenem Rollkragenpullover klopft ihm auf die Schulter, „setz dich zu uns. Du siehst aus, als könntest du einen Drink gebrauchen. Beate, bringst du uns noch zwei Havanna-Mädchen?"

Flackern – ein Büro, leer bis auf einen großen Schreibtisch.

Ein groß gewachsener Mann drückt die Zigarette in den Aschenbecher. „Ah, Sie haben sich entschieden. Sehr erfreulich." Er kommt näher, streckt die Hand aus. Ein Lächeln liegt auf seinen Lippen, doch seine Augen sind so kalt und leer wie das All. „Sie sind Peter. Peter Waigel." Es klingt wie ein Befehl.

Und wieder flackerte das Bild.

Ein Mann steht auf einem Bootssteg und starrt auf das Meer hinaus. Er trägt einen hellen Trenchcoat. Langsam dreht er sich um. Ein Lächeln liegt auf seinem Gesicht. „Hallo, Peter, sieht so aus, als würden wir von jetzt an zusammenarbeiten."

Der Namenlose spürte, wie sein Herz schneller zu schlagen begann. Er kannte dieses Lächeln, diese Stimme. Er hatte sie später noch einmal vernommen, eingesperrt in einem schallisolierten Raum.

„Peter", fragt eine Stimme. „Peter, wer sind Sie?"

Die Sätze sprudeln aus ihm heraus: „Peter Waigel, geboren 1968 in Berlin, Hauptstadt der DDR, angestellt bei der kommunalen Wohnungsverwaltung als Betriebshandwerker, wohnhaft Karl-Marx-Allee 124. Ich bin leidenschaftlicher Schwimmer und spiele Gitarre …"

Der warme Strom in ihm verebbte, die Bilder verschwammen.

Eine eindringliche Frauenstimme drang an sein Ohr. „Hören Sie mir zu. Ich werde jetzt langsam von fünf bis eins herunterzählen. Mit jeder Zahl, die ich nenne, werden Sie mehr und mehr aus Ihrem tiefen Entspannungszustand zurückkehren.

Bei der Zahl Eins sind Sie wieder wach. Sie schlagen die Augen auf und können sich an alles erinnern, was Sie in Trance gesehen haben.

Fünf. Das Gefühl zu schweben lässt langsam nach. Sie spüren das Polster, auf dem Sie liegen.

Vier... drei... Ihr Puls normalisiert sich, Sie spüren Ihre Arme und Beine.

Zwei. Nun können Sie Ihre Finger und Zehen bewegen. Wenn ich gleich die letzte Zahl nenne, öffnen Sie die Augen und sind wieder vollkommen wach... eins."

Der Namenlose schlug die Augen auf.

Dr. Cho blickte auf ihn herab. Ihre Wangen hatten sich gerötet. „Sie erinnern sich."

Er wollte sich aufrichten, spürte jedoch, wie ihm augenblicklich schwindlig wurde.

Sie legte eine Hand auf seine Brust. „Geduld. Es dauert ein wenig, bis die Wirkung des Medikaments nachlässt. Bleiben Sie einfach liegen und berichten Sie: Was haben Sie gesehen?"

„Gesichter, verschiedene Menschen... Ich war", er schluckte, „ich war Peter."

„Nein", Dr. Cho schüttelte lächelnd den Kopf, „Sie sind es immer noch. Willkommen zurück, Peter Waigel." Ihre Augen strahlten. „Ich will ganz ehrlich zu Ihnen sein: Ich hatte nicht erwartet, dass wir bereits in der ersten Sitzung einen solchen Durchbruch erleben."

Er lächelte verhalten. Es bestand kein Zweifel daran, dass seine Erinnerungen real waren. Er war diesen Menschen begegnet, und sie hatten ihn tatsächlich Peter Waigel genannt. Aber irgendetwas stimmte dennoch nicht. Es fühlte sich auf eine schwer erklärbare Art und Weise nicht richtig an. *Multiple Persönlichkeitsstörung,* spukte es leise in seinem Kopf herum.

„Ich“, er räusperte sich, „ich habe einen Mann wiedererkannt.“

„Tatsächlich?“ Die Augen der jungen Ärztin wurden groß. Ihre Begeisterung war nicht zu übersehen. „Wen?“

„Den Mann, dem ich vor Kurzem … über den Weg gelaufen bin. Der Mann, der mich Peter nannte.“

„Aber das ist ja großartig!“ Sie legte ihre Hand auf seinen Arm. „Erinnern Sie sich an seinen Namen?“

Er schüttelte den Kopf.

„Wir müssen an dieser Stelle unbedingt weitermachen.“

„Ja, das müssen wir“, sagte er. Aber er wusste, dass er diesem Mann um keinen Preis der Welt mehr begegnen wollte.

Schollen-Jan

„Ich hätte gerne eine Kugel Mango- und eine Kugel Meloneneis“, sagte Mechthild.

„Und ich nehme Schoko und Vanille“, ergänzte Oma Lilo.

Die kräftig gebaute Eisverkäuferin füllte routiniert die Eiswaffeln. „Und was möchte der junge Mann?“, wandte sie sich an Oma Lilo.

Theo seufzte innerlich. Manchmal hatte er den Eindruck, auf seinem Rollstuhl würde ein Schild kleben, auf dem stand: *Achtung, Lebensgefahr! Sprechen Sie nicht mit dieser Person!!*

„Was gucken Sie mich an? Erstens bin ich eine Frau“, erwiderte Theos Großmutter, „und zweitens habe ich schon bestellt.“

Die Wangen der Eisverkäuferin röteten sich. Sie presste die Lippen zusammen, ob vor Ärger oder Scham, war nicht zu erkennen. „Nun, junger Mann, was möchtest du?“

Theo hatte kein Problem mit dem Du, solange es auf Gegenseitigkeit beruhte und nicht als Mittel der Infantilisierung missbraucht wurde. „Was kannst du mir denn empfehlen?“, fragte er freundlich zurück.

Die Dame spitzte verärgert die Lippen und sagte knapp: „Bei uns ist alles lecker.“

„Verstehe. Na, dann nehme ich eine Kugel Pistazie und eine Kugel Walnuss. Im Becher, bitte.“

Sie setzten sich auf die Terrasse und genossen die wärmenden Sonnenstrahlen.

Oma Lilo leckte genussvoll an ihrem Eis. „Herrlich! Also, ich finde ja, der Geschmackssinn ist eine von Gottes besten Erfindungen. Aber Sonnenuntergänge und Sex sind natürlich auch nicht schlecht."

Mechthild schmunzelte, und Theo spürte, wie ihm die Röte ins Gesicht stieg. „Oma, dir ist schon klar, dass das ein bisschen peinlich ist?"

„Tatsächlich?", fragte seine Großmutter ungerührt.

„Zumindest schauen die beiden älteren Damen vom Nachbartisch sehr interessiert zu uns herüber."

Oma Lilo winkte den beiden Damen freundlich zu, woraufhin sich diese hastig abwandten.

„Spätestens jetzt ist vollkommen klar, von wem Lina ihre provokative Ader geerbt hat", brummte Theo.

„Wirklich?", fragte Oma Lilo neugierig. „Von wem denn?"

Theo verdrehte die Augen. „Denk mal scharf nach, Oma."

„Apropos Nachdenken", bemerkte Mechthild, „Lina war nicht besonders gesprächig, als sie uns mitteilte, dass es eine wirklich gute Idee sei, wenn du mit uns zusammen verreisen würdest. Natürlich können wir alle etwas Erholung gebrauchen, und wir freuen uns darüber, Zeit mit dir zu verbringen. Aber ..."

„Aber wir sind nicht blöd", ergänzte Oma Lilo. „Denkst du nicht auch, dass es an der Zeit ist, uns einzuweihen, mein Junge?"

„Wie meint ihr das?", fragte Theo, um Zeit zu gewinnen.

„Genau so, wie Oma gesagt hat", erwiderte Mechthild. „Warum bist du wirklich hier?"

Theo schob sich einen großen Löffel Eis in den Mund. Er hatte befürchtet, dass diese Frage irgendwann kommen würde. Die beiden anzulügen, kam für ihn nicht infrage, gleichzeitig wollte er sie nicht unnötig beunruhigen. Er ließ das Eis langsam auf seiner Zunge schmelzen, bevor er es herunterschluckte.

„Na ja…“, sagte er dann und schob sich rasch einen weiteren Löffel in den Mund.

Seine Mutter räusperte sich.

„Tja, wie soll ich das erklären?“, sagte Theo. „Es ist… vielschichtig.“ Ein dritter Löffel Pistazieneis verhalf ihm zu einer erneuten Denkpause.

Oma Lilos Augen funkelten belustigt. Mechthild runzelte die Stirn.

„Also, ich verbringe gerne Zeit mit euch, und es ist lange her, dass wir zusammen Urlaub gemacht haben. Außerdem tut es mir gut, mal aus dem ganzen WG-Trubel herauszukommen.“

Oma Lilo hob die Brauen. „Die Wahrheit, Theo.“

Er seufzte. „Also gut: Ihr wisst doch, dass ein Mitbewohner von mir verstorben ist.“

„Ja, Mike. Das hattest du erzählt“, sagte Mechthild.

„Nun, wir haben herausgefunden, dass Mike keines natürlichen Todes gestorben ist.“

„Heißt das, er wurde ermordet?“, fragte Mechthild erschrocken.

„Nach jetzigem Stand gehen wir davon aus, dass er durch die Verabreichung eines Medikaments gestorben ist, sein Tod aber nicht beabsichtigt war.“

„Wer ist ‚wir‘?“, hakte Oma Lilo nach.

„Tja, das ist der zweite Grund, warum ich hier bin. Meine Mitbewohner und ich haben Lina ein wenig bei den Ermittlungen unterstützt, und aus irgendwelchen Gründen ist sie der Ansicht, dass man diese Arbeit besser der Polizei überlassen sollte.“

„Sie will dich aus dem Weg haben“, stellte Oma Lilo fest.

„Bedauerlicherweise, ja“, erwiderte Theo. „Sie meint, in Berlin würde ich mich nur unnötig in Gefahr begeben.“

„Das passt zu euch“, bemerkte Mechthild.

Theo atmete erleichtert auf, da sich die beiden offenbar mit seiner Erklärung zufriedengaben. Nichts von dem, was er gesagt hatte, war gelogen. Er hatte nur nicht alles erzählt.

Ehe jemand auf die Idee kommen konnte, weiter nachzubohren, fragte er: „Kann es sein, dass Papa während seiner Militärzeit hier in der Nähe stationiert war?“

„Nein, das war auf dem Rieden, westlich von Kühlungsborn“, erwiderte seine Mutter. Ihr Blick schweifte in die Ferne, wie so oft, wenn die Rede auf ihren Mann kam. Theo kam es so vor, als würde sie noch immer unbewusst nach ihm Ausschau halten.

„Oma, wie war das eigentlich für dich und Opa, als Mama ihren neuen Freund mit nach Hause geschleppt hat?“

„Man könnte sagen, es war eine Überraschung.“ Oma Lilo lächelte. „Wir hatten eher mit einem Diakon als mit einem atheistischen Ex-Soldaten gerechnet, und wir waren uns nicht sicher, ob er es wirklich ehrlich meinte.“

„Ihr hattet Angst, dass Papa eine Art Casanova war?“, fragte Theo schmunzelnd.

„Nein, wir hatten Zweifel daran, ob er wirklich der Mensch war, der er vorgab zu sein“, erwiderte Oma Lilo. „Dein Opa war beim MFS nicht besonders beliebt. Es gab etliche Leute vom VEB Horch und Guck in unserer Gemeinde.“

„Du meinst die Stasi?“, fragte Theo verblüfft. „Ihr habt befürchtet, Papa könnte ein Spitzel sein?“

Oma Lilo nickte. „Nun ja, es hätte durchaus zur Vorgehensweise von Mielkes Truppe gepasst, sich an die Tochter eines aufsässigen Pfarrers heranzumachen.“

„Es kursierten Gerüchte“, bestätigte Mechthild. „Irgendjemand hatte einen Freund, dessen Bekannter gesehen zu haben glaubte, wie Robert mit jemandem sprach, der ein hohes Tier beim MfS war. Aber“, sie lächelte schmallippig, „damals gab es so manches Gerücht.“

„Wie seid ihr damit umgegangen?“, fragte Theo.

„Wir hatten großes Vertrauen in deine Mutter“, sagte Oma Lilo. „Oder formulieren wir es besser so: Ich hatte Vertrauen, und dein Opa wusste, dass er alles nur noch schlimmer machen würde, sollte er versuchen, Mechthild die Freundschaft auszureden.“

„Und du?“, fragte Theo seine Mutter. „Hast du Papa vertraut?“

„Weißt du, dein Vater hatte eine Menge durchgemacht. Einiges in ihm war zerbrochen. Und manches musste noch brechen, um seine wahre Stärke zum Vorschein zu bringen. Er war hin- und hergerissen zwischen Idealismus und Zynismus. Er war voller Wut, und gleichzeitig gab es da eine verborgene Sanftheit in seinem Wesen. Er war voller Zweifel, aber auch stark genug, um seine Zweifel anzuzweifeln. Damals hätte man alles Mögliche in deinem Vater sehen können, wenn man nur gewollt hätte, aber nichts davon hätte der ganzen Wahrheit entsprochen. Oder um es anders auszudrücken: Die heisenbergsche Unschärferelation gilt nicht nur in der Quantenmechanik. Unser Blick auf einen anderen Menschen bleibt niemals ohne Auswirkungen. Die Art, wie wir ihn betrachten, nimmt Einfluss darauf, wer er ist.“ Ein Lächeln legte sich auf ihre Lippen. „Ein weiser Fuchs hat einmal gesagt: ‚Man sieht nur mit dem Herzen gut.‘ Ich denke, damit hatte er recht.“

Theo nagte nachdenklich an der Unterlippe. Sein Vater hatte in Verdacht gestanden, ein Stasispitzel zu sein? Und seine Mutter? Nun, genau genommen hatte sie den Verdacht mit ihrer Antwort nicht außer Kraft gesetzt. Sie hatte nun mal ihre ganz eigene Art, die Dinge zu betrachten.

Oma Lilo lächelte ihrer Tochter zu. „Du hast es richtig

gemacht. Robert war ein großartiger Ehemann und Vater. Ihr wart eine so glückliche kleine Familie."

Theo schnaufte. „Bist du dir sicher?"

„Absolut."

„Warum hat Papa uns dann verlassen?"

Oma Lilo antwortete nicht gleich, sondern hielt einen Moment inne. Dann sagte sie leise: „Ich weiß es nicht."

„War es wegen mir?" Theo wusste, dass er mit dieser Frage alte Wunden aufriss, aber etwas in ihm zwang ihn dazu. Er musste es einfach wissen.

Oma Lilos Blick wurde ernst. „Nein, das glaube ich nicht."

„Mama?"

„Dein Vater hat dich geliebt", sagte Mechthild.

„Weißt du das oder willst du es nur glauben?", bohrte Theo nach.

Seine Mutter antwortete nicht. Mit einem Mal wirkte sie beunruhigt.

„Mama, was ist los?"

„Wir werden beobachtet."

„Was? Wie kommst du darauf?"

Mechthild senkte den Blick und starrte auf ihr Eis. „Sieh nicht hin, während ich es dir beschreibe. Dort drüben bei dem Buchladen steht ein Mann – helles Hemd, Jeans, Matrosenmütze. Er tut so, als würde er die Auslage betrachten. Jetzt kannst du deinen Blick hinüberschweifen lassen. Aber starr ihn nicht an!"

Theo tat wie geheißen. Ja, da war der Mann. Er hielt ein Buch in der Hand und schien auf den Klappentext konzentriert zu sein.

„Eigentlich sieht der ganz harmlos aus", bemerkte Theo. „Bist du dir sicher, dass er uns beobachtet?"

Seine Mutter leckte mechanisch an ihrem Eis und nickte

ernst. „Er steht da schon mindestens zehn Minuten lang und schaut immer wieder zu uns herüber."

„Hm, auf mich wirkt er wie ein Tourist, der zu viel Zeit hat", meinte Theo.

„Er beobachtet uns", beharrte seine Mutter. „Ich spüre das. Es ist ... wie früher."

Theo schluckte. Die alten Stasigeschichten hinterließen ein mulmiges Gefühl bei ihm.

Mechthild runzelte die Stirn. „Irgendetwas an dem Mann kommt mir bekannt vor. Ich glaube, er stand gestern in der Nähe des Wäldchens, als wir auf der Aussichtsplattform waren."

„Wirklich?" Theo wandte den Kopf Richtung Buchladen.

„Nicht hinsehen!", zischte Mechthild.

Theo wäre beinahe erschrocken zusammengezuckt, ließ seinen Blick aber langsam weiterschweifen, so wie beim ersten Mal. Der Mann hielt noch immer dasselbe Buch in der Hand. So lang konnte der Klappentext nicht sein. „Wartet hier", sagte Theo entschlossen. „Ich bin gleich wieder da." Er wendete den Rollstuhl und fuhr Richtung Parallelstraße.

„Theo!", rief seine Mutter. „Was soll das? Was hast du vor?"

„Ich spreche ihn an."

„Theo!"

„Warte ab." Oma Lilo tätschelte beruhigend die Hand ihrer Tochter. „Lass den Jungen nur machen."

Theo bog entspannt in die Seitenstraße ab. Sobald er außer Sichtweite war, holte er alles aus dem Elektrorollstuhl heraus und raste die Straße entlang. Er wich Blumenkübeln, schlendernden Touristen und Elektrorollern aus und hoffte, dass der Mann noch da wäre, wenn er sich ihm von der anderen Seite aus näherte.

Und tatsächlich, als er die Straße mit dem Buchladen erreichte, erhaschte er einen Blick auf den Fremden. Dieser ging die Straße entlang und bog in die nächste Gasse ab. „He, Sie!“, rief Theo. „Warten Sie!“ Er folgte dem Mann und sah gerade noch, wie dieser die Stufen zu einer Bar emporstieg. „Ich will nur kurz mit Ihnen reden!“

Die Tür schloss sich und Theo blieb stehen. Es waren nur drei Stufen, aber für ihn bildeten sie ein unüberwindliches Hindernis.

Er biss sich auf die Lippen. Was sollte er tun? Vergeblich versuchte er, einen Blick durch die Fenster zu werfen.

Zwei Minuten später kam ein älterer Herr aus der Bar.

„Entschuldigung?“

„Moin“, brummte der Mann.

„Eine Frage: Haben Sie drinnen einen bärtigen Mann in Jeans und hellem Hemd gesehen?“

„Jo.“

„Ist er noch in der Bar?“

„Nö.“

„Mist!“ Offensichtlich gab es einen zweiten Ausgang. „Sie wissen nicht zufällig, wer das war?“

„Doch.“

„Und, verraten Sie mir seinen Namen?“

„Warum?“

„Ich wollte ihn nur etwas fragen, er scheint ein alter Bekannter meiner Mutter zu sein.“

„Aha.“

„Es wäre wirklich toll, wenn Sie mir weiterhelfen würden. Wissen Sie, wo ich ihn finden kann?“

„Jo. Das is der Schollen-Jan. Sein Boot liegt unten im Hafen.“ Der Mann nickte ihm grüßend zu und ging weiter.

„Vielen Dank!“, rief Theo ihm nach.

„Dafür nich“, brummte der Mann und verschwand um die nächste Ecke.

„Hm, Schollen-Jan“, murmelte Theo, „ich würde zu gern wissen, was du an uns so interessant findest.“

Aber zunächst, so beschloss er, war es an der Zeit, mit seiner Schwester zu telefonieren.

Aktenlage

„So, Frau Marquardt, hier entlang, bitte.“ Der schlaksige Mann mit dem Kinnbärtchen führte Lina durch das ehemalige Stasigebäude in der Karl-Liebknecht-Straße, in dem nun die Stasiunterlagenbehörde allen Opfern des DDR-Überwachungssystems Einblick in ihre Akten gab. Insgesamt 41 Millionen Karteikarten und 111 Kilometer Akten wurden in dieser Behörde aufbewahrt – all die geschredderten oder zerrissenen Dokumente, die noch säckeweise in den Archiven lagerten, nicht eingerechnet. Angesichts der Tatsache, dass die DDR Ende der Achtzigerjahre lediglich 16,5 Millionen Einwohner gezählt hatte, war die schiere Masse an Daten noch erschreckender.

Der Mitarbeiter führt Lina in einen kleinen Raum. „Bitte nehmen Sie Platz, ich bringe Ihnen gleich die Akten.“

Lina setzte sich. Sie war sich darüber im Klaren, dass sie wahrscheinlich ihre Zeit verschwendete. Die Verbindung zu ihrem aktuellen Fall war mehr als vage. Beim Mauerfall war Theo noch nicht einmal auf der Welt gewesen. Welches Wissen konnte er schon besitzen, das irgendwie mit der Stasi in Verbindung stand? Aber wenn sie ganz ehrlich war, hatte Theos Anruf sie aus ganz anderen Gründen aufgerüttelt: Als er ihr von dem Gerücht berichtet hatte, Papa habe für die Stasi gearbeitet, war ihr ein Schauer über den Rücken gelaufen. Hatte Papa etwas zu verbergen gehabt? Und konnten diese Akten vielleicht Licht in das dunkelste Kapitel ihres Lebens bringen?

Zum ersten Mal war Lina dankbar, dass Kriminalhauptkommissar Seidel sie zurück auf ihre alte Dienststelle geschickt hatte. Er hätte die notwendige polizeiliche Anordnung niemals unterzeichnet. Linas direkter Vorgesetzter hingegen war seit einiger Zeit krankgeschrieben, und so hatte sich die Möglichkeit ergeben, das Dokument vom stellvertretenden Dienststellenleiter Hubertus Siebenhaar unterzeichnen zu lassen. Der Mann stand kurz vor der Pensionierung und hasste Papierkram. Er hatte quasi blind unterschrieben. Mit dieser polizeilichen Anweisung in der Hand hatte Lina einen Antrag zu Fragen der Strafverfolgung stellen können. Nur auf diese Weise konnte sie selbst Einblick in die Akten nehmen. Um unnötige Diskussionen zu vermeiden, hatte sie dabei nicht erwähnt, dass sie mit den betroffenen Personen verwandt war.

Die Tür öffnete sich, und der Mitarbeiter schob einen Wagen voller Akten herein. „So, da bin ich wieder. Also", er nahm einen dicken Stapel Akten vom Wagen, „das sind die Unterlagen von Pfarrer Rudolf Baumbach. Hier haben wir Liselotte Baumbach", ein weiterer, fast ebenso dicker Stapel landete auf dem Tisch, „Mechthild Marquardt, geborene Baumbach", diesmal war der Stapel nur halb so hoch, „und Robert Marquardt." Er stellte einen letzten dicken Ordner ab.

„Das alles sind Kopien. Die geschwärzten Passagen haben nichts mit den betreffenden Personen zu tun."

Lina starrte auf die Aktenberge. „Okay, vielen Dank!"

„Gern geschehen. Ich wünsche Ihnen ... gutes Gelingen. Bei Fragen können Sie sich gerne an mich wenden. Meine Telefonnummer haben Sie ja."

„Ja. Danke!"

Als der Mann den Raum verlassen hatte, fuhr sich Lina durchs Haar. „Puh. Das ist krass." Sie ergriff die Akten ihrer Mutter und erfuhr, dass diese schon im Grundschulalter bespitzelt worden war. Mechthilds Eltern waren beide Theologen und engagierten sich für Bürgerrechte. Damit stand sie quasi von Geburt an im Fokus der Sicherheitsorgane. Es gab Einträge zu ihren Kommentaren im Unterricht. Wenn sie arglos davon erzählte, was sie gemeinsam als Familie unternahmen, zeichnete irgendein Spitzel es auf. Es wurde aufgeführt, dass sie zur Christenlehre ging und manchmal auf dem Schulhof Westkaugummis verteilte. Als sie auf die polytechnische Oberschule kam, nahm die Anzahl der Einträge zu. Es gab ausführliche Berichte über ihre Teilnahme an den sogenannten Bluesgottesdiensten. Das konnte nur jemand geschrieben haben, der dabei gewesen war. Ein Bericht war besonders verstörend. Offenbar hatte Mechthild in der zehnten Klasse Liebeskummer gehabt und ihr Herz gegenüber einer guten Freundin ausgeschüttet. Und diese Freundin – im Bericht erfasst als Barbara – hatte nichts Besseres zu tun gehabt, als einen fünf Seiten langen Bericht über den Herzschmerz ihrer Freundin an die Stasi zu übermitteln.

Fassungslos schüttelte Lina den Kopf. Was hatten die Burschen mit all den Informationen anfangen wollen?

Sie las weiter, dass ihre Mutter eine Ausbildung zur Krankenschwester machte. Ein Studium war ihr verwehrt worden. Dann kam das Jahr 1987, und allmählich wurde es spannend. Lina las: „M. berichtet, dass sie bei einem Jugendgottesdienst einen gewissen Robbi getroffen habe. Er sei ziemlich durch den Wind, aber auch irgendwie süß gewesen."

Lina schüttelte abermals den Kopf. Es war mehr als schräg, die Liebesgeschichte der eigenen Eltern in einer Stasiakte nachzulesen. Sie blätterte weiter und stutzte. Die nächsten Berichte handelten vom Kirchentag und von verschiedenen Begegnungen mit Leuten aus dem Westen. Es ging um Mechthilds zunehmendes Engagement in der Bürgerrechtsbewegung und um ihr Verhältnis zu ihren Eltern. Irritiert las Lina weiter. Nicht ein Wort über die Beziehung zu Robert. Sie überflog die Jahre 1988 und 1989 – nichts. Das konnte doch nicht wahr sein! Im Frühjahr 1989 hatten sich die beiden verlobt. Jeder Mist war aufgezeichnet worden, und ausgerechnet zu diesem wichtigen Ereignis gab es nicht einen einzigen Eintrag?

Sie nahm sich die Akte ihres Vaters vor und fand als Erstes eine Einschätzung bezüglich seiner politischen Einstellung. Offenbar sollte überprüft werden, ob er über die notwendigen Voraussetzungen verfügte, um die Eignungsprüfung für die Aufnahme in das KSK 18 zu absolvieren. Ihm wurde eine lupenreine sozialistische Einstellung bescheinigt.

Lina blätterte weiter. Die nächste Seite war bis auf ein paar belanglose Sätze geschwärzt. „Aha“, brummte sie und blätterte die Seite um. Die nächste sah nicht wesentlich anders aus und die darauffolgende auch nicht. Was sollte das denn? Stirnrunzelnd blätterte sie weiter, Seite um Seite – geschwärzt. Sie blätterte die ganze Akte durch und traute ihren Augen nicht: 90 Prozent der Dokumente waren fast durchgängig geschwärzt! Sie holte ihr Handy hervor und wählte die Nummer, die der Mann ihr gegeben hatte.

„Stasiunterlagenbehörde, Sensburg“, meldete sich die Stimme.

„Hallo, Herr Sensburg, hier ist Polizeiobermeisterin Marquardt. Bei einem der Ordner muss ein Fehler unterlaufen sein. Da steht so gut wie nichts drin.“

„Äh, wie bitte?“

„Der dicke Aktenordner von Robert Marquardt besteht zu 90 Prozent aus geschwärzten Dokumenten.“

„Sind Sie sicher?“

„Herr Sensburg, ich bin nicht blöd.“

„Aber...“ Er verstummte. „Moment, ich bin gleich da.“

Wenig später trat er durch die Tür. Lina zeigte ihm den Ordner. Er blätterte ihn durch und schüttelte angesichts der geschwärzten Seiten verwundert den Kopf. „Frau Marquardt, Sie sehen mich irritiert. Das ist in der Tat ungewöhnlich."

„Vorhin haben Sie mir gesagt, dass alles, was für die betreffende Person nicht relevant ist, geschwärzt wurde. Aber es kann ja wohl kaum sein, dass dies auf 90 Prozent der Dokumente zutrifft."

„Tja, äh, was soll ich sagen? Die Akte wurde so, wie sie ist, freigegeben." Er starrte ratlos auf den Ordner in seinen Händen.

„Ich nehme an, bei diesem Dokument handelt es sich um eine Kopie?", bemerkte Lina.

„Das, äh, ist korrekt, ja."

„Wie wäre es, wenn Sie mal einen Blick ins Original werfen? Vielleicht ist ja beim Kopieren ein Fehler passiert?"

„Ausgezeichnete Idee! Ich werde gleich ins Archiv gehen und das überprüfen."

„Vielen Dank! Das ist sehr freundlich von Ihnen."

„Geben Sie mir fünf Minuten." Herr Sensburg eilte aus dem Raum.

Fünf Minuten vergingen und dann zehn. Lina machte sich daran, die Akten ihrer Großeltern zu studieren. Doch auch dort fand sie keine Bemerkungen über ihren Vater. Es schien beinahe, als hätte er nie existiert.

Über eine Stunde später wurde die Tür erneut geöffnet. Herr Sensburg war so bleich wie ein Grottenolm. Er hatte die Finger ineinander verknotet, als versuche er, sich krampfhaft an irgendetwas festzuhalten. Es war der Mann neben ihm, der das Wort ergriff. „Guten Tag, Frau Marquardt, mein Name ist Schmidt. Ich bin der Abteilungsleiter für den Bereich Archivbestände." Er hatte einen festen Händedruck und schien viel

Wert auf sein Äußeres zu legen. Lina schätzte ihn auf Mitte fünfzig. „Ich arbeite seit zwanzig Jahren für diese Behörde und muss gestehen: So etwas ist mir noch nie untergekommen."

„Sie ist weg", warf Herr Sensburg ein. „Ich verstehe es nicht, aber sie ist... einfach verschwunden." Er rang die Hände.

„Was mein Mitarbeiter Ihnen damit sagen möchte", übernahm Herr Schmidt nun wieder das Wort, „ist Folgendes: Zum jetzigen Zeitpunkt können wir die Originaldokumente zum Fall Robert Marquardt nicht im Archiv ausfindig machen."

„Die Originale sind verschwunden?", rief Lina verdutzt aus.

„Na ja, äh, sie sind sozusagen derzeit nicht auffindbar", korrigierte Herr Sensburg mit verzweifeltem Lächeln.

„Aha, und wie erklären Sie sich das? Sind sie gestohlen worden?"

„Sie können sicher sein, Frau Marquardt, dass wir alle Möglichkeiten prüfen werden", erwiderte der Abteilungsleiter ernst. „Das sind wir den Betroffenen schuldig. Wir können nicht ausschließen, dass Dokumente entwendet wurden, wobei wir hier strengste Sicherheitsvorkehrungen haben, die so etwas eigentlich unmöglich machen sollten. Vorstellbar ist natürlich auch, dass bei der Ablage ein Fehler unterlaufen ist." Er sah seinen Untergebenen nicht an, aber Herr Sensburg schien bei diesen Worten zusammenzuschrumpfen. „Sie müssen wissen, wir haben hier Millionen von Akten. Wenn eine von ihnen nicht so eingelagert wird, wie es die Registratur vorsieht, dann ist es, als würde man die sprichwörtliche Nadel im Heuhaufen suchen. Selbstverständlich werden wir alles daransetzen, die Akte wiederzufinden. Bitte überprüfen Sie noch einmal, ob wir Ihre Kontaktdaten korrekt erfasst haben. Wir werden uns dann unverzüglich mit Ihnen in Verbindung setzen, sobald die Akte wieder aufgetaucht ist. Herr Sensburg bleibt bis auf Weiteres Ihr Ansprechpartner." Herr Schmidt reichte ihr die Hand. „Ich möchte mich noch einmal ausdrücklich für diese Katastrophe entschuldigen."

Lina ergriff seine Hand. „Diese Akte ist wirklich wichtig für unsere Ermittlungen."

„Ich verstehe. Wir werden tun, was wir können. Auf Wiedersehen, Frau Marquardt."

„Wiedersehen."

Der Abteilungsleiter lächelte bedauernd und verließ den Raum.

Nachdenklich blickte Lina ihm hinterher. Etwas an diesem Mann irritierte sie.

„Wenn ich Ihnen sonst noch irgendwie behilflich sein kann …" Herr Sensburg lächelte nervös.

„Das können Sie", erwiderte Lina. „Ich habe mir die Akten angesehen. Bei Rudolf, Liselotte und Mechthild Baumbach gibt es sehr detaillierte Aktenvermerke. Die Familienmitglieder werden ständig auch in den Akten der jeweils anderen erwähnt. Merkwürdigerweise steht nirgends etwas über Robert Marquardt, den Verlobten und späteren Ehemann der Tochter. Er findet, soweit ich das überblicken kann, kein einziges Mal Erwähnung. Ist das normal?"

„Hm", Herr Sensburg kratzte sich am Kinn, „ich kann natürlich schwer Stellung dazu nehmen, ohne die Details zu kennen, aber …"

„Aber?", hakte Lina nach.

„Nun ja, sollte Herr Marquardt selbst der inoffizielle Mitarbeiter oder vielleicht sogar der Führungsoffizier gewesen sein, der die Beobachtungen durchgeführt beziehungsweise initiiert hat, dann wäre es nicht weiter verwunderlich, dass er in den Akten der Familie Baumbach nicht erwähnt wird."

Lina verspürte ein leichtes Schwindelgefühl.

„Frau Marquardt, ist alles in Ordnung?"

Lina nickte.

„Äh, mir fällt gerade auf, Sie tragen ja den gleichen Nachnamen. Könnte es sein, dass Sie mit Herrn Marquardt –"

„Vielen Dank für Ihre Hilfe", sagte Lina rasch. „Ich denke, ab jetzt komme ich allein zurecht."

„Natürlich." Herr Sensburg bedachte sie mit einem langen Blick, ehe er sich abwandte und den Raum verließ.

Eine metaphorische Stahlbetonplatte

„Drei ... zwei ... eins ...“

Der Namenlose schlug die Augen auf. Sein ganzer Körper schmerzte, als habe er eine Stunde lang sämtliche Muskeln angespannt. Sein Gehirn schien in Watte gepackt zu sein. Nebulöse Traumbilder spukten durch seinen Kopf. Aber nichts war konkret genug, um es greifen zu können.

Ein Blick in Dr. Chos Gesicht genügte, um ihm zu zeigen, dass auch diese Sitzung keine neuen Erkenntnisse gebracht hatte. Seit dem ersten, geradezu spektakulären Erfolg stagnierte die Therapie.

„Nichts Neues?“, fragte er, obwohl er die Antwort schon kannte.

Die junge Ärztin schüttelte den Kopf.

„Vielleicht müssen Sie die Dosis erhöhen?“, schlug er vor.

„Wir arbeiten schon mit der empfohlenen Höchstdosis. Darüber hinauszugehen, ist nicht ratsam.“ Sie entfernte die Elektroden des EKGs. Dabei atmete sie flacher und bemühte sich wenig erfolgreich, ein Naserümpfen zu unterdrücken.

Als der Namenlose sich aufrichtete und nach seinem Hemd griff, wehte auch ihm das muffige Aroma seines ungewaschenen Körpers in die Nase. Die vertrauten Gefühle von Scham und Selbstverachtung stiegen wie Galle in ihm auf. Rasch zog er sich an und rutschte auf der Liege von der Ärztin weg. „Tut mir leid“, murmelte er.

Ein müdes Lächeln huschte über ihr Gesicht. „Sie müssen

sich nicht entschuldigen. Ich weiß, dass Sie die Therapie nicht bewusst sabotieren." Sie schob das EKG in eine Ecke des Raums. „Aber das ändert nichts an der Tatsache, dass Ihr Unterbewusstsein eine äußerst resistente Blockade implementiert hat." Sie deutete auf den Besucherstuhl. „Setzen Sie sich doch."

Der Namenlose folgte ihrer Aufforderung.

Dr. Cho setzte sich auf ihren Schreibtischstuhl und faltete die Hände auf dem Tisch. „Vielleicht sollten Sie Ihre Einstellung noch einmal überdenken."

„Nein."

„Wenn Sie mit dem arbeiten, was wir bislang aufgedeckt haben, können möglicherweise weitere Blockaden gelöst werden", erklärte sie geduldig. „Stellen Sie sich Ihre Erinnerungen wie dünne Kanäle in einer Betondecke vor. Sie müssen diese Kanäle benutzen und erweitern. Nur so wird es Ihnen gelingen, die Barriere zu überwinden und die darunterliegenden Schätze zu heben. Und das bedeutet: Sie müssen die freigesetzten Erinnerungen in Ihren Alltag integrieren."

„Aber ich bin nicht Peter Waigel!", entfuhr es dem Namenlosen.

Dr. Cho atmete tief durch und setzte ein professionelles Lächeln auf. „Ich bin felsenfest davon überzeugt, dass wir in unserer ersten Sitzung einen Durchbruch erzielt haben. Das waren authentische Erinnerungen. Es waren reale Personen, die Sie mit Peter Waigel angesprochen haben."

„Ja, ich glaube auch, dass ich bei diesem Namen genannt wurde, aber ich … ich bin das nicht. Verstehen Sie? Ich weiß, dass ich nicht Peter Waigel bin." Es war mehr als nur ein Gefühl, das ihn zu dieser Aussage bewog. „Ich habe recherchiert, müssen Sie wissen. In keiner der einsehbaren Vermisstendateien gibt es einen entsprechenden Eintrag. Nirgendwo existiert ein Hinweis, dass es einmal einen Peter Waigel gab, der im Jahr 2003 plötzlich verschwand."

Dr. Cho schürzte nachdenklich die Lippen und schwieg.

„Was denken Sie?", bohrte er nach.

Sie lächelte. „Vielleicht sollten wir für heute Schluss machen und –"

„Nein!", unterbrach er sie. „Bitte, tun Sie das nicht. Wir haben zu Beginn dieses Projekts vereinbart, ganz ehrlich zueinander zu sein. Ich sehe Ihnen doch an, dass Sie eine Theorie haben. Sagen Sie mir, was Ihnen durch den Kopf geht. Bitte!"

Die junge Ärztin musterte ihn. Er konnte förmlich sehen, wie sie innerlich das Für und Wider abwog. Dann nickte sie langsam. „Also gut."

Der Namenlose seufzte erleichtert. „Danke."

„Ich denke, dass Sie Angst haben. Sehr große Angst sogar."

„Meinen Sie?", fragte er skeptisch. „Eigentlich bin ich nicht so der ängstliche Typ."

„Sie sind sehr kontrolliert", bestätigte sie. „Ich kann mir gut vorstellen, dass Sie nicht vor jeder Gefahr davonlaufen. Aber ich spreche hier von unbewussten Vorgängen. Etwas in Ihnen hat furchtbare Angst davor, dass Erinnerungen freigesetzt werden. Das ist sozusagen die metaphorische Stahlbetonplatte, unter der Ihre Vergangenheit begraben liegt. Die spannende Frage ist nun: Wovor fürchten Sie sich?"

Der Namenlose zuckte die Achseln.

„Wir haben über multiple Persönlichkeitsstörungen gesprochen. Sie sind fest davon überzeugt, auf keinen Fall Peter Waigel zu sein. Aber die Bruchstücke Ihrer Erinnerungen, die wir bisher zutage gebracht haben, sagen Ihnen, dass Sie es sind. Wäre es möglich, dass dieser Diskrepanz eine panische Angst zugrunde liegt? Vielleicht hat dieser Peter etwas Schreckliches getan – etwas, was auf keinen Fall wieder geschehen darf."

Der Namenlose schluckte trocken. Unwillkürlich dachte er an die Begegnung mit den vier Schlägertypen, die ihn angegriffen hatten. Er hatte sie besiegt, allein und ohne Waffen. Beinahe hätte er dabei einen Menschen getötet.

Wollte er wirklich wissen, wo er diese tödlichen Fähigkeiten erworben hatte – und vor allem, ob sie bereits zum Einsatz gekommen waren?

„Sie haben etliche Narben am Körper, für die Sie keine Erklärung haben“, fuhr Dr. Cho fort. „Vielleicht haben Sie etwas so Schreckliches erlebt, dass Ihre Psyche Sie in einen Panzer des Vergessens eingeschlossen hat. Es gibt Tausende von Fällen dissoziativer Amnesie bei Soldaten oder Flüchtlingen aus Kriegsgebieten, die wissenschaftlich seriös erfasst wurden. Vielleicht schützt Ihre Angst Sie davor, etwas Unerträgliches noch einmal erleben zu müssen.“

Plötzlich wurden Erinnerungen in ihm wach. *Aufgewühltes Meer, die lauernde Dunkelheit, ein bleiches Gesicht im trüben Wasser und der übermächtige Sog der Tiefe.* Der Namenlose blinzelte.

Dr. Cho runzelte die Stirn und schien für einen Moment durch ihn hindurchzusehen. Offenbar kam ihr dabei ein gänzlich neuer Gedanke, denn sie fügte hinzu: „Möglicherweise bezieht sich diese Angst aber auch gar nicht auf Sie selbst oder auf etwas, was Sie erlebt haben. Vielleicht wollen Sie jemand anderen schützen.“ Ihre Augen suchten seinen Blick. „Könnte es sein, dass Sie Familie haben?“

„Familie?“, murmelte der Namenlose.

„Ja, eine Frau, Kinder? Vielleicht auch eine Freundin? Jemanden, den Sie sehr lieben.“

Die Worte klangen in ihm wider, ohne eine Resonanz zu erzeugen. Er schnaufte. „Das … ist schwer vorstellbar.“

„Sind Sie sicher?“

„Na ja, so sicher, wie ich mir sein kann, angesichts der Tatsache, dass ich mein Gedächtnis verloren habe."

„Nun", die junge Ärztin nagte an der Unterlippe, „wir sollten diese Option dennoch in Betracht ziehen. Sie bleibt eine der möglichen Szenarien. Denken Sie über das nach, was ich Ihnen gesagt habe. Achten Sie auf intuitive Reaktionen. Und schreiben Sie morgens gleich nach dem Erwachen auf, wovon Sie geträumt haben."

Der Namenlose nickte. Er würde alles tun, was sie verlangte. „Ich *will* mich erinnern, das müssen Sie mir glauben."

Dr. Cho lächelte. „Ich glaube Ihnen." Sie reichte ihm die Hand. „Wir sehen uns in drei Tagen wieder."

Als der Namenlose das Gebäude verließ, schien ihm die Sonne warm ins Gesicht. Es war ein schöner Tag, aber innerlich fröstelte er. Was lauerte in ihm, dort, hinter dem schwarzen Nebel des Vergessens? Hatte die Ärztin recht? Stellte er sich selbst ein Bein bei der Suche nach seiner verloren gegangenen Erinnerung? Bekämpfte er unbewusst seinen dringendsten Wunsch, endlich zu wissen, wer er war?

Es war schwer vorstellbar, dass ein Mensch innerlich so zerrissen sein konnte. Andererseits hätte er bei einem Casting für wirklich kaputte Menschen allerbeste Chancen auf alle vier Buzzer gleichzeitig.

Er verspürte das dringende Bedürfnis, für einen Moment alle Grübeleien beiseitezuschieben und so etwas wie eine wohlige Wärme in sich zu spüren. Bewusst vermied er es, die U-Bahn zu nehmen. Er wusste, wenn er am U-Bahn-Kiosk vorbeikäme, würde er sein letztes Geld für Schnaps ausgeben. Keine gute Idee. Wenn er in dieser Situation seinen Verstand und seine Willenskraft wegsoff, würde er die einmalige, vielleicht sogar seine einzige Chance verpassen, sein Leben zurückzugewinnen.

Er betrachtete die Gesichter der Menschen, die geschäftig an ihm vorbeihasteten. Jeder schien genau zu wissen, wohin er wollte und was als Nächstes zu tun war. Vor allem aber wussten all diese Leute zweifellos, wer sie waren.

Er seufzte. Genauso zweifellos war allerdings, dass sie alle einen Bogen um ihn machten. Er roch unauffällig an seiner Achsel und beschloss, dass es ein guter Tag war, um einen Spaziergang zum Berliner Zoo zu machen. Die Bahnhofsmission betrieb dort ganz in der Nähe ein Hygienezentrum, wo er kostenlos duschen und, wenn er Glück hatte, sogar saubere Unterwäsche bekommen konnte.

Er lief die belebten Straßen entlang, und es gelang ihm für einen Moment, das Grübeln sein zu lassen und die finsteren Gedanken zurückzudrängen.

Eine Taube, die ein paar Zehen verloren hatte, döste auf einem Bauzaun und genoss die Sonne. Ein Sprinter parkte in zweiter Reihe und lieferte Fladenbrote an eine Dönerbude, während ein genervter Taxifahrer um den Wagen herumkurvte und beinahe einen Unfall baute, als er sich in den dichten Verkehr quetschte. Eine Gruppe junger Leute bahnte sich auf E-Rollern einen Weg durch die Menge und folgte den Anweisungen ihrer holländischen Touristenguide-App. Zwei Männer in Businessanzügen stritten über Anlagestrategien von Nachhaltigkeitsfonds, während eine türkischsprachige Frau, zwei schwere Einkaufstaschen schleppend, lautstark Anweisungen in ihr Handy sprach, das sie unter ihr Kopftuch geklemmt hatte.

Der Namenlose nahm die Abkürzung durch einen Park. Eine Gruppe von Spatzen, die sich um die Überreste eines Döners gestritten hatten, flatterte empört zwitschernd vor ihm auf. Er folgte einigen schmaleren Straßen und erreichte die Kleiststraße. Nun war es nicht mehr weit bis zum Zoo.

Ein hagerer Junkie mit einer zerknitterten Obdachlosenzeitung unter dem Arm schlurfte Richtung U-Bahnhof Nollendorfplatz, in der Hoffnung, dass ihm niemand das letzte Exemplar abkaufte und stattdessen eine Spende gab.

Der Namenlose bog an der Urania ab und schwenkte in die Kurfürstenstraße ein. Aus der Ferne konnte er bereits den Südeingang des Zoologischen Gartens sehen, das sogenannte Elefantentor. Die Besucher standen Schlange. Eine lärmende Schar Kinder vertrieb sich die Zeit damit, um die Elefantenstatuen herumzutollen und die Geduld ihrer Erzieherinnen auf die Probe zu stellen. Es schien sich um eine Integrationskita zu handeln, denn es waren auch zwei Kinder in Rollstühlen dabei. Ein Mädchen war in seinem Kinderrollstuhl flott unterwegs, während ein kleiner Junge, vielleicht drei Jahre alt, sichtlich Schwierigkeiten hatte voranzukommen. Konzentriert schob er sich Zentimeter um Zentimeter vorwärts. Seine Zungenspitze ragte aus einem Mundwinkel.

Irgendetwas brachte den Namenlosen dazu, stehen zu bleiben und die Szene zu beobachten.

Eines der älteren Mädchen, das offenbar zu viel Energie hatte, war auf einen der Sockel und von dort auf das ausgestreckte Bein des liegenden Elefanten geklettert. Der Namenlose schätzte die Kleine auf ungefähr fünf Jahre. Sie hatte eine wilde Lockenmähne und schien die Stimme ihrer Erzieherin nicht besonders gut hören zu können. Zumindest ignorierte sie deren Ermahnung, jetzt sofort da herunterzukommen, geflissentlich. Als ihr Blick allerdings auf den schmächtigen Jungen im Rollstuhl fiel, sprang sie, ohne zu zögern, vom Sockel hinunter und lief zu ihm hinüber. Sie fragte den Jungen etwas und dieser nickte. Gleich darauf begann sie, den Rollstuhl zu schieben. Mit vollem Einsatz beteiligte sie sich an den wilden Verfolgungsjagden der Kinder. Der Kleine im Rollstuhl johlte vor Vergnügen.

Die beiden hatten sich viel vorgenommen, denn sie machten sich an die Verfolgung eines Rotschopfs, der vermutlich schon ein Vorschulkind und äußerst flink unterwegs war. Im Slalom umkurvten sie Passanten und herumliegende E-Roller und jagten über das Pflaster. Der schmächtige Junge strahlte vor Begeisterung und hielt die Arme ausgestreckt, als rechne er damit, den älteren jeden Moment packen zu können.

In letzter Sekunde machte der Rotschopf eine Wendung nach links und wich den beiden aus. Das Mädchen versuchte, ihm weiter zu folgen, doch die Kurve war zu eng. Der Rollstuhl kippte und stürzte zu Boden.

Die Zeit schien sich zu verlangsamen. Die Augen des kleinen Jungen wurden groß vor Schreck. Das Mädchen schrie entsetzt auf. Mit einem scheppernden Laut schlug der Rollstuhl seitlich auf dem Boden auf. Der Gurt hielt den Jungen zwar fest, sodass dieser nicht herausrutschte, aber der Kleine prallte erst mit der Schulter und dann mit dem Kopf auf den Boden.

Der Namenlose stand wie erstarrt da. Den Erzieherinnen und Passanten schien es ähnlich zu gehen. Das Mädchen überwand als Erste den Schreck. Die Kleine ging neben dem Jungen in die Hocke und flüsterte ihm etwas zu. Dann packte sie ihn an der Schulter und ergriff den Rahmen des Rollstuhls. Ihre Lippen waren zu einem schmalen Schlitz zusammengepresst, das kleine Gesicht vor Anstrengung verzerrt, als sie den Rollstuhl mitsamt dem Jungen in eine aufrechte Position wuchtete. Dann nahm sie behutsam das Gesicht ihres Freundes in beide Hände und fragte ihn etwas. Der Junge schüttelte den Kopf. Er hatte einen kleinen Kratzer an der Schläfe, schien ansonsten aber unverletzt zu sein. Das Mädchen drückte erleichtert die Stirn an die des Jungen. Es sah aus, als wären dem Kleinen plötzlich Locken gewachsen.

Erst jetzt rannte eine der Erzieherinnen auf die beiden zu.

Das Mädchen rückte von dem Jungen ab, und der Namenlose konnte das Gesicht des Kleinen sehen: Seine Augen strahlten, und was er sagte, ging in den aufgeregten Stimmen der Erwachsenen unter, doch wenn der Namenlose die Lippenbewegungen richtig deutete, war es „Noch mal!".

Ganz sicher war er sich allerdings nicht, denn aus irgendwelchen Gründen verschwamm seine Sicht. Undeutlich sah er, wie eine Erzieherin das Mädchen an der Schulter packte und fortzog. Jemand anderes kniete sich neben den kleinen Rollstuhlfahrer.

„Mama, warum weint der Mann?", drang plötzlich eine Stimme an sein Ohr.

Erst jetzt spürte der Namenlose, dass seine Wangen feucht waren. Hastig wischte er sich mit dem Ärmel über das Gesicht und sah gerade noch, wie die Mutter ihren Sohn hinter sich herzog und ihm irgendetwas zuzischte.

Sein Herz pochte. Er wandte sich ab und ging eilig weiter Richtung Bahnhof Zoo. Was zum Henker war das eben gewesen? Er konnte sich nicht erinnern, jemals geweint zu haben. Begann er jetzt, komplett durchzudrehen? Er beschleunigte seine Schritte so sehr, dass er fast rannte.

Erst als er unter der Dusche stand und warmes Wasser auf seinen Rücken prasselte, begann sich sein wilder Herzschlag zu beruhigen. Aber das Bild der beiden umhertollenden Kinder wollte ihm einfach nicht aus dem Kopf gehen.

Alte Schulden

Der Hafen von Wieck lag auf der dem Meer abgewandten Seite der Halbinsel. Früher hatten hier Fischer mit ihren Zeesbooten im flachen Bodden Hechte, Zander und Flussbarsche gefangen. Heute waren in dieser Gegend vor allem Ausflugsboote unterwegs.

Es war Theo nicht schwergefallen, Oma Lilo und seine Mutter zu diesem kleinen Ausflug zu überreden. Allerdings hatte er wohlweislich verschwiegen, dass er seine Inspiration im Wesentlichen dem Hafenmeister von Prerow und dessen bereitwillig geteiltem Wissen über Schollen-Jan verdankte. Demnach lag dieser häufig mit seinem Boot, der Annafried, im Hafen von Wieck vor Anker.

Gleich nachdem sie aus dem Großraumtaxi ausgestiegen waren, entdeckten die beiden Frauen einen Schuhladen, der sie magisch anzog. Theo war das nur recht. „Geht ihr ganz entspannt shoppen, ich schau mir mal den Hafen an."

Die Strecke dorthin war ausgeschildert. Theo hatte keine Schwierigkeiten, sich zurechtzufinden. Während er den schmalen Gehweg entlangfuhr, gingen ihm die unterschiedlichsten Gedanken durch den Kopf. Ihm war die Anspannung seiner Mutter nicht entgangen. Das Gefühl, beobachtet zu werden, schien Erinnerungen an längst vergangene Zeiten wieder aufleben zu lassen. Theo konnte sich kaum vorstellen, wie es gewesen sein musste, jeden Tag in dem Bewusstsein zu leben, überwacht zu werden. Es war damals unmöglich gewesen, sich frei zu bewegen, permanent musste man darauf achten, was man sagte, und am schlimmsten von allem war: Man wusste nie, wem man trauen konnte. Selbst hinter dem freundlichsten Gesicht, sogar hinter dem Lächeln eines Freundes, konnte die hässliche Fratze des Verräters lauern.

Es fiel Theo schwer, sich nicht von diesem diffusen Gefühl der Beklemmung anstecken zu lassen. Zumal das gestrige Telefonat mit Lina nicht dazu beigetragen hatte, die Situation zu entspannen. Innerlich schüttelte er ungläubig den Kopf. Wie war es möglich, dass Akten der Stasi einfach verschwanden? Und warum war das ausgerechnet mit den Dokumenten ihres Vaters geschehen? War Papa wirklich ein inoffizieller Mitarbeiter der Stasi gewesen? Warum hatte irgendjemand es für nötig befunden, diese Informationen nach all den Jahren verschwinden zu lassen? Und vor allem: Wer war dieser mysteriöse Jemand?

Theo konnte sich zwar nicht vorstellen, dass diese Ereignisse etwas mit dem Tod von Mike zu tun hatten. Andererseits war es schon ein merkwürdiger Zufall, dass all diese Dinge zeitlich parallel geschehen waren.

Nun, vielleicht würde ein Gespräch mit Schollen-Jan einen Funken Licht ins Dunkel bringen.

Im Hafen war nicht viel los. Am großen Pier dümpelten einige Motorboote und zwei Segelschiffe vor sich hin. Der Name des letzten Bootes wurde zum größten Teil von dem Boot davor verdeckt. Theo konnte „An“ am Bug entziffern. Das erschien ihm vielversprechend. Er fuhr auf den langen Pier, der nur linksseitig ein Geländer hatte. Die Holzbohlen rumpelten und knarrten unter dem Gewicht seines E-Rollstuhls. Ein mulmiges Gefühl beschlich ihn, als er nach rechts ausweichen musste, um einen Angler zu umkurven. Der Bodden war nicht tief, im Schnitt weniger als zwei Meter, stellenweise nur einen

Meter vierzig. Das nützte ihm aber herzlich wenig, da er nicht schwimmen konnte und zudem an einen neunzig Kilogramm schweren Rollstuhl geschnallt war.

Theo erreichte das schmucke Segelboot in der letzten Reihe und stellte fest, dass es den Namen Annabella trug. *Mist!*

Er wendete vorsichtig. Der Angler, den er eben umfahren hatte, lächelte ihm nun freundlich zu. Mit seinem blau-weiß gestreiften Hemd und der Pfeife zwischen den Zähnen sah er aus wie der Inbegriff eines mecklenburgischen Seemanns. Dieser Eindruck verflüchtigte sich allerdings, als sich Theo nach der Annafried erkundigte.

„Geene Ohnung, meen Jutstoa", antwortete der Mann in breitestem Sächsisch. „Gugge mol, der Kollesche do drüben wees vleisch besso Bescheid." Der Mann deutete mit seiner Pfeife zu dem kleineren Pier auf der gegenüberliegenden Seite.

Theo achtete jedoch nicht weiter auf den dickbäuchigen Mann in Jeans und T-Shirt, auf den der Angler wies, denn etwa zwanzig Meter weiter hinten tauchte plötzlich die Silhouette von Schollen-Jan auf. Der Angelroute und dem Eimer nach zu schließen, kam dieser gerade vom Fischen. „Danke!", sagte er hastig, „Sie haben mir sehr geholfen."

„Geene Ursoche."

Theo umkurvte den Angler ein weiteres Mal und beschleunigte. Er durfte Schollen-Jan nicht aus den Augen verlieren.

In halsbrecherischem Tempo brauste er den Pier entlang und folgte ihm auf der Straße Richtung Dorf. Der Mann bog nach rechts ab, und Theo folgte ihm weiter in einigen Metern Abstand. Schließlich wurde die Besiedelung spärlicher. Es ging vorbei an Feldern und Weiden.

Theo schluckte. Hier gab es keinerlei Deckung. Sobald Schollen-Jan sich umwandte, würde er ihn entdecken. Doch der Mann spazierte offenbar gedankenversunken an den Feldern entlang, ohne sich umzudrehen. Bei einer Weggabelung wandte er sich nach rechts. Kurz darauf erreichten sie einige von hohen Bäumen umgebene Häuschen. Theo blieb stehen, während Schollen-Jan ein weiteres Mal rechts abbog und einem unebenen und von vereinzelten Grasbüscheln durchsetzten Schotterweg zu einem kleinen Haus folgte. Dort angekommen, stieg er eine seitlich angebaute Holztreppe empor und verschwand im Inneren des Hauses.

Nach kurzem Zögern beschloss Theo, es darauf ankommen zu lassen und weiterzufahren. Der Zustand des Weges war allerdings eine Katastrophe und kaum besser als der eines Trampelpfads. Theos Rollstuhl rumpelte über den unebenen Boden. Sand und Schotter spritzten auf.

Plötzlich sah er, wie die Verandatür sich öffnete. Schollen-Jan trat heraus, und in der Hand hielt er ... ein Gewehr.

Für einen Moment war Theo wie erstarrt. Der Mann hatte sich nach Westen gewandt, Richtung Hafen. Langsam hob er die Waffe, die verdächtig nach einem Scharfschützengewehr aussah, und blickte durch das Zielfernrohr.

Hektisch schaute Theo sich um und entdeckte links des Weges einen großen Stapel Holzscheite – offenbar Brennholz für den Winter. Er bog nach links ab, ruckelte langsam, um sich nicht durch laute Motorgeräusche zu verraten, über die Wiese und versteckte sich hinter dem Stapel. Schwer atmend hielt er inne und wartete. Hatte der Kerl ihn bemerkt? Er lauschte angestrengt, konnte aber nichts hören. Warum um alles in der Welt besaß der Typ ein Scharfschützengewehr? Was hatte er vor? Zu dumm, dass Theo nicht über den Stapel hinweglinsen konnte. Zurückzufahren, um an der Vorderseite vorbeizublicken, traute er sich nicht. Der halbe Rollstuhl würde sichtbar sein, bevor Theo in der Lage wäre, um die Ecke zu linsen.

Plötzlich kam ihm eine Idee. Er ließ die rechte Hand sinken, schielte, so gut es ging, nach rechts unten und schaffte es schließlich, die an der Seitenverkleidung des Rollstuhls befestigte Tasche zu erreichen. Er biss sich auf die Lippen, als das Ratschen des Klettverschlusses unnatürlich laut an seine Ohren drang. Leise ächzend kramte er den Selfiestick hervor. Mit zitternden Fingern löste er das Handy aus der Halterung und befestigte es am Stick. Er schaltete die Kamera ein und hob den Stick, bis die Kamera knapp über den Holzstapel hinausragte.

Nach zwanzig oder dreißig Sekunden ließ seine Kraft nach und er senkte den Stick wieder. Rasch spielte er den kurzen Film ab. Schollen-Jan stand noch immer auf der Veranda und sah durch das Zielfernrohr. Dabei schwenkte er das Gewehr langsam Richtung Süden. Für einen Moment sah es so aus, als würde er direkt in die Kamera blicken, doch er schwenkte den Gewehrlauf weiter, ohne innezuhalten. Gleich darauf wurde die Kamera gesenkt.

Was zum Henker hatte der Kerl vor? Theo schaltete erneut auf Aufnahme und brachte die Kamera in Beobachterposition. Dieses Mal hielt er ein paar Sekunden länger durch, bevor er den Stick wieder sinken lassen musste. Er spielte die Aufnahme ab und erstarrte. Schollen-Jan war verschwunden. War er zurück ins Haus gegangen? Aber warum hatte er die Tür offen gelassen?

Ein leises Knacken ließ Theo zusammenzucken.

„Möchten Sie nicht hereinkommen, Herr Marquardt?“, erklang eine barsche Stimme hinter ihm. Theo stieß einen erschrockenen Schrei aus. Mit zitternden Händen ergriff er den Joystick und wendete den Rollstuhl.

Schollen-Jan stand direkt vor ihm. Der Lauf seines Gewehrs ruhte entspannt in seiner linken Armbeuge, aber Theo entging nicht, dass sich der rechte Zeigefinger des Mannes in unmittelbarer Nähe des Abzugs befand.

„Woher ... kennen Sie meinen Namen?“, war das Erste, was Theo herausbrachte.

„Neugier kann eine sehr gefährliche Eigenschaft sein.“ Der Mann lächelte – in dieser Situation kein besonders beruhigender Anblick, wie Theo fand.

„Das ... hängt von den Umständen ab, würde ich sagen.“ Theo tastete unauffällig nach seinem Handy. Vielleicht konnte er einen Notruf absetzen? „Ist es hier in der Gegend eigentlich üblich, ein Scharfschützengewehr spazieren zu tragen?“

Wieder lächelte der Mann auf schwer deutbare Weise. „Machen Sie sich keine Sorgen wegen des Gewehrs – es ist nicht geladen.“ Er öffnete das leere Patronenlager und zeigte es Theo. „Ich wollte nur sichergehen, dass Ihnen niemand gefolgt ist.“

„Ach, dann wussten Sie die ganze Zeit über, dass ich ...?“

„Natürlich“, erwiderte Schollen-Jan.

„Haben Sie jemanden entdeckt?“, fragte Theo.

„Nein.“ Er hängte sich das Gewehr über die Schulter.

„Wer sollte mir überhaupt gefolgt sein?“, fragte Theo.

„Darüber sollten wir uns drinnen unterhalten. Am besten, wir gehen durch den Garten.“ Der Mann ging Richtung Haus.

Rumpelnd folgte Theo ihm. „Sie haben doch nichts dagegen, wenn ich meiner Schwester eine kurze Nachricht schicke?“, fragte er.

„Ganz und gar nicht“, erwiderte Schollen-Jan. „Solange sie mir nicht gleich die Darßer Dorfpolizei auf den Hals hetzt.“

Theo machte auf Google Maps einen Screenshot seines aktuellen Standorts und schickte ihn mit einer kurzen Nachricht an Lina. Wenn er sich in einer Stunde nicht bei ihr meldete, wusste sie, dass etwas schiefgegangen war.

Schollen-Jan führte Theo um das Haus herum in einen ebenerdigen Wintergarten. Er legte das Gewehr auf den Tisch und fragte: „Bier, Wein, Apfelschorle?"

„Nichts, vielen Dank."

Der groß gewachsene Mann zuckte die Achseln. Er verschwand kurz im Haus und kam mit einem Bier in der Hand zurück. „Ich nehme an, Sie haben einige Fragen an mich", sagte er, während er einen Sessel heranzog und sich setzte.

„Oh ja, die habe ich", erwiderte Theo. „Wer sind Sie? Woher kennen Sie meinen Namen? Warum beobachten Sie uns? Wieso besitzen Sie ein Scharfschützengewehr? Wer sollte mir gefolgt sein? Und –"

„Okay, okay, ich denke, das reicht erst mal." Der Mann hob abwehrend die Hände. „Am besten, ich erzähle der Reihe nach." Er nahm einen Schluck aus der Bierflasche und stellte sie auf den Boden. „Mein Name ist Jan-Christian Petersen. Ich war Unteroffizier beim KSK 18 und habe zusammen mit Ihrem Vater gedient."

Theo fiel die Kinnlade herunter. „*Sie* sind das? Sie waren bei meinen Großeltern, nicht wahr? Warum fragen Sie nach all den Jahren auf einmal nach meinem Vater?"

„Soll ich jetzt der Reihe nach erzählen oder nicht?" Der Mann hob die Brauen.

„Natürlich, entschuldigen Sie, machen Sie einfach weiter."

„Ihr Vater und ich waren in derselben Einheit, kannten uns aber nicht näher. Bis zum 24. September 1986 hatten wir nicht viel miteinander zu tun. Aber dann wollte jemand ganz oben in der Befehlskette zeigen, was die Kampftaucher der Volksmarine draufhatten. Vielleicht war es eine Reaktion auf das NATO-Marinemanöver Northern Wedding, das zeitgleich auf der Ostsee stattfand. Zu den Aufgaben des KSK 18 gehörte die Kampfmittelräumung.

Es wurde eine Übung mit scharfer Munition angesetzt. Die Position und das Zeitfenster wurden per Funk durchgegeben. Wir fuhren mit zwei Schnellbooten zu zwei unterschiedlichen Einsatzorten. Ihr Vater und ich saßen im selben Boot. Es war recht kalt für die Jahreszeit, aber wir waren Schlimmeres gewohnt. Ungünstig war allerdings, dass wir mit starker Strömung zu kämpfen hatten. Wir waren spät dran, als wir am Einsatzort ankamen. Es galt, verschiedene Unterwasserminen mit Abstandszündern und Fernzündern auszuschalten.

Wir legten los, und anfangs schien alles glattzugehen. Doch kurz bevor sich das Zeitfenster schließen sollte, ging alles schief, was nur schiefgehen konnte. Es gelang uns nicht, alle Minen zu finden. Der Oberleutnant ließ durchgeben, dass wir uns zurückziehen sollten. Nur wenige Sekunden später detonierte eine der zurückgelassenen Unterwasserminen. Man hat nie herausfinden können, was die Ursache war, zumindest haben wir nie etwas darüber erfahren. Vermutlich war es ein Materialfehler. In jedem Fall erwischte die Druckwelle zwei Kameraden und mich. Wir verloren das Bewusstsein.

Alles, was dann geschah, weiß ich nur aus Erzählungen anderer. Offenbar hatte das Funkgerät auch etwas abbekommen, denn es gab eine technische Störung, und wir konnten das Hauptquartier nicht erreichen. Die Kameraden taten alles, um uns zu retten. Aber durch die Explosion war der Boden aufgewühlt worden. Der ganze Bereich war so trüb wie Hafergrütze. Meine beiden Kameraden wurden gefunden, ich hingegen blieb verschollen. Alle wussten, wenn das Zeitfenster sich schloss, würden die Fernzündungen ausgelöst werden. Das Leben aller Kameraden war gefährdet. Also gab der Oberleutnant den Befehl zum Rückzug.

Ihr Vater allerdings verweigerte den Befehl. Er rief nur: ‚Noch einen Versuch!‘, und tauchte noch mal unter.

Der Oberleutnant fluchte wie ein Bierkutscher, aber es war zu spät. Also gab er den Befehl, den Abstand zu vergrößern und starke Leuchtsignale zu setzen. So blieb die Chance, dass Ihr Vater es doch noch schaffen könnte. Tja, was soll ich sagen: Er schaffte es tatsächlich. Irgendwie gelang es ihm, mich an Bord zu hieven. Es muss ein ungeheurer Kraftakt gewesen sein. Die Kameraden berichteten, dass er nach unten sackte, nachdem ich an Bord war. In diesem Moment detonierten zwei verbliebene Minen. Mehrere Splitter erwischten Ihren Vater. Er blutete übel, als die Kameraden es schließlich schafften, ihn an Bord zu ziehen. Alle überlebten, und so wurde über das ganze Desaster Stillschweigen bewahrt." Er blickte Theo ernst an. „Ihr Vater hat mir das Leben gerettet!"

„Puh." Theo atmete tief durch. „Das ist eine echt krasse Geschichte. Was ist dann passiert?"

„Nach zwei Wochen im Lazarett stieß ich wieder zur Truppe, doch Ihren Vater hatte es schlimmer erwischt. Im Nachhinein stellte sich die auf den ersten Blick harmloseste Verletzung als Katastrophe heraus. Die Unterwasserexplosion hatte ihm in beiden Ohren das Trommelfell zerfetzt. Der Heilungsprozess verlief äußerst problematisch. Es kam zu atropher Narbenbildung, einer dauerhaften, inoperablen Schädigung des Trommelfells. Er wurde für tauchuntauglich erklärt. Das war das Todesurteil für seine Karriere beim KSK 18. Er wurde nie wieder auf dem Stützpunkt in Kühlungsborn gesehen – nicht einmal für einen Tag. Man schickte einen Fähnrich, um seine Sachen abzuholen. Ich versuchte, Kontakt zu ihm aufzunehmen, aber er wollte das nicht. Vielleicht, weil ich ihn daran erinnerte, was er verloren hatte. Vielleicht, weil er kein Mitleid wollte. Ich weiß es nicht." Petersen verstummte.

„Dann hatten Sie seitdem nie wieder Kontakt zu meinem Vater?"

„Nie wieder. Hier und da kursierten Gerüchte über seinen Verbleib, aber er hatte mich gebeten, ihn in Ruhe zu lassen, also tat ich das auch."

„Was für Gerüchte?", hakte Theo nach.

„Alles und nichts – so dachte ich anfangs zumindest. Es hieß, er habe sich völlig aufgegeben und zu Tode gesoffen. Manche behaupteten, er sei ins Visier des MfS geraten und würde irgendwo in Bautzen verrotten. Andere sagten, er habe in den Westen rübergemacht. Und schließlich hieß es noch, er sei fromm geworden und habe eine Pfarrerstochter geheiratet."

„In der Tat eine wilde Mischung", bestätigte Theo. „Aber zumindest Letzteres entspricht der Wahrheit, wussten Sie das?"

„Seit Kurzem", erwiderte Petersen.

„Wie kam es dazu?"

Der Mann nahm einen tiefen Zug aus seiner Bierflasche und stellte sie behutsam auf den Boden zurück. „Ich gebe zu, dass ich im Laufe der Zeit nicht mehr häufig an Ihren Vater zurückdachte. Die Wende kam, und ich hatte alle Hände voll zu tun, um mich über Wasser zu halten. Aber ich vergaß nie, was er für mich getan hatte. Tja, und dann erhielt ich vor wenigen Wochen plötzlich völlig unerwartet Besuch ..."

„Von wem?", fragte Theo gespannt.

„Er nannte sich Walter Dietrich, aber ich bezweifle, dass das sein richtiger Name war. Er fragte mich, ob ich seit dem Mauerfall noch einmal Kontakt zu Robert Marquardt gehabt hätte. Ich sagte Nein, obwohl ich mit ziemlicher Sicherheit wusste, dass das gelogen war."

„Wie meinen Sie das?"

„Es war im Jahr 2003, als ich mitten in der Nacht einen Anruf erhielt. Ich war schlaftrunken, als ich abnahm. Eine Stimme war zu hören, sie klang gehetzt und ... ziemlich erschöpft.

Sie fragte: *Jan? Jan-Christian?* Ich antwortete: *Ja, wer ist denn da?* Plötzlich gab es im Hintergrund irgendein Geräusch. Die Stimme stieß einen Fluch aus. Etwas klirrte, und ich hörte sich entfernende Schritte. Und das war's." Er lächelte schmallippig. „Ich kann es nicht mit hundertprozentiger Sicherheit sagen, denn ich kannte Ihren Vater nicht besonders gut. Aber mittlerweile bin ich davon überzeugt, dass es seine Stimme war, die ich damals hörte."

Theo schluckte trocken. „Im Jahr 2003 verließ mein Vater seine Familie und verschwand spurlos. Wissen Sie das?"

Petersen nickte. „Inzwischen schon."

„Hat Ihnen dieser Dietrich davon erzählt?"

Petersen schüttelte den Kopf. „Nein, der Mann war darauf aus, an Informationen heranzukommen, nicht, sie weiterzugeben. Ich kenne solche Typen. Dabei hatte ich irgendwie gehofft, sie wären inzwischen ausgestorben." Ein bitteres Lächeln huschte über seine Lippen. „Er war nur kurz hier, denn als er feststellte, dass ich ihm keine Antwort geben konnte oder wollte, ging er wieder." Er seufzte leise. „Ich bin ganz bestimmt kein Feigling, aber ich kann Ihnen sagen: Dieser Typ ist gefährlich. Er hat mir regelrecht Angst eingejagt. Aber er hat mich auch ungewollt an das erinnert, was ich mir damals geschworen hatte: Sollte Robert Marquardt je meine Hilfe brauchen, würde ich für ihn da sein. Also fing ich an, Erkundigungen einzuholen. Zuerst besuchte ich Roberts Eltern, von denen ich dann erfuhr, was sich nach der Wende zugetragen hatte. Nun wusste ich, dass er Familie hatte. Was ich allerdings nicht wusste, war, wie Roberts Frau auf einen Anruf von mir reagieren würde, also beschloss ich, sie an ihrem Arbeitsplatz in der Klinik aufzusuchen. Noch bevor ich das Gebäude betrat, entdeckte ich plötzlich *ihn* –"

„Wen meinen Sie?", unterbrach Theo. „Walter Dietrich?"

„Exakt. Ich konnte mir beim besten Willen nicht vorstellen, dass seine Anwesenheit Zufall war, also beschloss ich, mich zurückzuhalten, zu beobachten und Roberts Familie zu beschützen, so gut es ging. Irgendwann, wenn der Zeitpunkt gekommen wäre, würde ich Kontakt aufnehmen."

„Das ... klingt ganz schön abgefahren", meinte Theo.

„Ja, das mag sein", bemerkte Petersen und nahm noch einen Schluck Bier.

„Und jetzt? Was machen wir jetzt?"

Der Mann zuckte mit den Achseln. „Ich weiß es nicht, um ehrlich zu sein. Ich frage mich nur, was geschehen sein mag, dass die Typen auf einmal anfangen, nach Ihrem Vater zu suchen."

„Typen?", fragte Theo. „Ich denke, es war nur einer."

„Solche Leute agieren niemals allein", erwiderte Petersen.

„Glauben Sie, dass mein Vater noch lebt?" Die Frage war ihm herausgerutscht, bevor er darüber hatte nachdenken können.

„Das ist auf jeden Fall eine mögliche Erklärung für diese plötzlichen Aktivitäten. Oder aber, etwas, in was Robert früher verstrickt war, hat auf einmal an Brisanz gewonnen."

Nachdenklich betrachtete Theo das Gesicht des ehemaligen Soldaten. Der Kerl schien eine ehrliche Haut zu sein. Aber konnte er ihm wirklich trauen? Alles, was Petersen erzählt hatte, könnte auch eine einzige Lügengeschichte sein. Woher sollte Theo wissen, ob es diesen Dietrich tatsächlich gab? Woher sollte er wissen, ob nicht Petersen selbst Dietrich war? Sein Herz pochte, aber er zwang sich, ruhig zu bleiben. „Was schlagen Sie vor?", fragte er nur.

„Sie sollten sich erst einmal zurückhalten. Gehen Sie davon aus, dass Sie beobachtet werden. Je ahnungsloser Sie wirken, desto sicherer ist es für Sie. Ich werde inzwischen versuchen, mehr herauszubekommen. Es gibt noch ein oder zwei Leute, die mir einen Gefallen schulden. Sollte ich eine ungefähre Ahnung davon gewinnen, worum es geht, melde ich mich."

Theo nickte langsam. „Einverstanden."

„Gut." Petersen erhob sich. „Sie sollten sich besser auf den Rückweg machen. „Ihre Mutter und Ihre Großmutter werden sonst beunruhigt sein."

Theo warf einen Blick auf die Uhr. Er war seit fast zwei Stunden hier. „Shit! Ich muss sofort meine Schwester anrufen."

„Das wird schwierig, hier gibt es so gut wie keinen Empfang."

„Dann muss ich los!"

Petersen öffnete ihm die Tür.

„Wie bleiben wir in Kontakt?", fragte Theo.

„Wie gesagt, ich melde mich."

Theo brauste los. Als er auf den Feldweg einbog, kam eine Kurznachricht nach der anderen herein. Mama, Oma Lilo und zum Schluss auch Lina hatten ihm immer knapper und eindeutiger werdende Fragen geschickt. Offenbar hatte er sich auf dem bewaldeten Gelände in einem Funkloch befunden. Er schickte eine kurze Sprachnachricht an alle. „Sorry. Es ist alles okay. Ich war im Funkloch. Bin jetzt auf dem Rückweg. Wir treffen uns in zehn Minuten am Hafen."

Während er an den Feldern entlangbrauste, schaffte er es tatsächlich, für einen Moment nicht an seinen Vater zu denken. Stattdessen war er voll und ganz damit beschäftigt, sich zu überlegen, wie er drei erboste Frauen besänftigen sollte.

Gedankenkarussell und Pizzaassoziationen

„Was sollte das, Theo? Bist du jetzt vollkommen übergeschnappt?“ Lina schrie fast in ihr Telefon. „Du kannst doch nicht einfach abhauen und einem Verdächtigen nachschleichen! Weißt du, wie ich mich gefühlt habe, als ich deine Nachricht bekam? Du schickst mir irgendwelche Koordinaten mit dem Hinweis: *Wenn ich mich in einer Stunde nicht gemeldet habe, ruf die Polizei*. Was sollte ich damit anfangen? Ich wusste doch gar nicht, worum es geht. Was hätte ich deiner Meinung nach tun sollen? Die Kollegen auf dem Darß anrufen und ihnen sagen: *Mein Bruder hat sich seit einer Stunde nicht gemeldet, also tut irgendwas!?*“

„Ich gebe zu, ein paar Informationen mehr hätten nicht geschadet“, gestand Theo.

„Allerdings!“, fauchte Lina. „Und dann kam deine Nachricht auch noch fast eineinhalb Stunden später an.“

„Ich wusste doch nicht, dass der Empfang so schlecht ist.“

„Das sieht man doch!“, fegte Lina seinen Einwand beiseite.

„Ich hatte keine Zeit“, verteidigte sich Theo.

„Was heißt, keine Zeit? Du hättest mich anrufen sollen, *bevor* du dich auf die Suche nach diesem Schollen-Jan machst! Das war nämlich eine absolute Schnapsidee. Mama und Oma sind fast ausgerastet vor Sorge, als du auf einmal verschwunden warst. Sie wollten schon das Hafenbecken nach dir absuchen lassen.“

„Ich weiß, ich weiß“, erwiderte Theo. „Du wirst es kaum glauben, aber ich habe mir das schon sehr, *sehr* ausführlich anhören müssen. Ich habe meine Reue ungefähr zweihundert Mal bekundet und versprochen, so etwas nie wieder zu tun.“

„Das ist ja auch das Allermindeste –“

„Was willst du jetzt tun?“, unterbrach Theo sie wütend. „Mich ohne Sandmännchen ins Bett schicken? Oder könntest du dich vielleicht dazu durchringen, mich wie einen erwachsenen Menschen zu behandeln? Ja, ich habe einen Fehler gemacht, das sehe ich ein. Und natürlich werde ich daraus lernen. Aber ich habe schon eine Mutter. Du musst diese Rolle nicht auch noch übernehmen. Und tu gefälligst nicht so, als würden dir nie Fehler unterlaufen. Was Risikofreudigkeit angeht, stehst du mir in nichts nach, ganz im Gegenteil. Ich sage nur: Aktion Holgersson.“

Lina presste die Lippen zusammen und schwieg. Theo hatte nicht gänzlich unrecht. Sie erwartete, dass andere ihn mit Respekt behandelten, also musste sie selbst es auch tun. Dass ihr Bruder allerdings diese peinliche Episode aus ihrer Kindheit hervorkramte, war nicht ganz fair. „Ich denke nicht, dass es notwendig ist, diese alten Geschichten wieder aufzuwärmen“, bemerkte sie knapp.

„Einverstanden. Dann können wir uns ja auf das konzentrieren, was ich herausgefunden habe.“

„Schieß los“, brummte Lina.

Theo begann zu erzählen, und je länger er sprach, desto aufmerksamer hörte sie zu. Als er fertig war, herrschte für einen Moment Schweigen. Lina musste die Neuigkeiten erst einmal verarbeiten.

„Krass“, sagte sie schließlich.

„Ja, so könnte man es zusammenfassen“, bemerkte Theo.

„Traust du diesem Petersen?“, fragte sie.

„Hm, schwer zu sagen. Ich hatte nicht das Gefühl, dass er mich anlügt."

„Zumindest in Bezug auf den Besuch bei Opa Dieter und Oma Iris hat er die Wahrheit gesagt, wie wir wissen."

„Ja", Theo nickte, „und die Sache mit der Tauchuntauglichkeit stimmt auch. Das hat Mama bestätigt."

„Glaubst du wirklich, dass Papa in der Nacht, als er verschwand, bei ihm angerufen hat?"

„Keine Ahnung. Aber mein Bauchgefühl sagt mir, dass Petersen selbst davon überzeugt ist."

„Das ist doch verrückt!", entfuhr es Lina. „Warum fragen diese Typen jetzt nach Papa? Ich meine, es ist fast zwanzig Jahre her, dass er verschwand!"

„Das ist eine ausgezeichnete Frage. Zumindest habe ich inzwischen erhebliche Zweifel daran, dass Papa damals auf dem Weg zu einer Baustelle spontan den Entschluss gefasst hat, seine Familie zu verlassen und woanders sein Glück zu versuchen."

„Ja, irgendwie passt das nicht so ganz zusammen."

„Weißt du", sagte Theo nach einem Augenblick des Nachdenkens, „das Ganze ist aufwühlend, verwirrend und bedrückend, aber irgendwie gibt es auch einen Teil in mir, der erleichtert aufatmet. Über all die Jahre war da stets die bohrende Frage in meinem Kopf, ob ich nicht schuld daran bin, dass Papa uns verlassen hat."

„Theo, das ist doch völlig absurd –"

„Warte, lass mich bitte ausreden. Im Jahr 2003 stellten die Ärzte bei mir die endgültige Diagnose Kongenitale Muskeldystrophie. Damit war klar, dass wir niemals eine normale Familie sein würden. Papa hatte gerade erfahren, dass er seinem Sohn niemals das Radfahren beibringen oder mit ihm Fußball spielen würde. Selbst so etwas wie ein Wanderurlaub wäre ein unerreichbarer Traum. Stattdessen standen Mama und ihm ständige Klinikaufenthalte, Antragsformulare, Kämpfe mit Behörden und Krankenkassen, durchwachte Nächte und ein Leben voller Sorgen in Aussicht. Er wäre nicht der erste Mensch gewesen, der sich damit überfordert sieht. Und da eine, ich sag mal, rückwirkende Abtreibung unweigerlich die volle Aufmerksamkeit der Strafverfolgungsbehörden bedeutet hätte, blieb ihm nur die Flucht. Sei ehrlich: So abwegig ist das nicht."

Lina schwieg. Theo hatte recht. Dieser Gedanke war naheliegend.

„Und deshalb", fuhr er fort, „bin ich fast dankbar für dieses düstere Geheimnis. Denn es verscheucht einen anderen dunklen Schatten, der mein ganzes bisheriges Leben lang über mir geschwebt hat."

„Ach Theo –", setzte Lina an, doch ihr Bruder ließ sie nicht ausreden.

„Vielleicht müssen wir unsere komplette Familiengeschichte noch einmal in neuem Licht betrachten. Was ist, wenn Papa damals untertauchen musste? Was ist, wenn die Leute, vor denen er sich versteckt hielt, ihn noch immer suchen?"

Lina atmete tief durch. „Ja, das könnte sein. Dann stellt sich natürlich die Frage: *Warum* musste er untertauchen? Aktuell deutet einiges darauf hin, dass Papa in irgendwelche Stasigeschichten verwickelt war – etwas, was ich nicht unbedingt positiv bewerten würde."

„Wie wollen wir weiter vorgehen?"

„Du sorgst dafür, dass Oma und Mama die nächsten Tage einen entspannten Ostseeurlaub haben, und ich werde noch mal bei der Stasiunterlagenbehörde nachhaken. Es kann nicht sein, dass da einfach irgendwelche Akten verschwinden."

Theo schwieg einen Moment, und Lina rechnete schon

damit, dass er ihr widersprechen würde, doch dann sagte er: „Okay, Lina. Aber jetzt chill ein bisschen und übertreib es nicht.“

„Gute Nacht, Theo.“

„Nacht, Schwesterchen.“

Lina legte das Telefon beiseite und massierte sich den verspannten Nacken. Chillen war eine gute Idee. Ungünstigerweise ließ sich das unablässige Gedankenkarussell in ihrem Hirn von diesem Vorschlag in keinster Weise beeindrucken.

Sie ging in die Küche und öffnete den Kühlschrank. Zu Mittag hatte sie nur ein belegtes Brötchen gegessen, und nun war es schon später Abend. Einen Moment lang erwog sie, sich eine Pizza in den Ofen zu schieben, entschloss sich dann aber doch für ein Knäckebrot mit Käse.

Ihr Handy meldete den Eingang einer Kurznachricht. Ben fragte, ob sie Lust habe, übermorgen auf ein Konzert mitzukommen. Lina ließ die Frage unbeantwortet und legte das Smartphone beiseite.

Sie freute sich für Theo, dass er diesen neuen Entwicklungen etwas Positives abgewinnen konnte. Ihre Sicht der Dinge war düsterer. Ja, möglicherweise war Papa nicht einfach so vor der Verantwortung geflohen. Aber eine Verwicklung in Stasiaktivitäten machte die Sache für Lina nicht wirklich besser. War Papa von Anfang an ein Verräter gewesen? Ausgeschlossen war das keineswegs. Vielleicht war Mama damals in eine Art Honigfalle getappt. Die ganze Familie war in der kirchlichen Bürgerrechtsbewegung aktiv gewesen. Es wäre für die Stasi ein Hauptgewinn gewesen, dort einen ihrer Spitzel zu implementieren. Vielleicht war Papa nur deshalb untergetaucht, weil er kurz davorgestanden hatte aufzufliegen? Mama schien das nicht zu glauben, aber wer wollte schon wahrhaben, dass die Liebe des Lebens eine sorgfältig geplante Lüge gewesen war?

Lustlos beendete Lina ihr spartanisches Abendbrot und stellte den Teller in die Spüle. Vielleicht hätte sie sich doch lieber für eine Pizza entscheiden sollen.

Ungerufen erschien plötzlich Bastians Gesicht vor ihrem inneren Auge. Offenbar gab es da eine eigenwillige synaptische Verbindung zwischen seinem Lächeln und der Vorstellung von frisch aufgebackener Tiefkühlpizza. Unwillkürlich lächelte sie über die abenteuerlichen Umstände, die schließlich zu einem Pizzaessen in seiner Wohnung geführt hatten. Seit ihrem gemeinsamen Einsatz in Hamburg hatte sie nicht mehr mit ihm gesprochen.

Lina schnappte sich ihr Handy und setzte sich im Schneidersitz auf die Couch. Sie scrollte durch das Adressverzeichnis, bis sie auf Bastians Profilbild stieß. Das Foto gefiel ihr. Es war nur sein halbes Gesicht zu sehen, ein verschmitztes Grinsen und vom Wind zerzauste Haare.

Hey, schrieb sie, *wie geht's?*

Bereits wenige Sekunden später zeigte der Messenger an, dass Bastian ihre Nachricht gelesen hatte. Gleich darauf war *Bastian schreibt* zu lesen. Diese Information stand dort über mehrere Minuten. Lina musste schmunzeln – wollte er einen Roman verfassen?

Dann erklang ein sanftes Piepen, und seine Antwort erschien. *Gut.*

Lina runzelte die Stirn und schrieb: *Für diese schlichte Nachricht hast du aber sehr lange gebraucht,* und setzte einen Smiley dahinter.

Er las ihre Nachricht sofort, aber es kam keine Antwort.

Merkwürdig. Irritiert schrieb Lina: *Alles okay mit dir?*

Eine Minute verging. Dann antwortete er: *Mach dir um mich keine Sorgen!*

Was sollte das denn jetzt? Warum reagierte er so komisch?

Jetzt mache ich mir Sorgen, schrieb sie. *Was ist denn los?*

Ein Haken signalisierte ihr, dass die Nachricht abgeschickt worden war, aber der Empfang wurde nicht bestätigt. Sie wartete eine Weile. Vielleicht war er unterwegs?

Kurz entschlossen schloss sie die App und öffnete sie wieder. Sie suchte seinen Kontakt und stellte fest, dass sein Profilbild verschwunden und durch einen neutralen Avatar ersetzt worden war. „Das gibt's doch gar nicht!", entfuhr es ihr. Bastian hatte sie blockiert.

„Blödmann!", fauchte sie. „Was soll der Mist?" Wütend warf sie das Smartphone auf die Couch.

Dieser Abend war wirklich zum Vergessen. Eine Zeit lang lief sie frustriert im Zimmer auf und ab. Kurz erwog sie, Bastian anzurufen. Doch ihr Stolz verbot es ihr. Sie würde dem Kerl ganz bestimmt nicht hinterherrennen.

Schließlich ließ sie sich wieder auf die Couch plumpsen und schaltete den Fernseher ein. Sie würde sich einfach so lange berieseln lassen, bis sie müde genug war, um einzuschlafen.

Videochat

Theo richtete den Bildschirm seines Laptops aus und startete den Videochat.

Die Verbindung wurde aufgebaut. Helenes üppiges Dekolleté füllte einen Großteil des Bildschirms aus und rückte immer näher, sodass Theo instinktiv ein wenig zurückwich. „Finger weg, hab ick jesacht!“, erklang die Stimme seiner wohlbeleibten Mitbewohnerin. „Dit sind meene Kekse!“

„Manno!“, beschwerte sich Paula irgendwo hinter Helenes Rücken.

„Hör uff rumzumotzen! Kannst dir ja schließlich selba Proviant besorjen.“

Theo räusperte sich. „Helene?“

„Oh, sind wa schon uff Sendung?“ Umständlich wuchtete sich Helene auf den Stuhl zurück. Auf ihrem Gesicht zeigte sich ein breites Grinsen, während sie die Kekse in beiden Fäusten fest umklammert hielt. „Tachchen, Theo, allet jut bei dir?“

Das stark geschminkte Gesicht von Paula schob sich links ins Bild. „Hallo, Theo.“

Scott nickte ihm über die Köpfe der beiden Damen hinweg ernst zu. Im Hintergrund konnte Theo sogar Keno ausmachen, der flüsterte: „Theo. Tim hat ein rotes Auto, Theo.“

„Schön, euch zu sehen, Leute“, sagte Theo, und er merkte, dass es ihm damit absolut ernst war. Er vermisste seine Mitbewohner – samt ihren skurrilen Eigenarten. „Mir geht es gut. Danke der Nachfrage, Helene.“

Seine Mitbewohnerin lächelte zufrieden und schob sich zwei Kekse gleichzeitig in den Mund.

„Du bist ein bisschen rot, Theo. Du musst dich besser eincremen“, bemerkte Paula.

Theo lächelte. „Wie geht's euch, Leute?“

„Ick hab 'n bisschen Kohldampf, aber sonst is allet im grünen Bereich“, erwiderte Helene.

„Die Premiere war super!“, meldete sich Paula zu Wort. „Es war'n ganz viele Leute da. Und zum Schluss kam sogar ein Reporter, der hat ein Interview mit mir gemacht.“

„Wow, das ist wirklich toll, Paula.“

„Hast du auch schon mal ein Interview gehabt?“

„Nein.“

„Dann musst du Theater spielen.“

„Ich fürchte, das ist nicht meine Begabung“, erwiderte Theo. „Wie geht es dir, Scott?“

Der Hüne zeigte die Andeutung eines Lächelns und nickte bedächtig.

„Keno geht's auch gut“, bemerkte Paula. „Er schreit nur noch normal, wie sonst auch.“

„Tim hat ein rotes Auto“, kommentierte der Autist.

Theo dachte an die Ermahnungen seiner Schwester und fragte beiläufig: „Ist euch sonst noch irgendetwas Besonderes aufgefallen?“

Helene blähte die Wangen. „Nö, nich dass ick wüsste.“

„Was meinst du mit ‚besonders‘?“, fragte Paula.

„Na ja, war zum Beispiel jemand da, den ihr nicht kennt? Und hat derjenige vielleicht nach mir gefragt?“

„Ja“, erwiderte Paula und nickte eifrig. „Da war jemand. Der hat gefragt, ob du zu Hause bist.“

„Tatsächlich?“

„Ja.“

„Dit kann ick bestätigen“, fügte Helene hinzu.
„Und, was habt ihr gesagt?“
„Na, dasste varreist bist“, erwiderte Helene.
„Mehr habt ihr nicht verraten?“
„Natürlich nicht!“, empörte sich Paula.
„Wie sah der Typ denn aus?“
„Klapperdürr“, bemerkte Helene.
„Quatsch, der war voll normal“, korrigierte Paula.
„Und janz schön groß“, fuhr Helene fort.
„Ungefähr so wie ich“, ergänzte Paula.
Theo erwog, Scott zu fragen, doch der Hüne blickte so ratlos von einer Mitbewohnerin zur anderen, dass er sich davon keine aufschlussreichen Informationen erhoffte.
„Der hat ’n Bart jehabt.“ Helene kratzte sich nachdenklich am Kinn. „So’n Zickenbärtchen.“
„Und ein Tattoo. Ne Blume, glaub ich“, fügte Paula hinzu.
„Quatsch, dit war ’ne Frau mit lange Haare“, korrigierte Helene.
„Nee, ’ne Blume“, widersprach Paula.
„Okay“, mischte sich Theo deeskalierend ein, „es war ein mittelschlanker, nicht allzu großer Mann mit Bart und Tattoo, ich habe verstanden. Konntet ihr sonst noch etwas herausfinden? Hat er noch was gesagt?“
„Klaro, er hat gefragt, ob er es dalassen kann.“
„Dalassen? Was dalassen?“
„Na, dit Päckchen.“
„Päckchen?“, stammelte Theo entgeistert.
„Warte, ich hole es her.“ Paula verschwand aus dem Bild und kam wenig später mit einem braunen Paket zurück. Sie hielt es in die Kamera, und Theo erkannte im Absender seine Lieblingsbuchhandlung. Ihm fiel ein, dass er dort noch vor seiner Abreise einen Thriller bestellt hatte.

Er seufzte. „Freunde, wollt ihr mir jetzt allen Ernstes sagen, dass ihr mir gerade ausführlich einen Paketboten beschrieben habt?“

„Wattn, erst fragste uns, wie der Typ aussah, und dann beschwerste dir, wenn wa dir dit erklärn?“

Theo konnte nicht anders, bei Helenes empörten Worten musste er einfach schmunzeln. „Sorry, Leute, mein Fehler.“

„Genau“, bemerkte Paula. „Du musst dir eben vorher überlegen, was du wissen willst.“

„Du hast absolut recht“, bestätigte er. „Gibt es sonst noch etwas Neues zu berichten?“

„Ja, die kleene Vanessa war hier.“

„Die Schwester von Mike?“

„Genau, die wollte Mikes Sachen sehen und war ganz schön sauer, dass die schon weg waren“, berichtete Paula.

Theo schluckte. Offenbar hatten Mikes Eltern es nicht für nötig befunden, ihre Tochter darüber zu informieren, dass sie Mikes Zimmer bereits ausgeräumt hatten.

„Die Arme war janz schön durch ’n Wind und hat jeweent. Da musst ick gleich ’n bisschen mitweenen“, fügte Helene betroffen hinzu.

„Und dann hat sie gesagt, dass wir alle zu Mikes Beerdigung eingeladen sind“, ergänzte Paula.

„Sie würde sich sehr freun, wenn wa kommn, hat se jesacht. Weil wir nämlich die einzijen echten Freunde wärn, die ihr Bruda jehabt hat.“

„Oh.“ Theo war überrascht. Er hatte Zweifel, dass Mikes Schwester die Einladung mit ihren Eltern abgesprochen hatte. Andererseits war ihm das ziemlich egal. Es ging darum, Vanessa beizustehen und ihrem Bruder die letzte Ehre zu erweisen. „Wann soll die Beerdigung stattfinden?“

Scott zuckte mit den Achseln.

Paula kratzte sich am Kopf.

„Äh, ick gloob, sie hat uns so 'ne Karte dajelassen." Helene verschwand aus dem Bild und kam eine halbe Minute später zurückgeschnauft. „Hier." Sie hielt eine Trauerkarte in die Kamera.

„Am Freitag um 10 Uhr auf dem Parkfriedhof."

„Biste dann zurück?", fragte Helene.

Theo nickte langsam. „Ja", sagte er. Und in Gedanken fügte er hinzu: *Ich habe mich lange genug versteckt.*

Sie plauderten noch ein wenig, dann wurde es Zeit für das Abendessen, und Helene drang höflich, aber bestimmt auf eine Beendigung des Gesprächs.

Theo ergriff sein Handy und schickte eine Nachricht an Lina. *Übermorgen um 10 Uhr wird Mike auf dem Parkfriedhof beerdigt. Ich werde hingehen. Kommst du auch?*

Zwei Minuten später kam die Antwort. *Keine gute Idee. Du sollst doch aus der Schusslinie bleiben.*

Ich kann mich nicht ewig verstecken, Lina. Holst du mich morgen ab?

Theo, nun sei doch vernünftig!, erwiderte Lina.

Theo schnaufte und schrieb: *Wenn du mich nicht abholst, frage ich Bastian.*

Längere Zeit erfolgte keine Antwort. Dann schrieb Lina: *Morgen um 12 Uhr.*

Die Kürze der Nachricht irritierte Theo. *Hey, was ist los?*

Nichts!

Lina, ich bin nicht blöd. Habt ihr euch gestritten?

Um zu streiten, muss man miteinander kommunizieren.

Theo tippte drei Fragezeichen in sein Smartphone.

Versuch einfach nicht mehr, mich zu verkuppeln, erwiderte Lina. Und noch ehe Theo antworten konnte, kam eine zweite Nachricht. *Ich mein's ernst. Wenn du mit Bastian über mich redest, war's das. Dann rede ich kein Wort mehr mit dir über den Fall.*

Schon gut, Lina. Ich misch mich nicht ein.

Gut. Bis morgen dann.

Langsam ließ Theo sein Smartphone sinken. Das war alles sehr verwirrend. Er hatte doch beobachtet, wie Bastian Lina angesehen hatte. Der Kerl war bis über beide Ohren in sie verknallt, und auch Lina mochte ihn sehr. Was war vorgefallen, dass die beiden auf einmal kein Wort mehr miteinander wechselten?

Er hoffte sehr, dass es nicht an Linas Dickköpfigkeit lag. Aber ihm waren die Hände gebunden. Er hatte versprochen, sich nicht einzumischen, und daran würde er sich auch halten. Das hieß allerdings nicht, dass er Bastian den Beerdigungstermin von Mike vorenthalten würde.

Theo hob sein Smartphone und begann zu tippen.

Der Grauhaarige

Der Mann ohne Namen hatte hin und her überlegt, ob er Dr. Cho von seiner seltsamen Reaktion auf den Vorfall mit den beiden Kindern berichten sollte. Einem unbestimmten Gefühl folgend, hatte er sich dagegen entschieden. Während die Ärztin weiter ihren Ansatz verfolgte, mehr über Peter Waigel herauszubekommen, hoffte er innerlich, dass sein Unterbewusstsein ihm etwas über seine verwirrenden Empfindungen preisgeben würde.

„Atmen Sie tief ein und aus", sagte Dr. Cho. „Spüren Sie, wie Ihre Arme und Beine schwer werden. Fühlen Sie, wie Ihr ganzer Körper sich entspannt."

Der Namenlose konzentrierte sich auf seinen Atem und versuchte, das Gefühl der Beklemmung auszublenden, das ihn jedes Mal erfasste, wenn er sich in diese Situation des Ausgeliefertseins begab.

„Lassen Sie alle Gedanken los, und spüren Sie, wie sich Wärme in Ihnen ausbreitet."

Das Medikament entfaltete seine Wirkung. Es war, als würde der Namenlose sein Ohr an eine Tür legen und das brausende Wispern unzähliger Stimmen vernehmen; ein Chor von Erinnerungen, die nur durch einen hauchdünnen Schleier von ihm getrennt waren.

„Sie sind Peter Waigel", sagte die sanfte Stimme der Ärztin. „Wo leben Sie?"

Das Bild einer Gefängniszelle flackert auf, doch gleich darauf befindet er sich in einem karg eingerichteten Zimmer. Eine Matratze auf dem Boden ersetzt das Bett. In einem Regal stapeln sich unordentlich ein paar Bücher und Schallplatten. Eine Gitarre lehnt in der Ecke und auf dem Boden liegen Hanteln mit unterschiedlichen Gewichten. Der einzige Tisch im Raum ist leer, bis auf eine halb volle Wodkaflasche.

Sein Blick wandert zum Fenster. Der Himmel ist grau.

„Wo sind Sie zu Hause?", war die Stimme der Ärztin zu vernehmen.

Er geht zum Fenster, um einen Blick hinauszuwerfen. Doch die graue Düsternis wird dichter. Nebel ballt sich vor seinen Augen, greift mit dünnen, gestaltlosen Fingern nach ihm und zieht ihn in eine klamme, kühle Umarmung.

„Wo sind Sie zu Hause?", wiederholte die Stimme eindringlich.

Eine Zeit lang taumelt er durch ein Wirrwarr von Eindrücken und flüsternden Stimmen. Doppelstockbetten in einer Kaserne tauchen auf und verschwinden wieder, ein Plüschsofa vor einer Ornamenttapete blitzt auf, um gleich darauf einem altmodisch eingerichteten Hotelzimmer zu weichen. Wieder verschwindet das Bild, und gleich darauf taumelt er in ein ordentlich aufgeräumtes Mädchenzimmer. Mehrere Regale voller Bücher säumen die Wände, auf dem Bett liegt eine Tagesdecke, am Schreibtisch sitzt eine schlanke Frauengestalt und liest. Sie dreht sich um. Ein Lächeln breitet sich auf ihrem sommersprossigen Gesicht aus. Sie springt auf und schlingt die Arme um ihn. Ihr Mund ist nun ganz dicht an seinem Gesicht. Sie sagt etwas, dann berühren ihre Lippen die seinen, ganz sanft und vorsichtig. Der Namenlose spürt, wie sein Herz schneller zu schlagen beginnt; eine seltsame Mischung aus Glück und Beklemmung ergreift Besitz von ihm. Die junge Frau drückt sich fest an ihn, legt nun den Kopf an seine Brust. Fast glaubt er, ihren vertrauten Geruch wahrnehmen und ihr Haar an seiner Wange spüren zu können. Über ihre Schulter hinweg fällt sein Blick auf das aufgeschlagene Buch. Ein Satz darin ist farblich markiert.

„Kommt alle her zu mir, die ihr euch abmüht und unter eurer Last leidet! Ich werde euch Frieden geben."

Er schluckt trocken. Diese Worte bedeuten ihm etwas. Er spürt es ganz tief in seinem Inneren, und doch gelingt es ihm nicht, es zu greifen.

„Denken Sie daran: Sie sind Peter Waigel!", drang eine Stimme in sein Bewusstsein, und das, was eben noch so greifbar nah gewesen war, zerstob wie Blütenstaub. „Spüren Sie, was dieser Name in Ihnen auslöst! Erinnern Sie sich!"

Das Gefühl des Bedauerns wird von einem körperlich spürbaren Unbehagen überlagert. Bilder zucken durch seinen Geist. Leere, halb verrottete Paletten, blaue Plastikplanen und rostiger Schrott liegen verstreut in einem weiten Hof. Zwischen geborstenen Betonplatten sprießt Unkraut empor. Seine Schritte hallen von den Wänden des Backsteingebäudes wider. Über einer Stahltür ist noch die verblasste Aufschrift „VEB" zu erkennen, der Rest ist mit bunten Graffiti übersprüht.

Nach kurzem Zögern öffnet er die Tür und betritt eine große Werkhalle. Einige Maschinen sind mit Planen abgedeckt. Etliche Fensterscheiben sind eingeschlagen. Glassplitter knirschen unter seinen Schuhsohlen. Eine Taube flattert erschrocken auf, als er die Halle durchquert und auf das erhöhte und mit großen Fenstern versehene ehemalige Schichtleiterbüro zugeht. Er steigt die Metalltreppe hinauf und öffnet die Tür.

Ein grauhaariger, hagerer Mann sitzt auf einem Stuhl. „Nehmen Sie doch Platz, Herr... Waigel."

Der Namenlose spürt, wie sich sein Magen schmerzhaft zusammenzieht. Wie sehr er diesen Namen hasst!

Der Grauhaarige lächelt. „Sie haben doch nicht ernsthaft

geglaubt, dass es irgendwann vorbei ist?" Tadelnd schüttelt er den Kopf.

Ein Schauer läuft dem Namenlosen über den Rücken, und zugleich verspürt er eine heiße Wut in sich. Unbewusst ballt er die Fäuste.

„Es war sehr amüsant zu sehen, wie Sie sich in unseren Lügengebilden häuslich eingerichtet haben. Auch Ihre anfängliche Widerborstigkeit habe ich fasziniert beobachtet, aber dass Sie sich dann tatsächlich erdreisten, mir zu drohen, war ein Verhalten, das mich doch ein wenig enttäuschte. Nun ja, Schwamm drüber." Er winkt lässig mit der Hand ab. „Ein paar ‚Erinnerungsfotos' haben Sie ja wieder auf die rechte Bahn gebracht." Er greift in eine lederne Tasche und zieht einen großen braunen Briefumschlag heraus. „Ihr Auftrag erfordert Diskretion und vor allem Schnelligkeit. Sie werden mit Ekkehard Schmidt zusammenarbeiten. Alles, was Sie wissen müssen, finden Sie in diesem Umschlag." Er steht auf und reicht dem Namenlosen die Hand. „Viel Erfolg, Genosse Waigel." Er lacht, als hätte er einen großartigen Witz gemacht.

Der Namenlose verzieht keine Miene.

„Sie können jetzt gehen", sagt der Grauhaarige.

Der Namenlose wendet sich ab, steigt die Stufen hinunter und geht zügig, aber ohne zu hetzen, durch die verlassene Werkhalle. Als er den Hof betritt, sieht er sich unauffällig um und erhöht das Tempo ein wenig. Erst als er das Werksgelände verlassen hat, beginnt er zu rennen.

Er eilt die Straße entlang, biegt zweimal ab und hastet dann, immer zwei Stufen auf einmal nehmend, eine Treppe zu einem verlassenen Keller hinab. Die Satteltasche liegt noch genau da, wo er sie zurückgelassen hat. Rasch schlüpft er aus seiner Kleidung und streift die Lederkluft über. Er setzt die blonde Perücke auf und klebt sich den Bart an. Es dauert etwa zweieinhalb Minuten, bis er sich in einen übergewichtigen Biker mit strähnigem blondem Haar verwandelt hat.

Der Namenlose stopft seine Klamotten in die Satteltasche, legt den Briefumschlag obenauf und stürmt die Treppe hoch. Wenig später fährt er mit einer alten Kawasaki zu einem Parkplatz, von dem aus er das verlassene Industriegebäude gut im Blick hat. Er muss nicht lange warten, ehe ein unauffälliger silberfarbener VW Golf aus der Einfahrt kommt. Der Namenlose folgt ihm nicht direkt, sondern nimmt eine Parallelstraße. Wenn er sich zu früh an die Fersen des Mannes setzt, wird dieser die Verfolgung bemerken. Bei der übernächsten Kreuzung sieht er den Wagen abbiegen.

Der Grauhaarige fährt offenbar einige Umwege. Der Namenlose muss sein ganzes Geschick aufwenden, um ihn nicht aus den Augen zu verlieren. An einer viel befahrenen Straße bleibt der Golf einige Minuten lang in zweiter Spur stehen. Es gelingt dem Namenlosen, rechtzeitig hinter einem parkenden Lkw Deckung zu nehmen.

Die Irrfahrt geht weiter. Es dämmert bereits, als der Wagen in eine schmale Seitenstraße abbiegt. Der Namenlose vergrößert den Abstand und bleibt schließlich am Rande einer Brache stehen. An der kopfsteingepflasterten Straße stehen fast ausschließlich viergeschossige Altbauten. Viele Fassaden sehen räudig aus, stellenweise kann man noch die Einschusslöcher aus den dunklen Tagen des Zweiten Weltkriegs erkennen. Doch einige Häuser sind frisch restauriert. Auf eines davon geht der Grauhaarige zu. Der Namenlose hält den Atem an …

Eine Stimme drang in sein Bewusstsein. „Ich werde nun langsam von fünf bis eins herunterzählen."

Nein!, *schreit es in ihm. Noch nicht! Innerlich möchte er loslaufen. Doch er kann nicht. Still verharrt der Körper des Namenlosen, und er sieht zu, wie der Grauhaarige in seine Tasche greift und einen Schlüssel hervorholt.*

„Fünf …"

Der Mann sieht sich sorgfältig um, und der Namenlose duckt sich rasch hinter ein parkendes Auto.

„Vier…"

Er richtet sich langsam wieder auf. Der Grauhaarige ist im Hauseingang verschwunden, die Tür fällt ins Schloss. Der Namenlose beginnt zu laufen.

„Drei…"

Er hetzt den schlecht gepflasterten Gehweg entlang und hat die Augen permanent auf die Fenster des Hauses gerichtet. Da! Links oben in der ersten Etage geht das Licht an.

„Zwei…"

Schwer atmend erreicht er den Eingang. Sein Blick wandert zum Klingelschild. Es gibt drei Mietparteien pro Etage. Yüksek – wohl kaum. Familie Aichinger – nein. Und der letzte Name: Helmut…

Das Bild beginnt zu verblassen. Seine Augenlider flattern. Er zwingt sich, das Bild des Klingelschilds zu fixieren, es tief in sich aufzunehmen…

„Eins."

„Knapp", kam es murmelnd über seine Lippen. „Helmut Knapp."

Das Gesicht von Dr. Cho schwebte über ihm wie der Mond, der sich aus den Schleiern der Abenddämmerung erhebt. „Peter?", fragte sie. „Sind Sie bei mir?"

„Ich… bin nicht Peter."

Dr. Chos Gesichtszüge wurden deutlicher. Sie lächelte, offenbar in dem Bestreben, ihn zu ermutigen. „Sie haben noch einen weiteren Namen genannt."

„Helmut… Knapp", wiederholte er leise.

„Sind Sie das?", bohrte die Ärztin nach.

Er schüttelte den Kopf und krächzte: „Wasser."

Sie reichte ihm ein halb volles Glas, und er trank ein paar Schlucke.

„Wer ist dieser Helmut Knapp?“, fragte Dr. Cho. „Können Sie sich an ihn erinnern?“

Einige Atemzüge lang starrte der Namenlose ins Leere. Dann schüttelte er langsam den Kopf. „Nein, tut mir leid“, log er.

Abschied

Es fiel Theo schwer, den Blick von Mikes Foto abzuwenden, das, halb verdeckt von üppigen Blumengebinden, neben dem Eichensarg stand. Es zeigte seinen Freund im Alter von ungefähr fünfzehn Jahren und musste aufgenommen worden sein, bevor die Erkrankung bei ihm ausgebrochen war.

Etwa zwei Dutzend Trauergäste füllten die kleine Kapelle.

Mikes Eltern hatten einen professionellen Trauerredner engagiert, der Mikes Leben noch einmal rekapitulierte. In strahlenden Farben malte er die Kindheit und Jugend von Mike aus, betonte dessen sportliche Leistungen und den Zusammenhalt der Familie, bevor er in wenigen Sätzen Mikes Erkrankung und deren fortschreitenden Verlauf erwähnte.

Theo betrachtete das Bild des jugendlichen, vor Gesundheit strotzenden Mike. Diesen Menschen hatte er nie kennengelernt. Und er fragte sich, ob dieser Mike genauso nachdenklich, wertschätzend und liebevoll gewesen war wie der Mitbewohner, mit dem er die vergangenen Jahre verbracht hatte.

„Und so", fuhr der Trauerredner fort, „wurde dieses junge und vielversprechende Leben schließlich durch eine bösartige Krankheit zerstört. Mike hatte es schwer in den letzten Jahren, und er hat es auch den Menschen, die ihn lieben, nicht immer leicht gemacht. Sein schweres Leid veränderte ihn, und durch seinen Wunsch, zu Hause auszuziehen, entfremdete er sich ein Stück weit von seiner Familie.

Letztlich, so schwer es auch ist, dies auszusprechen, war der Tod eine Erlösung für ihn. Doch wir wollen dabei nicht stehen bleiben und nur betrauern, was wir verloren haben, wir wollen uns auch an all das Gute erinnern, das wir erlebt haben. Denn niemand ist wirklich tot, solange wir uns an ihn erinnern." Er ließ seinen Blick über die Trauergäste schweifen. „Mögen Sie, mögt ihr darin Trost finden." Dann lächelte er und fügte hinzu: „An dieser Stelle steht es jedem frei, nach vorn zu kommen und seine Erinnerungen an Mike zu teilen." Langsam ließ er den Blick über die Reihen wandern, und es war ihm anzusehen, dass er nicht mit einer Reaktion rechnete. Daher weiteten sich seine Augen vor Überraschung, als Vanessa plötzlich aufstand und zögernd nach vorn tappte.

„Ich", sie räusperte sich, „ich weiß nicht, ob ich das hinkriege. Ich finde sicher nicht so elegante Worte wie Sie."

Der Redner nickte ihr mit begütigendem Lächeln zu.

„Also ... ich sehe das anders", brachte sie schließlich hervor. „Natürlich hat Mike sich verändert, nachdem er an ALS erkrankt war. Wen würde so etwas nicht verändern? Aber er war deshalb doch nicht weniger Mike – ganz im Gegenteil, würde ich sagen. Mein Bruder hat unter der Krankheit gelitten. Aber er hat auch aufgeatmet." Vanessas Blick huschte zu ihren Eltern, die sie mit versteinerten Mienen ansahen. Sie schluckte und fuhr fort: „Wenn ich ganz ehrlich bin, fand ich den alten, supersportlichen Mike gar nicht so cool. Er wirkte immer so, als würde für ihn nur der Erfolg zählen. Die Menschen um ihn herum waren ihm ziemlich egal. Ich hatte das Gefühl, dass es sich ein innerer Sklaventreiber in seinem Gehirn gemütlich gemacht hatte, der ihm die ganze Zeit zuflüsterte: *Du musst besser werden, streng dich mehr an! Du musst besser werden!* Erst als die Krankheit ausbrach und es vollkommen offensichtlich war, dass alle bisherigen Ziele unerreichbar waren, hielt dieser bekloppte Sklaventreiber endlich seine dämliche Fresse. Zum ersten Mal schien Mike zu bemerken, dass es auch noch andere Menschen gab und dass sich nicht alles um ihn drehte. Und, ganz ehrlich: Ich glaube, je mehr sein Bewegungsraum eingeschränkt wurde, desto freier wurde er innerlich. Er fand Freunde, echte Freunde, die nicht von ihm erwarteten, dass er irgendwie anders sein sollte. Und er dachte über Dinge nach, die ihn vorher einen Furz interessiert hatten. Er fing sogar an, über Gott nachzudenken. *Na klar,* werden jetzt einige denken, *wer dem Tod ins Auge sieht, klammert sich an jeden Strohhalm*. Aber so war es bei Mike nicht. Das war keine billige Vertröstung auf himmlische Wolken und Harfenspiel. Das war etwas anderes ..." Sie biss sich auf die Lippen. Ihr Blick huschte über die Trauergäste und blieb schließlich an Theo hängen. „Ich ... ich kann das nicht so richtig erklären. Willst du nicht etwas dazu sagen, Theo?"

Als er sich unvermittelt im Zentrum der Aufmerksamkeit sah, lief Theo ein Schauer über den Rücken. „I-i-ich?", stammelte er.

„Ja, du", erwiderte Vanessa. „Du bist in den letzten Monaten ein super wichtiger Freund für Mike gewesen. Ich glaube, zum Schluss kanntest du ihn besser als wir alle hier." Ihr Blick bekam etwas Flehendes. „Bitte, komm nach vorn und sag ein paar Worte!"

„Ich, äh, na ja ..."

Während er vor sich hin stammelte, legte ihm Helene ihre warme, schwere Hand auf die Schulter. „Keene Bange, Theo. Du machst dit schon."

„Okay." Theo schaltete den Motor ein und fuhr langsam nach vorn. Er hörte ein genervtes Aufseufzen und bemerkte aus den Augenwinkeln, wie Frau Lörke sich kopfschüttelnd an ihren Mann wandte und dieser missbilligend das Gesicht verzog.

Er zwang sich, Vanessa anzusehen. Es ging hier nicht darum, was die Menge dachte, es ging darum, diesem mutigen Mädchen beizustehen und Mike die letzte Ehre zu erweisen.

Als er vorn angekommen war, wendete er umständlich seinen Rollstuhl und suchte verzweifelt nach den richtigen Worten. Sein Blick fiel auf den Sarg und das von Blumen umrankte Foto daneben. Dann sah er zu Vanessa, die tapfer lächelte, während ihr eine Träne über die Wange lief. „Danke, Vanessa." Er räusperte sich. „Nach vorn zu kommen und sein Herz sprechen zu lassen, wenn man so unsagbar traurig ist, verlangt großen Mut. Du bist mutiger als wir alle zusammen, und ich will einfach versuchen, es dir nachzumachen. Was in diesem Sarg liegt, ist nicht Mike. Es ist nur ein schwaches, verblassendes Abbild, wie man es manchmal sieht, wenn man bei hellem Licht die Augen schließt und für einen Augenblick dann das nachleuchtet, was man zuvor angeschaut hat. Ich bin froh und sehr, sehr dankbar, Mike gekannt zu haben. Er war mir ein echter Freund, ein kluger Denker und ein herausfordernder Gesprächspartner. Eben wurde gesagt, er werde in unserer Erinnerung weiterleben. Aber Mike war und ist so viel mehr als nur eine Erinnerung. Ich glaube, wer wir sind und wer wir bleiben, hängt nicht nur von der Vorstellungskraft der Menschen ab, die uns kannten. Das wäre ein blasses Dasein, das nach und nach durch das Vergessen ausgelöscht werden würde. Ich glaube, unser Grund zur Hoffnung ist viel größer als das, denn das Wesentliche bleibt uns oftmals verborgen.

Diese Blumen dort sahen auch mal sehr unscheinbar aus. Schließlich ist so ein Blumensame im Grunde kaum mehr als ein schwarzer Krümel. Und doch steckt schon alles in ihm, was ihn einmal so schön aussehen lässt. Wir können nicht sehen, was in uns hineingelegt wurde, aber es gibt jemanden, der das kann. Nämlich der eine, dem wir unsere Existenz verdanken und der all dieses großartige Potenzial in uns hineingelegt hat. Mike fing an, auf ihn zu trauen, und ich tue es auch.

Es ist kein leichter Weg, den Mike beschritten hat. Nur allzu oft scheint Gott sich sehr im Verborgenen zu halten. Aber möglicherweise hat das auch etwas mit unserer eigenen Blindheit zu tun.

Mike und ich sind zu folgendem Schluss gekommen: Manchmal bleibt uns nur so etwas wie ein fehlendes Puzzleteil, um uns der Wirklichkeit zu nähern. Manchmal ist die Leere in uns die Stimme, die am lautesten redet. Und so wie Durst ein Hinweis auf die Existenz von Wasser ist und Hunger ein Hinweis auf die Existenz von Nahrung, so ist die unstillbare, schwer definierbare Sehnsucht in uns ein Hinweis darauf, dass wir möglicherweise noch nicht am Ziel sind; ja, dass all die Schönheit und die besonderen Momente des Glücks, die dieses Gefühl der Wehmut in uns wachwerden lässt, so etwas sind wie ferne Spiegelungen eines Lichts, das wir erst dann wirklich sehen können, wenn wir zu Hause angekommen sind. Und ich glaube, da ist Mike jetzt. Er ist zu Hause.

Natürlich fehlt er mir. Natürlich tut es weh, an ihn zu denken. Aber dass er zu Hause angekommen ist, darum beneide ich ihn ein wenig."

Theo verstummte. Er ließ den Blick kurz über die Menge wandern. Einige Trauergäste schüttelten missbilligend die Köpfe und begannen zu tuscheln. Andere blickten teilnahmslos vor sich hin. Hier und da rann eine Träne über ein Gesicht. Helene grinste ihm mit tränennassem Gesicht zu. Paula hob den Daumen und Scott nickte ernst. Ganz hinten an der Wand stand Keno und wippte sanft vor und zurück. Und in der letzten Reihe erblickte er das Gesicht seiner Schwester. Lina putzte sich die Nase und lächelte ihm dann zu.

Auch Vanessa neben ihm weinte leise. Aber als er ihr einen Blick zuwarf, nickte sie ihm dankbar zu. „Das war's, was ich sagen wollte. Vielen Dank für Ihre Geduld."

Der Trauerredner trat vor. „Danke! Nun ist es Zeit, von unserem lieben Verstorbenen Abschied zu nehmen." Er nickte den Sargträgern zu. Dann berührte er das Display seines Tablets, und aus den Lautsprechern der Friedhofskapelle drang blechern *You'll Never Walk Alone* von *Gerry & the Pacemakers.*

Langsam begab sich die Trauergemeinschaft zum Grab. Theo gesellte sich zu Martha, der korpulenten Wohnheimbetreuerin, und seinen Mitbewohnern. Der Sarg wurde hinabgelassen, der Trauerredner sagte ein paar abschließende Worte, und dann stellten sich die Trauergäste in einer Reihe auf. Nach und nach gingen sie zum Grab, ließen eine Handvoll Erde auf den Sarg fallen und wechselten ein paar Worte mit der Familie. Auch Theo sprach Herrn und Frau Lörke sein Beileid aus. Sie nickten knapp und vermieden es, seine Hand zu ergreifen. Vanessa umarmte ihn und drückte ihre tränenfeuchte Wange an seine.

„Ich habe jedes Wort genauso gemeint, wie ich es gesagt habe", sagte Theo leise.

„Ich weiß", flüsterte sie. „Danke!"

Nach Theo war Helene an der Reihe zu kondolieren. Sie schniefte, blickte mit verweinten Augen in das verhärmte Gesicht von Frau Lörke und breitete die Arme aus. „Mensch, komm her!" Sie drückte die verblüffte Frau an ihren mächtigen Busen. „Dein Mike war 'n janz Tolla. Ick hab den echt jern jehabt und werd ihn sehr vamissen. Aba du brauchst nich traurich sein, der iss jetze im Himmel, und dem jeht's jut."

Sie ließ die hagere Frau los und umarmte Herrn Lörke – etwa in Nierenhöhe. Der Mann stand stocksteif da und starrte Helene an, als hätte sich ein außerirdischer Riesenblutegel an ihm festgesaugt. „Mensch, Herr Lörke, dit tut ma so leid. Du musst den Mike voll lieb jehabt ham. Du kannst ruhich wein', manchma tut dit jut."

Sie ließ den überrumpelten Mann los und zog die zierliche Vanessa in eine mütterliche Umarmung. Die beiden weinten gemeinsam. Indessen hatte Paula Helenes Geste aufgenommen, umarmte Herrn Lörke und schluchzte in sein Hemd. Scott zog Frau Lörke fest an sich, woraufhin diese ein erschrockenes Quieken von sich gab. Im Hintergrund wippte Keno vor und zurück, während er murmelte: „Mike, Mike ist tot…" Und dann, noch etwas leiser: „Der Taucher… der Taucher…"

Martha war die Letzte der Gruppe, die kondolierte. Als Theo sich abwandte, wischte sich Frau Lörke verstohlen eine Träne aus dem Augenwinkel, und Herrn Lörkes versteinerte Miene schien etwas weicher geworden zu sein.

Die Glocken der kleinen Kapelle läuteten, als Theo mit seinen Mitbewohnern langsam zurück zum Parkplatz ging. Die anschließende Trauerfeier in einem Restaurant würde nur im engsten Familienkreis stattfinden.

Als sie den Parkplatz erreichten, spürte Theo die Umarmung seiner Schwester. „Hallo, Bruder."

„Hi, Lina, toll, dass du es einrichten konntest."

„Ich muss gleich wieder zum Dienst. Was macht ihr noch?"

„Ich denke, wir werden noch unsere eigene kleine Trauerfeier abhalten und etwas essen gehen."

Lina nickte geistesabwesend.

„Sag mal, hast du Bastian gesehen?"

Sie schüttelte den Kopf.

„Was ist eigentlich los mit euch beiden?"

„Da fragst du die Falsche." Sie wuschelte in seinem Haar. „Ich muss los. Wir sehen uns." Mit diesen Worten wandte sie sich ab.

„Ciao, und pass auf dich auf", rief Theo ihr hinterher.

Sie drehte sich um und grinste. „Immer!"

Theo sah ihr nachdenklich hinterher und fuhr dann zur Rampe, die Martha inzwischen an dem altersschwachen Bus angebracht hatte.

Verklemmte Synapsen

Lina ging an alten Straßenbäumen vorbei Richtung U-Bahn. Durch das wogende Laub hindurch zeichnete das Licht bizarre Muster auf das Kopfsteinpflaster.

Die Beerdigung von Mike hatte sie auf seltsame Weise berührt. In der schlichten Haltung von Helene und den anderen Mitbewohnern ihres Bruders hatte eine Kraft gelegen, die ihr fehlte. Und auch was Vanessa über Mike gesagt hatte, brachte Lina ins Nachdenken. Eigentlich sollte man annehmen, dass seine schwere Erkrankung etwas durch und durch Negatives und Zerstörerisches gewesen wäre. Aber wie es schien, hatte das Ganze weit mehr Facetten als gedacht. Vanessa hatte offenbar eine andere Sicht auf die Dinge als sie. Auch Theo hatte diese Gabe, wie Lina zugeben musste. Angesichts dessen kam sie sich mit ihrer aufgeklärten Skepsis, die sie so oft an den Tag legte, irgendwie oberflächlich vor, und sie argwöhnte, dass sie sich oftmals dahinter versteckte. Vielleicht, weil sie sich ihren eigentlichen Fragen lieber nicht stellen wollte.

Ihr Handy klingelte. Sie fischte es aus der Tasche. „Ja?"

„Frau Marquardt, sind Sie am Apparat?"

„Ja."

„Sensburg von der Stasiunterlagenbehörde. Ich wollte Ihnen nur mitteilen: Wir haben sie gefunden!"

„Äh, was?", fragte Lina.

„Entschuldigen Sie", er räusperte sich, „Sie hatten doch die Akte von Robert Marquardt angefordert. Ich hatte Ihnen eine

Kopie ausgehändigt, in der allerdings 90 Prozent des Textes geschwärzt war."

„Ja, ich erinnere mich. Und als ich das Original einsehen wollte, war es verschwunden."

„Ja", bestätigte Herr Sensburg peinlich berührt. „Aber nun ist sie wieder aufgetaucht. Offensichtlich war sie tatsächlich falsch abgelegt worden. Ein Fehler, den wir zutiefst bedauern und für den ich mich nochmals ausdrücklich entschuldigen möchte –"

„Schon gut", unterbrach ihn Lina. „Wann kann ich die Akte einsehen?"

„Ich könnte Ihnen für morgen einen Sondertermin geben, wenn Sie möchten, aber Sie können sich den Weg auch sparen."

„Wieso?"

„Sie weist zu hundert Prozent die gleichen Schwärzungen auf wie die Kopie."

„Oh ... Und was heißt das?"

„Im Grunde genommen kann das nur eines bedeuten, nämlich, dass diese Schwärzungen bereits vor der Wende durch die Stasi vorgenommen worden sind."

„Aber warum sollte sie das getan haben?"

„Das kann ich Ihnen leider nicht sagen."

„Kommt so etwas öfter vor?"

„In diesem Ausmaß? Eigentlich nicht."

Lina kaute nachdenklich auf der Unterlippe. Was hatte das zu bedeuten? Ihr Vater war bei einem Spezialeinsatzkommando gewesen. Waren möglicherweise militärische Geheimnisse der Grund für die Schwärzungen? Aber noch während sie das dachte, verwarf sie es wieder. Welche Geheimnisse sollten das gewesen sein? Die Volksarmee der DDR hatte keinen Krieg geführt, wenn man das Erschießen der eigenen Leute beim

Versuch, das Land zu verlassen, nicht als solchen bezeichnen wollte. Das KSK 18 war nie zum Einsatz gekommen.

„Frau Marquardt?"

„Ja? Entschuldigung, ich war in Gedanken."

„Haben Sie noch Fragen?"

„Nein, erst mal nicht. Vielen Dank!"

„Gern geschehen. Das ist unser Job. Ich wünsche Ihnen noch einen schönen Tag."

„Danke. Ihnen auch." Lina legte auf und stieg nachdenklich in die U-Bahn. „Was hattest du bloß für Geheimnisse, Papa?"

Sie versuchte, sich das Bild ihres Vaters ins Gedächtnis zu rufen. Verschwommen trat sein bärtiges Gesicht vor ihr inneres Auge. Merkwürdigerweise konnte sie es sich nur lächelnd in Erinnerung rufen, als wären nur die fröhlichen Momente in ihren Synapsen abgespeichert. Doch welche Geheimnisse mochten sich hinter diesem lächelnden Gesicht verbergen?

Lina war so in Gedanken versunken, dass sie beinahe ihre U-Bahnstation verpasste.

Als sie im Revier ankam, wurde sie bereits von Ben erwartet. „Hey, wenn das nicht ‚Miss Polizeidirektion 5' ist! Die Sonne geht auf!" Ein breites Grinsen zeigte sich auf seinem Gesicht.

„Hallo, Ben." Lina verdrehte die Augen.

„Oh, die Sonne hat offenbar schlechte Laune", kommentierte ihr Kollege trocken.

„Ich komme gerade von einer Beerdigung."

„Ups, sorry! Das tut mir leid. Ein Verwandter?"

Lina schüttelte den Kopf. „Mike Lörke, der Verstorbene aus der WG meines Bruders."

„Verstehe." Ben nickte ernst. „Weißt du, bei dir dreht sich alles nur noch um den Fall. Das ist nicht gut! Du musst auch mal abschalten. Was hältst du davon, wenn wir heute Abend tanzen gehen? Ganz spontan."

„Ich weiß nicht, Ben."

„Komm schon, Lina. Das wird dir guttun! Glaub mir, ein Abend mit mir bringt dich definitiv auf andere Gedanken."

Lina musste schmunzeln. „Ich denke darüber nach, okay?"

Der Nachmittag plätscherte dahin. Ben und Lina fuhren Streife, nahmen eine Anzeige wegen Ruhestörung auf und sprachen Platzverweise für einige angetrunkene Jugendliche im Krawallmodus aus.

Gegen Feierabend fragte Ben: „Und, wie sieht es aus? Wo wollen wir hingehen?"

Lina lächelte. „Ich weiß dein Angebot zu schätzen, wirklich. Aber heute lieber nicht. Sei mir nicht böse."

Die Miene ihres Kollegen verfinsterte sich. „Liegt es an dem Sozialfuzzi – diesem Bastian?"

Linas Lächeln verflog. „Ich glaube nicht, dass ich mich vor dir rechtfertigen muss, Ben."

„Schon gut", er rang sich ein Lächeln ab, „war nicht so gemeint. Bis morgen dann. Und viel Spaß beim Trübsalblasen."

Lina verdrehte die Augen, konnte sich ein leichtes Schmunzeln aber nicht verkneifen. „Tschüss, Ben."

Auf dem Heimweg beobachtete sie, wie die Sonne am Horizont versank und die mit Graffiti beschmierten Hausfassaden in ein rotes Licht tauchte. Eine Straßenecke weiter waren die Bänke eines Straßencafés voll besetzt. Es versprach eine laue Sommernacht zu werden. Morgen hatte Lina Spätdienst. Perfekte Voraussetzungen, um auszugehen. Also, warum ging sie nicht tanzen?

Liegt es an diesem Bastian?, hatte Ben gefragt. Lina zuckte unwillkürlich die Achseln. Sie wusste es selbst nicht. Irgendwie hatte sich der Kerl in ihren Synapsen verklemmt. Sie bekam ihn einfach nicht mehr aus dem Kopf. Obwohl sie sich furchtbar über ihn ärgerte, musste sie zugleich feststellen, dass sie ihn vermisste. Warum hatte Bastian neulich so komisch reagiert? Das passte überhaupt nicht zu ihm. Es hatte doch zwischen ihnen gefunkt, als sie bei ihm zu Hause gewesen war. Oder täuschte sie sich da etwa?

Lina kniff die Lippen zusammen und ging entschlossen Richtung U-Bahn. Es gab eine recht einfache Methode, das herauszufinden.

Etwa eine halbe Stunde später stand sie vor Bastians Haus in der Kufsteiner Straße. Aus dem nahe gelegenen Stadtpark drang der Geruch von gegrilltem Lammfleisch zu ihr herüber. Sie starrte seinen Namen auf dem Klingelschild an und läutete dann der Reihe nach bei einigen seiner Nachbarn. Irgendwann erklang der Türsummer.

Sie quetschte sich an zwei Kinderwagen und einem Rollator vorbei und betrat den Hinterhof. Ein kurzer Blick nach oben zeigte ihr, dass in Bastians Wohnung schummriges Licht brannte. Stimmen drangen durch ein geöffnetes Fenster, waren aber zu leise, um einzelne Worte verstehen zu können. Kamen sie aus Bastians Wohnung?

Hör auf zu lauschen und geh endlich weiter, du Stalkerin, befahl sich Lina. Sie stieg die knarrenden Stufen hinauf. Im ersten Stock angelangt, widerstand sie dem Impuls, an Bastians Wohnungstür zu lauschen, und drückte stattdessen die Klingel.

„Nanu?", vernahm sie Bastians gedämpfte Stimme. Dann schien es, als würde er auf irgendetwas lauschen. Vielleicht telefonierte er? Kurz darauf sagte er: „Ich schau mal nach."

Die Tür wurde geöffnet. Bastian stand in Shorts und T-Shirt im Türrahmen und starrte sie an. *„Du?"*

„Hi, Bastian." Lina lächelte nervös. „Ich dachte, wir … sollten mal reden."

„Äh …"

Es war nicht zu übersehen, dass Bastian nicht mit ihr gerechnet hatte. Er wirkte völlig verblüfft, war aber nicht wütend, wie sie es eigentlich erwartet hatte. Stattdessen stand er einige Atemzüge lang wie erstarrt da, bevor er einen kurzen Blick über die Schulter warf.

Lina blickte den Flur entlang. Aus dem Wohnzimmer drang schummriges Licht, und sie vernahm das leise Plätschern von Wasser. *Duscht da jemand?*

„Darf ich reinkommen?", fragte Lina.

„Äh, jetzt gerade ist es etwas ungünstig", stammelte Bastian. Er senkte den Blick, schaute dann aber hastig wieder hoch.

Lina schaute ebenfalls nach unten und erstarrte: Neben seinen ausgetretenen Sneakers standen ein Paar zierliche Ballerinas auf dem abgezogenen Dielenboden. Größe 37, schätzte sie.

„Bastian?", erklang eine weibliche Stimme aus dem Bad.

„Lina –", setzte er an, doch sie unterbrach ihn.

„Sag nichts! Sag jetzt lieber nichts!" Abrupt wandte sie sich ab. „Du bist so ein Arschloch, weißt du das?!" Sie trat zurück und riss die Tür mit einer solchen Wucht ins Schloss, dass es durchs ganze Treppenhaus schepperte.

Eilig lief sie die Treppen hinunter und ignorierte souverän den empörten Blick einer alten Dame, die durch den geöffneten Türspalt ihrer Wohnung lugte. *Ich bin so blöd,* beschimpfte sie sich selbst. *Was habe ich erwartet? Er hat schließlich mehr als eindeutig signalisiert, dass er nichts mehr von mir wissen will.*

Als sie das Haus verlassen hatte, trat sie dreimal wuchtig gegen einen orangefarbenen Mülleimer, auf den die Berliner Stadtreinigung passenderweise „Gib's mir" gedruckt hatte. Der Abfallbehälter überstand den Ausbruch zwar leicht verbeult, ansonsten aber unbeeindruckt, und Lina fühlte sich etwas besser.

Sie stapfte Richtung Park, atmete den Duft des mittlerweile leicht angekokelten Lammfleischs ein und ergriff ihr Smartphone. Nach kurzem Zögern wählte sie Bens Nummer.

„Ja?“

„Ben?“

„Hi, Lina, was gibt’s?

„Ich hab’s mir anders überlegt. Hast du immer noch Lust, tanzen zu gehen?“

Akteneinsicht

Der Namenlose trat aus der öffentlichen Toilette. Der Blaumann, auf den er das Logo eines Sanitärdienstes genäht hatte, saß ein wenig straff, aber etwas Passenderes hatte er im Secondhandshop auf die Schnelle nicht finden können.

Ohne Geld und ohne Unterstützung war es nicht einfach gewesen, den aktuellen Wohnort von Helmut Knapp in Erfahrung zu bringen. Letztlich hatte sich herausgestellt, dass er nur ein paar Häuser weiter gezogen war.

Zielstrebig, aber ohne Eile, überquerte der Namenlose die Straße und bog dann rechts ab. Es war wichtig, sich möglichst unauffällig zu verhalten. Alles, was zufällig vorbeikommenden Beobachtern ins Auge fallen könnte, musste austauschbar sein. Er trug eine helle Kappe und eine Brille ohne Sehstärke aus dem Theaterfundus der Obdachlosenhilfe. In seinem billigen Werkzeugkoffer befanden sich einige Spezialwerkzeuge, ein zerlumpter Mantel und eine Perücke. Eine Waffe hatte er nicht dabei. Nachdem er die Wohnung drei Tage lang beobachtet hatte, rechnete er nicht damit, dort jemanden anzutreffen. Offenbar führte Herr Knapp ein sehr geregeltes Leben. Allabendlich ging er eine volle Stunde lang mit seinem Boston-Terrier Gassi. Dennoch hielt der Namenlose es für klug, auf alle Eventualitäten vorbereitet zu sein.

Die Haustür war um diese Zeit noch nicht abgeschlossen. Er schob eine stabile Plastikkarte in den Spalt, drückte den Schnapper zur Seite, öffnete die Tür und trat ein.

Er stieg die Stufen hinauf in den dritten Stock. Dabei bemühte er sich, nicht allzu viel Lärm zu machen. Es war besser, wenn man ihn gar nicht erst bemerkte.

Das Klingelschild war unauffällig. An der Tür waren keine Besonderheiten zu sehen. Sorgfältig untersuchte der Namenlose den Türrahmen, fand aber weder einen Laser noch einen Magneten oder eine anderweitige Alarmeinrichtung.

Er öffnete die Tasche und entnahm ihr das Spezialwerkzeug. Es war nicht auszuschließen, dass er die zurückgeholten Erinnerungsfetzen missinterpretierte. Vielleicht hatte Knapp damals eine weniger bedeutsame Rolle gespielt, als er dachte. Möglicherweise war der Mann auf seine alten Tage ein braver Bürger geworden. Aber besonders wahrscheinlich erschien das dem Namenlosen nicht. Er war sich ziemlich sicher, dass Knapp die Stimme am Telefon gewesen war, die er gehört hatte, als man ihn in einer konspirativen Wohnung gefangen gehalten hatte. Und er vermutete, dass er einer der beiden Männer gewesen war, die ihn verfolgt und beinahe noch erwischt hatten, als er von dort geflohen war.

Behutsam führte der Namenlose die zurechtgebogenen Drähte in das Sicherheitsschloss ein. Es war an der Zeit, sich Klarheit zu verschaffen. Nach einer knappen Minute hatte er das Schloss geknackt, und die Tür öffnete sich leise. Anstatt wie geplant sofort in die Wohnung zu schlüpfen, verharrte er.

Die Luft, die ihm entgegenschlug, war warm und abgestanden. Es roch nach Büchern, Hund und Möbelpolitur. Im Grunde war es genau die Art von Geruch, die er erwartet hatte. Aber da war noch etwas anderes ... ein feiner Hauch nur, und doch breitete sich Kälte in ihm aus. Ein Schauer lief ihm über den Rücken. Er sog tief die Luft ein, versuchte zu ergründen, was ihn so tief im Inneren berührt hatte, doch der Moment war so rasch vergangen, wie er gekommen war.

Kopfschüttelnd trat der Namenlose ein und schloss die Tür hinter sich. Das Laminat knackte unter seinen Schritten. Aufmerksam blickte er sich um. Alles sah vollkommen gewöhnlich aus: eine Garderobe, säuberlich aufgereihte Schuhe in einem Regal. Ein Bild an der Wand, eine Kommode. Nirgends entdeckte er Hinweise auf einen stillen Alarm, geschweige denn eine Überwachungskamera.

Leise suchte er die restliche Wohnung ab. Ein enges Bad mit einer in die Jahre gekommenen Duschkabine und einem tropfenden Wasserhahn. Ein Schlafzimmer. Auf dem Doppelbett lagen nur eine Bettdecke und ein Kopfkissen. Knapp lebte allein, genau wie es seine Beobachtungen nahegelegt hatten.

Das Wohnzimmer war geräumig. Eine massive Regalwand, vollgestopft mit Büchern, zog seinen Blick auf sich. Es handelte sich hauptsächlich um Sachliteratur: Biografien, Politik, *Das Kapital* von Karl Marx und eine Brockhaus-Enzyklopädie in dreißig Bänden. An den Wänden hingen einige Gemälde. Sie zeigten Naturszenen und schienen Originale zu sein. Aber weder die Kunstwerke noch die Künstler sagten ihm etwas.

Das zweite Zimmer war als Arbeitszimmer eingerichtet. Ein riesiger Schreibtisch nahm fast ein Viertel der Fläche ein. An den Wänden noch mehr Bücher und auch hier ein großes Gemälde. Der Namenlose runzelte die Stirn. Etwas an diesen Bildern irritierte ihn.

Auf dem Schreibtisch stand ein aufgeklappter Laptop. Der Namenlose berührte die Tastatur. Die Festplatte schnurrte, aber der Bildschirm blieb schwarz. Achselzuckend wandte er sich ab. Er war kein Hacker. Wenn die Informationen, die er suchte, digitaler Art waren, hatte er keine Chance.

Die Schreibtischschubladen waren abgeschlossen. Das allerdings war kein Hindernis für ihn. Nach wenigen Sekunden hatte er die Schlösser geknackt. Er fand eine Geldkassette mit zwei Dutzend Münzen; einige davon schienen sehr alt zu sein. Sorgfältig verschloss er die Kassette wieder. Im zweiten Fach lagen ein riesiger Kunstkatalog und eine Broschüre.

Das Auktionshaus Falkenburg hat seinen Hauptsitz in der Kunst- und Kulturstadt Wien. Gegründet 1701, spezialisierte es sich schon früh auf die hochwertigen Gemälde der alten Meister und etablierte sich in diesem Segment als eines der führenden Auktionshäuser Europas.

Für unsere einmalige Sonderauktion in Moskau nehmen Sie bitte persönlich Kontakt zu unseren qualifizierten Beratern auf.

Achselzuckend legte der Namenlose Katalog und Broschüre zurück in die Schublade. Knapp war offenbar ein Fan historischer Gemälde – warum nicht? Stalin hatte Billard gespielt und ein Faible für Gartenarbeit gehabt. Honecker war gern Fahrrad gefahren, und Kim Jong-un liebte das Skifahren. All das sagte nicht wirklich etwas über diese Menschen aus.

Er öffnete die unterste und größte Schublade. Ein Lächeln huschte über sein Gesicht: Dieser Inhalt war schon deutlich interessanter – ein Hängeregister und Akten, die mit Abkürzungen gekennzeichnet waren. Einige sahen alt aus, und eine war besonders dick. Sie trug die Aufschrift „Lindwurm". Wenn er sich nicht täuschte, war das die Bezeichnung für eine drachenähnliche Sagengestalt aus dem Nibelungenlied.

Der Namenlose schüttelte den Kopf. Es war verrückt, was für ein Sammelsurium an unwichtigen Details in seinem Hirn abgespeichert war, während er gleichzeitig nicht mal mehr seinen eigenen Namen wusste. Er schlug die Akte auf und fing an zu lesen.

Der mit allerlei Abkürzungen versehene Text war mit Schreibmaschine geschrieben worden. Das Papier war vergilbt und von eher schlechter Qualität. Lindwurm war offenbar ein höherer Offizier im Ministerium für Staatssicherheit gewesen, der mit brisanten Sonderaufträgen betraut worden war – unter anderem mit der diskreten Entsorgung von fast 30 000 mit Hitlerporträts beschmierten 20-Mark-Scheinen. In der antifaschistischen DDR durfte so etwas auf keinen Fall publik werden. Der Lindwurm kümmerte sich darum und brachte die beschmierten Scheine zur Staatsbank. Allerdings interpretierte er seinen Auftrag etwas großzügiger, ließ die Scheine konspirativ gegen neue Scheine austauschen und steckte diese in die eigene Tasche.

Offenbar hatte er nicht nur den Namen, sondern auch die sagenhafte Goldliebe mit den Drachen gemein.

In einem weiteren Schreiben war aufgelistet, was der Lindwurm im Laufe der Jahre gehortet hatte, unter anderem Gold im Wert von fast dreieinhalb Millionen Westmark, zudem Münzen, Schmuck und Bargeld. Er war verheiratet und hatte zwei Kinder. Doch nebenher hatte er eine Geliebte, im Text lediglich mit „U." abgekürzt, die ihn bei seinen Aktionen unterstützte. Im Auftrag des Ministeriums für Staatssicherheit führte er eine Firma, allem Anschein nach, um illegale Devisengeschäfte mit dem Westen durchzuführen.

Der Namenlose fand auch eine akribisch geführte Verkaufsliste. Unter anderem waren wertvolle Briefmarkensammlungen, Münzen, Schmuck, Gold, Kunstgegenstände und seltene Originalhandschriften berühmter Persönlichkeiten verkauft worden.

Fassungslos schüttelte er den Kopf. Woher kamen all diese Reichtümer? Er durchblätterte die Akte, fand aber keine Hinweise auf eine mögliche Quelle.

Als er die nächste Akte aus der Schublade ziehen wollte, hielt er inne. Eine Akte trug die Aufschrift „Peter"!

Behutsam nahm er diese zur Hand und schlug sie auf.

Als Erstes fand sich darin eine handschriftliche Auflistung.

- Drittbester Schütze der Einheit
- Herausragende Leistungen im Nahkampf
- Loyal
- In Stresssituationen ruhig und belastbar
- Stammt aus einer Arbeiterfamilie
- Eltern sind Parteimitglieder
- Gut führbar

Aber:

- Politische Gesinnung nur mäßig ausgeprägt
- Übermäßiger Alkoholkonsum
- Neigt zu Sentimentalitäten und legt bisweilen aufmüpfiges Verhalten an den Tag

Die Liste war weder datiert noch unterschrieben. Der Namenlose schluckte trocken. Was zum Henker war das? Eine Art Pro und Kontra?

Er blätterte weiter, fand einen Rekrutierungsbefehl und die Kopie einer handschriftlich verfassten eidesstattlichen Erklärung. Er blinzelte und starrte auf die Handschrift. Etwas daran war ihm sehr vertraut.

Name und Geburtsdatum waren geschwärzt und mit dem Vermerk „O. u. V." versehen.

Ich, an dieser Stelle war ein schwarzer Balken, *verpflichte mich zum Dienst im Ministerium für Staatssicherheit. Bei der Abgabe dieser ehrenvollen Verpflichtung ist mir bewusst: Das MfS ist ein zuverlässiges Instrument der SED, in deren Auftrag es politisch-operative Aufgaben von großer Bedeutung zu erfüllen hat …*

Er überflog den weiteren Text. Es war vom Kampf gegen die Feinde der Deutschen Demokratischen Republik die Rede, dann folgte der Schwur, auch den engsten Familienangehörigen nichts zu verraten und äußerst wachsam gegenüber den verbrecherischen Methoden der westlichen Geheimdienstzentralen zu sein.

Auf den nächsten Seiten waren Urkunden, Zeugnisse und Belobigungen abgeheftet. Im Folgenden ging es um die Beschaffung, Herstellung und den Gebrauch von Sprengstoff, um Verhörtechniken, Informationsbeschaffung, verschiedene Techniken, um unerkannt in eine Wohnung einzubrechen, um das Verstecken von Minikameras und Wanzen sowie den Umgang mit einem Richtmikrofon.

Er blätterte weiter und fand die Kopie eines Personalausweises, der auf Peter Waigel, geboren am 24.11.1958 in Bernau, ausgestellt war. Das Foto hatte eine schlechte Qualität, aber es bestand kein Zweifel: Eine jüngere Ausgabe seiner selbst starrte ihm mit einem kalten Lächeln auf den Lippen entgegen.

Der Namenlose ließ die Akte sinken. „Ich war… ein Stasispitzel!“, entfuhr es ihm. Daher also hatte er seine besonderen Fähigkeiten. Er fröstelte. Als er weiterblätterte, rutschte etwas Buntes aus der Akte und flatterte zu Boden. Er hob es auf. Ein Foto! Es zeigte eine hübsche junge Frau, ein vielleicht fünf Jahre altes Mädchen im Sommerkleid und einen kleinen, zartgliedrigen Jungen im Kinderwagen.

Er war wie erstarrt. Die Luft schien mit einem Mal zu dick zum Atmen zu sein, und sein Herz begann, schneller zu schlagen. Achtlos ließ er die Akte fallen. Seine schwieligen Hände zitterten, als er unendlich sanft über das Foto strich.

Die lächelnden Gesichter verschwammen vor seinen Augen.

Er blinzelte und fühlte sich wie jemand, der jahrelang in einem Keller gefangen gehalten worden war und nun das erste Mal wieder hinaus ins Licht trat.

„Ich sehe, du erinnerst dich.“

Der Namenlose fuhr so hastig hoch, dass der Schreibtischstuhl zu Boden krachte. Als wäre er aus der Wand getreten, stand der breitschultrige Mann mit dem schütteren Haar vor ihm; derselbe Typ, der ihn im Hinterhof des Restaurants mit „Peter“ angesprochen hatte und ihn später nach seiner Flucht aus der konspirativen Wohnung verfolgt hatte. Lässig stand er da und hielt eine seltsam geformte Handfeuerwaffe auf den Namenlosen gerichtet. „Diese Schlampe und ihre beiden Gören sind deine Achillesferse. Das habe ich dir schon damals gesagt. Aber du wolltest ja nicht auf mich hören.“

Der Namenlose antwortete nicht. *Detlef,* schoss es ihm durch den Kopf. *Der Kerl heißt Detlef Jost, und ich habe ihn noch nie leiden können.*

Ein Grinsen breitete sich auf dem Gesicht des Mannes aus. „Du kannst aufhören, den Bekloppten zu spielen. Dein Geflenne hat dich verraten.“

Der Namenlose ließ den Blick durch den Raum huschen. Wie es schien, war Detlef allein hier. Vermutlich hatte er in einem Versteck auf ihn gewartet. Das Ganze war eine Falle gewesen.

Unwillkürlich fragte er sich, ob Dr. Cho mit dem Kerl unter einer Decke steckte – was schade wäre, denn er hatte ihr wirklich vertraut. Er schob den Gedanken als unwichtig beiseite. *Konzentrier dich,* befahl er sich selbst. Er fokussierte die unförmige Waffe in der Hand des Mannes. Sie war auf seine Brust gerichtet.

„Also, rede endlich!“, schnauzte Detlef. „Wo ist es? Wo hast du es versteckt?“

„Ich ... ich zeig's dir.“ Der Namenlose ging einen Schritt in Richtung Schreibtisch.

„Keine Bewegung!“ Detlef kniff misstrauisch die Augen zusammen. „Bleib, wo du bist, und sag es mir.“

„Es ist leichter, wenn ich es dir zeige.“ Er streckte die Hände nach dem Laptop aus.

„Ich hab gesagt, du sollst –" Weiter kam der Mann nicht.

Blitzschnell duckte sich der Namenlose und ergriff den Laptop.

Jost schoss. Doch statt eines lauten Knalls war nur eine Art Zischen zu hören. Etwas schlug hart gegen den Laptop, und der Namenlose sah eine nadeldünne Metallspitze aus dem Bildschirm ragen – ein Betäubungspfeil. Im nächsten Moment sprang er auf und schleuderte den Laptop auf seinen Gegner, der gerade dabei war nachzuladen. Dieser duckte sich. Der Rechner traf ihn an der Schulter und ließ ihn zurücktaumeln.

Der Namenlose flankte über den Schreibtisch und stürzte sich auf den Angreifer, als dieser, die Waffe mit beiden Händen haltend, herumwirbelte. Er ließ sich fallen und trat dem Mann die Beine weg. Im selben Moment fiel ein weiterer Schuss. Der Pfeil bohrte sich, nur Millimeter von seiner rechten Schläfe entfernt, in die Schreibtischrückwand.

Er sprang auf, hechtete auf Jost zu und empfing einen brutalen Schlag ins Gesicht. Der Griff der Waffe traf ihn an der Wange und ließ die Haut über seinem Wangenknochen aufplatzen. Dennoch bekam er den Arm seines Gegners zu fassen. Er konnte das Gelenk in der Pfanne knirschen hören. Jost schrie auf und ließ die Waffe fallen. Der Namenlose tastete danach. Im selben Moment spürte er, wie der Mann sich aus seinem Griff wand und ihn über die Schulter warf, sodass er mit Wucht gegen den Schreibtisch krachte. Hinter ihm polterte etwas zu Boden. Es flimmerte vor seinen Augen. Blind nach einer Waffe suchend, tastete er um sich und spürte glattes Metall in seiner Hand.

Jost sprang auf, ergriff mit zornrotem Gesicht seine Waffe und lud sie neu. „Das wirst du büßen!", fauchte er. Er schoss im selben Moment, als der Werkzeugkasten des Namenlosen gegen sein Kinn schmetterte.

Der Namenlose spürte einen harten Schlag gegen die Brust. Ohne darauf zu achten, taumelte er vorwärts und packte seinen benommenen Gegner von hinten. Er wusste genau, was er tun musste, um dem Mann das Genick zu brechen. Er setzte den Hebel an und zögerte.

Jost wehrte sich aus Leibeskräften und versuchte vergeblich, die Finger in die Augen seines Gegners zu drücken. Der Kerl war bösartig und brutal – ein Killer. Er würde niemals aufhören, ihn oder die Menschen, die er liebte, zu bedrohen. Wäre es nicht besser, ihn auszuschalten?

Ausschalten, sagte eine leise, spöttische Stimme in ihm. *Was für ein reizender Euphemismus! Er weckt so harmlose Assoziationen von Effizienz und Notwendigkeit.*

„Hör auf fortzulaufen, Peter", krächzte Jost. „Du kannst uns nicht entkommen."

Der Namenlose schloss für einen Moment die Augen, dann vollzog er eine tausendfach trainierte, blitzschnelle Bewegung und beförderte den Mann mit einem Handkantenschlag gegen die Halsschlagader ins Reich der Träume.

Schwer atmend richtete er sich auf. Sein Blick fiel auf den Pfeil in seiner Brust. Behutsam zog er ihn heraus. Dabei verspürte er nur ein leichtes Brennen auf seiner Haut. Die Pfeilspitze hatte ihn lediglich gestreift. Mit zerknittertem Lächeln zog er das durchbohrte Notizbuch aus der Brusttasche seiner Latzhose. Seine authentische Verkleidung hatte ihn gerettet.

Er sah sich um. Im Raum herrschte ein furchtbares Durcheinander. Der Schreibtisch war umgestürzt, Bücher waren aus dem Regal gefallen.

Ein Klopfen an der Wohnungstür war zu hören. „Hallo? Herr Knapp? Ist alles in Ordnung?", vernahm er die zögerliche Stimme einer älteren Dame.

Mist. Hektisch blickte er sich um. Ihm blieb keine Zeit mehr.

In all dem Chaos würde er die Akte nicht schnell genug finden. Halb verborgen vom Schuh des Bewusstlosen entdeckte er drei winzige lächelnde Gesichter auf dem Boden. Er stieß den Fuß des Mannes beiseite, hob das Foto auf, strich behutsam darüber und steckte es in die Tasche. Dann schnappte er sich seinen Werkzeugkoffer, setzte die Kappe auf und trat hinaus ins Treppenhaus.

„Huch, wer sind Sie denn?"

„Rohrservice", brummte der Namenlose im Vorbeigehen.

„Ach du meine Güte, Sie bluten ja!"

„Nicht schlimm. Das ist ein Riesenchaos dort drinnen. Besser, Sie füllen sich etwas Wasser ab. Ich muss den Haupthahn abstellen."

Mit diesen Worten polterte er die Treppe hinunter.

„Du liebe Zeit", murmelte die ältere Dame, bevor sie sich abwandte, um rasch noch etwas Wasser in die Badewanne zu lassen. Aus Erfahrung wusste sie, wie unangenehm es sein konnte, wenn die Klospülung für längere Zeit ausfiel und kein Tropfen Leitungswasser mehr aus dem Hahn kam.

Ein Cocktail mit Folgen

Die Bässe ließen den Boden unter ihren Füßen vibrieren. Bereitwillig nahm Lina den treibenden Rhythmus in sich auf, ließ all ihren Zorn, ihren Frust und ihre Traurigkeit in die Bewegungen ihres Körpers fließen und verlor sich in der Musik.

Ihre Umgebung nahm sie kaum wahr. Das Stakkato der Lichtblitze ließ die Körper der Tanzenden wild hin und her zucken. Ab und zu schälte sich ein Gesicht aus der Menge und verschwand wieder. Sie achtete nicht weiter darauf. Es war ihr gleichgültig, wer sie ansah, anlächelte oder in der Masse der dicht gedrängten Körper berührte; genauso wenig, wie die Formen einzelner Wellen eine Rolle spielen, wenn man sich in die wogenden Fluten des Meeres wirft. Sie wollte nicht an Bastian denken, sich nicht um Theo sorgen, die Gedanken an die seltsamen Stasiverwicklungen ihres Vaters für einen Moment beiseiteschieben und einfach nur tanzen, eins sein mit der Musik und alles um sich herum vergessen.

Sie bewegte sich über die Tanzfläche, getragen von den wummernden Bässen, und spürte weder das Brennen ihrer Muskeln noch den Schmerz in ihren Füßen.

Als die Beats für einen Moment verstummten und einem tiefen Brausen wichen, das ihr Zwerchfell vibrieren ließ, legte sich auf einmal ein Arm um ihre Schultern und eine Stimme rief ihr ins Ohr: „Lina, du musst was trinken. Komm!“

Bens Hand ergriff die ihre und zog Lina aus der Menge. Widerstrebend folgte sie ihrem Kollegen an die Bar.

„Du bist echt unglaublich, Lina, du hast drei Stunden durchgetanzt!“ Er hielt ihr einen Drink hin, und sie nickte im Rhythmus der Musik.

Sie trank in kräftigen Zügen. Der Cocktail schmeckte süß und hinterließ einen klebrigen Geschmack auf der Zunge.

Bens Gesicht war ganz nah. Sie konnte sein Aftershave riechen.

„Noch einen?“

„Ja bitte, aber nicht so süß.“

Ben grinste. „Kein Problem. Bestell dir, was du willst.“

„Lecker, aber nicht zu süß“, orderte Lina beim Barkeeper.

Ben flüsterte dem Mann etwas ins Ohr, und dieser nickte grinsend. „Da habe ich genau das Richtige für dich! Einen Moment!“

Lina betrachtete das Wogen der Tanzenden, bis Ben ihr gegen den Arm tippte. Auf der Theke stand ein bis an den Rand gefülltes Glas. Lina trank hastig und verzog das Gesicht. Der Barkeeper hatte Wort gehalten. Das Zeug war definitiv nicht zu süß. Um sich keine Blöße zu geben, trank sie das Gebräu in einem Zug aus. Es blieb ein bitterer Geschmack auf ihrer Zunge zurück, der sich mehrere Minuten lang nicht vertreiben ließ.

Ben erzählte ihr irgendetwas, doch sie konnte ihn kaum verstehen. Wie das Rauschen eines schlecht eingestellten Radiosenders verloren sich seine Worte im Nirgendwo. Lina verspürte einen leichten Schwindel, aber das Gefühl war nicht unangenehm, im Gegenteil: Ein ganz ähnliches adrenalingeschwängertes Gefühl leichter Benommenheit hatte sie verspürt, als sie gemeinsam mit ihren Teenagerfreundinnen auf dem Berliner Oktoberfest dreimal hintereinander Achterbahn gefahren war. Unwillkürlich musste sie kichern.

„Was ist?“ Ben runzelte die Stirn. Sein Gesicht war nur wenige Zentimeter von ihrem entfernt.

„Nichts!“ Sie ergriff seine Hand. „Komm, wir tanzen.“

Ben grinste und folgte ihr. Mal war er dicht neben ihr, mal schien er mit der Menge der Tanzenden zu verschmelzen.

Lina verlor jegliches Zeitgefühl. Sie tanzte, als gäbe es kein Morgen. Und dann, ganz allmählich, schien es, als würde sie in eine andere Wirklichkeit hinüberschwappen.

Ein seltsamer Nebel umgab sie. Die Tanzenden um sie herum verwandelten sich in wabernde Schatten, die sich verzogen und verzerrten, bis sie in konturlose Gespinste zerstoben. Auch die Musik ging über in eine Art an- und abschwellendes Dröhnen.

Ein Kribbeln überlief Linas Haut, von den Zehenspitzen bis zu den Haarwurzeln, und ihr Herz begann, heftig zu klopfen. Es wummerte in ihrer Brust und schien selbst das Hämmern der Beats zu übertönen.

Schwindel erfasste sie. Der Raum begann, sich zu drehen, und seine Dimensionen verzerrten sich auf seltsame Art und Weise. Lina taumelte, griff Halt suchend um sich, bekam irgendetwas zu packen, das sich ihr im nächsten Moment entriss. Sie stolperte und schlug hart auf die Knie.

Ihr Herz hämmerte immer stärker, und ein beklemmendes Gefühl der Atemlosigkeit ergriff sie. „Ich ... krieg keine Luft!“, krächzte sie.

Die hämmernden Beats bekamen etwas Bedrohliches, und die tanzende Menge umschwirrte sie wie ein gewaltiger Schwarm riesiger Heuschrecken. Furcht packte sie. Eine namenlose, stetig wachsende Angst presste ihr die Kehle zu. Lina rang nach Atem. „Hilfe!“, kam es krächzend über ihre Lippen. Der Heuschreckenschwarm umbrauste sie, und die zerfetzten Konturen der Tanzenden schienen höhnische Grimassen zu schneiden. Ein eiskalter Hauch streifte ihre schweißnasse Haut.

Lina begann zu zittern. Am liebsten hätte sie laut geschrien, aber sie brachte keinen Ton über die Lippen.

Und plötzlich spürte sie, wie etwas vage Vertrautes das Brausen durchdrang.

„Lina?“ Warme Hände legten sich auf ihre Schultern. Ein Gesicht dicht vor ihrem. „Hey, was ist los?“ Bens Lippen berührten ihr Ohr, und der Geruch seines Aftershaves drang ihr in die Nase.

„Bring mich raus hier ... bitte“, flüsterte Lina.

Sie spürte, wie er ihr hochhalf, wie sie die Wogen der Tanzenden durchpflügte und wenig später herrlich frische Luft einatmete.

„Du zitterst ja.“ Warmer Stoff legte sich um ihre Schultern.

Das Licht der Straßenlaterne blendete sie, und Lina schloss die Augen. Ein Wagen hielt. Sie spürte, wie jemand ihr sanft auf einen gepolsterten Sitz half. Das Brummen eines Motors und warme, trockene Luft hüllten sie ein. Das Rauschen der Lüftung hatte etwas Beruhigendes.

Lina blinzelte kurz, sah Bens vertrautes Gesicht. Dann schloss sie die Augen wieder, ließ den Kopf auf seinen Schoß sinken und lauschte weiter dem Rauschen.

Der Nebel legte sich wie eine Decke über sie.

Zugfahrt im Nebel

Nur wenige Lichter im Institut brannten noch; das riesige Gebäude war weitgehend in Dunkel gehüllt. Wie es schien, brauchten auch die ehrgeizigsten Wissenschaftler ab und an ein wenig Schlaf.

Der Namenlose stand im Schatten des großen Altpapiercontainers und wartete. Angestrengt lauschte er – kein verräterisches Knirschen von Schuhsohlen war zu vernehmen, kein Rascheln von Kleidung und auch nicht das leise mechanische Klicken, mit dem eine Patrone aus dem Magazin in den Lauf einer Waffe befördert wird.

Er hatte mit geradezu pathologischer Penibilität darauf geachtet, dass ihm niemand gefolgt war, hatte die abstrusesten Umwege genommen und mehrere Stunden für den normalerweise nur halbstündigen Weg zum Pro-Humanis-Institut gebraucht. Äußerlich war er vollkommen unbewegt, doch sein Herz pochte. Nicht eine Sekunde ließ er den unscheinbaren Hinterausgang aus den Augen.

Endlich flackerte Licht auf. Eine schlanke Gestalt, die in ihrem wallenden weißen Kittel beinahe ätherisch anmutete, kam zögernd zum Eingang und spähte durch die Glastür hinaus in den Hof.

Der Namenlose wartete.

Erst als Dr. Cho die Tür aufschloss und heraustrat, ging ein Ruck durch seinen Körper. Aber noch immer wusste er nicht, ob er zu ihr gehen oder fliehen sollte.

Die junge Frau verschränkte die Arme vor der Brust, als fröstelte sie. „Peter?", fragte sie mit einem Hauch von Unsicherheit in der Stimme. „Sind Sie hier?"

„Ich bin nicht Peter." Er trat aus dem Schatten.

Sie zuckte kurz zusammen, dann ging sie einen Schritt zurück, um ihm die Tür aufzuhalten. „Kommen Sie rein."

Der Namenlose betrachtete ihr Gesicht. Sie war noch blasser als sonst und sah müde aus. In ihrem Blick lag eine Mischung aus Neugier und Unsicherheit, die sie mit zusammengepressten Lippen und vorgerecktem Kinn zu kaschieren versuchte. Das war nicht der Blick einer Verräterin. Der Namenlose lächelte schmallippig, zumindest hoffte er das. „Danke, dass Sie so spät noch Zeit für mich haben." Er schüttelte ihre ausgestreckte Hand.

„Um ehrlich zu sein, ich bin mir nicht sicher, ob das eine gute Idee ist. Eigentlich dürfte ich Sie um diese Zeit nicht mehr empfangen. Genau genommen sollte ich selbst eigentlich gar nicht mehr hier sein."

Die junge Frau hatte ihn mehrmals behandelt, aber mitten in der Nacht mit ihm in einem nahezu verlassenen Gebäude zu sein, schien sie doch ein wenig zu beunruhigen.

„Dr. Cho", sagte er leise, „Sie haben mich tief in die undurchdringliche Finsternis hineingeführt, die mich von meiner Vergangenheit abschneidet. Ich habe Ihnen vertraut, so schwer es mir auch fiel. Und dieses Vertrauen hat sich bewährt, denn ich bin weiter zurückgegangen als jemals zuvor. Jetzt bin ich nur noch einen Schritt davon entfernt, wieder ins Licht hinauszutreten, einen einzigen Schritt. Bitte lassen Sie mich jetzt nicht allein."

Dr. Cho schluckte trocken, dann nickte sie. „Also gut, kommen Sie."

Ab dem ersten Obergeschoss nahmen sie den Aufzug.

Wenn die Security in der Lobby aufmerksam war, würde den Männern auffallen, dass jemand in den sechsten Stock gefahren war.

Als sie im Behandlungsraum ankamen, ließ Dr. Cho entgegen ihrer sonstigen Gewohnheit die Tür einen Spalt offen. „Sie können sich schon mal frei machen, ich komme gleich." Der Namenlose hörte, wie sie nebenan telefonierte, offenbar mit jemandem von der Security. „Hallo, Herr Kowalski, hier ist Dr. Cho. Ich wollte nur Bescheid sagen, dass ich heute ein wenig länger mache. Aber in spätestens eineinhalb Stunden bin ich hier fertig... Nein, es ist alles in Ordnung... Ja, genau. Danke."

Der Namenlose lächelte innerlich. Die junge Wissenschaftlerin traf ein paar Vorsichtsmaßnahmen und stellte sicher, dass er davon wusste. Das war gut. Wäre sie furchtlos und souverän aufgetreten, hätte ihn das nervös gemacht.

„Ich habe Ihnen etwas mitgebracht, Dr. Cho." Er holte die Fotografie aus seiner Hosentasche und reichte sie ihr.

Sie ergriff das Bild, und ihre Brauen schossen nach oben.

„Sie hatten recht. Mit allem!", sagte der Namenlose.

Dr. Cho sah ihn mit großen Augen an. „Ist das ...?"

„Ja, ich glaube, schon."

„Ihre Familie." Sie schüttelte ungläubig den Kopf. Dann zeigte sich ein strahlendes Lächeln auf ihrem Gesicht. Ihre Augen funkelten. „Das ist wirklich ein unglaublicher Fortschritt. Woher haben Sie das Foto?"

„Nicht so wichtig", wiegelte er ab. „Ich habe bei meinen Nachforschungen übrigens noch etwas anderes herausgefunden."

Sie kniff die Augen zusammen.

„Ich vermute, dass ich eine Zeit lang bei der Stasi war. Peter Waigel war mein Deckname."

Die junge Frau nickte. Sie bemühte sich um ein freundliches Lächeln, während professionelle Skepsis aus ihren Worten sprach, als sie schließlich antwortete: „Wissen Sie, unsere Psyche ist ein sehr empfindsames und kompliziertes Konstrukt. Sie kann Lücken nur schwer ertragen und füllt sie daher zuweilen mit Erinnerungen, die –"

„Ich habe meine Verpflichtungserklärung gefunden", unterbrach er sie.

„Oh ..."

„Dr. Cho, ich sagte Ihnen doch, ich stehe kurz vor dem Durchbruch." Er deutete auf das Foto in ihren Händen. „Und das ist der Schlüssel! Bitte helfen Sie mir, ihn ins Schloss zu stecken und herumzudrehen."

Dr. Cho starrte ihn einen Moment lang stumm an. Dann nickte sie. „Gut. Legen Sie sich bitte hin."

Mit geübten Bewegungen schloss sie ihn an das mobile EKG an und legte die Infusion mit dem Citoretrival. Anschließend befestigte sie das Foto mithilfe einiger Klammern so, dass er es im Liegen betrachten konnte.

„Atmen Sie tief ein und aus. Entspannen Sie sich. Spüren Sie, wie Ihre Beine schwerer werden."

Der Namenlose achtete kaum auf ihre Worte. Während eine wohlige Mattigkeit seinen Körper überkam, blieb sein Blick auf das Foto fixiert. Er wagte kaum zu blinzeln, aus Angst, etwas Entscheidendes zu verpassen.

Dr. Chos ruhige Stimme sprach weiter auf ihn ein. Der Sinn ihrer Worte entglitt ihm, aber er spürte, wie sein Herz im Rhythmus der Silben zu schlagen begann. Das Bild vor seinen Augen verschwamm. Hektisch blinzelte er, um den Nebel zu vertreiben.

Während er versucht, die wallenden Schwaden seiner verschwommenen Sicht zu durchdringen, vernimmt er plötzlich ein helles Kichern. Es dringt wie aus weiter Ferne zu ihm, aber er weiß sofort: Es gehört dem Jungen im Kinderwagen. Der Kleine ist krank. Zwar ist sein Geist fröhlich, klug und aufgeweckt, aber sein Körper tut nicht, was er soll. Während andere Kinder in seinem Alter bereits die ersten Schritte machen, hat der Kleine gerade erst gelernt, seinen Kopf aufrecht zu halten und mit Hilfe zu sitzen.

Mit einem Mal spürt der Namenlose wieder, was all die Jahre verschüttet war: all die Sorgen, die Ängste und die tiefe unerschütterliche Liebe zu diesem Jungen.

Der Nebel verdichtet sich und beginnt, sich zu bewegen; er rauscht an ihm vorbei wie körperloses Wasser. Dann plötzlich blauer Himmel und eine kleine Gestalt, die auf ihn zufliegt. Ein helles Sommerkleid flattert im Wind, ein breites zahnlückiges Grinsen erhellt das Gesicht des Mädchens. „Fang mich, Papa!“

Er verspürt Glück und Furcht und Sorge, alles zur selben Zeit, als er den kleinen Körper an sich drückt. Er muss fort, morgen schon. Ein letzter Auftrag. Nur dieses eine Mal noch, *hallt es in seinem Inneren wider. Aber er ahnt, dass das eine Lüge ist.*

Ein Entschluss reift in ihm, während die Haare seiner Tochter an seinen Wangen kitzeln und er ihren Duft tief in sich aufnimmt: Er muss der Sache ein Ende bereiten, muss sich endlich von den eisernen Klauen der Vergangenheit losreißen, sonst werden die Menschen, die er liebt, niemals in Sicherheit sein.

So rasch, wie der Nebel die Bilder und Gefühle ausgespien hat, droht er sie wieder zu verschlingen, doch der Namenlose kämpft dagegen an. Weitere Erinnerungen blitzen auf. Sein Sohn, weinend im Kinderbettchen. Seine Tochter, die am Esstisch sitzt, mit den Füßen schlenkert und hoch konzentriert etwas auf ein Blatt Papier schreibt, während sie auf ihrer Lippe kaut. Die krakelige Schrift ist kaum zu erkennen, aber die vier Buchstaben bohren sich tief in sein Bewusstsein. „Lina“, flüstert er. Dann wird er aus der Erinnerung herausgerissen.

Es ist, als würde er mit einem Hochgeschwindigkeitszug in seine Vergangenheit jagen. Immer wieder blitzen Bilder auf, völlig willkürlich springen sie hin und her, gönnen ihm mal ein winziges Aufflackern, mal einen kurzen Augenblick der Erinnerung.

Der Kleine blickt ihn mit großen Augen an, während er eifrig an seinem Schnuller saugt. Theo!, *fährt es ihm durch den Sinn.* Er heißt Theo. *Der Namenlose sieht Hände, zum Gebet gefaltet, eine rauchende Waffe in seinen eigenen Händen, Linas trotziges Gesicht und eine mit Schreibmaschine geschriebene Zeile auf einem Blatt:* Morgen, 17 Uhr, TP Greifswald. Volles Gepäck.

Der Zug rast weiter, verlangsamt sich, hält an.

Wasserdampf liegt in der Luft. Eine schmale Hand greift von innen nach dem Duschvorhang und schiebt ihn beiseite. „Huch!“ Das sommersprossige Gesicht errötet. „Was machst du denn hier?“

„Wir sind verheiratet, schon vergessen?“, hört er seine eigene Stimme sagen.

„Und deshalb lauerst du mir vor der Dusche auf?“

„Bereit, dir jeden Wunsch von den Augen abzulesen“, verkündet er, während sein Blick einem Wassertropfen folgt, der über ihr Schlüsselbein hinweg nach unten rinnt und sich verlangsamt, als er auf eine Wölbung trifft.

„Sehr interessant, wo du meine Augen vermutest“, neckt sie. „Aber wenn du hier schon mal herumstehst, kannst du mir auch das Handtuch reichen.“

„Mit dem größten Vergnügen“, erwidert er und greift nach dem winzigen Gästehandtuch.

Mechthild kichert. Dann packt sie sein Shirt und zieht ihn mit erstaunlicher Kraft zu sich. „Na gut, dann muss ich mich eben an dir abtrocknen.“

Und wieder kommt der Nebel, umhüllt ihn, reißt ihn mit sich und verwandelt sich in graue Fluten. In hundert Metern Entfernung tauchen helle Segel aus dem Morgennebel auf. „Dein letzter

Auftrag betrifft Wurms Erbe", hallt die Stimme in seinem Inneren wider. „Bring mir den Knaben, und ich entlasse dich in dein biederes Leben, das du dir ausgesucht hast."

Und wieder nimmt der Zug Fahrt auf. Verschwommene Gesichter über ihm beten: „Im Namen des Vaters, des Sohnes und des Heiligen Geistes." Er wird aus dem Wasser gezogen. Ein kühler Wind streift sein nasses Haar, und er fühlt sich auf eine seltsame, nie gekannte Weise frei. Nebelschwaden schlucken die Erinnerung, er sieht einen schreienden Säugling, gleich darauf ein paar schmutzverkrustete Gestalten in den grauen Uniformen der NVA und dann das verkniffene Lächeln einer Frau Mitte vierzig. Sie hat die Haare zu einem strengen Dutt gebunden, ein paar graue Strähnen zeigen sich darin.

Der Zug hält an und lässt ihn aussteigen.

Mutter, *schießt es ihm durch den Kopf.* Das ist meine Mutter.

Ihr kühler Blick fällt auf die Frau neben ihm. „Sie sind also die junge Dame, die unserem Robert den Kopf verdreht hat. Herzlich willkommen."

Robert! Ich bin Robert!, *fährt es ihm durch den Sinn.*

Er spürt eine schmale Hand, die seinen Unterarm nun etwas fester umklammert hält. „Vielen Dank für die Einladung."

Sein Vater sitzt bereits am Tisch. Es gibt Kaffee und Apfelkuchen. Die Unterhaltung holpert vor sich hin und verebbt schließlich ganz. Roberts Eltern werfen Mechthild immer wieder Blicke zu, als wäre sie ein bizarres Insekt. Er hat geahnt, dass es so kommen wird. Aber Mechthild hat darauf bestanden. „Wir sind verlobt, Robert. Irgendwann musst du mich deinen Eltern vorstellen."

„Und, hast du inzwischen eine Arbeit gefunden?", fragt sein Vater.

„Mach dir keine Sorgen. Ich werde schon etwas finden. Auf dem Bau werden immer Leute gebraucht."

„Von Luft und Hoffnung kann man nicht leben."

„Ich bin sicher, dass Robert eine Arbeit finden wird", sagt Mechthild, offenbar überrascht von der Skepsis ihrer zukünftigen Schwiegereltern. „Bald habe ich meine Ausbildung zur Krankenschwester abgeschlossen, und bis dahin haben wir ja auch noch den Verdienst durch meine Teilzeitstelle als Diakonin."

Seine Eltern tauschen vielsagende Blicke aus. Sein Vater schenkt sich Kaffee nach, und seine Mutter sagt: „Wissen Sie, Mechthild, was ich nicht verstehe? Wie können Menschen angesichts der bestehenden wissenschaftlichen Erkenntnisse heutzutage noch an diesen bizarren religiösen Vorstellungen festhalten? Ich habe meinen Schülern schon in der ersten Klasse davon erzählt, dass Juri Gagarin einst mit seiner Rakete bis in den Himmel geflogen ist. Nach seiner Rückkehr sagte er: ‚Gott habe ich dort oben nicht gefunden.' Die Kinder haben gelacht. Schon Sechsjährige verstehen die Zusammenhänge."

„Mutter, kannst du nicht einfach akzeptieren, dass Glaube und Wissenschaft nun mal zwei völlig verschiedene Dinge sind?", mischt sich Robert ein. „Nicht jeder geht so rational an das Leben heran wie du –"

Er verstummt, als er spürt, dass Mechthild fest seine Hand drückt und selbst das Wort ergreift. „Wissen Sie, Frau Marquardt, ich finde, es ist etwas Gutes, wenn man Menschen von einer Lüge befreien will."

Robert blickt sie mindestens ebenso überrascht an wie seine Eltern.

„Allerdings finde ich es ein bisschen fragwürdig, wenn es eine Lüge ist, die man selbst in die Welt gesetzt hat", fährt Mechthild fort. „Kein Christ in der DDR hat jemals geglaubt, dass Gott irgendwo auf einer Wolke im Weltall herumschwebt und man ihn mithilfe einer Rakete finden kann. Wenn also jemand diesen Glauben zerstört, dann hat er nicht mehr als heiße Luft produziert."

Mechthilds Wangen röten sich. Er spürt, dass sie diesen Kampf schon Hunderte Male ausgefochten hat. Als Pfarrerstochter ist sie vom Kindergarten an damit konfrontiert worden.

„Sagen Sie, was Sie wollen, Kind. Es lässt sich doch nicht leugnen, dass die Naturwissenschaft längst bewiesen hat, dass so etwas wie ein Gott nicht existiert."

Mechthild erwidert nichts. Stattdessen schiebt sie sich eine Gabel voll Kuchen in den Mund. „Ihr Apfelkuchen ist wirklich lecker", wechselt sie das Thema.

„Danke." Roberts Mutter lächelt zufrieden.

Mechthild schiebt mit der Gabel ein paar Krümel hin und her und betrachtet diese mit einem versonnenen Lächeln auf den Lippen. „Allerdings muss ich feststellen, dass ich in dem Kuchen keinerlei Beweise für Ihre Existenz finde, Frau Marquardt."

Robert lehnt sich zurück und betrachtet seine Verlobte neugierig.

„Wie bitte?", fragt seine Mutter irritiert.

„Gehen wir das Ganze einmal wissenschaftlich an und betrachten wir den Kuchen ganz genau, und zwar von seiner Entstehung an", erwidert Mechthild. „Dann werden wir feststellen, dass die Hefe die treibende Kraft ist, die den Kuchen aufgehen lässt. Wir können die wissenschaftlichen Kuchenuntersucher also auch Hefisten nennen. Fasziniert von der Entdeckung, dass der Kuchen außer Wärme und Hefe offenbar nichts braucht, um zu einem leckeren Gebäck zu werden, stellen die Hefisten die These auf, dass sie keinen Bäcker beziehungsweise keine Bäckerin benötigen, um die Existenz und den Geschmack des Kuchens zu erklären. Ja, mehr noch, sie bestehen darauf, dass jegliches Detail ohne die Hypothese einer Bäckerin geklärt werden kann. Und tatsächlich, so sehr ich auch suche: Es findet sich in diesem Kuchen nicht das kleinste Fitzelchen einer Bäckerin. Liegt da nicht der Umkehrschluss nahe, dass diese gar nicht existiert?"

„Ich weiß nicht, was Sie damit sagen wollen. Dieser Vergleich ist doch an den Haaren herbeigezogen."

Fasziniert beobachtet Robert den Schlagabtausch der beiden Frauen.

„Ist das so?", fragt Mechthild. „Der Naturalist folgt genau der gleichen Logik. Er hat bereits vor Beginn seiner Nachforschungen beschlossen, dass es nichts außer der Natur gibt, und schließt deshalb auch konsequent mit der Wahl seiner Beweismittel Gott von vornherein als Erklärung aus. Und das wiederum bedeutet: Der Naturalismus ist keine naturwissenschaftliche, sondern eine metaphysische Position."

An dieser Stelle kann Robert nicht mehr folgen und fragt: „Was meinst du damit?"

„Erst definiere ich, dass es nichts außer der Natur gibt, und dann juble ich darüber, dass ich tatsächlich nichts außer der Natur vorfinde", erwidert Mechthild. „Kunststück – ich habe ja jede weitere Option von vornherein ausgeschlossen. Das ist ein Zirkelschluss, verstehst du? Auch wenn er noch sehr weit entfernt sein mag, kommt vielleicht irgendwann einmal der Tag, an dem uns keine Fragen zur Funktion der Naturgesetze mehr einfallen, die wir nicht beantworten können. Aber das ändert überhaupt nichts, weil der Gott, um den es geht, nicht Teil der Naturgesetze ist, sondern deren Schöpfer."

„Da haben Sie sich ja ein schönes Rettungsseil geknüpft", wirft Roberts Mutter ein. „Aber ist Ihnen je in den Sinn gekommen, dass dieser angebliche Zirkelschluss trotzdem das beste Bild der Wirklichkeit ist, das wir haben?"

„Ja", erwidert Mechthild, „durchaus. Ich habe viel darüber nachgedacht. Nächtelang habe ich zweifelnd in meinem Bett gelegen und mich gefragt, ob meine Gebete nicht bloß bis zur Decke gehen und dann unbeantwortet auf mich zurückfallen. Jedes Mal, wenn mir gesagt wurde, wie naiv und unwissenschaftlich

ich denke, habe ich mich gefragt, ob diese Stimmen nicht doch recht haben. Warum lasse ich es nicht einfach bleiben?, *habe ich mich gefragt.* Was ist so schwer daran, sich auf die sichere Seite des Zeitgeistes zu schlagen und einfach zu akzeptieren, dass Gott als Erklärungsmodell ausgedient hat?"

„Und?" Roberts Mutter beugt sich vor, als sie die Frage stellt. „Was hat Sie daran gehindert?"

„Unter anderem der schlichte Umstand, dass Gott weit mehr als ein Erklärungsmodell ist, genauso wie Sie weit mehr als ein Erklärungsmodell für die Entstehung dieses Apfelkuchens sind. Es wäre eine lächerliche Reduzierung, würde ich Sie als ein solches betiteln. Sie denken, Sie entscheiden, Sie lieben. Sie sind eine Person. Verstehen Sie mich nicht falsch, es ist wichtig, auch Ihr Handeln mit in mein Verständnis von Ihnen einzubeziehen. Um auf das Bild zurückzukommen: Ich kann suchen, so lange ich will: Ich werde Sie nicht in diesem Kuchen finden. Aber ich finde Indizien, die auf Sie hinweisen." Sie wirft Robert einen nachdenklichen Blick zu, bevor sie hinzufügt: „Möglicherweise sogar den Hinweis, dass dieser Kuchen mit Liebe gebacken wurde."

Robert spürt, wie etwas in ihm ganz leicht wird. Er hat Mechthild seine Geschichte erzählt, hat ihr geschildert, wie seine Eltern ihn von Anfang an dazu erzogen haben, ein produktives Mitglied des sozialistischen Staates zu sein; und davon, wie sehr sie ihn ihre Enttäuschung haben spüren lassen, als er das in ihren Augen nicht mehr war. Und als er Mechthild dann endlich diesen Eltern vorstellt, haben sie nichts Besseres zu tun, als seine zukünftige Ehefrau frostig zu empfangen und einen Frontalangriff auf ihren Glauben vorzunehmen. Und trotzdem ermutigt sie ihn, an die Liebe seiner Eltern zu glauben. Unglaublich! In diesem Moment weiß er, dass er dieses Mädchen bis an sein Lebensende lieben wird.

Ihr Gesicht wird blasser, verliert die Konturen und verschwindet im Nebel. Nein!, *will er rufen.* Nicht jetzt! *Wieder gerät der*

Zug ins Rollen, Gesichter blitzen auf, Stimmen dringen an sein Ohr, aber sie sind zu undeutlich, um sie zu verstehen. Und dann spürt er, wie der anrollende Zug aus dem Takt gerät. Irgendetwas stimmt nicht …

Die leise Stimme, die seine Reise begleitet hat, ist verstummt. Kaltes Licht zwängt sich durch seine flatternden Augenlider.

Er blinzelte und schaute auf das Foto über sich. Mechthild, Lina und … der kleine Theo. Eine Träne rann ihm über die Wange. „Ich … erinnere mich“, kam es ihm krächzend über die Lippen. „Ich bin Robert.“

Niemand reagierte, und erst nach einer Weile registrierte er, dass der Stuhl neben ihm leer war. Schmerz hämmerte in seinen Schläfen, als er sich mühsam aufrichtete. Er musste die Augen ein paarmal zusammenkneifen, bis er erkannte, dass er allein im Behandlungszimmer war. „Dr. Cho?“

Aus dem Nachbarraum drang ein leises Geräusch zu ihm herüber. Dann fragte die Stimme der jungen Wissenschaftlerin ängstlich: „Hallo? Ist da jemand?“

Adrenalin schoss durch seine Adern. Er zog die Infusionsnadel aus seinem Arm und riss die Elektroden des EKGs ab. Schwindel überkam ihn, als er aufstand. „Reiß dich zusammen“, ermahnte er sich, während er mit nacktem Oberkörper und auf Socken durch den Raum tappte.

Die junge Ärztin zuckte erschrocken zusammen, als er ins Büro trat.

„Was ist?“, flüsterte er, bevor sie etwas sagen konnte.

„Da ist jemand“, wisperte sie. Ihr Blick huschte zur halb geöffneten Tür, die auf den dunklen Flur hinausführte.

„Jemand hat das Notlicht ausgeschaltet.“

„Ich schaue nach. Bleiben Sie hier!“, flüsterte er. Dann ging er vorsichtig auf die Tür zu und riss sie auf.

Dr. Cho stieß einen erschrockenen Schrei aus. Robert trat

hinaus. Der Flur war menschenleer. „Hier ist niemand“, sagte er. Sein großer Zeh berührte etwas. Vor ihm auf dem Boden lag ein beschrifteter gepolsterter Briefumschlag. Er schluckte trocken und hob ihn vorsichtig auf.

„Was haben Sie da?“, fragte Dr. Cho.

„Es lag etwas auf dem Boden.“ Er riss den Umschlag auf.

„Sie können doch nicht einfach –“

„Er ist an mich adressiert“, unterbrach er sie.

Dr. Cho trat näher. „Robert Marquardt?“, las sie verwundert.

„Das bin ich. Die Erinnerung kehrt zurück. Dank Ihnen.“ Er griff in den Umschlag und fühlte harten Kunststoff.

„Warten Sie –“, setzte die Ärztin an, doch er hatte den Gegenstand bereits herausgezogen. Es war ein Wegwerfhandy. Hastig überflog er die kurze Nachricht, die darin abgespeichert war. Dann ging er zurück ins Behandlungszimmer und zog sich an.

Dr. Cho folgte ihm und sah ihn mit großen Augen an. „Was hat das zu bedeuten? Was geschieht hier?“

„Sie sollten jetzt besser nach Hause gehen“, sagte Robert und lächelte knapp, während er in seine Schuhe schlüpfte. „Ich glaube zwar nicht, dass Sie sich Sorgen machen müssen, aber wenn Sie das Gefühl haben, verfolgt zu werden, suchen Sie einen belebten Ort auf und rufen Sie die Polizei.“

„Was …?“, stammelte Dr. Cho.

„Ich muss los, tut mir leid.“ Er eilte an ihr vorbei. An der Tür wandte er sich noch einmal um. „Danke für alles!“

Dann huschte er hinaus und ließ die verdatterte Frau allein zurück.

Herzmuscheln und ein väterlicher Rat

Lina liebt das Gefühl, wenn sich der feuchte Sand des Strandes bei jedem Schritt zwischen ihre nackten Zehen quetscht. Sie mag das sanfte Rauschen der Wellen und den Wind, der an ihren Haarspitzen zupft.

Papa geht neben ihr her und hält ihre Hand. Auch er liebt das Meer mindestens ebenso sehr wie sie.

Es ist noch früh am Morgen, sie sind ganz allein. Nur die Möwen lassen sich von der kühlen Luft umhertragen und kreischen ihre Lieder.

„Guck mal, Papa", Lina weist auf einen seltsam anmutenden gräulichen Stein, in den so etwas wie ein weißer Stern eingraviert zu sein scheint, „das sieht ja aus wie ein Stern, der vom Himmel gefallen ist!"

Papa lächelt. „Das ist ein versteinerter Seeigel, Lina. Da hast du wirklich Glück, denn so häufig findet man die nicht. Steck ihn schnell ein."

Lina lässt den Stein in die Tasche ihres Sommerkleids gleiten und hat gleich darauf schon etwas Neues entdeckt. „Guck mal da!"

Papa lacht. „Das ist eine ganz normale Herzmuschel. Die gibt es hier zu Tausenden."

„Aber die hier ist etwas Besonderes", erklärt Lina empört und steckt sie ebenfalls in ihre Tasche.

„Wenn du so weitermachst, platzen deine Taschen bald, und Mama schimpft."

„Ich pass schon auf. Das ist doch das Beste am Meer, dass man hier so viele tolle Sachen findet." Lina ergänzt ihre Sammlung um eine Miesmuschel. Sie weiß, dass auch ihr Vater das Meer liebt. Er geht oft an den Strand und kann minutenlang dastehen und einfach nur auf die Wellen hinausblicken. „Warum bist du denn so gerne am Meer, Papa? Muscheln sammelst du nämlich nicht, das hab ich schon beobachtet."

Papa lächelt. Dann bleibt er stehen und lässt seinen Blick zum Horizont schweifen. Eine ganze Weile lang sagt er nichts, und Lina wird allmählich ungeduldig.

„Freiheit", sagt er schließlich leise.

Lina runzelt die Stirn. „Hä? Wieso das denn? Bist du auf dem Land denn nicht frei?"

Papa starrt noch eine weitere Minute stumm aufs Meer, dann wendet er sich ab und geht mit Lina an der Hand langsam weiter den Strand entlang.

Lina hat sich daran gewöhnt, dass ihr Papa manchmal etwas länger braucht, um zu antworten, manchmal vergisst er es auch ganz. Dann ist er so in Gedanken versunken, dass man ihn auch durch tausend Nachfragen nicht dazu bringen kann, einen Piep von sich zu geben. Deshalb ist sie überrascht, als er ein paar Minuten später plötzlich sagt: „Wenn es nur dich und die Wellen gibt, dann ist alles echt. Aber hier unter den Menschen ist das nicht so."

Lina hat keine Ahnung, was das bedeuten soll, und sie hat fast den Eindruck, als würde Papa gar nicht mit ihr sprechen. Gerade als sie sich beschweren will, bleibt er plötzlich stehen und kniet sich vor ihr in den Sand. „Hör gut zu", er packt ihre Schultern mit beiden Händen, „man kann nicht jedem trauen!" Sein Griff wird fester. „Pass gut auf, wem du dein Vertrauen schenkst, Lina!"

Sie versteht nicht, warum er auf einmal so ernst ist. „Papa, du tust mir weh."

„Hör zu, mein Schatz, das ist wichtig! Pass auf, wem du vertraust!“

„Aua!“, keucht Lina.

Papas Gesicht verschwamm, es verwandelte sich. Und die Hände, die eben noch ihre Schulter gehalten hatten, umklammerten nun ihre Arme.

Etwas Feuchtes berührte ihren Hals. Bartstoppeln kratzten an ihrer Wange. Die Hände wanderten weiter, berührten sie an Stellen, an denen sie nicht berührt werden wollte, und zerrten an ihrer Kleidung. Irgendetwas lag auf ihr, schwer und unangenehm.

Sie wollte das Gewicht von sich herunterschieben. Doch ihre Bewegungen waren ungelenk und schwach, als wären ihre Gliedmaßen nur lose mit ihr verbunden.

Stoff riss. „He!“, entfuhr es ihr.

Ein Gesicht erschien dicht über ihrem. Es war Bens. Er sagte etwas. Sie achtete nicht darauf. Seine Lippen waren zu einem Grinsen verzogen, aber in seinen Augen lag etwas, was ihr Angst machte.

„Runter!“, stieß sie hervor.

Das Grinsen verschwand. „Was soll der Scheiß? Du wolltest das doch …“

Seine Worte gingen in dem grellen Ohrensausen unter, das sie plötzlich packte. Ein scharfer Schmerz schoss durch ihren Schädel. Sie roch den Alkoholdunst seines Atems. Seine Haut klebte auf ihrer. Ein Würgereiz packte sie.

„Ich hab doch gemerkt, dass du schon die ganze Zeit scharf auf mich bist“, hörte sie ihn mit selbstgefälliger Stimme sagen.

In diesem Moment durchbrach lodernder Zorn den Nebel, der ihre Sinne umklammert gehalten hatte. Sie spannte die Muskeln an und rammte mit aller Kraft die Stirn gegen sein Gesicht. Der Schmerz, der sie durchzuckte, war weit heftiger, als sie erwartet hatte. Und sie vernahm deutlich das Knacken, als sein Nasenbein brach. Er schrie auf, und das widerliche Gewicht auf ihr verschwand.

Lina richtete sich auf. Sterne tanzten vor ihren Augen. Sie blinzelte. Als sich ihr Blick klärte, sah sie in Bens blutüberströmtes Gesicht. Seine Augen glühten vor Zorn. „Das wirst du büßen, du Schlampe."

Ein Schauer lief Lina über den Rücken, als die Stimme ihres Vaters in ihr widerhallte: *Pass gut auf, wem du dein Vertrauen schenkst, Lina!* Ben hatte ihr die ganze Zeit über etwas vorgespielt. Heute gab er sich keine Mühe, seine Fassade aufrechtzuerhalten.

Eine neue Welle des Zorns spülte die aufkeimende Angst in ihr fort. „Was hast du in meinen Drink getan?"

Ben wischte sich mit dem Handrücken über den Mund. Blut troff zwischen seinen Fingern hindurch. „Du hattest doch eine Menge Spaß, oder?" Sein Grinsen hatte nun etwas Boshaftes an sich.

Lina stemmte sich hoch und kam unsicher auf die Beine. Kaum zu glauben, dass sie dieses widerliche Grinsen attraktiv gefunden hatte!

Bens Augen glitten an ihrem Körper hinab. „Noch ist es nicht zu spät, um ein bisschen mehr Spaß zu haben."

Lina senkte den Blick und bemerkte, dass ihr Rock bis zur Hüfte aufgerissen war. Der Ausschnitt ihres T-Shirts war zerfetzt. Falls Ben erreichen wollte, dass sie sich unsicher oder beschämt fühlte, funktionierte seine Strategie nicht, ganz im Gegenteil.

Er kam einen Schritt näher.

„Wage es nicht, mich anzurühren."

Ben sprang auf sie zu.

Lina reagierte blitzschnell. Ihr Handballen traf seine malträtierte Nase, und mit einem schrillen Schrei ging er zu Boden.

Plötzlicher Schwindel überkam sie. Lina sackte auf die Knie und übergab sich auf den kleinen Perserteppich vor dem Bett. Danach ging es ihr etwas besser. Sie richtete sich auf.

Ben stieß einen Schwall vulgärer Beschimpfungen aus und versuchte taumelnd, sich aufzurichten.

Lina sah sich hastig um. Sie befand sich offenbar in einem Hotelzimmer. Das schummrige Licht und die in Rot gehaltenen Farbtöne ließen vermuten, dass es sich nicht um ein gewöhnliches Etablissement handelte. Ihr Kampf mit Ben hatte Spuren hinterlassen. Die Bettdecke lag auf dem Boden, der Nachttisch war umgefallen. Lina entdeckte ihre Handtasche unter der abgestürzten Nachttischlampe. Ihre Schuhe waren nirgends zu sehen. Hastig schnappte sie sich die Tasche und taumelte Richtung Tür. Plötzlich blieb sie mit dem Fuß hängen und stürzte.

Sie wandte sich um und starrte in das wutverzerrte Gesicht von Ben, der ihren Knöchel mit eisernem Griff umklammert hielt.

Sie trat mit aller Kraft zu. Ihre nackte Ferse traf seine Stirn. Aber er ließ nicht los. In seinen Augen lag ein irres Funkeln.

Er wird dich niemals gehen lassen!, schoss es Lina durch den Kopf. *Eher bringt er dich um!*

Sie schrie auf, zappelte und trat erneut zu. Doch Ben war stärker als sie. Er bekam auch ihren zweiten Knöchel zu fassen und zog sie näher an sich heran. *Oh Gott, hilf mir!*

Ben robbte vorwärts und legte sich mit seinem ganzen Gewicht auf ihre Beine. Lina wand sich wie ein Aal.

„Gib auf!“, krächzte Ben. „Du gehörst mir!“

Lina erstarrte. *Er lügt!*, flüsterte eine leise Stimme in ihr. *Du gehörst ihm nicht, und du wirst ihm auch niemals gehören, egal, was geschieht.* Mit einem Mal war sie ganz ruhig. Bewegungslos ließ sie zu, dass er über sie kroch. Dann nahm sie all ihre Kraft zusammen, wirbelte herum und rammte den Ellenbogen gegen seine Schläfe. Es fühlte sich an, als hätte sie gegen Beton geschlagen, aber Ben sackte mit einem Stöhnen zur Seite. Sie wand sich unter ihm hervor und kam stolpernd auf die Füße.

Aus den Augenwinkeln bemerkte sie, wie er versuchte, sich aufzurappeln. Sie wartete nicht ab, ob es ihm gelingen würde, sondern stürmte zur Tür. Erst nach mehrmaligem vergeblichem Rütteln bemerkte sie, dass diese verschlossen war. Sie entriegelte die Tür, riss sie auf und taumelte hinaus in den Gang. Links von ihr leuchtete ein grünes Notausgangsschild. Sie stolperte darauf zu. Hinter sich hörte sie etwas rumpeln.

Am Notausgang angekommen, warf sie einen Blick über die Schulter. Ben taumelte aus dem Zimmer und sah sich suchend um, dann entdeckte er sie. „Warte!“, krächzte er.

Lina riss die Tür auf und hetzte die Treppe hinunter. *Nur fort von hier!*

Als sie zwei Treppen hinabgeeilt war, hörte sie erneut das Klacken der Tür. Ben folgte ihr!

Sie hastete weiter, entdeckte den Ausgang und stolperte hinaus ins Freie. Die Gegend war heruntergekommen. Etliche Straßenlaternen waren defekt. Schräg gegenüber war ein Park. Niemand war zu sehen. Sie hatte keine Ahnung, wo sie war. Aus dem Treppenhaus drangen Geräusche nach draußen.

Lina begann zu rennen. Ihre nackten Fußsohlen schlugen hart auf das Pflaster. Sie warf einen Blick über die Schulter. Jemand folgte ihr. Plötzlich spürte sie einen harten Schlag. Lichtblitze flimmerten vor ihren Augen. Der Boden schien auf sie zuzurasen, und dann wurde es dunkel.

Als sie die Augen wieder aufschlug, schienen nur ein paar Sekunden vergangen zu sein. Blinzelnd erkannte sie den eisernen Pfahl einer Straßenlaterne. Sie musste im Dunkeln dagegengelaufen sein. Ihr Schädel fühlte sich an, als wäre sie unter eine Dampfwalze geraten. Etwas Warmes lief über ihr Gesicht. Ihre zitternden Finger ertasteten Blut.

Hinter ihr waren Schritte zu hören. Aus den Augenwinkeln sah sie dichtes Buschwerk. *Der Park!* Wimmernd kroch sie darauf zu. Sie musste in Deckung gehen, sich irgendwo verstecken. Der Geruch von feuchter Erde und Hundekot stieg ihr in die Nase. Unbeirrt kroch sie weiter. Zweige griffen nach ihren Haaren und zerrten daran.

Lina zwängte sich durch das Geäst, immer tiefer in das Strauchwerk hinein. Schließlich war sie völlig von dichtem Laub umgeben. Nur undeutlich konnte sie in wenigen Metern Entfernung das Straßenpflaster erkennen.

Mühsam versuchte sie, ihren hektischen Atem zu bezwingen und einen klaren Gedanken zu fassen. Ihr Schädel fühlte sich an, als würde er jeden Moment explodieren. Mühsam formte sich ein Gedanke in ihr. *Ich … brauche … Hilfe!*

Mit zitternden Fingern wühlte sie in ihrer Handtasche, bis sie ihr Handy gefunden hatte. Sie wählte die 110. Eine männliche Stimme meldete sich. „Polizeinotruf Berlin. Bitte warten! Zurzeit sind alle Notrufleitungen belegt. Bitte legen Sie nicht auf. Please hold the line …"

Das durfte doch nicht wahr sein! Lina beendete den Anruf und wählte die einzige weitere Nummer, die ihr einfiel.

„Hi, hier ist die Mailbox von Theo, bitte hinterlass eine Nachricht nach dem unangenehm hochfrequenten Geräusch, das gleich kommt."

Mit stockender Stimme hinterließ Lina eine kurze Nachricht, während ihre angstvoll geweiteten Augen Richtung Straße starrten. Plötzlich vernahm sie ein leises Knacken – direkt hinter sich! Sie fuhr herum.

Ein süßlich riechendes, feuchtes Tuch presste sich auf ihr Gesicht, dann versank sie im dichten Nebel der Bewusstlosigkeit.

Traue niemandem

„Guten Morgen!“ Die Gardinen wurden aufgerissen, und grelles Licht quetschte sich zwischen Theos verklebte Augenlider.

„Manno, Martha, geht das nicht ein bisschen sanfter?“

„Sanft wecke ich nur bis 8 Uhr. Es ist bereits Viertel vor 9.“

„Na und? Ich habe heute keine Vorlesung.“

„Aber ich hab noch jede Menge anderes zu erledigen, und deine Mitbewohner sind schon seit eineinhalb Stunden auf der Arbeit. Also, raus aus den Federn.“

Theo gähnte, wischte sich mühsam den Schlaf aus den Augen und tastete nach seiner Brille.

„Hier!“ Martha schob ihm die Sehhilfe auf die Nase.

„Danke. Oh, hast du eine neue Frisur?“

Martha lächelte schmallippig. „Ja, Theo, die habe ich – seit ungefähr drei Monaten!“ Sie schnaufte. „Ihr Männer seid doch alle gleich, seht nur das, was man euch direkt vor den Schädel rammt.“

„Das war jetzt aber ein bisschen hart, findest du nicht? Schließlich bin ich gerade erst aufgewacht.“

„Und davor hast du drei Monate lang geschlafen?“

„Äh, steht dir jedenfalls gut, deine... fast neue Frisur.“ Theo angelte sein Smartphone vom Nachttisch und schaltete es ein. Ein sich stetig wiederholendes „Ping“ kündigte das Eintreffen mehrerer Nachrichten an.

„Theo, bitte, kann das Ding nicht einen Moment warten? Social Media erst nach dem Zähneputzen, okay?“

Theo linste auf sein Smartphone. Sein Messenger zeigte mehrere ungelesene Nachrichten an, und Lina hatte versucht, ihn zu erreichen, und eine Botschaft auf der Mailbox hinterlassen. Das war ungewöhnlich, normalerweise schrieb sie ihm.

„Theo, bitte leg dein Handy doch für einen Moment zur Seite. Ich muss dir den Liftergurt anlegen."

„Natürlich, Martha."

Sie bugsierte ihn mithilfe des Lifters in einen Duschstuhl. Im Bad wurde er gewaschen. Das Zähneputzen und Rasieren konnte er selbst übernehmen. Beim Anziehen und Umsetzen in den Rollstuhl war er wieder auf Hilfe angewiesen.

Theo fuhr zurück in sein Zimmer, während Martha in die Küche ging. „Möchtest du Toast zum Frühstück?", rief sie.

„Ja bitte." Theo nahm erneut sein Smartphone zur Hand. Mehrere Kommilitonen fragten nach, ob er irgendetwas von Professor Völkers Beitrag „Attributionstheoretische Ansätze zur sozialpsychologischen Einordnung des Filterblaseneffekts in sozialen Netzwerken" verstanden habe. Theo musste verneinen, was zu einem nicht unwesentlichen Teil daran lag, dass er diesen Beitrag gar nicht gelesen hatte. Noch etwas, was er auf seine To-do-Liste setzen musste.

Er klickte auf seine Anrufliste. Lina hatte um 3.17 Uhr nachts versucht, ihn zu erreichen. Das war äußerst seltsam. Ein ungutes Gefühl beschlich ihn. Er drückte auf „Rückruf". Die Mailbox ging ran.

Martha rief irgendetwas aus der Küche, doch er antwortete nicht darauf, sondern stellte auf Lautsprecher und hörte die Nachricht ab.

Hektisches Atmen war zu vernehmen. „Theo? Ich bin hier... in einem Park... Er ist hinter mir her." Linas Stimme klang seltsam. Sie schien ängstlich und verwirrt zu sein. „Oh mein Gott, ich bin so bescheuert! Papa hatte recht, du darfst niemandem trauen!

Gestern Abend war ich mit Ben …" Sie stockte. Ihre Stimme sank zu einem Wispern herab. „Warte, ich hab was gehört. Ich glaub, da ist –" Ein Rascheln war zu vernehmen, dann so etwas wie ein leises Stöhnen, und dann – endete die Nachricht.

Theo schluckte. „Lina", stammelte er.

Seine Hände zitterten, als er auf „Wahlwiederholung" tippte. Erneut meldete sich die Mailbox.

„Theo!"

„Jetzt nicht, Martha." Er scrollte durch Linas Nachrichten, vielleicht fand sich dort irgendein Hinweis.

„Theo, die Polizei ist hier!"

„Was?" Sein Kopf fuhr hoch.

„Ja, der Kollege von deiner Schwester steht vor der Tür. Ich hab seinen Namen vergessen."

„Ben?"

„Kann sein, er hat mir nur seinen Nachnamen genannt. Er will mit dir sprechen. Soll ich ihn reinlassen?"

Lina hatte Ben in ihrer wirren Nachricht erwähnt. Theo nickte. „Ja bitte."

Linas Kollege sah nicht gut aus. Er war blass. Seine Nase war geschwollen, ein Nasenloch tamponiert. An seiner Schläfe bildete sich ein Hämatom.

„Huch, was ist denn mit dir passiert?"

Ben seufzte und verdrehte die Augen. „Ich habe eine ziemlich üble Nacht hinter mir. Und ich mache mir Sorgen um Lina. Hat sie sich bei dir gemeldet?"

Theo zögerte. *Du darfst niemandem trauen,* hatte Lina gesagt. Dann hatte sie merkwürdigerweise Papa erwähnt – etwas, was für Theo keinen Sinn ergab. Er warf einen Blick in das Gesicht des Polizisten. Ben wirkte angespannt. Vielleicht machte er sich wirklich Sorgen um Lina. „Was genau ist denn gestern passiert?"

Ben seufzte. „Ich schätze, es war meine Schuld. Lina war in letzter Zeit nicht gut drauf, und ich fürchte, das hat etwas mit diesem Bastian zu tun. Sie hat mir nichts Konkretes erzählt, aber ich glaube, die beiden haben sich gestritten."

Theo runzelte die Stirn, sagte aber nichts.

„Jedenfalls dachte ich, es wäre eine gute Idee, Lina auf andere Gedanken zu bringen, und bot ihr an, mit ihr tanzen zu gehen. Also gingen wir aus. Lina übertrieb es ein wenig, um es vorsichtig auszudrücken."

„Kannst du es auch weniger vorsichtig ausdrücken?", unterbrach Theo.

„Sie trank zu viel und flirtete hemmungslos mit ein paar zwielichtigen Gestalten. Zwischenzeitlich verlor ich sie aus den Augen, und als ich sie in einer dunklen Ecke des Clubs wiederfand, hatte ich das Gefühl, dass sie irgendwie high war. In jedem Fall schien sie komplett in einer anderen Welt zu sein. Sie merkte gar nicht, dass die Typen an ihr herummachten. Ich bin mir ziemlich sicher, dass ihr jemand etwas in den Drink geschüttet hat. Irgendwann beschloss ich, dass es genug war, und wollte sie nach Hause bringen. Aber die Typen hatten was dagegen, und es gab eine kleine Auseinandersetzung auf dem Parkplatz." Er lächelte gequält. „Im Auto bestand Lina darauf, noch zu mir nach Hause zu fahren. Sie wollte reden und nicht allein in ihrer Wohnung sein. Also fuhren wir zu mir. Dann", er verzog das Gesicht und zuckte hilflos mit den Achseln, „ich weiß auch nicht … Auf einmal begann sie, total wirres Zeug zu reden. Sie wurde richtig aggressiv und behauptete, ich wolle ihr etwas antun. Tja, und dann stürmte sie aus der Wohnung. Ich folgte ihr, aber sie war wie vom Erdboden verschluckt."

„Warum hast du nicht nach ihr gesucht?"

„Aber das hab ich doch! Ich bin die Straße auf und ab gelaufen, hab sogar den angrenzenden Park durchkämmt."

„Warum hast du nicht die Polizei gerufen?“

„Theo, ich *bin* die Polizei!“, erwiderte Ben gereizt. „Was glaubst du, machen die Kollegen, wenn ich ihnen sage, was passiert ist?“

Theo nickte langsam. Ben hatte recht. Wahrscheinlich würden sich die Kollegen über den Vorfall das Maul zerreißen, und mit Sicherheit würden sie keine Suchmannschaft losschicken.

Ben fuhr sich durchs Haar und seufzte. „Bestimmt zehnmal habe ich versucht, sie anzurufen, aber sie ging nicht ran. Heute Morgen klingelte ich an ihrer Tür, aber sie machte nicht auf. Also dachte ich, sie hat sich vielleicht bei dir gemeldet.“

Theo schüttelte fassungslos den Kopf. Die ganze Situation passte überhaupt nicht zu Lina. Sie hasste es, die Kontrolle über eine Situation zu verlieren. Andererseits ergab die Schilderung von Ben durchaus Sinn. Wenn ihr jemand eine wie auch immer geartete psychotrope Substanz in den Drink geschüttet hatte, konnte das im ungünstigsten Fall Halluzinationen und psychische Störungen bis hin zu paranoiden Psychosen initiieren. Linas wirre Nachricht passte dann ebenfalls ins Bild.

„Bitte, Theo, ich muss wissen, wie es ihr geht. Also: Hat Lina sich bei dir gemeldet?“

„Ja.“

„Und, was hat sie gesagt?“

„Sie hat auf meiner Mailbox eine ziemlich wirre Nachricht hinterlassen, die plötzlich abbricht.“

Ben nickte, fuhr sich mit der Hand über die Augen und zuckte schmerzhaft zusammen, als er versehentlich seine Nase berührte. Dann blickte er auf. „Darf ich sie anhören?“

„Ich fürchte, das hilft uns nicht weiter“, erwiderte Theo.

„Theo, bitte! Lass mich das beurteilen. Es könnte ein wichtiger Hinweis in der Nachricht stecken.“

Theo wunderte sich über die Dringlichkeit in Bens Stimme und über dessen angespannten Blick. Er griff nach seinem Handy, ließ die Hand aber wieder sinken. „Ich bin mir nicht sicher, ob Lina das recht wäre", sagte er schließlich.

Bens Blick fiel auf das Handy, und für einen kurzen Moment glaubte Theo, der Polizist würde einfach danach greifen. Doch dann nickte er nur und lächelte entschuldigend. „Tut mir leid, du hast recht. Es geht mich nichts an. Schließlich ist es Linas Privatsache, wo sie hingeht und wem sie welche Nachrichten hinterlässt." Er richtete sich auf und lächelte. „Bestimmt taucht sie heute Nachmittag pünktlich zum Dienst auf und verdreht nur genervt die Augen, wenn wir sie fragen, was sie in den vergangenen Stunden gemacht hat."

„Ja, bestimmt." Theo zwang sich zu einem Lächeln. Dann fügte er ernst hinzu: „Gibst du mir bitte Bescheid, wenn du etwas von ihr hörst?"

„Klar, mach ich." Ben zog eine Visitenkarte aus seiner Hemdtasche und reichte sie Theo. „Wäre toll, wenn du mir auch eine kurze Nachricht schicken würdest, wenn sie wieder auftaucht – nur zu meiner Beruhigung."

Theo nickte. „Geht klar."

Ben wandte sich zum Gehen. An der Tür blieb er noch einmal stehen. „Ach, eine Sache noch: Wie gut kennst du diesen Bastian?"

„Er ist Kenos Einzelfallhelfer und inzwischen so etwas wie ein Freund, würde ich sagen."

Ben runzelte nachdenklich die Stirn, dann blickte er Theo ernst in die Augen. „Hat Lina dir eigentlich erzählt, dass er vorbestraft ist?"

„Was?!" Theo schüttelte ungläubig den Kopf. „Soll das ein Scherz sein?"

„Wenn ja, wäre er nicht besonders lustig, oder?", erwiderte

Ben. „Ich habe Lina seine Akte gegeben." Er studierte Theos ungläubigen Blick. „Sie hat dir nichts erzählt", stellte er mit einem bitteren kleinen Lächeln fest. „Nun, sie wird ihre Gründe haben. Ich rate dir nur: Überlege dir gut, wem du vertraust."

Mit offenem Mund starrte Theo Ben hinterher. Auch als dieser die Wohnung schon lange verlassen hatte, rührte Theo sich nicht vom Fleck. Ein beklemmendes Gefühl machte sich in seiner Brust breit. Irgendetwas tief in ihm ließ ihn ahnen, dass etwas Schlimmes geschehen war. Und er wusste auch, dass er ohne Vertrauen nicht weiterkommen würde.

Verwirrende Nachrichten und Safranreis

„Sind wir bald da?“, fragte Paula.

Theo nickte. „Hier ist die Kufsteiner Straße. Bastian wohnt dort drüben.“

„Eijentlich janz hübsch hier mit’m Park umme Ecke und so“, bemerkte Helene. „Also, jetz ma abjesehn von die Hundekacke, durch die de übrijens jerade jefahrn bist.“

„Super“, brummte Theo.

Helene beobachtete fasziniert Theos linken Reifen. „Janz schön anhänglich, die Wurst, die reist jetz schon zwee Runden mit.“

„Herzlichen Dank für diese interessante Information, Helene.“

„Jern jeschehn.“

„Können wir uns jetzt bitte auf unsere Aufgabe konzentrieren? Wir sind nicht zum Spaß hier.“

„Is schon klar, Theo. Ick mach ma ja och Sorjen. Aba ick kann ma einfach nich vorstelln, dass der Bastian der Lina wat antun würde. Der is doch ’n voll Lieba.“

„Ich glaube es doch auch nicht, Lene. Aber irgendetwas an der Sache ist komisch. Und ich möchte Bastian gerne in die Augen sehen, wenn ich mit ihm rede.“ Theo bremste seinen Rollstuhl ab. „Wir sind da. Er wohnt im Hinterhaus.“

„Soll ich schon mal die Lage sortieren?“, fragte Paula.

„Hä?“, entfuhr es Helene. „Watt willste denn sortiern? Die Werbung, die hier auße Briefschlitze hängt?“

„Mann, Lene, das sagt man so. Ich schleich mich an, beobachte unauffällig die Wohnung, und wenn die Luft rein ist, mach ich ein Vogelgeräusch oder so."

„Und watt soll dit bringen? Meinste, wenn de hier wie 'ne Taube rumjurrst, taucht Lina wieder uff oder watt?"

„Quatsch!"

„Leute!", mischte sich Theo ein.

„Du hast echt so was von keine Ahnung!", empörte sich Paula.

„Hört ihr mir jetzt bitte mal zu?", rief Theo. „Paula, du musst die Lage nicht sondieren. Wir gehen einfach hoch und klingeln an der Tür."

„Na ja, janz so einfach wird dit wohl nich", bemerkte Helene und linste auf Theos Rollstuhl.

„Doch, ist einfach", brummte Scott. Er klappte den Rollstuhltisch zurück, löste den Gurt und hob Theo schwungvoll hoch. Ungünstigerweise hatte er die Schnallen vergessen, mit denen Theos Füße in den Fußschalen gehalten wurden.

„Autsch!", entfuhr es Theo.

„Ups!", machte Scott.

„Mensch, pass uff!", rief Helene.

Paula reagierte am schnellsten. „Ich mach schon!" Sie löste die Schnallen, noch ehe Scott registriert hatte, dass ein Nachlassen der Zugkraft durchaus zur Entspannung der Situation beitragen würde. Durch die plötzliche Reduzierung seiner Last aus dem Gleichgewicht gebracht, stolperte Scott rückwärts und rammte einen hinter ihm entlanglaufenden Passanten. Dieser nahm die überraschende Begegnung wenig verständnisvoll zur Kenntnis. „Ey, du Schwuchtel, bist du bescheuert?!"

Scott drehte sich erschrocken um, was zur Folge hatte, dass Theos Schuhsohlen nur um Haaresbreite an der Nasenspitze des Mannes vorbeisausten.

Der Typ wich zurück. Auf seinem schwarzen Shirt stand in weißer Fraktur die Aufschrift „Landser“. Entweder hatte er im Geschichtsunterricht nicht aufgepasst, oder er sehnte sich bewusst in eine Zeit zurück, in der die gräulichsten Verbrechen der Menschheitsgeschichte begangen worden waren. *Wahrscheinlich beides,* konstatierte Theo.

Der Blick des Mannes war aggressiv. „Willst'n paar aufs Maul oder was?“, fauchte er.

Scott dachte über das Angebot nach, während er Theo umständlich zurück in den Rollstuhl setzte. Dann richtete er sich zu seiner vollen Größe auf, blickte ernst auf den wütenden Burschen hinab und schüttelte langsam den Kopf.

Erst jetzt schien dem Typen aufzufallen, dass er den Kopf sehr weit in den Nacken legen musste, um Scott in die Augen blicken zu können. Theo konnte sehen, wie der Kehlkopf des Mannes auf und ab hüpfte.

Theos Mitbewohner machte einen Schritt vorwärts und breitete in einer spontanen Bewegung die Arme aus, ganz offensichtlich in der Absicht, den Angerempelten versöhnlich an seine Brust zu ziehen.

Sein Gegenüber interpretierte die Geste allerdings etwas anders, machte einen hastigen Hüpfer rückwärts, brummte so etwas wie „Verpiss dich, Arschloch“, um seine Würde zu wahren, und wandte sich dann rasch ab, um seines Weges zu gehen.

Theo lächelte. Noch immer mit ausgebreiteten Armen dastehend, warf Scott ihm einen verwirrten Blick zu. „Mach dir nichts draus, Scotti. Ich bin mir ziemlich sicher, dass er in seinem Leben noch nie einen Versöhnungsknuddler bekommen hat und einfach nicht weiß, was man in so einer Situation tut.“

Scott nickte verständnisvoll. Dann hob er Theo erneut hoch und trug ihn zur Tür. Helene schloss umständlich Theos

Rollstuhl an. Paula drückte energisch auf irgendeinen Klingelknopf.

Glücklicherweise war Bastian zu Hause, und es war gut, dass er im ersten Stock wohnte, denn Scott perlte schon ein Schweißtropfen von der Nase, und Helene hatte beide Hände auf die Knie gestützt und rang schnaufend nach Atem, als Paula an der Wohnungstür klopfte.

„Ja?", drang es etwas skeptisch aus der Wohnung.

„Wir sind's", flötete Paula.

„Was ...?" Die Tür wurde geöffnet, und das verdutzte Gesicht von Bastian erschien im Türspalt. „Was wollt ihr denn hier?"

„Ich muss mal pinkeln", erwiderte Paula.

„Haste mal 'n Glas Wassa? Ick bin echt am vadurst'n", krächzte Helene.

„Ich glaub, Scott hält nicht mehr lange durch", merkte Theo an. „Ich bin schwerer, als ich aussehe."

„Äh, also eigentlich ... Ach, was soll's! Kommt rein!"

„Cool! Ist das Klo da drüben?" Paula wollte sich an ihm vorbeidrängeln, doch Bastian hielt sie auf. „Wartet kurz. Ich hab Besuch."

„Stört mich nicht", erwiderte Paula und versuchte erneut, an ihm vorbeizukommen.

„Ihr müsst mir versprechen, dass ihr niemandem davon erzählt."

„Klaro!", verkündete Paula und huschte ins Bad.

Theo runzelte die Stirn. Bastian verhielt sich irgendwie seltsam. Doch jetzt war der falsche Moment, um nachzubohren – auch weil Scott unter der Last allmählich zu ächzen begann.

„Versprochen", sagte Theo nach kurzem Zögern. Scott nickte und Helene ergänzte: „Großet Indianaehrnwort!"

Bastians Augen funkelten belustigt, aber sein Gesicht blieb ernst. „Danke, Leute. Kommt rein."

Als sie das Wohnzimmer betraten, erhob sich eine junge Frau vom Sofa. Hastig legte sie ein Buch auf den Tisch und verschränkte etwas verlegen die Hände. Sie trug ein weites helles Oberteil und enge Jeans. Ihre langen schwarz gelockten Haare reichten ihr fast bis zur Hüfte, und sie war ausgesprochen hübsch. Theo musste an Lina denken und schaffte es nicht, das Lächeln der jungen Frau zu erwidern.

Im nächsten Moment ließ ihn Scott in einen Sessel plumpsen.

„Leute, das ist Samira“, stellte Bastian die junge Frau vor.

„Samira, das sind Freunde von mir. Scott, Theo, Helene und, äh, Paula.“ Er deutete mit dem Daumen in Richtung seiner sanitären Anlagen.

Scott wurde rot, als Samira seine Hand ergriff. Theo lächelte verkniffen, während Helene die junge Frau spontan an ihren Busen drückte. „Tachchen. Du bist ja echt ’ne voll Hübsche. Ick bin Lene.“

Samira warf Bastian einen unsicheren Blick zu.

In diesem Moment kam Paula hereinstolziert. „Du hast ja überhaupt keine Spülung an deinem Klo!“, verkündete sie empört.

„Das ist bei mir etwas altmodisch“, erwiderte Bastian. „Du musst an dem Seil ziehen, das neben dem Klo hängt.“

„Was?“, fragte Paula. Sie hätte nicht überraschter gucken können, wenn Bastian ihr erklärt hätte, dass er seine Notdurft in einen Eimer verrichtete und diesen aus dem Fenster in den Hof entleerte.

„Schon gut.“ Bastian winkte ab. „Ich mach das schon.“

„Ick will ja nich unhöflich sein, aba habta watt zu trinken?“

„Ich mach Tee“, sagte Samira rasch und huschte aus dem Zimmer.

„Danke! Du weißt ja, wo alles ist“, rief Bastian ihr hinterher.

Offenbar wohnen die beiden schon zusammen. Theo seufzte innerlich. Es wäre nur fair gewesen, wenn Bastian Lina davon erzählt hätte.

„Setzt euch. Bin gleich wieder da", sagte Bastian. Man hörte das Rauschen einer Klospülung, dann kehrte er zurück und setzte sich neben Paula auf die Sofalehne. „Ich bin wirklich neugierig, was euch zu mir führt." Er ließ seinen Blick über die Freunde schweifen und verharrte schließlich bei Theo. „Aber vorher bin ich euch wohl eine Erklärung schuldig. Samira wohnt seit einer Woche bei mir, dank ihrem Beschützer Malik ..."

Theo runzelte die Stirn. *Ihrem Beschützer?*

„Bitte nehmt euer Versprechen ernst und erzählt niemandem davon, denn sie ist illegal hier." Nach einem kurzen Blick in Paulas verständnisloses Gesicht fügte er hinzu: „Eigentlich dürfte sie gar nicht mehr in Deutschland sein."

„Wieso'n ditte?" fragte Helene.

„Ihr Asylantrag wurde abgelehnt. Die Duldung ist ausgelaufen. Sie muss zurück in ihre Heimat."

„Und warum macht'se dit nich?"

„Samira ist eine Konvertitin aus dem Iran. Das heißt, sie war eine Muslima und wurde dann Christin. Und da sie das irgendwann nicht mehr verheimlichen konnte und wollte, wurde es für sie zu gefährlich in ihrer Heimat. Sie musste fliehen und gelangte auf ziemlich abenteuerlichen Wegen nach Deutschland, wo sie einen Asylantrag stellte."

„Warum is'n das gefährlich?", fragte Paula. „Man kann den Leuten doch nicht vorschreiben, was sie glauben sollen."

„Offiziell wird das auch anerkannt. Aber wenn man im Iran von Religionsfreiheit spricht, dann meint man damit in der Praxis eher, dass jeder die Freiheit hat, zum Islam überzutreten. Darüber hinaus erlaubt man den armenischen und assyrischen Minderheiten, ihren christlichen Glauben weitgehend zu leben, solange sie unter sich bleiben und nicht anfangen, Muslime neugierig auf das Christentum zu machen. Aber wenn ein Muslim oder eine Muslima zum Christentum übertritt, ist das etwas ganz anderes. Dann kann das in diesem Land richtig gefährlich werden. Auch heute noch!"

„Echt krass!", kommentierte Paula.

„Aba warum darf se dann nich in Deutschland bleiben?", empörte sich Helene. „Die Leute von die Regierung müssen dit doch wissen."

„Sollten sie eigentlich", bestätigte Bastian. „Aber sie glauben Samira nicht. Sie sagen, dass sie nur behauptet, Christin zu sein, um in Deutschland bleiben zu können."

„Also, ick war ja mal zu Besuch in so 'nem Assyrierwohnheim", bemerkte Helene. „So schicki is dit da nich, dass man da leben möchte, wenn man nich unbedingt muss."

Bastian lächelte. „Da hast du recht. Zudem ist Samiras Familie recht wohlhabend. Wäre sie keine Christin, hätte sie keinen Grund gehabt zu fliehen."

„Also seid ihr gar nicht zusammen?", fragte Theo.

„Zusammen?" Bastian sah ihn verblüfft an. „Natürlich nicht. Wir kennen uns ja erst seit einer Woche. Es ist Samira auch äußerst unangenehm, bei einem Mann untergebracht zu sein. Aber wir hatten keine andere Wahl, es war ein Notfall. Malik, ein Bekannter von mir, erzählte mir von ihrer Situation und bat mich, sie für einen Tag hier zu verstecken. Sie ist dann in einer Nacht- und Nebelaktion aus dem Heim geflohen und bei mir untergetaucht. Eigentlich sollte sie gleich anschließend ins Kirchenasyl, aber etwas ging schief, und deshalb muss sie noch ein paar Tage länger bei mir bleiben."

„Das ist wirklich eine verrückte Geschichte", bemerkte Theo. Er spürte eine leichte Röte in sich aufsteigen, als ihm aufging, wie sehr er mit seinen Unterstellungen danebengelegen hatte.

„Ja, sehr verrückt. Ich bin auch etwas überfordert mit der Situation. Zumal ich nun schon zum zweiten Mal einen Überraschungsbesuch bekomme, was sonst nie geschieht."

„Oh", bemerkte Theo.

„Das erste Mal tauchte plötzlich Lina bei mir auf. Damit hatte ich als Allerletztes gerechnet, zumal sie zuvor ja ziemlich deutlich gemacht hatte, dass …" Er winkte ab. „Ist ja auch egal. Ich war jedenfalls total überrumpelt und –"

„Wann war das?", unterbrach Theo.

„Gestern Abend." Bastian fuhr sich durch die Haare. „Ich hätte gerne mit ihr gesprochen, ihr alles erklärt – aber das ging nicht. Sie ist doch Polizistin, und wenn sie mitbekommt, dass hier jemand illegal wohnt, bringt das alle Beteiligten in eine äußerst prekäre Lage."

„Was ist dann passiert?"

„Na ja, ich glaube, sie hat mitbekommen, dass ich Damenbesuch hatte …" Er verzog die Lippen zu einem gequälten Lächeln. „Jedenfalls ist sie so schnell wieder verschwunden, wie sie aufgetaucht war."

„Hat sie noch irgendetwas gesagt, bevor sie ging?", hakte Theo nach.

„Ja, sie sagte: ‚Du bist so ein Arschloch, weißt du das?!'"

„Das, äh, stützt deine Vermutung, würde ich sagen", bemerkte Theo.

Bastian nickte mit zerknittertem Lächeln.

Samira betrat den Raum. Sie trug ein Tablett mit einer Kanne dampfendem Tee und mehreren Tassen. Mit einem scheuen Lächeln stellte sie das Tablett auf den Couchtisch.

„Danke, Schätzchen", sagte Helene. „Wenn de mal nich weest, wo de sonst hinsollst, kannste jerne zu uns komm. Dich kriegen wa schon noch unta. Stimmt's, Paula?"

„Klaro", bestätigte diese großzügig.

Theo war sich nicht sicher, ob die junge Iranerin die beiden verstanden hatte, aber sie erkannte ganz offensichtlich die Intention seiner Mitbewohnerinnen und lächelte dankbar. „Hunger?“, fragte sie.

„Aba imma!“, erwiderte Helene wahrheitsgemäß und lächelte breit.

Samira nickte erfreut und verschwand wieder.

„Voll nett, die Kleene“, bemerkte Helene. Paula und Scott nickten beipflichtend.

Ein Grinsen huschte über Bastians Gesicht. „Welchem Umstand verdanke ich eigentlich euren Überraschungsbesuch?“

„Lina ist verschwunden.“

„Was?“

„Sie ist weder zu Hause noch im Dienst erschienen, und ihr Handy ist aus.“

„Was ist passiert?“

„Nach allem, was wir wissen, ist sie nach dem Besuch bei dir mit ihrem Kollegen Ben tanzen gegangen.“

Bastian runzelte die Stirn, sagte aber nichts.

Theo fuhr fort: „Bens Schilderung zufolge feierte sie dort ziemlich wild, trank zu viel und wirkte irgendwie high –“

„Lina soll Drogen genommen haben?“, unterbrach Bastian. „Das kann ich mir ehrlich gesagt nicht vorstellen.“

„Falls ja, wurden sie ihr heimlich verabreicht. Ben meinte, er habe sie vollkommen unzurechnungsfähig und in Gesellschaft einiger zwielichtiger Gestalten aufgefunden und sie daraufhin nach Hause bringen wollen. Sie aber habe noch mit zu ihm gewollt. Dort habe sie dann auf einmal wirres Zeug geredet. Sie sei aggressiv geworden, habe behauptet, er wolle ihr etwas antun, und sei aus der Wohnung geflohen. Als Ben ihr kurz darauf gefolgt sei, sei sie wie vom Erdboden verschluckt gewesen.“

Bastian starrte ihn mit großen Augen an. „Und, glaubst du ihm?“

„Ehrlich gesagt weiß ich nicht mehr, was ich glauben soll. Er behauptet auch, du seist vorbestraft.“

„Das hat er erzählt?!“ Bastian wandte den Blick ab und schien die Wand anzustarren. Dann murmelte er: „Das erklärt einiges.“

„Hat er recht damit?“, bohrte Theo nach, in dem Bewusstsein, dass es ihm eigentlich nicht zustand, eine solche Auskunft zu verlangen.

„Ja.“ Bastian nickte ernst. „Es gibt ein paar Dinge, auf die ich nicht stolz bin. Ich wurde nach Jugendstrafrecht verurteilt und habe meine gerechte Strafe bekommen. Da gibt es nichts zu beschönigen.“

Theo schluckte.

„Allerdings wundere ich mich, dass Ben davon weiß, denn eigentlich sind die Tilgungsfristen längst überschritten.“

„Mach dir nix draus, Basti“, mischte sich Helene ein. „Theo is och ’n Vabrecha. Der is in so’n Beerdigungsdingsbums einjebrochen.“

„Helene, du warst auch dabei!“, entfuhr es Theo.

„Stümmt“, bestätigte Helene, „aba ick bin erst rinjegang, als dit Schloss schon jeknackt war.“

„Ich hab der Gitti mal die Nase gebrochen“, beichtete Paula, „aber nur, weil die mich nachgeäfft hat, die blöde Kuh.“ Sie hielt einen Moment inne und fügte hinzu: „Inzwischen haben wir uns aber vertragen und sind wieder Freunde.“

Bastian lachte. „Danke für eure Nachsicht. Das ist echt lieb. Aber ihr müsst mich nicht trösten. Ich habe Fehler gemacht, ich musste die Konsequenzen tragen, aber ich durfte auch erfahren, dass mir vergeben wurde. Ohne diese Erfahrungen wäre ich heute nicht der, der ich bin. Ich kann damit leben.

Aber ich verstehe auch, wenn andere davon nicht unbeeinflusst bleiben. Lina hat mir unmissverständlich klargemacht, dass sie nichts mehr mit mir zu tun haben will. Deshalb war ich ja auch überrascht, als sie gestern Abend auf einmal hier auftauchte."

„Darf ich fragen, wie ihre unmissverständliche Botschaft aussah?", fragte Theo.

Nach kurzem Zögern zückte Bastian sein Handy, klickte etwas an und drückte Theo das Smartphone in die Hand.

Du hast mich belogen. Ich weiß jetzt, wer du wirklich bist. Also verpiss dich aus meinem Leben und wage nie wieder, mir unter die Augen zu treten!, stand dort. Im Anhang waren mehrere Fotos aus einer Akte beigefügt.

Theo schluckte. „Das lässt an Eindeutigkeit in der Tat nichts zu wünschen übrig."

„So sehe ich das auch." Bastian machte ein zerknirschtes Gesicht.

„Wieso? Was steht denn da?", bohrte Paula neugierig nach.

„Da steht, dass Lina nichts mehr mit Bastian zu tun haben will", erwiderte Theo. „Aber... irgendetwas stimmt damit nicht."

„Es ist Linas Nummer! Und die Fotos stammen aus meiner Polizeiakte."

„Ja, ich weiß. Doch das hier passt überhaupt nicht zu ihr." Theo nagte nachdenklich an der Unterlippe. „Ich weiß, dass Lina ziemlich rabiat auftreten kann. Aber wenn sie das wirklich so meinen würde, hätte sie dir das ins Gesicht gesagt und nicht per Messenger vor den Latz geknallt. Außerdem hatte ich nicht den Eindruck, dass sie nichts mehr mit dir zu tun haben will. Im Gegenteil: Sie schien eher enttäuscht, so, als hättest du den Kontakt abgebrochen."

Bastian schien verwirrt. „Ich habe mich schon gewundert,

warum sie sich noch mal meldet und so tut, als wäre nichts gewesen. Ich kam mir ziemlich verarscht vor."

„Vielleicht seid ihr beide an der Nase herumgeführt worden", überlegte Theo. „Könnte es nicht sein, dass sich jemand in ihren Account gehackt hat?"

„Schwer vorstellbar. Außerdem müsste dieser Jemand irgendwie an meine Akten gekommen sein, und darauf haben nur Polizei und Justiz Zugriff."

„Vielleicht hatte Lina die Fotos schon auf ihrem Handy?", warf Theo ein.

„Das ist nicht auszuschließen –" Bastian brach ab. „Wie auch immer. Ich werde das nur mit ihr persönlich klären können. Was die Frage aufwirft –"

„Wer hat Hunger?" Samira trat in die Tür und hielt eine riesige Pfanne in der Hand, von der ein köstlicher Duft ausging. Theo erkannte Safranreis und Hühnchen.

Helene war mit überraschender Behändigkeit auf den Beinen. „Warte, ick helf da." Sie nahm der jungen Frau die Pfanne ab und trug diese mit einem strahlenden Lächeln auf den feisten Wangen zum Tisch. „Mit leerem Bauch steh ick ma uffm Schlauch – hat schon der alte Jöhte jesacht. Ick schlag vor, wir futtern erst ma, und dann könn wa uns weiter die Birne zermartan."

Paula stand eine Sekunde später ebenfalls am Tisch und Scott rieb sich in stiller Vorfreude die Hände.

„Tja, sieht ganz so aus, als wäre die Sache entschieden", bemerkte Bastian mit schiefem Lächeln.

Ehe Theo etwas erwidern konnte, hatte Scott ihn aus dem Sessel gehoben und trug ihn zum Tisch.

Samira kehrte mit Tellern und Besteck ins Wohnzimmer zurück. „Sieht escht klasse aus, Schätzchen", wurde sie von Helene begrüßt. „Watt is'n dit?"

„Heißt Tahdig“, erwiderte die Iranerin. „Aus meine Heimat. Sehr lecker.“ Mit glänzenden Augen sah sie zu, wie Helene sich eine riesige Portion auf den Teller schaufelte.

Während Samira sich daranmachte, den anderen aufzutun, verkündete Theos Smartphone das Eintreffen einer Kurzmitteilung.

Stirnrunzelnd bemerkte er, dass die Nummer des Absenders unterdrückt war. Er öffnete die Nachricht und erbleichte. Mit einem Schlag war ihm der Appetit vergangen.

Finsternis

Das Erste, was Lina bewusst wahrnahm, war das Kratzen in ihrer Kehle, begleitet von einem unangenehm trockenen Gefühl auf ihrer Zunge. Sie hatte schrecklichen Durst. Ein dumpfer Schmerz pochte in ihrem Schädel.

Mühsam öffnete sie die verklebten Augenlider, doch seltsamerweise konnte sie trotzdem nichts sehen. Um sie herum herrschte undurchdringliche Schwärze. Warum war es so finster? Irgendetwas stimmte nicht.

Sie versuchte, das dumpfe Gefühl innerlich in Worte zu fassen, doch es wollte ihr nicht gelingen. Seltsame Traumbilder huschten durch ihren Geist. Ihre Gedanken waren so zäh wie Kaugummi. *Ich… muss… aufwachen.*

Als sie nach ihrer Nachttischlampe greifen wollte, stellte sie fest, dass sie den Arm nicht bewegen konnte. Ein heißer Schreck durchfuhr sie. Adrenalin pulste durch ihre Adern und spülte die wirren Traumbilder fort.

Beim Versuch, sich aufzurichten, spürte Lina, dass sie irgendetwas festhielt. In ihre Verwunderung mischte sich Angst. Instinktiv schaltete ihr Körper auf Alarmbereitschaft. Ihre Sinne sandten ein Wirrwarr an Signalen an ihr Hirn, und es fiel ihr unsagbar schwer, all die Eindrücke zu sortieren.

Sie war in halb aufrechter Position an einen gepolsterten Gegenstand gefesselt. Ihre Arme ruhten auf etwas, das wie Lehnen anmutete, und waren an den Handgelenken festgebunden. Als sie versuchte, die Hände aus der Umklammerung zu lösen, spürte sie, wie sich etwas schmerzhaft in ihre Haut drückte. *Kabelbinder!*, ging es ihr durch den Kopf. Ihre Fußgelenke waren auf ähnliche Weise gefesselt, und über ihre Brust spannte sich ein breiter Gurt. Die Luft war kühl und feucht und roch nach Schimmel; irgendwo in der Nähe tropfte Wasser. Befand sie sich in einem Keller?

Sie stemmte sich mit aller Kraft gegen die Umklammerung, erreichte jedoch nur, dass die Fesseln ihr tiefer ins Fleisch schnitten.

Einen Moment lang verspürte sie Panik. Etwas in ihr drängte danach, laut um Hilfe zu schreien, doch sie unterdrückte den Impuls. Jemand hatte sie hier in der Dunkelheit gefesselt. Es war äußerst unwahrscheinlich, dass sie durch lautes Rufen mehr erreichen würde, als ihren Entführer auf sich aufmerksam zu machen.

Denk nach, Lina, befahl sie sich selbst. *Was ist passiert? Woran erinnerst du dich?*

Ein Bild formte sich vor ihrem inneren Auge. Es war Bastians Gesicht, das sie überrascht und verwirrt anblickte. Die Erinnerung wurde sogleich von einer weiteren abgelöst. Laute Musik, flirrende Lichter und Ben, der sie mit einem seltsamen Lächeln auf den Lippen anstarrte. Dann flimmerte es. Sie war nicht mehr in einem Club, sondern in einem Hotelzimmer. Sie lag auf dem Bett und Ben war über ihr. Seine Hände berührten sie. Erneut spürte Lina Wut und Ekel in sich aufsteigen. Sie wehrte sich gegen sein aufdringliches Grabschen. Es kam zum Kampf. Blut floss, und sein wutverzerrtes Gesicht blitzte vor ihren Augen auf. Irgendwie gelang es ihr, aus der Wohnung zu entkommen und auf die Straße zu fliehen. Dann ein heftiger Schmerz, der Laternenpfahl und der kleine Park in der Nähe. Sie kroch in ein Gebüsch, ihr Blick war auf die Straße gerichtet, und dann plötzlich ein Geräusch hinter ihr und dieser seltsam süßliche Geruch.

Lina stöhnte leise auf. Sie war entführt worden. War es Ben gewesen? Hatte er sie schließlich überwältigt und in diesen Keller gesperrt?

Sie hielt den Atem an, denn sie hatte etwas gehört. Lina lauschte angespannt. Da! Leise Schritte waren zu vernehmen. Sie kamen näher – und verstummten abrupt. Einen Atemzug später war eine Art Schaben zu hören, gefolgt von einem leisen metallenen Quietschen. Einen Augenblick lang herrschte vollkommene Stille, dann erklang das Geräusch von Ledersohlen auf steinernem Boden. Es kam näher.

„Ben? Bist du das? Lass die bescheuerten Spielchen!"

Ein Lufthauch streifte sie. Er trug den feinen Duft eines Herrenparfüms mit sich. Lina spürte, wie sich ihr die Nackenhaare sträubten. Das war nicht Ben. Jemand anderes näherte sich ihr.

„Wer sind Sie?" Lina ärgerte sich über die Unsicherheit in ihrer Stimme.

Der Mann gab keine Antwort. Stattdessen hörte sie ein Geräusch, das ihr bekannt vorkam. Es erinnerte sie an die Untersuchung eines Tatorts. Sie schluckte trocken. Der Typ streifte sich Latexhandschuhe über. Was hatte er vor? Bilder aus der Zeit ihrer Ausbildung drangen in ihr Bewusstsein – Fotos von Opfern psychopathischer Serienmörder, Videos grausamer Verbrechen, die live im Internet gestreamt wurden.

„Wer sind Sie?" Lina bemühte sich, ihrer Stimme einen festen Klang zu geben. „Was wollen Sie von mir?"

Sie vernahm nur das leise Atmen des Mannes. Er war nun ganz nah und beugte sich über sie. Lina konnte seine Körperwärme spüren. Der Geruch seines Parfüms stieg ihr in die Nase.

In diesem Moment erinnerte sie sich an die Nachricht, die Theo ihr vor knapp zwei Wochen auf der Mailbox hinterlassen hatte. *Wer auch immer der Typ ist, der Keno aufgeschreckt und*

Mike auf dem Gewissen hat: Er benutzt „One Billion“ von Paco Garmendia.

Sie vernahm das leise Kratzen eines Kunststoffverschlusses. Dann packte eine Hand ihr Kinn, die Öffnung einer Plastikflasche schob sich grob zwischen ihre Lippen. Sie spürte eine lauwarme Flüssigkeit in ihren Mund rinnen.

Was ist das?, kreischte eine panische Stimme in ihr auf.

Sie versuchte, sich abzuwenden und die Flüssigkeit auszuspucken, doch die Hand packte sie umso fester, und der Flaschenhals wurde tiefer in ihren Mund gepresst. Sie schluckte, hustete und schluckte erneut. Die Flüssigkeit trat ihr in die Nase und brannte auf ihren Schleimhäuten. Lina würgte. Der Mann schnaubte verächtlich und ließ von ihr ab.

Nachdem sie wieder zu Atem gekommen war, bereute Lina ihren Widerstand. Es war nur Wasser gewesen, und ihr Durst war von den wenigen Schlucken, die drinnengeblieben waren, nicht ansatzweise gestillt.

„Bitte“, flehte sie, „kann ich noch mehr haben?“

Anstatt eine Antwort zu geben, schraubte der Mann die Flasche zu.

„Es tut mir leid“, keuchte Lina. „Ich wusste doch nicht… Bitte, ich habe Durst.“

Erschrocken zuckte sie zusammen, als sie eine Berührung in ihrem Schoß spürte. Es war die Wasserflasche. Ganz nah und doch unerreichbar.

Er treibt seine Spielchen mit dir!, schoss es Lina durch den Kopf. Wütend biss sie die Zähne zusammen und schwieg.

Die Wärme verschwand, der Parfümgeruch wurde schwächer, Ledersohlen knirschten. Der Mann entfernte sich.

„Warten Sie!“, stieß Lina hervor.

Plötzlich flammte ein grelles Licht auf und stach ihr schmerzhaft in den Augen.

„Was soll das?“, rief Lina.

Schweigen.

Dann sich entfernende Schritte, wieder das leise metallene Quietschen der Türangel, wie Lina annahm. Ein Schlüssel wurde ins Schloss gesteckt und herumgedreht.

„He, kommen Sie zurück! Warum halten Sie mich gefangen?“

Sie bekam keine Antwort.

Dreimal der laufende Mann

„Watt is'n mit dir los?“ Helene blickte Theo besorgt an. „Du siehst ja aus, als wär dir grad 'n Zombie uffe Socke jelatscht.“

„Ist was passiert?“, fragte Paula.

„Hey“, Bastian legte ihm die Hand auf die Schulter, „alles okay?“

Langsam schüttelte Theo den Kopf. „Lina“, stammelte er nur.

„Watt is'n mit der?“, fragte Lene, während sie sich mit sorgenvollem Blick eine Gabel Safranreis in den Mund schob.

Wortlos hielt Theo seinen Freunden das Smartphone mit dem Foto entgegen, das man ihm geschickt hatte.

Scotts Augen wurden untertassengroß.

Samira stieß einen erschrockenen Schrei aus.

„Au weia!“, entfuhr es Paula.

Helene schwieg, aber sie hörte auf zu kauen, was mehr sagte als tausend Worte.

Bastians Gesicht war totenblass. „Das ist kein Fake, oder?“

Theo schüttelte den Kopf. Das Bild zeigte Lina – ihr Rock und ihr T-Shirt waren schmutzig und zerrissen. Sie war an einen zerschlissenen Zahnarztstuhl gefesselt. Ihre Arme waren zerkratzt, auf ihrem Gesicht klebte Blut, und ihr linkes Auge war halb zugeschwollen.

„Was ... hat das zu bedeuten?“, stammelte Bastian schockiert.

„Ich –“ Theo brach ab und starrte nur ungläubig auf sein Handy.

Ein Klingelton verkündete das Eintreffen einer weiteren

Nachricht. Theos Hände zitterten so stark, dass er Mühe hatte, sie zu öffnen.

Wenn du zur Polizei gehst, werden wir es erfahren, und Lina wird dafür bezahlen.

Inzwischen solltest du wissen, dass wir alles tun werden, um eine Antwort zu erhalten. Also: Wo ist es?

„Theo, was ist los?", drang Paulas Stimme an sein Ohr.

„Hast du noch ein Foto bekommen?", fragte Bastian.

Theo schüttelte den Kopf. Dann schrieb er: *Ich habe keine Ahnung, was Sie meinen. Ich weiß genauso wenig wie Mike. Bitte lassen Sie Lina frei!*

Nur ein paar Sekunden später kam eine Antwort. Als Theo sie las, fingen seine Hände so stark an zu zittern, dass ihm das Smartphone entglitt und zu Boden polterte.

„Huch!", entfuhr es Paula.

Bastian ging in die Knie und hob das Handy auf.

„Watt is denn nu passiert? Ham die Vabrecha sich jemeldet, die Lina entführt ham?"

Bastian blickte Theo an, und dieser nickte stumm.

„Ja, Lene, das haben sie", antwortete Bastian an seiner Stelle. Dann las er zunächst den ersten Text vor und dann die Antwort auf Theos Bitte.

Was hat dein Vater dir erzählt, Theo? Wo hat er es versteckt? Du hast 24 Stunden Zeit. Wenn du uns keine Antwort gibst, wird deine Schwester leiden.

„Oh!" Entsetzt schlug Samira die Hand vor den Mund.

„Das ist ja voll schlimm!", rief Paula entsetzt.

„Dit is nich nur schlimm, dit is sozusagen der Supagrau! Watt machen wa denn jetze?"

„Wir müssen die Polizei informieren", meinte Bastian.

„Nein!" Theo schüttelte entschieden den Kopf. „Auf keinen Fall! Du hast doch gelesen, was sie geschrieben haben.

Außerdem …" Er dachte an Ben und die seltsame Geschichte, die dieser erzählt hatte. „Außerdem bin ich mir nicht sicher, ob wir der Polizei trauen können."

Bastian seufzte frustriert und begann, unruhig im Zimmer auf und ab zu gehen. „Aber was sollen wir denn sonst machen?"

Theo spürte, dass alle Blicke auf ihm ruhten, und zuckte nur ratlos mit den Achseln.

„Hast du irgendeine Ahnung, was diese Typen meinen könnten?", hakte Bastian nach.

Theo schüttelte den Kopf. „Ich war ungefähr drei Jahre alt, als mein Vater verschwand. Seitdem habe ich ihn nicht mehr gesehen. Ich habe keine eigenen Erinnerungen an ihn. Ohne Fotos wüsste ich nicht einmal, wie er damals ausgesehen hat."

„Aba kannste dit die Vabrechas nich einfach sajen?", schlug Helene vor. „Dann müssen die doch schnalln, dass dit janze Spektakel keen Zweck hat, und die Lina wieda freilassen."

„Sie werden mir nicht glauben", seufzte Theo.

„Theo hat recht", ergänzte Bastian. „Menschen, die ständig lügen, können sich gar nicht mehr vorstellen, dass andere die Wahrheit sagen."

„Und was machen wir jetzt?", fragte Paula.

„Sie … werden euch beobachten", sagte Samira leise. „Ihr werdet nie wissen, ob ihr wirklich allein seid." Sie erschauerte. „Ich weiß, wie das ist."

„Du meinst, die beobachten uns die ganze Zeit?", fragte Paula. „Auch jetzt?"

Samira nickte.

„Auch wenn ich auf Klo bin?!", rief Paula entsetzt aus.

„Vielleicht sollten wa denen mal den Spaß verderben und ordentlich Bohneneintopp futtern. Wenn die mich dann uffm Pott beobachten, is dit keen Vagnügen, dit kann ick euch flüstan."

Theo hatte bislang geschwiegen und nachdenklich in die Ferne gestarrt. „Sie werden uns beobachten“, wiederholte er leise. „Samira, das war genial.“

Die junge Frau runzelte die Stirn. Auch Bastian blickte Theo fragend an.

„Ich hätte da eine Idee“, begann Theo.

In den nächsten fünfzehn Minuten wurde er nur von Helenes gelegentlichem Schmatzen und einem Toilettengang seitens Paula unterbrochen.

Etwa eineinhalb Stunden später fuhr Theo durch den Rudolph-Wilde-Park bis zur Fritz-Elsas-Straße und dann weiter Richtung Hauptstraße. Es war nicht weit bis zum Polizeiabschnitt 42.

Er gab sich keinerlei Mühe, auf etwaige Verfolger zu achten. Das war nicht nötig.

Zeitgleich spazierte Helene die Martin-Luther-Straße Richtung Norden entlang und bog auf Höhe des Bayerischen Viertels rechts in die Eisenacher Straße ab, wo sich der Polizeiabschnitt 41 befand. Sie blieb vor dem Gebäude stehen, betrachtete es einen Moment lang, während sie eine Minisalami aus der Tasche zog, um ihren Blutzuckerspiegel auf gewohnt hohem Niveau zu halten. Dann spazierte sie weiter.

Fast zeitgleich fuhr Theo am Eingang des Polizeiabschnitts 42 vorbei, um anschließend in die Kolonnenstraße abzubiegen und eine Schleife zurück zu Bastians Wohnung zu fahren. Eine weitere Viertelstunde später machten sich Scott und Paula auf den Weg, um dieselben Strecken noch einmal abzulaufen.

Den Spaß wiederholten sie noch zwei weitere Male. Am Abend trafen sie sich mit Bastian in der WG-Wohnung. Theo zog sämtliche Videoaufnahmen, die sie selbst sowie Samira und Bastian gemacht hatten, auf seinen Rechner. Bastian verband diesen mit dem großen Fernseher im Wohnzimmer, und während Paula Softdrinks bereitstellte, schleppte Helene mehrere Tüten Kartoffelchips und zwei Dosen mit gerösteten Erdnüssen herbei. Eine Rolle Doppelkekse hatte sie sich unter das Kinn geklemmt.

„Äh, Lene? Wir machen hier keine Pyjamaparty", merkte Theo an.

„Wees ick doch", schnaufte seine Mitbewohnerin. „Aba für so'ne Amittlung brooch man jede Menge Energie. Du würst ma noch uff Knien danken, weil ick euch hier nich vahungan lasse."

„Das bezweifle ich", sagte Theo.

„Ich hole Scotti und Keno", rief Paula.

„Fertig!", verkündete Bastian.

„Ick och", bemerkte Lene und schob sich eine Handvoll Paprikachips in den Mund.

Wenige Minuten später waren alle Mitbewohner im Wohnzimmer versammelt.

Als Erstes ließ Bastian zwei Videos parallel laufen, die Theos Weg zeigten. Eins war mit Theos Handy aufgenommen worden, das er in die an seinem Rollstuhl befestigte Halterung geklemmt hatte, das andere stammte von einer Actionkamera, die Bastian bei sich getragen hatte, während er Theo in sicherem Abstand gefolgt war.

„Okay Leute, wir suchen eine Person, die mich unauffällig verfolgt oder beobachtet", erklärte Theo. „Gebt Bescheid, wenn euch irgendetwas Verdächtiges auffällt."

„Verstanden", sagte Paula.

„Allet kla", bemerkte Helene, während sie mit schmalen Augen konzentriert auf den Bildschirm starrte und sich instinktiv an den gerösteten Erdnüssen bediente.

Scott nickte ernst, und Keno stand in fünf Metern Abstand

an der hinteren Wand, wippte sanft vor und zurück und schien überall hinzuschauen, nur nicht auf den Bildschirm.

Bastian startete die Aufnahmen.

Keine zehn Sekunden später rief Paula: „Da! Das Auto!"

Bastian stoppte das Video. „Was für ein Auto?"

„Na, das da!" Paula verdrehte die Augen angesichts seiner Begriffsstutzigkeit und wies auf den Bildschirm.

„Das ist ein Taxi", sagte Theo.

„Ganz genau." Paula nickte eifrig. „Voll verdächtig."

„Darf ich fragen, wieso?"

„Es ist langsamer geworden."

„Äh ...", machte Theo irritiert.

„Ich lass mal weiterlaufen, okay?", schlug Bastian vor.

Paula nickte. „Klaro!"

Der Wagen hielt an.

„Ha!", rief Paula. „Seht ihr? Voll verdächtig."

Der Fahrer stieg aus, nahm einer älteren Dame den Rollkoffer ab und lud ihn in den Kofferraum.

„Das sieht ganz danach aus, als würde ein Taxifahrer einen Fahrgast aufnehmen", bemerkte Bastian.

Paula verschränkte die Arme vor der Brust. „Zuerst war's voll verdächtig."

„Schon okay, Paula", beschwichtigte Theo. „Aber jetzt konzentriert euch, wir müssen –"

„Da!", unterbrach ihn Helene.

„Ja?", fragte Theo seufzend.

„Der Typ da bei die Imbissbude."

„Was ist mit ihm?"

„Ick gloob, dit issa."

„Wie kommst du darauf?", erkundigte sich Theo.

„Na, der steht da nur rum, glubscht inne Jejend rum und kooft nischt. Dit is nich normal."

„Könntest du das bitte präzisieren?"

„Wieso soll ick jetz watt präsentieren?", fragte Helene verblüfft.

„Entschuldige. Eigentlich wollte ich wissen, wie du darauf kommst", verbesserte sich Theo.

„Dit is doch janz einfach: Entweda, ick steh an die Imbissbude, weil ick Kohldampf hab und watt futtan will. Oder ick spazier durch die Jejend. Aber ick stell mir nich an die Imbissbude, um die Leute zu beobachten. Merkste nich, dass der Typ dich die janze Zeit anglupscht, als wärste 'n außairdischet Riesenglühwürmchen? Ick sach dir: Mit dem Kumpel stimmt watt nich."

„Ich werde öfter angeglupscht, Helene, das ist nichts Besonderes."

„Aba –" Helene verstummte. Als das Video weiterlief, war zu erkennen, dass der Mann lediglich auf seine Freundin gewartet hatte. Die beiden zogen Hand in Hand weiter und achteten nicht mehr auf Theo.

„Oh", sagte Helene.

„Leute, wir können nicht jeden Passanten verdächtigen. Bitte guckt euch die Filme erst ganz genau an."

Schweigend starrte die Gruppe auf den Bildschirm. Paula holte zweimal tief Luft, als wolle sie etwas sagen, schwieg dann aber. Dann endeten die Aufnahmen.

„Is jar nich so einfach", merkte Helene an.

„Wir schauen uns jetzt die anderen Filme an. Vielleicht fällt uns im direkten Vergleich etwas auf. Vor allem, wenn Leute in mehreren Aufnahmen auftauchen, macht es sie verdächtig."

„Klaro", sagte Paula.

Nach und nach spielte Bastian die übrigen Videos ab, und Theo beobachtete konzentriert den Bildschirm. Doch alle Leute schienen sich ganz normal zu verhalten. Niemand zeigte übermäßiges Interesse an den WG-Bewohnern.

„Tja", sagte Bastian, „vielleicht war unser Plan doch nicht so gut."

„Und was machen wir jetzt?", fragte Paula.

„Wir schauen uns alles noch mal an", erwiderte Theo.

„Echt jetzt?" Paulas Stimme zeugte von sehr begrenztem Enthusiasmus.

„Ick brauch jetz erstma watt Vanünftijet zwischen die Kiemen", bemerkte Helene. „Will noch jemand 'ne Pizza?" Als sie außer erstaunten Blicken und Schweigen keine Antwort bekam, zuckte Lene mit den Achseln und begab sich in die Küche.

„Wir machen schon mal weiter", rief Theo ihr hinterher.

„Wenn ihr uff meene Extrapriese verzichten könnt, meinetwejen", erwiderte Helene gespielt gleichgültig.

„Extrapriese?" Bastian warf Theo einen verwunderten Blick zu.

„Expertise", korrigierte Theo.

Bastian startete das Video. Er prägte sich die verschiedenen Gestalten in der Nähe der Polizeistation 42 ein. Eine ältere Frau auf einer Bank. Ein bärtiger Glatzkopf, der telefonierend die Straße entlangging. Zwei Jugendliche mit ihren Skateboards und ein hagerer Obdachloser.

„Okay, und jetzt die zweite Aufnahme von Abschnitt 42", bat Theo.

Eine ältere Frau auf einem Fahrrad fuhr vorbei. Auf der Bank saß nun der Obdachlose. Ein blonder Mann mit einem Rucksack ging entspannt die Straße entlang, und in der Nähe des Stadtbads stand ein knutschendes Pärchen.

Theo runzelte die Stirn. Die einzige Person, die auf beiden Videos auftauchte, war der Obdachlose. „Okay, und jetzt die dritte Aufnahme", bat er. „Und zwar ab der Stelle, wo die Polizeistation in Sicht kommt."

Bastian spulte vor. Theo erkannte die Station. „Mist!",

entfuhr es ihm. Der Obdachlose war verschwunden. Stattdessen schlurfte ein beleibtes Pärchen vorbei. Ein Mann im Kapuzenshirt kam den beiden entgegen, und eine Polizeistreife beendete offenbar gerade ihren Dienst.

Theo seufzte. Vielleicht waren sie zu naiv gewesen.

„DER TAUCHER!"

Theo zuckte erschrocken zusammen. Paula sprang mit einem Quietschlaut vom Sofa, und in der Küche schepperte es, weil Helene offenbar etwas fallen gelassen hatte.

„Keno?" Theo wendete den Rollstuhl.

Der junge Autist stand stocksteif an der Wand. Seine Hände waren zu Fäusten geballt. Er hatte den Blick gesenkt, als fürchte er sich vor dem, was im Video zu sehen war.

Theo fuhr langsam auf ihn zu, behutsam darauf achtend, ihn nicht zu bedrängen. „Keno? Ich weiß nicht, was du meinst. Erklär mir bitte: Was hast du gesehen?"

„Der Taucher", wisperte Keno und begann, mit dem Oberkörper vor und zurück zu wippen.

„Wo?", fragte Theo sanft. „Wo ist der Taucher? Ich erkenne ihn nicht."

„Der Mann ... der laufende ... der laufende Mann!", erwiderte Keno fast lautlos. Sein Wippen wurde stärker.

„Der laufende Mann?" Theo wandte sich wieder dem Bildschirm zu. Bastian hatte die Aufnahme gestoppt und ließ sie nun weiterlaufen. „Meinst du den Kerl mit dem Kapuzenshirt?", fragte Theo. „Aber –"

„Eins ... zwei ... drei", wisperte Keno. „Dreimal! Dreimal der laufende Mann.

Theo starrte seinen Mitbewohner mit offenem Mund an. *Dreimal der laufende Mann.* Weder Theo noch die anderen hatten dreimal dieselbe Person gesehen. Aber Keno sah die Welt mit anderen Augen. Auf bestimmte Äußerlichkeiten schien er kaum zu achten, während andere Dinge für ihn von ungeheurer Bedeutung waren. Nicht immer folgte er dabei einer erkennbaren Systematik. Lange Zeit hatte Theo den Eindruck gehabt, dass sein Mitbewohner ihn nur als Theo erkannte, wenn er im Rollstuhl saß, während er im Bett oder im Snoozelenraum liegend ein Fremder für ihn zu sein schien.

Theo konzentrierte sich auf den Kapuzenmann; versuchte, ihn mit Kenos Augen zu sehen. Der Typ war groß, bewegte sich geschmeidig und selbstsicher. Der Kamera hatte er den Rücken zugewandt.

„Bastian, sei doch so lieb und spiel die zweite Aufnahme ab."

Als das Video startete, ging Keno angespannt den Gang auf und ab. Dann schrie er plötzlich auf und rannte auf den Bildschirm zu. Theo hatte Sorge, dass er ihn von der Wand reißen wollte. „Keno, nicht!", rief er.

Doch kurz vor dem Fernseher blieb der Autist abrupt stehen, wippte vor und zurück und schien auf seine Füße zu starren. Dann pochte er mit zwei Fingern gegen den Bildschirm – genau dort, wo der blonde Mann zu sehen war. Anschließend wandte er sich ab und stakste hinaus in den Flur. „Der Taucher! Dreimal der laufende Mann... Der laufende Mann... Eins ... zwei... drei."

Theo starrte den blonden Mann an. Er war groß und bewegte sich geschmeidig wie ein Sportler. Theo schluckte. „Die erste Aufnahme bitte."

Bastian klickte die Aufnahme an und spulte vor.

Theo schüttelte fassungslos den Kopf. Der bärtige Glatzkopf sah völlig anders aus als der blonde Mann, bewegte sich aber auf dieselbe selbstsichere, kraftvolle Art. Dreimal der laufende Mann. „Keno", sagte er leise, „du bist ein Genie."

„Wieso ist Keno ein Genie?", fragte Paula.

Zeitgleich kam Helene um die Ecke gebogen. „Die Pizza brocht noch 'n bisschen. Hab ick irgendwatt verpasst?"

„Allerdings", erwiderte Theo. „Keno hat den Taucher gefunden."

„Is nich wahr!", entfuhr es Helene.

„Wieso den Taucher?", fragte Paula.

„Der Taucher ist dreimal der laufende Mann", erwiderte Theo.

„Hä?", machten Paula und Helene gleichzeitig. Scott kratzte sich am Kopf, und Bastians Augen wurden groß.

Theo lächelte. „Keine Sorge, ich erklär es euch."

Der Trick der Dunkelheit

Alles ist finster. Sie kann nichts sehen. Nur hin und wieder hört sie ein Geräusch. Das alte Haus wispert und brabbelt wie eine wirre Greisin. Holzbalken knacken, Dielen knirschen leise, und in den Ecken flüstert der Wind.

Lina hat sich die Decke über den Kopf gezogen. Ihr Hals ist so trocken, dass er wehtut, und ihre Schläfen fühlen sich an, als hätte ein Riese seine mächtige Hand um ihren Schädel gelegt und würde immer fester zudrücken. Die Luft ist dick und schwer. Jeder Atemzug tut weh. Sie hat Durst und muss dringend aufs Klo. Aber sie wagt es nicht, die Decke auch nur einen Millimeter zu lüpfen. Sie verharrt reglos und mit klopfendem Herzen in der Dunkelheit. Denn dort draußen sind die Monster.

Eigentlich liebt Lina das alte Pfarrhaus ihrer Großeltern. Bei Tage ist es gemütlich und geheimnisvoll wie ein verwunschenes Schloss, mit all seinen Kammern und Zimmern und dem riesigen Dachboden voller unentdeckter Schätze. Opas Lachen hallt in den Räumen wider, und Omas verrückte Geschichten lassen Lina wilde Abenteuer erleben. Doch in der Nacht ist es anders. Dann verwandelt sich das freundliche Haus in etwas Unheimliches, und sie ist ganz allein – allein mit den Monstern.

Plötzlich knarrt die Tür. Schritte sind zu vernehmen. Für einen Moment ist Lina wie erstarrt vor Angst. Dann spürt sie etwas Vertrautes und hebt ganz vorsichtig die Bettdecke an.

„Was machst du denn da, Liebes?"

„Oma?" Lina zieht sich die Bettdecke vom Kopf. Angenehm

kühle Luft streift durch ihre nass geschwitzten Haare, und Omas Duft hüllt sie ein.

„Was ist los, Schätzchen?" Oma streicht ihr sanft eine Haarsträhne aus dem Gesicht. Durch den Türspalt dringt warmes Licht und umleuchtet ihren altmodischen Dutt wie ein Heiligenschein.

„Ich ... ich hab Angst", wispert Lina.

„Das ist nicht gut", sagt Oma ernst. „Wir müssen der Sache auf den Grund gehen. Hattest du vorhin auch Angst, als wir die Piratenschatzsuche gemacht haben?"

Lina schüttelt den Kopf. „Aber jetzt im Dunkeln ist es so unheimlich."

Oma Lilo nickt. „Ich verstehe." Sie macht eine nachdenkliche Pause und fährt dann fort: „Als ich klein war, lebte ich in einem ganz ähnlichen Haus. Habe ich dir das schon mal erzählt?"

Lina schüttelt den Kopf.

„Na, dann wird es aber Zeit", sagt Oma. „Jedenfalls ging es mir ganz ähnlich wie dir. Im Hellen liebte ich das Haus, aber wenn es dunkel wurde, dann fand ich es super gruselig, und ich rechnete jeden Moment damit, dass irgendein Monster aus einem Schrank kommen oder unter dem Bett hervorkriechen würde."

Lina erschauert.

„Dann habe ich das Licht angemacht und nachgesehen. Und weißt du was? Ich habe nie eins gefunden. Und irgendwann habe ich ihn dann durchschaut."

„Wen?", fragt Lina verwundert.

„Na, den Trick der Dunkelheit. Weißt du, die Dunkelheit kann die Dinge nicht wirklich ändern, sie tut nur so. Das Haus ändert sich nicht, wenn es Nacht wird – es ist genau dasselbe Haus wie am helllichten Tag, aber du kannst es nicht mehr sehen. Und deshalb scheint es so, als würde es sich in etwas Gruseliges verwandeln und dir gefährlich werden. Aber natürlich ist das eine Lüge. Und Lügen kann ich nicht ausstehen. Deshalb habe ich dir etwas mitgebracht."

„Was denn?“

„Ein Glas Wasser“, Oma Lilo deutet auf den Nachttisch, „und ein Lichtschwert.“ Sie zieht mit großer Geste eine altmodische Taschenlampe aus ihrer Schürzentasche. „Die Dunkelheit behauptet, dort drüben würde ein Monster sitzen? Ha!“ Oma wirbelt die Taschenlampe wie eine Waffe herum und schaltet sie ein. „Das ist nur Opas alter Lehnstuhl.“

Lina muss grinsen und nimmt ein paar Schlucke aus dem Wasserglas.

„Die Dunkelheit flüstert dir ins Ohr, unter dem Bett würde ein Krokodil lauern? Nimm das!“ Oma leuchtet schwungvoll unter das Bett und ihr entfährt ein überraschtes „Oh!“.

„Was?“ Neugierig und auch ein wenig besorgt beugt Lina sich vor und lugt ebenfalls unters Bett.

„Es sind nur deine durchgelatschten Pantoffeln, und sie riechen ein bisschen nach Käse, wenn ich mich nicht täusche.“

„Mann, Oma!“, beschwert sich Lina kichernd.

Die beiden richten sich wieder auf. „Hier!“ Mit feierlicher Geste reicht ihr Oma die Taschenlampe. „Ich übergebe dir das Schwert des Lichts! Möge es dir als Waffe gegen die Lügen der Dunkelheit dienen, und mögen seine Batterien niemals schwach werden. Und falls doch“, fügt sie hinzu, „denke stets daran: Ersatzbatterien befinden sich im Küchenschrank in der obersten Schublade links.“

Lina nimmt die Waffe ehrerbietig entgegen.

Omas verschmitztes Lächeln weicht feierlichem Ernst. „Die Dunkelheit gibt dir das Gefühl, du wärst allein, aber das stimmt nicht. Du bist niemals allein. Und irgendwann einmal wirst du die Lampe gar nicht mehr brauchen, weil du die Wahrheit des Lichts in deinem Herzen trägst. Und dieses Licht wird dir auch dann leuchten, wenn die anderen Dunkelheiten dieser Welt dich bedrängen und dir ihre Lügen ins Ohr flüstern wollen.“

Einen Moment lang sieht Lina das Gesicht ihrer Oma ganz deutlich vor sich, dann verblasst es mehr und mehr.

„Oma?" Ihre Stimme klingt ganz heiser. Der Durst kehrt zurück und ihr Kopf schmerzt wieder.

„Oma!" Das Wort drang wie ein heiseres Krächzen aus Linas ausgedörrter Kehle. Ihr Kopf war auf die Brust gesunken. Jeder Atemzug tat weh. Schmerz durchdrang den Nebel ihres Traums und zog sie zurück in die schreckliche Gegenwart.

Ihre Augenlider flatterten – kein Licht. Vollkommene Finsternis umgab sie. Als sie versuchte, sich zu bewegen, spürte sie den schmerzhaften Widerstand der Fesseln. Es gab keine Stelle an ihrem Körper, die nicht wehtat. Mühsam hob sie den Kopf und versuchte, die Dunkelheit zu durchdringen, doch es gelang ihr nicht. Die Schwärze war vollkommen.

Die Dunkelheit gibt dir das Gefühl, du wärst allein, aber das stimmt nicht. Du bist niemals allein, vernahm sie die Stimme ihrer Großmutter.

Der Traum war nicht nur ein Traum gewesen. Jene Nacht im alten Pfarrhaus hatte es wirklich gegeben. Oma hatte ihr diese Taschenlampe gegeben, und wenn Lina sich nicht irrte, besaß sie das alte Ding noch immer. Es lag in irgendeiner Kiste im Keller mit weiteren alten Erinnerungsstücken. Was würde sie dafür geben, diese Lampe jetzt bei sich zu haben! Sie seufzte leise. Interessant, wie alter Plunder auf einmal einen ganz neuen Wert bekam.

Irgendwann hatte Lina verstanden, was Oma mit den anderen Dunkelheiten dieser Welt gemeint hatte: einen Staat, der seine Bürger belog und sie in das System seiner Weltsicht pressen wollte. Aber auch ganz individuelle Erfahrungen wie Leid, Einsamkeit, Krankheit, Missbrauch, Schuld und Tod. Die Finsternis dieser Welt hatte viele Gesichter.

Es gibt das finstere Tal, das Tal des Todesschattens, hatte Oma ihr Jahre später erzählt. *Ich habe seine Ausläufer schon einmal betreten und kann dir sagen: Wenn du dort drinnen bist, dann fühlt es sich an, als würde nichts anderes mehr existieren. Es ist, als wäre alles Licht nur eine Illusion, als würde jegliches Glück, das du jemals erlebt hast, als Trug entlarvt werden und jeder Moment der Schönheit von Finsternis verschlungen. Das finstere Tal hat eine ungeheure suggestive Macht, und es lässt dich glauben, du wärst vollkommen allein, verlassen und verloren.*

Wenn du das spürst, Lina, dann erinnere dich bitte daran: Der Trick der Dunkelheit ist die Lüge. Es ist ihr Bestreben, zu verbergen, nicht aufzudecken. Doch die Wirklichkeit ist viel größer als das, was die Dunkelheit uns sehen lässt. Du bist nicht die Erste, die dieses Tal durchschreiten muss, und du bist dort niemals allein. Erinnere dich an die uralten Worte: Der Herr ist mein Hirte, mir wird nichts mangeln. Auch wenn ich wandere im Tal des Todesschattens, fürchte ich kein Unheil, denn du bist bei mir, dein Stecken und dein Stab, sie trösten mich. Du bereitest mir einen Tisch angesichts meiner Feinde.

Oma hatte gelächelt. *Das ist dein Lichtschwert, Lina. Nimm es, und kämpfe, wenn die Zeit gekommen ist.*

Lina sah das Lächeln ihrer Großmutter vor ihrem inneren Auge, und für einen kurzen Moment spürte sie es wieder, das warme Gefühl des Vertrauens; diese ungeheure Kraft, die in dem Wissen lag, dass die Dimension des Himmels nur einen Wimpernschlag entfernt war und all der Schrecken zu Nichts verblassen würde, wenn der Morgen anbrach, der niemals enden würde. Doch dann verschwand dieses Empfinden wieder, und zurück blieben Schmerz, Durst und Angst.

Dennoch hatte sich etwas verändert. Lina hatte den Eindruck, als wäre etwas in ihr erwacht, ein winziger Punkt der Ruhe, das Auge im Sturm aus Schmerzen und Angst, der in ihr toste.

Ein Geräusch ließ sie zusammenzucken. Es war leise, aber in der dunklen Stille unüberhörbar. Das Quietschen einer Türangel.

„Hallo?", krächzte sie.

Niemand antwortete, aber sie glaubte, leise Schritte zu hören. Sie kamen näher und verstummten.

„Bitte ... Wasser", stöhnte Lina.

Einen Atemzug später war das Ratschen eines Riegels zu hören. Die Tür wurde geöffnet, und die Schritte kamen noch näher.

Es war derselbe Mann. Sie konnte sein Parfüm riechen. Wieder sagte er kein Wort. Aber als er diesmal die Plastikflasche an ihre Lippen hielt, trank Lina so gierig, dass sie sich verschluckte und husten musste.

Der Mann setzte die Flasche ab, wartete, bis der Hustenreiz vorüber war, und hielt sie ihr erneut an den Mund. Er musste eine Nachtsichtbrille tragen. Anders war die Sicherheit, mit der er agierte, nicht zu erklären. Lina war sich ziemlich sicher, dass dieser Mann der „Taucher" war.

„Ich ... muss mal pinkeln", sagte Lina, nachdem sie sich an dem abgestandenen Wasser satt getrunken hatte.

Wieder entstand eine Pause, und sie fragte sich, ob der Kerl sie einfach hier sitzen lassen und zulassen würde, dass sie sich einnässte. Doch plötzlich spürte sie, wie etwas Kaltes ihr rechtes Handgelenk berührte. Der Druck der Fessel ließ abrupt nach. Lina hob die Hand, und ein schmerzhaftes, brennendes Kribbeln wanderte ihren Unterarm entlang bis in die Fingerspitzen. Kurz darauf war auch ihr linkes Handgelenk frei, doch ehe sie versuchen konnte, ihre Beweglichkeit zu erproben, wurden ihre Hände schon wieder mit Kabelbindern zusammengebunden. Sie ließ es geschehen. In dieser Situation hatte es keinen Zweck, sich zu wehren.

Dann spürte sie seine Hand in ihrem Nacken. Er krallte sich in ihr Haar, um sie unter Kontrolle zu halten. Gleich darauf schnitt er die Fesseln an ihren Fußgelenken durch, ließ ihren Nacken los und umklammerte stattdessen ihren Oberarm. Als er sie unsanft emporzog, hatte Lina das Gefühl, tausend Nadeln würden in ihre Fußsohlen stechen. Ihre Gelenke schmerzten, und die Muskeln waren so steif wie gefrorene Koteletts.

Sie stöhnte vor Schmerz auf, als er sie wortlos ein paar Schritte zur Seite zerrte. Es schepperte, als ihre nackten Füße gegen einen Blecheimer prallten.

Der Mann blieb stehen und ließ sie los.

Lina schwankte in der Dunkelheit und wäre beinahe gestürzt. Einen Moment lang war sie irritiert. Dann verstand sie. Wut keimte in ihr auf. Der Kerl erwartete von ihr, dass sie vor seinen Augen in einen Eimer pinkelte! Etwas in ihr wollte den Typen wüst beschimpfen, doch sie zwang sich, ruhig zu bleiben. Je mehr sie ihn an ihren Empfindungen teilhaben ließ, desto durchschaubarer und verletzlicher wurde sie. Diesen Gefallen würde sie ihm nicht tun.

Mit zusammengebissenen Zähnen bückte sie sich, zog sich mit den gefesselten Händen den Slip herunter und hockte sich auf den Eimer. Ihre Oberschenkelmuskeln brannten wie Feuer. Aber das Gefühl der Erleichterung überwog dennoch. Der Geruch ihres Urins stieg ihr in die Nase, als sie sich mühsam erhob und ihren Slip hochzog. Im nächsten Moment gab der Mann ihr einen Stoß. Sie schrie auf, verlor das Gleichgewicht und landete auf etwas Weichem.

Ehe sie sich orientieren konnte, hatte der Typ sie am Bein gepackt. Sie versuchte, sich zu wehren. Doch in ihrem geschwächten Zustand hatte sie keine Chance. Es klirrte, und etwas Kaltes schlang sich um ihr rechtes Fußgelenk. Dann packte der Mann ihren Unterarm, sie spürte wieder die kalte

Berührung einer Klinge, und im nächsten Moment waren ihre Hände frei.

Der Mann wich zurück, und Lina rappelte sich auf die Knie. „Reden Sie endlich mit mir! Was wollen Sie?"

Einige Herzschläge lang vernahm sie nur ihren eigenen keuchenden Atem. Dann erklangen sich entfernende Schritte. Die Türangel quietschte, das Klicken eines Schlosses war zu vernehmen und dann das Klappern eines Schlüssels.

Sie lauschte auf die immer leiser werdenden Schritte und atmete tief durch. Er war fort.

Mit den Händen ertastete sie ihre Umgebung. Ihre Muskeln und Gelenke protestierten bei jeder Bewegung, aber sie ignorierte den Schmerz. Offenbar lag sie auf einer muffig riechenden Matratze. Der Boden darunter war feucht und kühl. Sie konnte gemauerte Steine ertasten. Ihr Fußgelenk war mit einer schweren, etwa eineinhalb Meter langen Kette verbunden, die wiederum an einem ins Mauerwerk eingelassenen Ring befestigt war. Die Verbindung zwischen Fußgelenk und Kette bestand aus einem Vorhängeschloss, das offensichtlich mit einem Buntbartschlüssel geöffnet wurde. Es war alt und leicht angerostet, aber äußerst stabil. Ohne Hilfsmittel hatte sie keine Chance, es zu knacken.

Sie testete ihren Bewegungsspielraum aus. Er war recht eingeschränkt. Außer dem Blecheimer, der ihr als Toilette diente, konnte sie nur klammes Mauerwerk ertasten. Sie musste sich im Keller eines alten Gebäudes befinden. Auf den ersten Blick hatte sich ihre Situation nicht wirklich verbessert. Auf den zweiten Blick jedoch verspürte sie fast so etwas wie Dankbarkeit. Immerhin konnte sie sich jetzt bewegen. Sie konnte ihre Position ändern und auf Toilette gehen – wenn man das so nennen wollte. Ihrem Empfinden nach musste sie viele Stunden, vielleicht sogar einen ganzen Tag an den Stuhl gefesselt gewesen sein. Noch länger dort festzusitzen, wäre pure Folter gewesen.

Sie legte sich auf die Matratze und streckte ihre Glieder. War das schon der „gedeckte Tisch angesichts der Feinde“?

Lina verzog das Gesicht. Falls ja, hätte er nach ihrem Empfinden ruhig etwas üppiger ausfallen können. Aber sie ahnte schon, was Oma Lilo dazu sagen würde. *Hoffnung ohne Geduld wird die Verzweiflung in dir nur wachsen lassen. Auch der kleinste Funke kann zu einem wärmenden Feuer werden. Aber erwarte von einem glimmenden Docht nicht die Wärme eines prasselnden Kaminfeuers. Sei behutsam, gib dem Funken Nahrung, dann kann Großes daraus entstehen.*

Lina seufzte. „Schon gut, ich hab's ja verstanden.“ Dann rollte sie sich von der Matratze, stemmte Hände und Zehen auf den Boden und zwang ihre verkrampften Muskeln zum Arbeiten. Sie schaffte sechs Liegestütze, dann kroch sie erschöpft zurück auf die Matratze und rang nach Atem.

Natürlich änderten sechs Liegestütze nichts, aber auch rein gar nichts an ihrer Situation. Und dennoch ... Das sanfte Glimmen des Dochts schien einen Hauch stärker geworden zu sein.

Wellen und Nebel

Robert Marquardt betrat das schäbige Internetcafé, legte ein paar Münzen auf den Tresen und setzte sich an einen der in die Jahre gekommenen Rechner. Dann zog er das billige Wegwerfhandy aus der Tasche und las zum wohl zehnten Mal die kurze Nachricht.

Es wäre besser, du würdest dich erinnern. Sonst werden wir tun, was wir tun müssen.

Robert atmete tief durch und tippte die Webadresse ein, die unter der Nachricht stand.

Der altersschwache Rechner benötigte einen Moment, bis sich das Bild aufgebaut hatte. Robert starrte das Foto an. Ein harter Knoten bildete sich in seinem Magen. Konnte das wahr sein? Dieses Gesicht ...

Unwillkürlich blitzten Erinnerungen auf.

Die Wangen des kleinen Mädchens sind vor Aufregung gerötet. Sie kreischt vor Vergnügen, als er sie auffängt, und ihr Haar kitzelt an seiner Nase. „Noch mal, Papa. Noch mal!“

Robert schluckte trocken. Diese junge Frau mit dem zerschundenen Gesicht, dem blutbefleckten T-Shirt und dem zerrissenen Rock, gefesselt auf einem Stuhl sitzend und in das grelle Licht blinzelnd – war das ... seine Tochter?

Er versuchte, das kichernde kleine Mädchen aus seiner Erinnerung mit der erschöpften und verletzten Frau auf dem Bild in Einklang zu bringen. Ihr Haar war dunkler, das Gesicht hatte alles kindlich Rundliche verloren; es war schmal und blass. Die

Nase… war Mechthilds Nase. In den zusammengekniffenen Augen lagen Furcht und Trotz. Das Kinn war vorgereckt, genau wie bei seinem kleinen Mädchen, wenn es etwas als ungerecht empfunden hatte.

Sein Magen krampfte sich zusammen. Diese junge Frau war Lina. Die Kerle hielten seine Tochter gefangen, und offensichtlich hatten sie keine Hemmungen, ihr Gewalt anzutun.

Robert spürte, wie sein Herz zu rasen begann. Ein eisernes Band schien sich um seine Brust zu legen und schnürte ihm die Luft ab. Er musste raus hier.

Ein hagerer Mann mit südländischem Aussehen wich hastig zur Seite, als Robert aus dem Internetcafé stürmte. Eine Frau zog ihren kläffenden Yorkshire Terrier dichter an sich heran und sah ihm mit großen Augen hinterher.

Beruhige dich, befahl er sich selbst. *Beruhige dich und denk nach.*

Er überquerte die Straße und bog in eine der kleinen Gassen ab, in denen weniger Verkehr herrschte. Der Straßenlärm sank auf ein monotones Brummen herab. Die wenigen Fußgänger, denen er begegnete, verschwammen zu grauen Schatten.

Eruptionsartig überspülten ihn die Erinnerungen.

Mechthild trägt ein schlichtes weißes Kleid, als sie vor den Altar tritt. Die Blumen in ihren Händen zittern ein wenig, aber ihre Stimme ist fest, als sie sagt: „Ja, mit Gottes Hilfe." Seine Eltern in der vordersten Kirchenbank lächeln verkniffen.

Sie sitzen zu zweit beim Frühstück. Mechthild isst mit ungewohntem Appetit. „Was hältst du von Jakob?", fragt sie unvermittelt.

Er zuckt mit den Achseln. „Keine Ahnung. Ich kenne keinen Jakob."

„Oh, das wird sich ändern, glaub mir", erwidert Mechthild mit

verschmitztem Lächeln. Dann schürzt sie nachdenklich die Lippen. „Aber vielleicht wird es ja auch eine Lina."

Robert starrt sie mit offenem Mund an. „Du bist …?"

Mechthild nickt.

„Bist du sicher?"

„Na, so überraschend kommt das jetzt eigentlich nicht, wenn man sich vor Augen hält, wie wir unseren verregneten Ostsee-Urlaub verbracht haben", antwortet Mechthild und runzelt die Stirn. „Du weißt schon, wie die kleinen Babys entstehen, oder?"

Robert muss lachen, verschluckt sich, und der Kaffee schießt ihm aus der Nase.

Beinahe bedrohlich ragt der achtgeschossige Plattenbau vor ihm auf. Herbstlaub weht in den Eingang, als er die Tür öffnet und in den leeren Flur tritt. Der Aufzug ist defekt, die meisten Büros sind leer. Raum 4.23, es ist 8 Uhr. Er ist pünktlich, als er an die Tür klopft.

Der Mann hinter dem Schreibtisch macht sich nicht die Mühe aufzustehen. „Es tut mir wirklich leid, Herr Marquardt", sagt er und öffnet eine Akte, in der er eine Notiz macht. „Ihnen ist sicher klar, dass eine Pförtnertätigkeit in einer Behörde, die in wenigen Wochen nicht mehr existieren wird, wenig Sinn macht." Der Mann hebt kurz den Blick und lächelt flüchtig. „Sie werden ab dem fünfzehnten des Monats freigestellt."

„Freigestellt? Was meinen Sie damit?"

Der Mann seufzt. „Das ist Ihr Kündigungsschreiben." Er schiebt ein Kuvert über den Schreibtisch. „Melden Sie sich bitte bei Ihrem zuständigen Arbeitsamt."

„Aber ich habe Familie! Meine Frau ist schwanger mit unserem zweiten Kind."

Der Mann hebt die Brauen. „Jeder ist seines Glückes Schmied. Sie sind noch jung. Machen Sie etwas aus Ihrem Leben."

„Aber –"

„Auf Wiedersehen, Herr Marquardt."

Als Robert, mit einem seltsamen Gefühl der Taubheit in seinem Inneren, hinaus auf die Straße tritt, sieht er einen Mann auf einer Parkbank sitzen. Dieser liest Zeitung und wirkt vollkommen unbeteiligt, doch etwas an ihm ist irritierend. Roberts Nackenhaare sträuben sich, sein Weg führt an der Bank vorbei. Als er nah genug ist, um die Untertitel der Zeitung entziffern zu können, hebt der Mann den Kopf. „Hallo, Peter."

Robert erstarrt. Mit diesem Gesicht hat er nicht gerechnet.

Die Küche ist schäbig und alt. Mechthild sieht blass aus. Ihr ist immer wieder übel, obwohl sie längst über den dritten Schwangerschaftsmonat hinaus ist. „Die Hausverwaltung hat geschrieben", sagt sie leise.

Robert pult wortlos am Etikett seiner Bierflasche.

„Wir sind den zweiten Monat in Folge mit der Miete in Verzug." Ihre Stimme wird eindringlich. „Robert, sie werden uns kündigen!"

„Was kann ich denn dafür?", fährt er sie an. „Die Treuhand hinterlässt eine Wüste. Es gibt im Umkreis von zweihundert Kilometern keine Jobs." Er nimmt einen Schluck aus der Flasche. Das Bier ist zu warm und schmeckt schal. „Was soll ich denn machen? Sag's mir! WAS SOLL ICH MACHEN?"

Mechthild sieht ihn an.

Er kann ihren Blick nicht ertragen und wendet sich ab.

„Ich mache dir keinen Vorwurf, Robert. Ich will nur, dass wir uns dieser Situation gemeinsam stellen. Gemeinsam – verstehst du? Du bist nicht bei mir, Robert. Was ist los? Rede mit mir, bitte!"

Robert schnauft und leert die Flasche in einem Zug. „Was gibt es da zu reden? Ich bin ein abgehalfterter NVA-Kampftaucher mit Pförtnererfahrung. Ich werde in diesem schönen neuen Land nicht gebraucht! So einfach ist das." Er steht auf und schleudert die leere

Flasche so wuchtig in den Mülleimer, dass sie zersplittert und die Scherben sich auf dem Küchenboden verteilen. Er hört Mechthilds erschrockenen Aufschrei, und in seine Wut mischt sich die Abscheu vor sich selbst. Mit zwei Schritten ist er an der Tür. „Niemand braucht mich! Verstehst du? Niemand!" Er knallt die Küchentür hinter sich zu. Im Flur verharrt er. Sein Blick fällt auf Linas Kinderzimmertür, an der einige abstrakte Kunstwerke der Kleinen hängen. Aus der Küche dringt Mechthilds leise Stimme an sein Ohr. „Doch, Robert, wir brauchen dich. Wir brauchen dich mehr, als du dir vorstellen kannst."

Robert spürt einen Kloß im Hals. Er schluckt ihn herunter, geht mit raschen Schritten zur Tür und verlässt die schäbige Wohnung …

„Wie ich sehe, hast du es dir anders überlegt. Das ist gut." Helmut Knapp zeigt ein Lächeln, das seine Augen nicht erreicht. „Wir sollten zusammenhalten."

„Wir?", schnauft Robert. „Es gibt kein Wir."

„Tatsächlich? Das klang vor ein paar Jahren noch ganz anders. Du hast dich verpflichtet, für eine gemeinsame Sache zu kämpfen."

„Möglicherweise ist es dir entgangen", erwidert Robert, „aber die DDR existiert nicht mehr! Und die Stasi auch nicht."

„Bist du dir da ganz sicher?", fragt Knapp. Nichts an seinem Tonfall deutet auf einen Scherz hin. Dann lächelt er so unvermittelt, als habe er einen Schalter umgelegt. „Der Sache zu dienen, wird dein Schaden nicht sein. Ich weiß von deinen finanziellen Schwierigkeiten."

„Was willst du von mir?"

Knapp erklärt es ihm.

Robert schluckt trocken. „Und wenn ich mich weigere?"

Wieder dieses Lächeln auf Knopfdruck. „Weiß deine Frau eigentlich, dass ich euch beide zusammengebracht habe? Ich bin mir sicher, sie wird entzückt sein, deine Berichte zu lesen."

Robert spürt, wie ihm das Blut aus dem Gesicht weicht. „Du hast gesagt, es ist alles vernichtet.“

„Ich habe gelogen“, erwidert Knapp ungerührt. „Sei pünktlich, und denk daran, dass ein einziges falsches Wort gravierende Folgen haben kann, Peter.“

„Hör auf, mich so zu nennen!“

Das Knopfdrucklächeln erlischt. „Du bist Peter, so lange und so oft ich das will. Haben wir uns verstanden?“

Robert spürt, wie heiße Wut in ihm auflodert, doch er beißt die Zähne zusammen. „Ja.“

„He, pass doch auf! Idiot!“ Ein Radfahrer konnte ihm gerade noch ausweichen und fuhr kopfschüttelnd an ihm vorbei.

Überrascht stellte Robert fest, dass er vom Gehweg abgekommen und, ohne sich umzuschauen, auf die Straße getreten war. Er blickte dem Radfahrer hinterher, der die Gelegenheit nutzte, ihm den Mittelfinger zu zeigen.

Es kam ihm vor, als hätte ihn eine Zeitmaschine aus der Vergangenheit gesaugt und ohne Vorwarnung in der Gegenwart wieder ausgespien. Mit den Erinnerungen waren nicht nur Bilder zurückgekehrt – auch seine Empfindungen waren so intensiv gewesen, als hätte er alles noch einmal erlebt.

Robert fuhr sich durch die zerzausten Haare. *Konzentrier dich!*, befahl er sich selbst. *Bleib bei der Sache! Diese Schweine haben deine Tochter entführt. Mach einmal im Leben etwas richtig und hol sie da raus!*

Er ging weiter. Dabei stellte er fest, dass er keine Kontrolle darüber hatte, woran er sich erinnerte. Manches war ihm auf einmal so nahe, als wäre es erst gestern geschehen. Anderes blieb nebulös. *Was wollen sie?*, ging es ihm durch den Kopf. *Was wollen sie nach all diesen Jahren von mir?* Die Antwort auf diese Frage blieb hinter den Nebeln des Vergessens verborgen.

Unwillkürlich beschleunigte er das Tempo, als könnte er durch Geschwindigkeit einem Ziel näher kommen, von dem er nicht einmal wusste, wo es lag. Ein Verhalten, das typisch menschlich zu sein schien. Nicht wenige Menschen lebten genau so und hetzten durch ihr Leben, ohne sich darüber im Klaren zu sein, welches Ziel sie eigentlich vor Augen hatten.

Robert verlangsamte das Tempo wieder, atmete bewusst tief durch und blieb schließlich auf einer der vielen Brücken stehen, die sich über die Kanäle der Stadt spannten. Das dunkle Wasser spiegelte trüb die hellen Wolken über der Stadt. Eine Ente landete und zog eine schäumende Furche in das Wasser, die gleich darauf wieder verschwand. Der einsame Schrei einer Möwe drang zu ihm herab und hallte zwischen den schmutzigen Kanalmauern wider. Robert trat an die Brüstung und starrte hinab. Das leise Wispern des Wassers war im Lärm der Stadt kaum zu vernehmen, und doch schien es zu ihm zu sprechen.

Möwenschreie, dunkles Wasser und ein rauer Wind. Gischt peitscht ihm ins Gesicht. Ein letzter Auftrag. Das ist alles, was ich von dir verlange. Ein letztes Mal, dann bist du frei! Und Peter wird für immer aufhören zu existieren, *hallt Knapps Stimme in ihm nach.*

Jost wirft den Motor an. Das Boot beschleunigt innerhalb kürzester Zeit auf dreißig Knoten und hüpft über die Wellen auf das offene Meer hinaus. Robert zieht den Reißverschluss seines Neoprenanzugs zu. Die Worte seines ehemaligen Führungsoffiziers spuken in seinem Kopf herum. Knapp hat ihn so oft belogen. Lügen ist sein Geschäft. Aber Robert spürt, dass dieses Mal Wahrheit in den Worten des Mannes gelegen hat. Allerdings bezweifelt er, dass es auch die Wahrheit ist, die er hören will.

Er wirft einen Blick über die Schulter und sieht, wie Jost das Steuerruder arretiert. Etwas Metallisches blitzt auf, als der Mann sich abwendet und mit geübten Bewegungen seinen wasserdichten

Seesack zusammenrollt. Jost ist der bessere Schütze, er der bessere Schwimmer.

Robert nimmt das Fernglas zur Hand. Während er in der Abenddämmerung die Wellen absucht, arbeiten seine Gedanken auf Hochtouren. Plötzlich taucht das Segel auf, nach dem er Ausschau gehalten hat. Er trifft eine Entscheidung. „Halt!"

„Was ist?", knurrt Jost.

„Schalte den Motor ab. Ich habe ihn gesichtet."

„Wo?", fragt Jost und ignoriert die Aufforderung.

„Dort!" Robert drückt ihm das Fernglas in die Hand und deutet in die Richtung, in der er das Segel gesehen hat. Dann stellt er selbst den Motor ab.

„He, was soll der Scheiß?"

„Der Wind trägt die Motorengeräusche zu ihm. Wir tarnen das Boot und schwimmen rüber."

Jost kneift die Augen zusammen und starrt auf das Meer hinaus. „Bei dem Wellengang?"

„Willst du Knapp erklären, dass du den Auftrag versaut hast, weil du zu faul zum Schwimmen warst?"

Robert ignoriert die gebrummte Antwort. Er schnallt sich den wasserdichten Seesack um, wirft einen Blick auf den Kompass und prägt sich die Richtung ein, in die er schwimmen muss. Dann springt er in die Fluten. Kurz darauf hört er ein Platschen hinter sich. Jost ist ihm gefolgt – gut.

Schon nach zwei Minuten kann er weder das Boot noch das Segelschiff sehen. Er lässt sich nicht irritieren und schwimmt mit gleichmäßigen Zügen weiter. Es fällt ihm leicht, in einen steten Rhythmus zu verfallen und vollkommen in der Bewegung aufzugehen. Indem er sich ganz auf das Hier und Jetzt fokussiert, schaltet er jeden Gedanken an das, was kommen wird, aus und ignoriert all die Sorgen, die sich in ihm breitmachen wollen. Er schwimmt mit kräftigen, gleichmäßigen Zügen.

Das Meer ist kalt und saugt die Energie aus seinem Körper. Der raue Seegang fordert sein ganzes Können. Nachdem er fast zwanzig Minuten geschwommen ist und das Boot sich noch immer nicht zeigt, spürt er einen Anflug von Nervosität. Doch dann taucht zu seiner Rechten etwas Helles auf. Er beschleunigt. Zum Glück ist Kranzler kein guter Segler.

Als er das Boot schließlich erreicht, schnellt er vor. Es gelingt ihm, einen Saugnapf am Rumpf des Bootes zu befestigen. Einige Atemzüge lang lässt er sich treiben und sammelt seine Kräfte. Dann wuchtet er sich hoch. Es gelingt ihm, die niedrige Reling zu packen. Geschickt klettert er an Bord. Es ist dunkel. Selbst die Positionslichter sind ausgeschaltet. Offenbar will Kranzler nicht gesehen werden. Lautlos schleicht Robert auf die Kabine zu. Der Mann am Steuer bemerkt ihn nicht; seine Konzentration gilt dem Wind und den Wellen. Neben ihm lehnt ein Jagdgewehr an der Kajütenwand. Nicht gerade die übliche Ausstattung für einen Hobbykapitän.

Geduckt schleicht Robert sich von hinten an den Mann heran. Dieser hört ein Geräusch und will herumfahren, doch Robert ist schneller. Er packt den Älteren von hinten im Würgegriff. Der Mann wehrt sich – vergeblich. Es fühlt sich seltsam an, den erschlaffenden Körper seines Gegners zu spüren. Triumph, gepaart mit dem Erschrecken über seine eigene Macht.

Vorsichtig löst Robert die Umklammerung und legt sein Ohr auf die Brust des Alten. Der Mann atmet noch. Rasch legt er ihm Plastikfesseln an und wirft einen Blick hinaus auf das Meer. Von Jost keine Spur; er muss noch weit hinter ihm sein.

Anders als vereinbart, hält Robert nicht auf die schwedische Küste zu, sondern wendet das Boot. Dann öffnet er die Luke zur Koje. Unter der Bilgenklappe findet er, wonach er gesucht hat: eine in Plastik eingeschweißte Papprolle. Einen Moment lang ist er versucht, sie zu öffnen, doch dann schiebt er sie in seinen Seesack und schnallt ihn sich auf den Rücken. Wer weiß, welche Überraschung ihn an der Küste erwartet. Jemand wie Helmut Knapp führt keinen Plan aus, der nicht mindestens einen doppelten Boden hat.

Als er in die Kajüte zurückkommt, ist irgendetwas anders. Instinktiv wirft Robert einen Blick auf seinen Gefangenen, doch dieser hat sich offensichtlich nicht bewegt. Zumindest sieht es in der Dunkelheit so aus.

Der Boden ist feucht, aber die Gummisohlen seiner Neoprenstiefel geben ihm ausreichend Halt. Er will an das Steuer treten, doch dann hält er inne. Hier stimmt etwas nicht! Ein Schauer läuft ihm über den Rücken, als er registriert, was seine Instinkte geweckt hat. Ein leicht metallischer Geruch liegt in der Luft. Es ist der Geruch des Todes. Langsam geht er in die Hocke. Seine Finger berühren den Boden. Er schaltet die Taschenlampe ein: Blut hat sich mit der Gischt des Meeres gemischt.

Ein leises Auflachen lässt ihn herumfahren. „Dass du so ein schlechter Navigator bist, hätte ich nicht gedacht. Nordosten liegt in der entgegengesetzten Richtung." Ein Schatten löst sich aus einem Winkel der Kajüte.

„Jost", knurrt Robert. „Warum hast du ihn umgebracht?"

„Jeder von uns hat seine speziellen Aufgaben bei dieser Mission." Jost hat die Hände in die Hüften gestemmt und wirkt vollkommen entspannt. „Und du hast deine mit Bravour gemeistert." Er streckt die Hand aus. „Gib mir den Seesack."

Robert versucht, im Gesicht des Mannes zu lesen, doch er kann nicht mehr als einen bleichen Fleck erkennen. „Natürlich, einen Moment." Er greift zum Schultergurt.

Josts rechte Hand wandert Richtung Gürtel.

Robert stürmt blitzartig nach vorn. Er rammt Jost die Schulter in den Magen, noch ehe dieser sein Messer ziehen kann.

Sein Gegner stöhnt auf. Noch im Fallen gelingt es ihm, Roberts Schultergurt zu packen. Von dem plötzlichen Gewicht aus dem

Gleichgewicht gebracht, stolpert Robert, gibt abrupt nach und lässt sich fallen. Sein Knie trifft hart auf Josts Kinn. Der Mann schreit auf und lässt ihn los. Robert rappelt sich auf und hechtet über die Reling in die schwarzen Fluten. Er taucht, ändert unter Wasser die Richtung und schwimmt unter dem Boot hindurch.

Als er wieder auftaucht und nach Luft schnappt, liegen bereits zwanzig Meter zwischen ihm und dem Boot. Mit aller Kraft krault Robert Richtung Westen, um Abstand zu gewinnen, dann muss er sich nach Norden wenden. Seine einzige Chance ist es, die dänische Küste zu erreichen.

Ein Schuss kracht. Robert vernimmt ein Pfeifen dicht neben seinem linken Ohr. Wasser spritzt auf. Jost hat ihn im Visier. Robert holt tief Luft und taucht unter. Dumpf hört er einen Knall, dann spürt er, wie die Kugel ihn nur um Haaresbreite verfehlt. Irgendwann kann er die Luft nicht mehr anhalten und taucht auf. Gierig saugt er Sauerstoff in seine gepeinigten Lungen. Ein Schuss kracht, und ein brennender Schmerz bohrt sich in seinen Rücken. Er schreit auf und taucht wieder unter. Verzweifelt wechselt er unter Wasser die Richtung und wendet sich nach Süden; ein Manöver, mit dem Jost nicht rechnen dürfte. Zurück nach Deutschland ist es viel zu weit.

Robert taucht, bis es vor seinen Augen flimmert und der Schmerz in seiner Lunge unerträglich wird. Als er auftaucht und sich hektisch umsieht, ist das Boot wenigstens sechzig Meter entfernt. Es tuckert in nördliche Richtung, und eine starke Taschenlampe wirft ihr suchendes Licht auf die wogenden Wellen. Robert taucht erneut. Dann beginnt er, mit langen, gleichmäßigen Zügen zu kraulen. Selbst zu seinen besten Zeiten hätte die Wahrscheinlichkeit, dieses Abenteuer zu überleben, bei gerade einmal fünfzig Prozent gelegen. Und jetzt ist er älter, untrainiert und verletzt. Aber eine Sache hat sich seit damals geändert: Jetzt gibt es Menschen, für die er überleben will.

„Ey, alles klar mit dir, Mann?“, drang eine Stimme in Roberts Bewusstsein.

„Was?“

Ein bärtiges Gesicht trat in sein verschwommenes Blickfeld. „Biste auf’m Tripp oder so?“

„Wie?“ Robert wischte sich die Tränen aus den Augen. „Nein, alles okay.“

„Dann is ja gut. Äh, du hast nicht zufällig ’ne Zigarette?“

„Nein.“

„Schade.“ Seufzend entfernte sich der Mann und ließ Robert allein an der Brüstung zurück. Dieser senkte den Blick und versuchte, sich die Ereignisse jener Nacht vor fast zwanzig Jahren erneut ins Gedächtnis zu rufen. Doch die Erinnerungen versanken in Wellen und Nebel.

Robert unterdrückte die aufkommende Verzweiflung. Er wusste, dass der Gegenstand, den er in jener Nacht mitgenommen hatte, ungeheuer wertvoll sein musste. Aber weder konnte er sich daran erinnern, was sich in jener Papprolle befunden hatte, noch, wo sich dieser Gegenstand jetzt befand.

Nur eines stand ihm mit vollkommener Klarheit vor Augen: Den Männern, die seine Tochter entführt hatten, durfte er nicht trauen. Sie hatten damals seinen Tod geplant, und sie würden auch jetzt nicht zögern, jeden Zeugen, der ihnen gefährlich werden könnte, zu ermorden.

Er musste Zeit gewinnen. Behutsam zog er das Wegwerfhandy aus seiner Hosentasche und tippte eine Nachricht ein.

Operation jagender Hase

Theo blickte Paula ernst ins Gesicht. „Bist du dir sicher, dass du alles richtig verstanden hast?“

Seine Mitbewohnerin verdrehte die Augen, während sie sich weiterhin im Selfiemodus ihrer Kamera betrachtete und ihre Frisur zurechtzupfte. „Klaro! Ich bin doch nicht blöd.“

„Nein, aber ein bisschen unkonzentriert.“

„Theo“, Paula wandte sich ihm zu und legte ihm ihre kleine Hand auf die Schulter, „du musst nicht aufgeregt sein. Wir schaffen das. Ich bin Profi!“

Theo lächelte etwas gequält und nickte. Im Grunde hatte Paula recht. Er musste ihr vertrauen. Operation jagender Hase würde nur gelingen, wenn sie einander vertrauten. Er richtete seinen Ohrstöpsel und wählte Helenes Nummer.

„Tachchen. Lene am Apparat. Watt jibs?“

„Lene, wo bist du denn?“

„Na, uff Position. Watt hast'n du jedacht? Dass ick 'ne Runde ins KADEWE schuchteln jeh oder watt?“

„Du hast uns im Bild?“

„Ick hab dir und Paula voll uffm Schirm und pirsch ma jrade so unauffällich an euch ran wie Winnetou inne Prärie.“

Theo war sich nicht sicher, ob Helenes und seine Definition von „unauffällig“ identisch waren. Aber er atmete tief durch und sagte nichts. *Vertrauen,* befahl er sich innerlich, *du musst vertrauen!* Laut sagte er: „Gut, dann stelle ich jetzt die Konferenzschaltung her.“

Nach einmal Klingeln meldete sich Bastian. „Hi, Theo, alles klar bei euch?“ Im Hintergrund war ein rhythmisches Klopfen zu hören, gepaart mit einem seltsamen Quietschen.

„Bei uns schon“, erwiderte Theo. „Und bei euch?“

„Wir haben ein gutes Bild.“ Wieder dieses Klopfen im Hintergrund.

„Sag mal, was hämmert denn da? Hängt Scott ein Bild an die Wand?“

„Nein, Scott sitzt friedlich neben mir. Das kommt von, äh, Kenos neuester Variante des Stimmings.“

„Watt für'n Ding?“, meldete sich Helene zu Wort.

„Diese ganze Aktion ist für Keno gerade sehr stressig. Eigentlich würde er sich lieber in seinem Zimmer verkrümeln und seine Ruhe haben. Aber er will seine Freunde nicht im Stich lassen. Deshalb setzt er sich selbst starke Reize, indem er auf den Tisch schlägt und diese hohen Laute von sich gibt. Das hilft ihm, die Situation auszuhalten.“

„Also, wenn Keno uffn Tisch kloppt und dabei inne höchsten Töne jodelt, beruhicht ihn dit?“

„Könnte man so sagen.“

„Vastehe. Ick würd Schokolade futtan und Keno macht dit lieber kalorienarm.“ Sie kicherte. „Umso besser, dann futtat er mir nischt weg.“

„Was quatscht ihr denn so lange?“, beschwerte sich Paula. „Können wir endlich mal losgehen?“

Theo nickte. „Auf geht's.“ Sie bewegten sich in behäbigem Tempo auf die Polizeidirektion 5, Abschnitt 35 zu. Das war der Polizeiabschnitt, in dem Lina arbeitete. Ihren Beobachtern sollte es so erscheinen, als würden sie zu diesem Abschnitt Kontakt aufnehmen, um Linas Entführung zu melden.

Der Plan war im Grunde simpel. Paula und Theo wurden von Helene in sicherem Abstand mit einer Actionkamera gefilmt.

Das Bild wurde auf den Laptop von Bastian übertragen, der zusammen mit Keno nach dem Taucher Ausschau hielt.

Das rhythmische Klopfen im Hintergrund nahm einen anderen Klang an.

„Und?", fragte Theo, „habt ihr unseren Mann schon entdeckt?"

„Äh, bis jetzt nicht", meldete sich Bastian. Dann wandte er sich an den Autisten. „Alles ist gut, Keno. Alle sind sicher. Niemandem wird etwas passieren. Wir brauchen jetzt deine Hilfe."

„Was ist denn los bei euch?", fragte Theo besorgt.

„Nun ja, Keno ist ein bisschen aufgeregt und schlägt gerade den Kopf gegen die Wand."

Theo stöhnte innerlich auf. Warum musste ausgerechnet jetzt alles schiefgehen? Unwillkürlich traten die Bilder seiner gefangenen Schwester vor sein inneres Auge. Und die Angst um sie schnürte ihm die Luft ab. Dennoch war niemandem damit geholfen, wenn er von seinen Mitbewohnern Dinge verlangte, die sie einfach nicht leisten konnten. „Sollen wir abbrechen?", fragte er nach kurzem Zögern.

„Hm, ich denke wir sollten –"

„Der TAUCHER!", schrie Keno.

Theo zuckte erschrocken zusammen. „Hat er ihn gesehen?", fragte er.

„Ich denke nicht", erwiderte Bastian. „Er schlägt gerade mit dem Kopf gegen die Zimmertür."

„Was machen wir denn jetzt?", stieß Theo hervor.

„Na, wir machen weiter, ist doch klaro", meldete sich Paula zu Wort und schüttelte entrüstet den Kopf.

„Paula hat recht", sagte Bastian. „Wir müssen es versuchen. Wir wissen ja jetzt, worauf wir achten müssen."

„Gut. Versuchen wir's." Theo fuhr weiter. Inzwischen war der Polizeiabschnitt schon zu sehen.

„Dit jib's doch nich!", meldete sich Helenes aufgeregte Stimme.

„Siehst du ihn?", fragte Theo.

„Na ja, dem Bildausschnitt nach zu urteilen, wohl eher nicht", merkte Bastian an.

„Escht krass!"

„Was ist los, Lene?", hakte Theo nach.

„Hier jib's diese superleckeren Donats. Ihr wisst schon, die mit Zuckajuss und Streussels oben druff."

„Lene, konzentrier dich auf deine Aufgabe!"

„Aba ick bin untazuckat!"

„Du bist genauso wenig unterzuckert wie ich ein Hürdenläufer bin!", erwiderte Theo streng.

„Aba in diese Amifilme ham die Leute och imma Donats zum Futtan, wennse jemand obstipieren."

„Observieren", verbesserte Theo instinktiv. „Lene, jetzt hör wenigstens einmal auf, zuerst an deinen Magen zu denken. Wir machen das hier, um Lina zu retten."

„Manno!", maulte Lene. „Musste gleich mit 'ne moralische Kanonenkugel uff mir ballern? Ick hab ja nur jedacht, dass wa professionell vorjehn und erst ma die Vasorgung sicherstell'n, bevor –"

„Der Taucher!", krächzte Kenos Stimme in Theos Ohr.

Theo versuchte, die aufkommende Verzweiflung irgendwie dorthin zurückzustopfen, wo sie herkam.

„Wo, Keno?", fragte Bastians ruhige Stimme. „Wo hast du ihn gesehen?"

Neue Hoffnung keimte in Theo auf. Er ballte die Fäuste und musste sich zusammenreißen, um den Rollstuhl nicht zu beschleunigen.

„Du musst ihn mir zeigen", sagte Bastian behutsam. „Ohne deine Hilfe schaff ich es nicht!"

„Der Taucher, der Taucher, der Taucher!“

„Wo? Ah, krass ... Das ist ja echt unglaublich!“

Theo hielt es nicht mehr aus. „Was ist denn jetzt? Habt ihr ihn gefunden?“

„Euch folgt so ein bärtiger Typ mit Halbglatze und Jeansjacke.“

„Halbglatze und Jeansjacke?“, wiederholte Theo.

„Ja, etwa vierzig Meter hinter euch.“

„Seid ihr sicher?“

„Na ja“, druckste Bastian, „für mich sah es so aus, als habe Keno zweimal auf diesen Typen gezeigt, bevor er in sein Zimmer abgehauen ist.“

„Okay“, murmelte Theo unsicher.

„Watt nu?“, mischte sich Helene ein. „Habta den Typen jetze jefunden oder nich?“

Im selben Moment stieß Paula neben ihm einen erschrockenen Schrei aus. „Mein Handy!“

Theo zuckte zusammen. Sein Rolli machte einen Schlenker und rammte beinahe eine Frau mit mehreren Einkaufstüten in den Händen.

„He, pass doch auf!“

„Mein Handy ist weg!“ Paula tastete hektisch ihre Hosentaschen ab. Sie wandte sich um, stolperte auf eine Frau mit Kinderwagen zu, umklammerte deren Hand und fragte: „Hast du mein Handy gesehen? Es ist weiß, mit so Glitzer drauf!“

Die Frau schüttelte verdattert den Kopf.

„Paula!“, rief Theo ihr hinterher. Doch sie schien ihn gar nicht wahrzunehmen. Sie hastete weiter, während ihr Blick hektisch über den Boden huschte.

Ein älterer Mann machte einen Bogen um Paula, was sie allerdings nicht daran hinderte, auf ihn zuzuhechten und ihn am Ärmel zu packen. „Hast du mein Handy gesehen?“

„Was soll das denn?!" Halb verärgert, halb beunruhigt versuchte er, sich aus ihrem Griff zu befreien.

„Das war voll teuer!", schrie Paula ihn an – was die Situation nicht wesentlich entspannte.

Der Mann sah sich Hilfe suchend um, doch Paula stürmte bereits weiter, um einen Papierkorb zu durchwühlen. Eine Fontäne aus Zeitungen, Taschentüchern und leeren Burgerverpackungen ergoss sich auf den Bürgersteig.

Theo stöhnte auf und hielt weiter auf den Polizeiabschnitt zu. Er musste die Mission fortführen und darauf hoffen, dass Paula sich rechtzeitig wieder beruhigen würde.

Hin und wieder linste er in seine Handykamera, die es ihm ermöglichte, das Geschehen hinter sich im Blick zu behalten. Was er sah, war nicht unbedingt ermutigend. Paula verbreitete einen Aufruhr, der problemlos mit dem Krawall einer Horde Hooligans mithalten könnte.

In seinem Ohrknopf knackte es, als ein lautes Wummern zu hören war. „Keno?", hörte er Bastians Stimme. „Keno, beruhige dich. Es ist vorbei, hörst du? Alles ist gut!"

„Tut ma leid, Freunde", stöhnte Helene, „aba der Stress macht ma ferdich. Ick brooch jetz watt zwischen die Kiemen, sonst kollabier ick." Es war zu hören, wie sie sich schnaufend in Bewegung setzte. „Bin gleich wieda im Einsatz."

Als Theo sich umwandte, sah er gerade noch Helenes imposantes Hinterteil im Eingang einer Bäckerei verschwinden.

Wenige Meter vom Eingang des Polizeiabschnitts entfernt bremste er ab und wendete resigniert den Rollstuhl.

Paula hatte inzwischen den Typen mit der Jeansjacke hinter sich gelassen und stürmte auf zwei Teenager zu, die, den Blick auf ihre Smartphones gerichtet, instinktiv nach rechts und links auswichen.

„Ick hätt jern zwee mit Schoko, drei von die Teile mit die

bunten Streusels und dann noch drei von die Dinga da drüben", beendete Helene gerade ihre Bestellung.

Theo atmete tief durch, ergriff sein Smartphone und berührte den roten Hörer. Die Stimmen in seinem Ohr verstummten. Es war so ziemlich alles schiefgegangen, was hatte schiefgehen können. Es war ihr Plan gewesen, vom Gejagten zum Jäger zu werden. Aber wie es aussah, hatten sie es gründlich vermasselt. Keno war überfordert gewesen, Helene hatte sich von ihrer Unersättlichkeit ablenken lassen, und Paula hatte ihren Auftrag völlig aus den Augen verloren, weil sie ihr dämliches Smartphone suchte, das sehr wahrscheinlich zu Hause auf ihrem Nachttisch lag.

Von dem Typ mit Halbglatze und Jeansjacke war keine Spur mehr zu sehen. Vermutlich war der Mann ohnehin nicht ihre Zielperson gewesen. Resigniert steuerte Theo auf Paula zu, die fast vollständig unter einem schwarzen SUV verschwunden war, der unerlaubterweise auf einem Behindertenparkplatz stand.

Das Ganze entbehrte nicht einer gewissen Ironie, wie Theo fand.

„Es muss hier doch irgendwo sein!", kam es gedämpft unter dem Auto hervor.

„Paula, würdest du bitte unter dem Wagen hervorkommen?", brummte Theo.

„Ist er weg?", fragte seine Mitbewohnerin.

„Was?"

„Na, der Typ mit ohne Haare und der ollen Jeansjacke", erklärte Paula.

„Der ist längst über alle Berge, nachdem du an ihm vorbeigerannt bist", erwiderte Theo. Es gelang ihm nicht ganz, den vorwurfsvollen Unterton aus seiner Stimme herauszuhalten. „Wahrscheinlich war er ohnehin der Falsche", fügte er frustriert hinzu.

„Manno!“, murrte Paula und quetschte sich unter dem Auto vor. „Dann brauch ich ja eine neue.“

„Eine neue? Meinst du ein neues Handy?“, fragte Theo verwirrt.

„Quatsch. Wieso denn? Ich hab doch eins“, sagte Paula und zog das weiße Smartphone in der perlenbestickten Schutzhülle aus der Jackentasche. „Ich mein doch die Uhr.“

Theo starrte sie verblüfft an. „Du hattest dein Handy die ganze Zeit bei dir?“

„Na logo. Glaubst du etwa, ich bin so blöd und verlier das?“

„Na ja ...“

„Dein Plan war doof“, erklärte Paula, „und deshalb hab ich improvisiert.“

„Und der Fitnesstracker?“

„Das Uhrendingsbumsi ist bei dem Glatzkopf in der Jackentasche.“

„Das alles war nur gespielt?“

„Klaro!“ Paula wirkte, als habe Theo sie gefragt, ob sie auch wirklich zwei Füße habe.

Theo schüttelte den Kopf und musste gleichzeitig grinsen. „Paula, du bist wirklich unglaublich!“

„Weiß ich doch.“ Sie winkte souverän ab.

Ein rundlicher Schatten legte sich über Theos Rollstuhltisch. „Und, allet paletti?“, fragte Helene kauend.

Ehe Theo reagieren konnte, hielt ein VW-Bus mit quietschenden Reifen in zweiter Reihe und hupte. „Worauf wartet ihr?“, rief Bastian aus dem geöffneten Fenster. „Steigt ein!“

Die stille Tyrannin

Linas Arme zitterten, aber sie zwang sich weiterzumachen. Sie stemmte sich hoch und ließ sich wieder hinabsinken, bis ihre Stirn fast den feuchtkalten Boden berührte. Ein Schweißtropfen rann ihr über die Nasenspitze, ihre Muskeln brannten. Den letzten Liegestütz schaffte sie nicht ganz. Keuchend ließ sie sich seitlich auf die Matratze sinken und rang nach Atem. Ihr neuer Rekord lag nun bei neununddreißig Push-ups am Stück. Das war angesichts ihrer momentanen Verfassung durchaus akzeptabel.

Die ständige, allumfassende Dunkelheit machte es ihr schwer, die Zeit einzuschätzen. Es fühlte sich an, als wäre sie schon wochenlang hier eingesperrt. Doch ihr Verstand sagte ihr, dass es deutlich kürzer sein musste. Der einzige Maßstab, den sie hatte, war die Anzahl der Mahlzeiten, die sie erhalten hatte. Einmal hatte sie kalte Pizza bekommen, einmal einen lauwarmen, durchgeweichten Döner Kebab und zuletzt ein belegtes Brötchen. Ihrem Hungergefühl nach zu urteilen, entsprach das ungefähr einer Mahlzeit pro Tag. Sie schätzte daher, dass sie sich seit etwa fünfzig bis sechzig Stunden in der Gewalt ihrer Entführer befand.

Erst seit Kurzem wusste sie, dass es sich um mindestens zwei Männer handeln musste. Im Halbschlaf hatte sie in der Ferne Stimmen gehört, und gleich darauf hatten sich ihrem Gefängnis die Schritte von mehr als einer Person genähert.

Die meiste Zeit über war sie jedoch vollkommen allein – allein in der Finsternis.

Lina richtete sich auf. Die Kette um ihr Fußgelenk klirrte leise. Sie nahm einen Schluck aus der Plastikflasche. Auch mit dem Wasser waren ihre Entführer geizig. Sie gaben ihr lediglich einen Liter pro Tag.

Sorgsam stellte Lina die Flasche zurück.

Eine Erinnerung streifte sie.

„Du musst mehr trinken!" Die kindliche Stimme klingt vorwurfsvoll und kann die Angst, die darin mitschwingt, doch nicht überdecken. Es ist ihre eigene Stimme.

Mama hat sich so verändert. Wenn sie wenigstens weinen würde. Doch es scheint, als habe sie alle Tränen, die in ihr waren, bereits geweint. Sie sitzt da, ihre Augen sind auf Lina gerichtet, aber es wirkt nicht so, als würde sie wahrnehmen, dass ihre Tochter vor ihr steht.

„Mama, du musst etwas trinken!", wiederholt Lina, und in Gedanken fügt sie hinzu: Vielleicht kannst du dann wenigstens wieder weinen.

Mama blinzelt, und Lina hofft, dass sie nun endlich reagiert. Doch das tut sie nicht. Sie bleibt stumm und reglos sitzen.

„Mama! Es ist schlimm, dass Papa fort ist! Aber … du darfst nicht auch noch gehen! Bitte!" Lina starrt in das teilnahmslose Gesicht ihrer Mutter, bis sie den Anblick nicht mehr ertragen kann. Sie wendet sich schluchzend ab, rennt aus dem Zimmer und knallt die Tür zu. Theo in seinem kleinen Bettchen erschrickt, und Lina läuft zu ihm hin, um ihn zu trösten. Sie hat ein schlechtes Gewissen, und zugleich ist sie wütend auf ihren kleinen Bruder, der so viel Hilfe braucht. Mehr Hilfe, als sie ihm geben kann. Sie nimmt ihn fest in den Arm.

Irgendwann spürt sie seine kleine Hand in ihrem Gesicht, die etwas Feuchtes von ihrer Wange wischt. Ihr wird bewusst, dass er sich längst beruhigt hat, also lässt sie von ihm ab. Mit großen Augen sieht er sie an. Sein Blick hat mehr Tiefe, als es bei einem

Jungen seines Alters der Fall sein sollte. Manchmal scheint es ihr, als würden seine Augen einfach alles sehen. Lina wischt sich hastig die Tränen von den Wangen. Sie darf jetzt nicht rumheulen. Wenn sie nicht stark ist, ist gar keiner mehr übrig, der sich um Theo kümmern kann. Doch die Tränen wollen einfach nicht aufhören zu fließen.

„Es ist alles gut, Theo, schlaf weiter!" Sie steht hastig auf und eilt aus dem Zimmer. In ihrem Rücken spürt sie Theos stumme Blicke.

Sie läuft ins Wohnzimmer und wirft sich auf die Couch, um ihr Schluchzen in den Kissen zu ersticken.

Plötzlich sind Schritte zu hören. „Lina?"

„Mama?"

Tatsächlich: Mama steht vor ihr, bleich und dünn wie ein Gespenst. „Es tut mir leid, mein Schatz!" Sie kniet sich neben das Sofa und streicht Lina übers Haar. „Ich habe dich und Theo mehr lieb als alles andere auf der Welt!"

Lina blickt zu ihr auf. Mama sieht noch immer traurig aus, aber die Leere ist aus ihrem Blick verschwunden.

„Ich werde euch niemals im Stich lassen. Das verspreche ich!"

Wortlos schlingt Lina die Arme um ihre Mutter und drückt sie ganz fest an sich.

Mama gibt ein merkwürdiges Geräusch von sich – eine Mischung aus ersticktem Aufkeuchen und glucksendem Lachen. „Allerdings kann ich dieses Versprechen nur halten, wenn du mich nicht zerquetschst", presst sie hervor.

Später, viele Jahre später, wagt es Lina, ihre Mutter zu fragen, was damals in ihr vorgegangen war, als Vater verschwand.

„Ganz am Anfang, als Papa ging, war vor allem Angst in mir. Angst und Wut. Ich wollte ihn zurückholen, wollte um ihn kämpfen, wollte um keinen Preis aufgeben. Und die ganze Zeit über

trieb mich die Hoffnung an, dass er nicht wirklich fort war, dass es sich um einen Irrtum handelte." Mama streicht sich eine Strähne ihres langen Haares hinters Ohr und nickt nachdenklich. „Aber irgendwann kam der Moment, in dem mir klar wurde, dass Papa wirklich fort war und dass ich keine Chance hatte, ihn zurückzuholen. An jenem Tag verflog die Wut in mir, und die Traurigkeit hielt Einzug." Sie sieht Lina an und lächelt sanft. „Weißt du, Lina, all das war notwendig und ein Teil des schmerzhaften Heilungsprozesses, den ich durchlaufen musste. Aber dann geschah etwas, was nicht mehr gut war: Die Traurigkeit wich einer großen, grauen Leere. Eine Leere, die jegliche Farbe aus meinem Leben saugte, die mir alle Kraft nahm und meine Gedanken zwang, sich immer und immer wieder im Kreis zu drehen. Sie duldete nichts außer sich selbst, als hätte nur sie das Recht zu herrschen; als hätte sie die alleinige Deutungshoheit über die Welt. Jede Erinnerung wurde getrübt vom grauen Schleier des Verlustes, als wäre jedes Lächeln ein Verrat, jeder Moment kleinen Glücks eine Lüge. Diese Leere kommt ganz still und unbemerkt, und doch ist sie eine grausame Tyrannin. Selbst die Sonne soll vor ihr verlöschen, und die Sterne sollen vom Himmel fallen ob ihrer allumfassenden Macht." Tränen treten in ihre Augen. „Ach Lina, es tut mir so leid für dich und Theo. So oft habe ich euch im Stich gelassen und euch nicht das gegeben, was ihr brauchtet, weil die graue Leere mich beinahe verschlungen hätte."

„Und was hat dich dort herausgeholt?", fragt Lina.

Wieder huscht ein Lächeln über Mamas Lippen. „Das wart ihr – Theo und du. Ihr habt mir klargemacht, dass etwas nicht stimmt. Durch euch wurde mir bewusst, dass der Allmachtsanspruch der Traurigkeit falsch ist. Und als mir das klar wurde, habe ich mich an drei Dingen festgehalten: an der Liebe zu euch; an dem Vertrauen darauf, dass ich niemals allein bin, dass da jemand bei mir ist, der all diesen Mist kennt, weil er ihn selbst erlebt hat; und an der Hoffnung, dass all das Chaos, die Dunkelheit und Bösartigkeit dieser Welt nicht das letzte Wort haben werden.“

Lina richtete sich auf und begann, auf und ab zu gehen. Mamas Lächeln schien noch immer in der Dunkelheit über ihr zu schweben.

Die Kette klirrte leise. Zwei Schritte nach rechts, zwei Schritte nach links. Das war die Freiheit, die ihr geblieben war. Doch gleichzeitig wusste Lina, dass ihr Gefängnis alles andere als die ganze Wirklichkeit abbildete. Wer seine eigene Wahrnehmung zur einzig gültigen Wirklichkeit machte, belog sich selbst. Lina wusste, es gab Licht und Luft, Wind, Wellen und Meer, ausgedehnte Wälder, grüne Wiesen, Freiheit und Freude, auch wenn sie jetzt nichts davon sehen oder spüren konnte. Die Wirklichkeit übertraf ihre winzige Welt in einem Ausmaß, das sich jeglicher Beschreibung entzog.

Eine Gänsehaut überlief sie, als ihr klar wurde, dass dies nicht nur jetzt, sondern schon immer so gewesen war. Der einzige Unterschied war, dass es ihr in dieser düsteren Zelle endlich bewusst wurde.

Sie erschauderte, als sie an die ungeheure Kraft dachte, die vom Glauben ihrer Mutter ausging. Irgendwie hatte Lina stets das Gefühl gehabt, der Glaube würde die Wirklichkeit des Bösen ausblenden, würde sie kleinreden und die Menschen auf das Jenseits vertrösten, weil die Wucht der Finsternis dieser Welt zu groß war und die Kraft, dagegen anzukämpfen, zu klein. Doch in Wirklichkeit war es genau umgekehrt. Der Glaube hatte ihre Mutter nicht blind gemacht, sondern ihr die Augen für die ganze Wirklichkeit geöffnet. Und gerade deshalb hatte er ihr die Kraft gegeben, nicht einfach hinzunehmen, was war, sondern zu kämpfen und eine Veränderung zu bewirken.

Glaube, Hoffnung und Liebe, diese drei würden die Finsternis der Welt überdauern. Lina hatte es schon oft gehört, aber zum ersten Mal begann sie zu ahnen, was das wirklich bedeutete.

Der sonderbare, fast heilige Moment in der Finsternis ihrer Zelle wurde durch ein Geräusch unterbrochen. Schritte näherten sich. Instinktiv ließ Lina sich auf die Matratze sinken und schloss die Augen.

Zwei männliche Stimmen waren zu vernehmen. Sie klangen angespannt.

„Uns bleiben noch drei Tage bis zur Auktion", sagte die eine Stimme, die Lina irgendwie bekannt vorkam.

Die andere Stimme brummte: „Verdammt wenig Zeit, wenn ..." Die nächsten Worte waren nicht zu hören.

„Vierzig Millionen sollten Anreiz genug sein", erwiderte die erste Stimme. „Wir müssen den Druck erhöhen!"

Der Schieber an Linas Zellentür wurde zurückgeschoben.

„Gut. Drehen wir einen kleinen Film."

Lina war so sehr darauf fokussiert, die erste Stimme irgendwie einzuordnen, dass ihr die bizarre Aussage des zweiten Mannes erst verspätet bewusst wurde. *Einen Film? Was meint der Kerl damit?*

Ein Schlüssel klapperte. Im nächsten Moment wurde die Tür aufgestoßen und krachte gegen die Wand. Lina zuckte erschrocken zusammen. Beide Männer stürzten sich auf sie. Ein Knie bohrte sich in ihren Rücken. Ihre Hände wurden brutal gepackt und hinter ihrem Rücken mit einem Kabelbinder gefesselt. Der Geruch des Herrenparfüms stieg ihr wieder in die Nase. Sie wehrte sich mit aller Kraft, trat um sich und traf etwas Weiches.

„Verdammt! Halt sie fest!"

Jemand verdrehte schmerzhaft ihre Handgelenke. Lina stöhnte auf. Sie gab es auf, sich zu wehren, und versuchte, wenigstens innerlich die Kontrolle zu behalten. Diese Stimme – wo nur hatte sie diese Stimme schon einmal gehört?

Plötzlich flammte grelles Licht auf. Unerträgliche Helligkeit biss ihr in die Augen. Instinktiv senkte sie den Kopf, doch jemand griff ihr in die Haare und riss ihn wieder nach oben. Tränen liefen über Linas Wangen, als sie die Lider einen Spaltbreit öffnete und versuchte, die blendenden Strahlen irgendwie auszuhalten. Sie glaubte, einen Schemen hinter dem Licht zu erkennen. Etwas Silbernes blitzte am Rand ihres Sichtfeldes auf. Dann verspürte sie einen heißen, brennenden Schmerz an ihrem Ohr. Sie schrie auf.

Das Licht erlosch, sie wurde zu Boden gestoßen. Jemand durchtrennte den Kabelbinder an ihren Handgelenken. Rasche Schritte, das Knallen der Tür, ein vorgeschobener Riegel, dann war sie allein.

Ihr Ohr pochte, und etwas Warmes rann ihren Hals hinab. Sie tastete danach und schrie vor Schmerz und Schreck auf. Diese Irren hatten ihr das Ohrläppchen abgeschnitten!

Eine Welle nackter Furcht überrollte sie. Lina rappelte sich auf. Die Typen glaubten, sie in der Hand zu haben und mit ihr machen zu können, was sie wollten. Aber sie würde nicht zulassen, dass sie auch in ihrer Seele herrschten – niemals! Sie schrie all ihre Angst, Wut und Verzweiflung heraus.

Als sie sich wieder beruhigt hatte, schmerzte ihr Hals, und das Blut troff noch immer unvermindert auf ihre Schulter, doch sie fühlte sich etwas besser.

Die Kerle waren unvorsichtig geworden. Sie hatten einen ersten Fehler gemacht und miteinander gesprochen. Nun wusste Lina: Es war nichts Persönliches. Sie selbst war für die Männer nur Mittel zum Zweck. Was immer diese Typen wollten, war vierzig Millionen wert. Aber sie hatten nur noch drei Tage Zeit. Dieser Umstand hatte Lina das Ohrläppchen gekostet – und gleichzeitig den Druck offenbart, unter dem ihre Gegner standen. Vielleicht ließ sich darauf aufbauen.

Und mit einem Mal fiel ihr ein, woher sie die Stimme des einen Mannes kannte. Das letzte Mal, als er mit ihr gesprochen hatte, hatte er sich bei ihr entschuldigt. *Ich möchte mich noch einmal ausdrücklich für diese Katastrophe entschuldigen*, hallten seine Worte in ihr wider.

Lina schluckte. Es war unglaublich, aber wahr: Einer der Entführer war Herr Schmidt, der Abteilungsleiter für den Bereich Archivbestände der Stasiunterlagenbehörde. Wobei: Nach allem, was gerade vorgefallen war, hatte sie deutliche Zweifel, dass dies sein richtiger Name war.

Houston, da hamwa den Salat

„Schnell, Basti, du musst Gas geben, sonst ist der Typ gleich weg!“, feuerte Paula Bastian an.

„Ick würd lieba bremsen, dit is nämlisch schon fast kirschgrün“, bemerkte Helene.

„Na und?“, schimpfte Paula. „Willst du etwa, dass der Kerl uns entkommt? Wir müssen den einholen.“

Bastian gab Gas und erwischte die Ampel fast noch bei Gelb. „Möglicherweise ist es euch noch nicht aufgefallen, aber *ich* fahre hier!“

„Bleib ma locka, Schätzchen, wir ham dem schließlich ’n Pfeilsender vapasst“, bemerkte Helene, den Einwurf von Bastian souverän ignorierend.

„Ach ne! Glaubst du etwa, das weiß ich nicht? Das war nämlich ich, die das gemacht hat. Außerdem heißt das *Peilsender.*“

„Is doch schnuppe. Uff jeden Fall kann der Typ uns nich mehr durch de Lappen jehn. Wir könnten zum Beispiel och hier anhalten und ’n Döner futtan und würden den späta trotzdem noch awischn.“ Helene hielt inne und mimte, schauspielerisch wenig überzeugend, ein nachdenkliches Gesicht. „Wo wa jerade von Döner reden: Eijentlich is dit ’ne Spitzenidee!“

Angesichts der abenteuerlichen Vorstellungen, die seine Mitbewohner von einer unauffälligen Observation hatten, platzte Theo heraus: „Lene, niemand außer dir redet hier von Döner!“

„Dit kann man ja ändan. Magste lieba die klassische Variante oder Dürüm-Döner?“

„Lene, wir verfolgen gerade einen Verbrecher, der meine Schwester entführt hat. Ich werde mich jetzt nicht mit dir über Döner unterhalten."

„Wir könnten ja och beedet zugleisch machen. Dit nennt man Multiasking, Kumpel."

„Lene", sagte Theo streng, „kein Wort mehr über Döner!"

„Typisch Mann!", murmelte Helene.

Der Rest ihrer Worte ging in Paulas empörtem Ausruf unter. „Manno! Jetzt hat sich der fette Laster dazwischengequetscht. Wir seh'n den Verbrecher nicht mehr!"

„Moment." Theo vergrößerte den Ausschnitt auf seinem Smartphone. „Er ist auf die B1 abgebogen und folgt ihr in östlicher Richtung."

„Alles klar." Bastian setzte den Blinker. „Ich frage mich, wo der hinwill. Wir sind schon fast in Mahlsdorf und dann kommt nicht mehr viel."

„Dann sollten wir den Abstand eher vergrößern", mahnte Theo.

„Okay. Sagt mal, dieser Motorroller hinter uns, folgt der uns schon länger?"

„Also, mir ist der Typ noch nich uffjefallen", bemerkte Helene.

„Kein Wunder, der ist ja auch nicht aus Schokolade", konterte Paula bissig.

„Och, so'n jebratenet Hünchen uffm Rolla wär mir ooch uffjefalln", gab Helene grinsend zurück.

Theo stellte seine Kamera auf Selfiemodus und beobachtete den Verkehr hinter sich. Der Motorroller fuhr hinter einem Kombi. Für einen kurzen Moment beschlich Theo ein merkwürdiges Gefühl. Doch er konnte es nicht einordnen, und es verging so schnell, wie es gekommen war. „Mir ist er bislang nicht aufgefallen", bemerkte er deshalb nur.

„Okay“, erwiderte Bastian, „behalten wir ihn einfach im Auge.“

Sie kamen an einem Businesspark vorbei. Linker Hand kam ein Baumarkt in Sicht, rechts begann offenes Feld. Theo biss sich auf die Lippen. Zweifel nagten an ihm. Hätten sie doch die Polizei informieren sollen? Aber die Warnung war eindeutig gewesen, und Bens seltsames Verhalten hatte nicht dazu beigetragen, Theos Vertrauen in diese Institution zu stärken. Er schloss die Augen und schickte ein hastiges Gebet voller Sorgen und Zweifel gen Himmel.

„Tja, ich würde sagen, wir verlassen gerade Berlin“, bemerkte Bastian.

Scott schielte neugierig aus dem Fenster, und Helene bemerkte sorgenvoll: „Mist! Ick hoffe, ick hab jenuch Proviant einjepackt.“

Bastian verdrehte die Augen. „Lene, nur weil wir Berlin verlassen, heißt das nicht, dass wir gleich in der sibirischen Tundra landen.“

Helene warf einen misstrauischen Blick aus dem Seitenfenster. „Sieht aba janz danach aus!“

„Will der etwa auf die A10?“, murmelte Bastian.

„Nein, er fährt weiter Richtung Osten.“

Sie durchfuhren eine Ortschaft, die überwiegend aus Gewerbegebiet bestand.

„Na bitte, selbst hier inne Wildnis jib’s ’n Dönerladen“, bemerkte Helene erleichtert. „Vielleischt sollt’n wa uns erst ma mit dem Nötichsten vasorgn, bevor wa inne Tundra vaschwinden?“

„Unsere Zielperson wird langsamer!“, rief Theo aus. „Der Wagen biegt rechts ab.“

Bastian drosselte das Tempo und verließ eine halbe Minute später ebenfalls die Landstraße. Sie kamen an ein paar Häusern vorbei. Ansonsten standen rechts und links nur Bäume.

„Folgt uns der Motorroller immer noch?“, fragte Theo.

„Ich sehe ihn nicht mehr“, erwiderte Bastian.

„Ick ooch nich“, bestätigte auch Helene.

„Warte!“, sagte Theo rasch, als er bemerkte, dass der rot blinkende Punkt angehalten hatte. „Da scheint es einen Kanal zu geben. Er ist an einer Brücke stehen geblieben.“

Bastian setzte den Blinker und wartete am Straßenrand.

„Jetzt fährt er weiter, aber sehr langsam.“

„Gut, dann warten wir lieber.“

„Komisch. Laut meiner Karte gibt's da gar nichts“, bemerkte Theo. „Ich wechsle mal in die Satellitenansicht. Oh ...“

„Watt is'n?“, fragte Helene. „Nu lass dir doch nich jeden Popel aus die Nase zieh'n!“

„Das sieht nach einem ziemlich großen Industriegelände aus.“

„Watt soll'n dit heißen? Du meenst, dass irgend 'ne Fabrik hinter die Entführung von Lina steckt?“

„Wieso denn eine Fabrik?“, fragte Paula.

„Ich glaube, ich weiß jetzt, wo wir sind“, bemerkte Bastian.

„Na, dit wissen wa ooch. Mitten inne Tundra am Straßenrand“, brummte Helene.

Theo erkannte den Ernst der Lage und meinte: „Lene, ich glaub, es ist Zeit für einen kleinen Snack.“

„Jetzt, wo de dit sachst ...“ Theos korpulente Mitbewohnerin kramte in ihrem Rucksack. „Und hätt'n wa vorhin kurz am Döner jehalten, müsst ick jetz nich meenen kostbaren Proviant anbrechen.“

Paula verdrehte die Augen, und Theo fragte Bastian: „Wo sind wir denn?“

„Da vorn muss das Gelände des ehemaligen VEB Chemiewerks Coswig bei Rüdersdorf sein. Das steht schon seit Jahrzehnten leer.“

„Seit wann kennst du dich mit Chemiewerken aus? Ich denke, du studierst Sozio...dingsbums?“, fragte Paula.

„Ich war hier mal vor vielen Jahren mit ein paar Kumpeln. Wir sind ein bisschen herumgekraxelt.“

„Verflixt!“, rief Theo aus.

„Wieso denn?“, fragte Helene. „So schlimm is dit nu ooch wieda nich. Basti hat ja nischt kaputt jemacht, stimm's?“

„Das meine ich nicht“, erwiderte Theo. „Das Signal ist verschwunden!“

„Oh“, Paulas Augen wurden groß, „und was heißt das?“

„Ich fürchte, das bedeutet, er hat den Fitnesstracker entdeckt und zerstört.“

Helene hatte ein riesiges Käsebaguette aus ihrem Rucksack gefischt und biss kräftig hinein. „Mift“, murmelte sie mit vollen Backen.

„Es könnte noch eine andere Erklärung geben“, meldete sich Bastian zu Wort. „Unter den Gebäuden gibt es unzählige Tunnel. Ein perfektes Versteck, wenn ihr mich fragt. Ich könnte mir vorstellen, dass sie Lina dort gefangen halten. Und da ein Großteil der Gebäude aus massivem Stahlbeton besteht, ist unser Peilsender möglicherweise zu schwach, um das Signal zu übertragen.“

„Aha, und was machen wir jetzt?“, fragte Paula.

„Wir schleichen uns auf das Gelände und suchen so lange nach Lina, bis wir sie gefunden haben!“, erwiderte Theo.

„Guter Plan!“, sagte Bastian und gab Gas.

Doch ihre Fahrt endete schneller als gedacht, denn die Brücke war mit einem stabilen Eisentor gesichert.

„Du musst zurückfahren und mit vollem Karacho dagegenknallen, dann fliegt das Tor auf!“, schlug Paula vor, die zu Theos Überraschung eine erstaunliche Affinität zu Actionszenen entwickelte.

„Äh, das ist ein Bus und kein Panzerwagen. Martha reißt mir den Kopf ab und tackert ihn an die Motorhaube, wenn ich mit dem WG-Bus so einen Blödsinn anstelle."

„Oh, oh", sagte Scott und starrte Bastian mit großen Augen an.

„Ich hab vielleicht ein bisschen übertrieben", beschwichtigte Bastian rasch.

„Ich glaube, wir müssen nicht so brachial vorgehen", sagte Theo mit einem Blick auf sein Smartphone. „Etwas weiter östlich gibt es noch eine zweite Brücke. Am besten, du wendest, fährst an diesen Gebäuden vorbei und biegst dann die nächste Straße rechts ab."

Eine Minute später bremste Bastian erneut ab. „Okay, hier gibt es zwar auch ein Tor, aber es sieht leicht zu knacken aus." Er räusperte sich. „Das ist die gute Nachricht."

„Und die schlechte?", hakte Theo nach, der von seiner Position aus nicht viel erkennen konnte.

„Es ist eine Eisenbahnbrücke."

„Na und?", bemerkte Helene. „Wo is dit Problem? Broochn wa noch 'ne Dampflock oder watt?"

„Das Problem ist mein Rollstuhl", seufzte Theo. „Er ist nicht unbedingt gleistauglich." Die meiste Zeit über kam er sehr gut damit klar, auf einen Rollstuhl angewiesen zu sein. Aber in diesem Moment hasste Theo seinen schwachen Körper.

„Und wenn wir den einfach tragen?", schlug Paula vor.

„Der ist nicht gerade ein Leichtgewicht. Ohne mich wiegt er schon knapp neunzig Kilo."

„Und neben den Gleisen wird es wohl zu eng sein", bemerkte Bastian. „Abgesehen davon, dass du aufgrund der Unebenheiten und Steine vermutlich stecken bleiben wirst."

„Houston, da hamwa den Salat", warf Helene ein geringfügig modifiziertes Zitat aus der Raumfahrtgeschichte ein.

„Ich fürchte, ihr müsst mich hier zurücklassen."

„Nein", brummte Scott. Er stand auf und klappte Theos Rollstuhltisch beiseite. Seine mächtigen Hände schoben sich unter Theos Kniekehlen und Achseln.

„Du willst mich tragen?"

Scott nickte und spannte die Muskeln an.

„Halt!", rief Theo hastig. „Erst abschnallen."

„Alles klar", übernahm Bastian das Kommando. „Dann wollen wir mal."

Zehn Minuten später saß Theo im grauen Kies, der das Gelände bedeckte, und lehnte an einer mit Graffiti beschmierten, rissigen Betonwand vor einem Silo. Das Auto des mutmaßlichen Entführers stand in etwa achtzig Metern Entfernung, ganz in der Nähe eines riesigen Schornsteins.

Scott hockte schnaufend neben Theo. Bastian holte zwei Actionkameras aus seinem Rucksack und reichte sie den beiden Frauen. „Befestigt werden sie mit diesen Stirnbändern. So schaltet man sie ein. Und du nimmst das!" Er legte Theo ein Tablet auf den Schoß. „Du bist der Koordinator der Aktion. Die Bilder unserer Kameras werden dir angezeigt. Wir bleiben die ganze Zeit über in Kontakt."

„Aber wird der Stahlbeton unsere Handy- und Kamerasignale nicht genauso abschirmen wie die des Trackers?", gab Theo zu bedenken.

„Deshalb habe ich die hier mitgebracht." Bastian zog einige Walkie-Talkies aus dem Rucksack. „Im Umkreis von zwei Kilometern sind die Dinger unschlagbar."

„Krass!", entfuhr es Paula. „Woher hast du das ganze Zeug?"

„Wie gesagt, ich habe mich hin und wieder mit einigen Kumpeln in leer stehenden Gebäuden herumgetrieben und –" Er winkte ab. „Ist ja auch egal. In jedem Fall sind wir jetzt gut ausgerüstet."

„Uff jeden", bemerkte Helene. „Ick komm ma schon vor wie der Typ von Mischn Impossibell."

„Mag sein, aber vergesst bitte nicht: Keiner von uns ist Ethan Hunt!", ermahnte Theo.

„Hä? Wer is'n ditte?", frage Helene.

„Na, der Agent aus Mission Impossible!"

„Ach so. Ick hab ma nich jemerkt, wie der Typ heißt."

„In jedem Fall, denkt bitte daran: Es geht nicht darum, irgendwelche Heldentaten zu vollbringen. Wir wollen nur herausfinden, ob Lina hier irgendwo versteckt wird. Also seid vorsichtig. Ich habe die Walkie-Talkies für den Anfang auf Dauerbetrieb gestellt, damit wir problemlos kommunizieren können. Sobald ihr jemanden seht, versteckt ihr euch, gebt leise Bescheid und beendet den Dauerbetrieb, indem ihr auf diesen Knopf drückt."

„Klaro!"

„Wir überlegen dann gemeinsam, wie wir weiter vorgehen."

„Also, ick für meen Teil hab nich vor, die Gangster zu vakloppen."

„Das beruhigt mich."

„Paula, Lene und ich durchsuchen die Gebäude, Scott passt auf Theo auf und Theo auf uns. Einverstanden?"

Scott nickte ernst. Helene schob sich ein Kaubonbon in den Mund, und Paula bohrte hingebungsvoll mit ihrem kleinen Finger im rechten Ohr. „Alles klar, Bastian", sagte Theo, „so machen wir's. Ich schlage vor, ihr fangt mit dem etwas kleineren Gebäude dort drüben an. Da, wo das Auto parkt."

„Jute Idee, bestimmt wollte der Entführer nicht so weit loofen und hat gleich neben dit Jefängnis von deene Schwesta jeparkt."

„Genau", bestätigte Theo. „Am besten, ihr nähert euch von der anderen Seite."

„Machen wir!“, sagte Paula und eilte los.

„Nicht da lang!“, zischte Bastian.

„Wieso denn nicht?“, empörte sich Paula.

„Weil wir nicht auf der Seite eindringen wollen, auf der das Auto steht.“

„Ach so, dann sag das doch gleich.“

„Aber Theo hat doch eben genau das –“

„Mann, Mann, Mann“, unterbrach Paula ihn und stapfte kopfschüttelnd an ihm vorbei zur Rückseite, „dass Männer sich einfach nicht klar ausdrücken können.“

Helene folgte ihr. „Da darfste nich so streng sein. Der Basti is ja noch nich fertich mit seene Schule. Der lernt dit schon noch.“

Bastian warf Theo einen zweifelnden Blick zu. „Vielleicht sollte ich doch lieber allein gehen?“

„Du glaubst doch nicht ernsthaft, dass die beiden das zulassen würden?“

Bastian verzog das Gesicht. „Auch wieder wahr.“ Er wandte sich um und eilte den beiden hinterher. „Wartet auf mich!“

Theo erwiderte nichts. Was, außer zu warten, konnte er schon tun?

Aktion Licht und der junge Mann

Als die Tür geöffnet wurde, spürte Lina, dass irgendetwas anders war. Zuerst konnte sie es nicht einordnen. Noch immer drang kein Funken Licht in ihr Gefängnis. Ihr Bewacher war allein gekommen und stumm wie ein Fisch. Sie konnte sein Parfüm und den schwachen Duft von fettigem Hühnchen und Sojasoße riechen. Der Mann platzierte die erkaltete Mahlzeit, diesmal offenbar gebratene Nudeln vom Asia-Imbiss, sowie eine Flasche Wasser neben der Matratze auf dem Boden. Dann tauschte er den Zinkeimer aus, der Lina als Toilette diente – so, wie er es immer tat.

Erst als er sich wieder abwandte und zur Tür ging, fiel ihr auf, was anders war. Seine Schritte waren hastiger, sein Atem ging schneller. Er hatte etwas von seiner Souveränität verloren.

„Warten Sie!", sagte Lina. Der Klang ihrer eigenen Stimme kam ihr nach den vielen Stunden des Schweigens seltsam fremd vor.

Die Schritte verstummten. Der Mann verharrte, aber sie konnte seine Gereiztheit beinahe riechen.

„Ich weiß, dass Sie etwas suchen", sagte sie hastig. „Etwas, was mein Vater Ihnen vor vielen Jahren ... weggenommen hat."

Schweigen.

„Aus irgendeinem Grund gehen Sie davon aus, dass mein Bruder Theo mehr darüber weiß. Deshalb haben Sie mich entführt. Sie versuchen, ihn unter Druck zu setzen."

Der Mann sagte nichts, aber sie hörte ein leises Scharren,

als habe er sich unbewusst ein wenig näher zu ihr hinbewegt. War sie auf der richtigen Spur?

„Aber Sie dürfen eines nicht vergessen: Als mein Vater verschwand, war mein Bruder noch nicht einmal drei Jahre alt. Wenn mein Vater tatsächlich einen Hinweis hinterlassen hätte, bevor er untertauchte, dann hätte er ihn mir gegeben und nicht meinem kleinen Bruder."

„Du weißt gar nichts", sagte der Mann abschätzig. Aber immerhin sprach er mit ihr – zum ersten Mal, seit er sie gefangen genommen hatte. Es war die Stimme von Schmidt.

Linas Herz begann, schneller zu schlagen. Ihr Feind hatte angefangen, aus seiner Deckung zu treten. „Woher wollen Sie das wissen?", erwiderte sie deshalb. „Mein Vater und ich hatten ein sehr enges Verhältnis. Ich war ein Papa-Kind … bevor er aus meinem Leben verschwand und mich zurückließ wie ein kaputtes Möbelstück!" Lina legte eine Wut in ihre Stimme, die sie nicht empfand. Ihr Gegenüber sollte glauben, dass sie ihrem Vater gegenüber keinerlei Loyalität empfand. „Also, bitte verraten Sie mir, was Sie suchen, und ich werde mein Möglichstes tun, um Ihnen zu helfen!"

Ihr Gegenüber schien nachzudenken. Sie hörte sein leises Atmen. Schließlich, als sie schon glaubte, er würde für immer schweigen, fragte er: „Was weißt du über die ‚Aktion Licht'?"

Aktion Licht? Linas Gedanken rasten. Es funktionierte tatsächlich! Der Mann redete mit ihr. Leider hatte sie nicht den Hauch einer Ahnung, wovon er da sprach. „Diese Worte hat er nie benutzt. Aber vergessen Sie nicht: Ich war ein kleines Mädchen. Vielleicht hat er es etwas anders ausgedrückt."

„Der junge Mann!", knurrte ihr Entführer. „Hat er jemals über den jungen Mann gesprochen?"

Verflixt!, ging es Lina durch den Kopf. Warum sprach der Typ ständig in Rätseln? „Ich … bin nicht sicher."

Der Mann schnaufte verächtlich. Im selben Moment hörte sie ein Summen wie das eines Vibrationsalarms und gleich darauf eine leise Stimme. Sie war sich sicher: Der Mann trug ein Headset und bekam gerade einen Anruf.

Linas Gehör schien schärfer geworden zu sein, seit sie von vollkommener Finsternis umgeben war.

„... sind da“, vernahm sie. „Kommen aus östlicher Richtung.“

„Ist er dabei?“, fragte der Mann.

„Eins nach dem anderen“, erwiderte die Stimme. „Du weißt, was zu tun ist.“

Lina vernahm sich entfernende Schritte. „Warten Sie!“, rief sie.

Der Mann ignorierte sie.

„Jetzt warten Sie doch! Geben Sie mir mehr Informationen. Wer ist der junge Mann?“

Die Tür quietschte leise. „Hältst du mich für einen kompletten Idioten? Du weißt überhaupt nichts!“

„Nicht bewusst“, erwiderte Lina hastig, „aber vielleicht unbewusst!“

Die Tür fiel krachend ins Schloss. Es schepperte und klirrte, dann wurde sie abgeschlossen. Eilige Schritte entfernten sich.

Lina biss sich auf die Lippen. Ihr geschärftes Gehör hatte ihr etwas verraten. Der Mann hatte einen Fehler gemacht. Aber in ihrer jetzigen Situation war sie nicht in der Lage, sich diesen zunutze zu machen.

Hilflosigkeit

Theo konzentrierte sich auf den Bildschirm. Alle drei Kamerabilder waren von brauchbarer Qualität. Bastians Bild bot einen guten Überblick über das Gelände. Paulas Kameralinse huschte nervös hin und her. Und Helenes Bildausschnitt zeigte im Wesentlichen ihre Füße, während ihr schnaufender Atem aus dem Lautsprecher drang.

„Scott", sagte Theo, „kannst du den Wagen des Entführers im Blick behalten? Bitte gib mir Bescheid, wenn du jemanden siehst oder irgendetwas Verdächtiges wahrnimmst."

Scott nickte.

Indessen schlichen die drei anderen vorsichtig an der Ostseite des Gebäudes entlang. Helene bildete das Schlusslicht und war etwas zurückgefallen. Anhand ihres Kamerabildes konnte Theo recht gut erkennen, woran das lag: Sie hatte Schwierigkeiten, den XXL-Schokoriegel, den sie aus ihrem Rucksack gekramt hatte, von seiner Kunststoffumhüllung zu befreien.

„Lene?", meldete sich Theo über das Funkgerät.

„Jib's irjendwatt Dringendet? Die Laje erfordat hier nämlisch meene volle Konzentration."

„Lene, steck den Schokoriegel wieder ein! Das hier ist kein Sonntagsausflug."

„Gloobste, ick mach dit zum Spaß oder watt? Ick bin untazuckat!"

„Glaub mir, Helene, das bist du ganz sicher nicht –"

„Is mir ejal! Ick brooch Schoki! Sofort, vastehste? Sonst fang ick gleich an zu hyperventilatoren! Owa änt aut!“ Helene blieb stehen. „Vaflixtet Mistteil! Wer denkt sich denn so ’ne bekloppte Vapackung aus?“

„Paula, check du mal den Eingang“, meldete sich Bastian zu Wort. „Ich schau nach, was da hinten los ist.“ Er kehrte um. „Lene, wo bleibst du denn?“

„Der Schrott jeht nich uff!“, erwiderte Helene aufgebracht.

„Gib mal her!“

„Finga weg! Ick krieg dit schon hin!“

Kurzerhand biss Helene einfach ein Stück Schokolade mitsamt der Verpackung ab. Dann pulte sie den Kunststoff wieder zwischen den Zähnen hervor und ließ ihn zu Boden fallen.

„Na bitte, jeht doch!“, konstatierte sie zufrieden. „Von mir aus kann’s weiterjehn.“

Theo in seinem Versteck seufzte. Auf was hatten sie sich da bloß eingelassen?

„Achtung, Achtung“, flüsterte Paula lautstark in ihr Walkie-Talkie, „ich weiß jetzt, wie wir reinkommen!“ Sie winkte ihre beiden Mitstreiter eifrig zu sich. „Hier“, zischte sie, als die beiden bei ihr angekommen waren, „wir klettern einfach durch das Fenster.“

„Wie soll’n dit jehn? Seh ick aus wie’n Gibbon?“

„Nicht so laut“, mahnte Bastian. „Paulas Idee ist wirklich nicht schlecht. Sämtliches Glas fehlt, und das Fenster ist nur gut einen Meter hoch.“

„NUR?! Willste ma vaäppeln? Wie soll ick denn meenen Alabastakörpa da hochwuchten? Ick hab keene Flügel, falls dir dit noch nich uffjefalln is!“

„Wir helfen dir!“

„Sehr witzich. Wollta ’n Fahrstuhl einbaun oder watt?“

Bastian erwiderte nichts. Offenbar wurde auch ihm gerade

bewusst, dass er nicht in der Lage war, fast drei Zentner zu stemmen.

„Na gut, dann gehen ich und Bastian rein, und du stehst Schmiere“, schlug Paula vor.

„Quatsch! Ick steh doch hier nich blöd inne Jegend rum. Jeht meinetwegen kraxeln, wenna wollt. Ick nehm die Tür!“ Helene marschierte zielstrebig weiter.

„Lene“, sagte Bastian mit einem Anflug von Verzweiflung, „wenn es so einfach wäre –“ Er verstummte, denn im selben Moment öffnete Lene die Stahltür.

„Paula, du solltest doch alles überprüfen!“

„Ich dachte, die ist sowieso abgeschlossen.“

„Leute, ihr macht mich fertig!“

„Könn wa jetz endlich rinnjehn? Wir ham nicht den janzen Tach Zeit, wir müssen Lina befrein!“

„Warte, Lene, du weißt doch gar nicht –“

„Oha!“, unterbrach ihn Helenes nervöser Ausruf. Sie hob die Hände und ging langsam rückwärts.

Theo schluckte. Das Kamerabild seiner Mitbewohnerin zeigte einen dunklen Schatten. Aus Bastians Blickwinkel sah Theo Helene weiter rückwärtsgehen.

Ein Mann schälte sich aus der Düsternis des leer stehenden Gebäudes. Er war groß, breitschultrig und hielt eine Waffe auf Helene gerichtet.

„Schnell, Scott! In Deckung!“

Der Hüne kauerte sich neben Theo hinter die Mauer. Sein Gesicht war blass wie ein Bettlaken.

„Nicht schießen!“, drang Paulas ängstliche Stimme aus dem Lautsprecher. „Wir haben doch gar nix gemacht!“

„Umdrehen! Hände auf den Rücken!“, befahl der Mann.

Helene gehorchte. Theo konnte ihr nervöses Schnaufen vernehmen. Paula brach in Tränen aus.

„Umdrehen, hab ich gesagt!“, knurrte der Mann.

„Ick gloob, ma wird schwindlich“, murmelte Helene und taumelte nach hinten.

Der Kerl stieß sie grob von sich. Paula schrie ängstlich auf, und im selben Moment wirbelte Bastian herum. Seine Bewegungen waren so schnell, dass sie vor Theos Augen verschwammen. Mit einem Drehkick trat er dem Mann die Waffe aus der Hand.

Der Fremde gab keinen Laut von sich und erholte sich erstaunlich schnell von dem Schreck. Während Bastian noch taumelte, hatte der Typ sich schon gebückt und streckte die Hand nach der Waffe aus. Doch auch Bastian war schnell. Er sprang nach vorn, und dann geschah etwas Seltsames. Mitten in der Luft riss er plötzlich den Arm nach hinten, verlor erneut das Gleichgewicht und stürzte zu Boden.

Sein Kamerabild zeigte nichts als den Himmel. Aus Paulas Sicht sah Theo, dass Bastian sich den Arm hielt. Blut quoll zwischen seinen Fingern hervor. Ein Stöhnen war zu hören, und sein Gesicht war schmerzverzerrt.

Theos Magen krampfte sich zusammen. Es bestand kein Zweifel: Jemand hatte auf Bastian geschossen; ein zweiter Angreifer, der irgendwo in einem Versteck saß und eine Waffe mit Schalldämpfer verwendete.

Der Breitschultrige hob gelassen seine Waffe auf. „Ihr seid an Dämlichkeit wirklich nicht zu überbieten! Habt ihr ernsthaft gedacht, wir hätten nicht mit euch gerechnet?“

Eine Falle, stöhnte Theo innerlich auf, *wir sind blindlings in eine Falle getappt.* Er öffnete die Kamera-App seines Smartphones. „Kannst du das Handy bitte links um die Ecke halten?“, wisperte er Scott zu.

Sein Mitbewohner schüttelte den Kopf und blickte ihn so entsetzt an, als habe Theo ihn darum gebeten, sich den rechten Fuß abzusägen.

„Scott, es gibt hier irgendwo in der Nähe einen Scharfschützen. Wir müssen wissen, wo er ist!"

Das Kopfschütteln wurde vehementer.

Theo konnte es dem Hünen nicht verübeln. Er selbst hatte das Gefühl, sein Herz würde gleich explodieren, so stark hämmerte es gegen seine Rippen.

Er verzog die Lippen zu einem Lächeln, das ermutigend sein sollte, vermutlich aber ziemlich kläglich ausfiel – der Reaktion seines Mitbewohners nach zu urteilen.

Theos Blick huschte zum Tablet. Der Mann fesselte Helene gerade die Hände auf den Rücken. Paula rannen Tränen übers Gesicht, und Bastians Miene war schmerzverzerrt, während er versuchte, sich aufzurichten. Der Kerl hielt inne und hob die Waffe. „Bleib, wo du bist, oder ich verpass dir noch eine Kugel!"

„Mann, du musst doch nich glei so rachial vorjehn. Der Basti wollt doch nur –"

„Halt's Maul!", unterbrach der Mann sie. Dann packte er Paula, drehte ihr brutal die Arme auf den Rücken und fesselte sie ebenfalls. Die junge Frau wimmerte.

Theos Finger zitterten, als er 110 in sein Smartphone tippte.

„Polizeinotruf Brandenburg. Zurzeit sind alle Leitungen belegt ..." Theo stöhnte innerlich auf. Das konnte doch nicht wahr sein!

„Hey, Theo!"

Er zuckte zusammen, als er seinen Namen hörte. Paulas Kamera war auf ihr panisches, tränenüberströmtes Gesicht gerichtet. Gesprochen hatte allerdings der Entführer. Offenbar hatte der Kerl ihr die Kamera abgenommen und filmte sie damit. „Wir wissen, dass du hier bist!", sagte er nun. „Komm raus!"

Theo war wie erstarrt.

„... Bitte legen Sie nicht auf", ertönte die Bandansage des Notrufs durch sein Smartphone. Dann endlich war die Stimme eines Beamten zu hören. „Polizeinotruf Brandenburg."

„Ach, und sollte zufällig die Polizei hier auftauchen, sterben deine Freunde!", fügte der Entführer hinzu.

„Hallo?", fragte der Beamte. „Was ist los? Reden Sie mit mir!"

Theo legte auf.

„Komm raus, Theo", wiederholte der Kerl. „Dann wird niemandem etwas geschehen! Wir wollen nur mit dir reden!"

Scott sah Theo entsetzt an und schüttelte den Kopf.

Theo ergriff das Walkie-Talkie. „Ich ... ich kann nicht", erwiderte er. „Mein Rollstuhl ist nicht hier."

Der Mann hielt einen Moment inne, dann sagte er etwas leiser: „Er behauptet, ohne Rollstuhl hier zu sein."

Offenbar telefonierte er nun mit einem zweiten Mann, vermutlich dem Scharfschützen. Die Antwort konnte Theo nicht verstehen. Als der Typ sich wieder per Walkie-Talkie bei Theo meldete, klang seine Stimme emotionslos. „Das ist bedauerlich!", sagte er. Paulas Kamera fiel zu Boden. Eine Schuhsohle kam ins Bild, dann wurde es schwarz.

„Wir werden dich finden!"

Bastians Kamera wurde ebenfalls zerstört.

„Je länger du es hinauszögerst, desto unangenehmer wird es für euch alle werden."

Auch Lenes Kamerabild erlosch.

Theo biss sich auf die Lippen. Momentan wussten weder der Scharfschütze noch der Mann mit der Pistole, wo sich Scott und er befanden. Aber das konnte sich jederzeit ändern.

„Scott, wir müssen weg hier."

Sein Mitbewohner schüttelte entschieden den Kopf.

„Wir müssen nach dort drüben zu den kleineren Gebäuden kommen. Kannst du mich hintragen?"

Der Kehlkopf des Hünen bewegte sich, als dieser trocken schluckte.

„Bitte! Wenn wir hierbleiben, finden sie uns!"

Scott nickte zögernd. Dann hob er Theo auf seine kräftigen Arme und hastete quer über das Gelände zu den Gebäuden auf der Ostseite. Tablet und Walkie-Talkie ließen sie zurück.

Scott schnaufte, sein Brustkorb hob und senkte sich wie ein Blasebalg, als sie durch ein niedriges Fenster in eines der Gebäude stiegen.

„Verschnauf einen Augenblick!", sagte Theo.

Scott schüttelte den Kopf. Mit weit aufgerissenen Augen sah er sich um und entdeckte eine Treppe, die nach unten führte. Theo benutzte die Taschenlampe seines Smartphones, um ihnen den Weg zu leuchten.

Sie gelangten in einen Keller. Gerümpel lag hier herum; uralte Möbel, eine demontierte Entlüftungsanlage, leere Fässer mit verblichenen Etiketten.

Erschöpft kauerte sich Scott in eine Nische und setzte Theo behutsam ab, sodass der sich mit dem Rücken an einen Stapel Zementsäcke lehnen konnte. Es roch nach Zementstaub, feuchtem Mauerwerk und Rattenurin.

Theo schaltete das Licht aus. Finsternis schlug über ihnen zusammen, und sie lauschten ihrem keuchenden Atem.

Theos Gedanken jagten wild umher. *Gott, was soll ich nur tun?* Seine Freunde waren nur so lange von Bedeutung für die Entführer, wie diese Theo nicht in den Fängen hatten. Er wagte nicht, sich auszumalen, was die Typen mit ihnen machen würden, sobald die drei als Druckmittel irrelevant waren. Aber wie konnte er ihnen helfen? Er traute sich nicht, die Polizei zu rufen.

Seine Hilflosigkeit machte ihn rasend. Wenn er doch wenigstens laufen könnte! Dann könnte er versuchen, sich anzuschleichen, die Lage zu sondieren und einen Plan zu schmieden.

Aber so war er dazu verdammt, in der Finsternis zu hocken und darauf zu warten, dass die Falle zuschnappte. *Bitte, Gott,* flehte er, *bitte tu etwas. Ich brauche dich jetzt! Lina braucht dich. Meine Freunde brauchen dich! Lass uns nicht im Stich!*

Plötzlich spürte er ein Vibrieren in seiner Hand. Er warf einen Blick auf sein Smartphone und erbleichte. Er erkannte die Nummer wieder – es war die der Entführer! Sie hatten ihm eine Videonachricht geschickt. Hastig deaktivierte er die Lesebestätigung seiner Messenger-App. Wenigstens diesen kleinen Vorteil musste er nutzen. Mit zitternden Händen startete er das Video, und gleich darauf hatte er das Gefühl, als würde ihm etwas die Kehle abschnüren. Einer der Entführer hatte Lina ein Stück vom Ohr abgeschnitten!

Zitternd rang er nach Atem.

Eine weitere Nachricht ging ein. *Stell dich, oder du wirst deine Schwester schon bald nicht mehr wiedererkennen.*

Der reinste Bikini

Irgendetwas Ungewöhnliches musste passiert sein. Es schien Lina, als wären nur ein paar Minuten vergangen, als sie erneut ein Geräusch wahrnahm. Schritte waren zu hören. Diesmal handelte es sich eindeutig um mehr als zwei Personen. Hoffnung glomm in ihr auf.

„Aua! Nur weil se mir hier rumschubsen, kann ick trotzdem nich mehr sehn. Könnse nich dit Licht einschalten, Herr Entführer? Wenn dit so weitajeht, putz ick mit meene Visage noch dit Parkett."

Oh nein!, durchzuckte es Lina. *Das ist Helene!*

„Maul halten!", bellte der Entführer.

„Sie dürfen nicht so schimpfen, wir haben gar nichts Schlimmes gemacht!"

Und das war Paulas Stimme gewesen. Linas Mut sank.

„Lassen Sie die beiden gehen", presste eine dritte Person hervor. „Sie sind doch keine Bedrohung für Sie!"

Bastian! Lina schluckte.

Die Schritte wurden wieder leiser. Offenbar waren die Entführer an Linas Zelle vorbeigegangen.

Sie hielt den Atem an und lauschte.

„Los, weiter!"

Ein Schmerzensschrei erklang. Lina biss die Zähne zusammen. War Bastian verletzt?

„Nicht hauen! Bitte nicht hauen!" Das war wieder Paulas Stimme gewesen.

Lina spürte das Pochen ihrer Halsschlagader. Die Dreistigkeit und Gewissenlosigkeit, die diese Männer an den Tag legten, machte sie wütend. Und zugleich fühlte sie sich hundeelend. Diese unschuldigen Menschen schwebten in höchster Gefahr, und das nur ihretwegen!

Eine Tür krachte, dann waren abermals Schritte zu hören. Sie kamen näher. „Äh, ick gloob, da sind wa jerade herjekomm. Wenn Se dit Licht einjeschaltet hätten, wüssten Se dit!"

„Halt die Fresse, Fettsack!"

Die Tür zu Linas Zelle wurde geöffnet. Sie vernahm ein Schnaufen und schwere Schritte. Etwas knirschte auf dem nackten Betonboden. Ein Funken Hoffnung stahl sich in ihre Verzweiflung.

Die Tür wurde wieder geschlossen und verriegelt. Schritte entfernten sich.

„Na, tolle Wurst! Und jetze?", erklang Helenes eingeschüchterte Stimme. „Dit Ding is ja voll inne Hose jegang. Watt mach ick denn nu?"

„Lene?", sagte Lina vorsichtig.

„Huch! Bist du dit, Lina?"

„Ja."

„Na, Jott sei Dank! Ick dachte schon, ick bin janz allene hier in dit Tintenfass."

„Ist … ist Theo auch hier?"

„Ja, wir ham uns uffjeteilt. Theo und Scotti sind noch draußen. Ick gloob, die zwee ham se nich awischt."

Das war eine gute Nachricht, wobei Lina Zweifel daran hatte, dass es den beiden gelingen würde, noch länger im Verborgenen zu bleiben. Bestimmt waren die Entführer schon auf der Suche nach ihnen.

„Lene, was habt ihr euch nur dabei gedacht, hier aufzutauchen?"

„Na ja, eijentlich wollten wa dir befrein. Aba mir beschleicht der Verdacht, dass irjendwatt schiefjejangen is."

Lina konnte es nicht verhindern: Trotz aller Angst und Sorge stahl sich ein winziges Lächeln auf ihre Lippen. „Diesen Verdacht teile ich."

Helene brummte verlegen. „Eijentlich ham wa uns jar nich so unpfiffig anjestellt. Wir ham beobachtet, wer uns beobachtet, und Keno hat den Typen wiedaakannt. Dann hat Paula dem Burschen so'n Fitnesskräcker unterjejubelt, und wir ham den bis hierher vafolgt. Und als wa uns jerade janz professionell anjeschlichen ham, taucht da plötzlich diesa Vogel mit die Knarre uff. Der Basti hat dem dann mit so'n Karatetrick dit Ding aus die Pfoten jekloppt. Aba dann war da uff eema so'n Häckerschütze, der hat den armen Basti eiskalt awischt."

„Bastian wurde angeschossen?"

„Ja. Aba zum Glück isses nur 'ne Fleischwurstwunde."

„Eine Fleischwunde?"

„Jenau, 'n Streifenschuss am Arm. Dit wird schon wieda!"

Lina erschauerte. Die Vorstellung, Bastian zu verlieren, ging ihr durch Mark und Bein. Wie konnte man jemanden, den man kaum kannte, so gernhaben? Vor allem, wenn dieser Jemand sich auch noch wie ein Mistkerl verhielt! Sie seufzte.

„Du magst den Basti, stümm's?", fragte Helene einfühlsam.

Lina gab ein Geräusch von sich, das durchaus als Zustimmung gedeutet werden konnte.

„Ja, der is schon echt 'n Netta. Der lässt sojar 'n Flüchtlingsmeedchen bei sich wohn. Eijentlich sollte die ins Kirschenasyl, aba dit hat nich gleich jeklappt, und da hatta die erst ma bei sich uffjenomm. Die kann übrijens echt jut kochen, die Kleene. Die würd ick glatt ooch bei mir uffnehm."

Lina atmete tief durch. „Ein Flüchtling wohnt bei ihm?"

„Rischtisch."

„Und ist sie… ich meine, sind die beiden, äh, ein Paar?“

„Nö. Dit is ja nur, damit die Kleene nich wegjeschoben wird, bevor se inne Kirsche einziehn kann.“

Eine Welle aus Scham rollte über Lina hinweg. Hätte sie nur ein einziges Mal ihre Wut im Griff gehabt und nachgefragt, statt einfach aus Bastians Wohnung zu stürmen, wäre ihr und den anderen diese Katastrophe erspart geblieben! Sie blockte die aufkeimende Flut an Selbstvorwürfen ab, die sich in ihr aufbaute. Beschimpfen konnte sie sich später immer noch. Momentan gab es Wichtigeres zu tun.

Helene sog geräuschvoll die Luft ein. „Sach ma, dit riecht hier irjendwie nach China-Imbiss. Kann dit sein, dass de noch ’n paar jebratene Nudeln übrich hast?“

„Hab ich. Aber vorher musst du mir einen Gefallen tun: Irgendwo vor der Tür muss eine Schraube oder ein Nagel auf dem Boden liegen. Es wäre absolut großartig, wenn du mir den bringen könntest.“

„En Najel? Watt willst ’n damit?“

„Uns hier rausbringen.“

„Aha. Na jut, aba wenn ick erst ma uffm Boden bin, wees ick nich, ob ick da allene wieder hochkomme. Dit Problem is nämlisch, dass der Vabrecha mir die Pfoten uffn Rücken jebunden hat.“

„Ich verstehe. Hm, am besten, du lehnst dich an die Wand und lässt dich dann langsam hinuntergleiten. Dann kannst du mit den Händen den Boden abtasten.“

„Und du meenst, dit funktioniert?“

„Aber klar. Du schaffst das.“

„Na, wenn du dit sachst…“ Ächzend ging Helene in die Knie. „Oh Mann, ick war ooch schon ma jeschmeidija. Is aba schon ’n paar Taje her, wenn ick ehrlich bin. Uiuiui, ick gloob, ick jerate ins Rutschn.“

Lina konnte hören, wie Kleidung am Mauerwerk entlangratschte, dann gab es einen dumpfen Aufprall.

„Autsch!"

„Alles okay, Lene?"

„Na ja ... Jebrochen is nischt, ick hab ja meen einjebautes Sischaheitspolsta dabei. Aba dit jibt jarantiert 'n fetten blauen Fleck. So, hier soll also 'n Najel rumliejen. Ick taste mir ma durch de Jejend und ... Wart ma, da is watt. Nee, dit sind nur 'n paar komische Krümel. Könnte Rattenkacke sein – na lecka! So, und hier drüben ... Autsch! Vaflixt, ick hab ma die Birne jestoßn. Dit is hier ja dusta wie inne Seele von Jack se Rippa. Mist, hier is ooch nischt. Biste da sicha, dass hier 'n Najel rumliecht?"

„Ganz sicher", bestätigte Lina. „Ich habe gehört, wie er heruntergefallen ist, und als du reingekommen bist, hat er unter deinen Sohlen geknirscht."

„Unta meene Sohlen? Momentchen ma, vielleicht hält dit Bürschchen sich da ja noch imma vasteckt."

„Du meinst, der Nagel hat sich in deinem Schuhprofil verklemmt?"

„Exaktemong. Bedauerlichaweise kann ick ma in meene momentane Vafassung nich anne Füße grabbeln."

„Wenn du zu mir rüberkommst, kann ich sie untersuchen."

„Jute Idee. Ick hüpp ma uff meem Allawertesten zu dir rüba." Helene ächzte und stöhnte. „Meene Fresse, dit is ja Hochleistungssport!"

Es dauerte mehrere Minuten, bis Helene sich zu Lina vorgearbeitet hatte. „Bin ick jetzt dicht jenuch dranne? Kommste an meene Mauken ran?"

Lina streckte sich Helenes schnaufendem Atem entgegen und ertastete deren Schuhe. Leider enthielt das Gummiprofil des ersten Schuhs lediglich einige eingeklemmte Steinchen und etwas, was hoffentlich nur ein Kaugummi war. Im Profil des zweiten Schuhs hingegen klemmte tatsächlich ein länglicher metallener Gegenstand. Es war eine Schraube! Vermutlich hatte sie sich vom Beschlag gelöst, als der Entführer die Tür zugeknallt hatte.

„Lene, du bist die Beste!"

„Haste dit Teil?"

„Ja!"

„Na, ein Glück! Mehr Pilates vakraft ick heut nich."

„Dreh dich um und rutsch noch etwas näher ran. Ich glaube, ich kann damit deine Fessel durchtrennen."

„Okay. Ein Momentchen, bin gleich in Position! Kommste jetze ran?"

Lina ertastete Helenes speckige Fäuste. „Es kann einen Moment dauern", warnte Lina und begann, mit dem Gewinde der Schraube an dem Kabelbinder zu sägen, der um Helenes Handgelenke geschnürt war.

„Keen Problem, ick hab jerade nischt anderet vor."

Es fiel Lina schwer, die Zeit einzuschätzen. Nach ihrem Gefühl musste über eine halbe Stunde vergangen sein, als der dünne Plastikstreifen endlich riss.

„Danke, Schätzchen. Puh, dit fühlt sich ja an, als würd jerade 'ne Armee Ameisen über meene Pfoten krabbeln."

„Es dauert bestimmt ein bisschen, bis du wieder Gefühl in den Fingern hast", sagte Lina. „Wenn du weiterkrabbelst, kannst du dich auf der Matratze ein wenig ausruhen."

„Übaredet!", schnaufte Helene.

Lina kroch zur Wand, ertastete den Spalt zwischen zwei Mauersteinen und begann, den Mörtel herauszukratzen.

„Äh, wennde dir mit dem Schräubchen durch de Mauer graben willst, kann dit aber 'ne Weile dauan", bemerkte Helene.

„Keine Sorge. Ich baue mir nur ein Werkzeug."

„Aha." Eine kurze Pause entstand, in der nur das leise Kratzen zu hören war. „Sachma, jillt dit Anjebot mit die Nudeln noch?"

„Lass sie dir schmecken."

Es raschelte, und dann erfolgte ein zufriedenes Seufzen. „Bratnudeln mit Hühnchen – bisschen kalt, aba ansonsten jar nich so übel."

Als Lina die Schraube weit genug zwischen die Mauersteine schieben konnte, ließ sie das Behelfswerkzeug dort stecken und tastete nach dem Zinkeimer. Glücklicherweise war der vor Kurzem ausgetauscht worden und noch leer.

„Achtung, Lene, gleich scheppert's." Sie holte aus und ließ den Eimer mit aller Kraft gegen die Schraube krachen.

„Huch, jetz hätt ick ma beenah anne Nudel vaschluckt."

„Entschuldige, es geht nicht anders."

„Keen Problem, wenn der Lärm uns hier rausbringt, kannste scheppern, so viel de willst. Vielleicht funktioniert's ja, wie bei die Flöten von Jericho."

„Du meinst die Posaunen von Jericho", verbesserte Lina instinktiv.

„Meinetwejen auch dit. Ick hab von Tuten und Blasen ohnehin keene Ahnung."

Lina ertastete die Schraube auf dem Boden, doch diese war nur leicht verbogen, und das reichte nicht. Außerdem war ein Stück Mauerstein herausgebrochen. Lina musste die Schraube an anderer Stelle noch einmal verkeilen.

Zwei weitere Male führte sie das Prozedere noch durch, dann war sie endlich zufrieden. Nun begann der schwierige Teil. Der Workshop, in dem sie gelernt hatte, wie man einfache Schlösser mit primitiven Hilfsmitteln knacken konnte, unter Kollegen „MacGyver-Feriencamp" genannt, lag schon über zwei Jahre zurück. Und damals hatte sie zudem ausreichend Licht gehabt.

„Du hast nich zufällich noch 'n Nachtisch parat?", unterbrach Helene die konzentrierte Stille.

„Nein, tut mir leid."

Lina fluchte innerlich. Ihr provisorischer Dietrich hatte sich verkeilt. Das scharfkantige Gewinde schnitt ihr ins Fleisch, und ihre Fingerkuppen waren klebrig vom Blut.

„Schade. Manchma packen die ja wenigstens so 'ne Glückskekse mit ein", bemerkte Helene.

„Diesmal offensichtlich nicht!" Lina biss sich auf die Lippen. *Warum klemmt dieses Schrottteil?*

„Watt machste da eijentlich?"

„Ich versuche, das Schloss zu knacken, mit dem ich an die Wand gekettet bin."

„Ach so. Theo knackt ja ooch ständig Schlössa. Is wahrscheinlich so'n Familiending, wa?"

„Lene, sei mir nicht böse, aber ich muss mich jetzt konzentrieren."

„Vasteh ick doch. Is keen Problem, konzentrier dir ruhich."

„Lene, ich kann mich nicht konzentrieren, wenn du die ganze Zeit redest!"

„Ach so. Allet klar. Na, dann schweig ick ma lieba. Dit is ja ooch keen Problem für mich. Ick kann so ruhich sein, dass de die Läuse in dene Frisur zwitschan hörst. Ick bin sozusajen 'ne wandelnde Schweijeminute –"

„Lene!"

„Jaja, schon klar. Ick bin ja schon ruhich."

Endlich gelang es Lina, die Schraube zu lösen und ...

„Ick sach keen Wort mehr, vasprochn. Von mir hörste nischt mehr. Sozusajen Nullkommanischt."

... zu ihrer Verblüffung stellte Lina fest, dass sich das Schloss geöffnet hatte! Sie wusste nicht, wie genau sie es angestellt hatte, aber das Ding war offen. „Lene?"

„Ja, ick wees, ick wees. Ick soll die Klappe halten.“

„Lene, das Schloss ist offen!“

„Watt? Echt jetze?“

„Ja! Irgendwie hab ich das Ding geknackt!“

„Ick hab's ja gleich jewusst: Du bist der reinste Bikini!“

„Bitte was?“, fragte Lina, während sie ihr wundes Fußgelenk betastete.

„Na, diesa Zauberer, der sich imma aus alle mögliche Jefängnisse befreit hat.“

„Ach, du meinst Houdini?“

„Jenau den Typ meen ick. Aba wennde grade dabei bist, kannste vielleicht ooch noch die Tür uffmachen?“

„Genau das ist der Plan!“ Lina stand auf und streckte sich. Jeder einzelne Muskel ihres Körpers schmerzte, ihre Finger waren wund, und sie war noch immer in völliger Finsternis gefangen. Dennoch spürte sie, wie eine Welle der Euphorie durch ihren Körper brandete. *Ich werde nicht in diesem Loch verrecken,* schwor sie sich. *Und ich werde nicht zulassen, dass Bastian und den anderen wegen mir noch mehr Leid zugefügt wird.*

Sie tastete sich bis zur Eingangstür vor und steckte die verbogene Schraube ins Schloss. Es dauerte eine Weile, bis sie mit der Spitze einen Widerstand ertastete. Ihre Euphorie bekam einen Schub, als es leise knackte, doch dann steckte die Schraube plötzlich fest.

„Du schaffst dit, Lina. Ick gloob an dir“, ermutigte Helene sie.

Zehn Minuten später war Lina nicht einen Millimeter weitergekommen. Ihre Finger schmerzten, und Schweiß rann ihr über die Stirn, während sich ihre nackten Füße auf dem Betonboden allmählich in Eisklumpen verwandelten.

Weitere zwanzig Minuten später war sämtliche Euphorie aufgebraucht. Selbst die nimmermüde Helene hatte das Plappern inzwischen eingestellt und war in dumpfes Brüten versunken. Stattdessen hörte Lina plötzlich ein anderes Geräusch, und sie erstarrte. Die Verzweiflung kam aus ihrem dunklen Loch gekrochen, um ihren angestammten Platz einzunehmen.

Freundschaft und ein verräterisches Licht

Theo starrte in die Dunkelheit. Vor seinem inneren Auge sah er immer und immer wieder, wie der Kerl Lina packte, wie das Messer aufblitzte und Blut auf das T-Shirt seiner Schwester spritzte.

Du bist schuld!, wisperte etwas in ihm. *Du allein bist schuld daran! Diese Typen haben die ganze Zeit nur dich im Visier! Lina kann überhaupt nichts dafür. Und auch dass Bastian angeschossen wurde, dass Paula und Helene gefangen genommen wurden, ist allein deine Schuld. Warum musstest du sie in die ganze Sache hineinziehen?*

Sein schlechtes Gewissen pochte in ihm wie eine entzündete Wunde. „Es tut mir leid! Es tut mir so unglaublich leid!"

Den letzten Gedanken musste er laut ausgesprochen haben, denn plötzlich regte sich Scott neben ihm und legte seinen langen Arm um Theos magere Schulter. „Was?", fragte er mit seiner tiefen Stimme.

„Was mir leidtut?"

Schemenhaft nahm er wahr, wie Scott nickte.

„Na, alles!" Theo schüttelte den Kopf. „Dieses ganze Chaos hier! Dass Mike sterben musste, dass diese Typen Lina solch schlimme Dinge antun..." Er stöhnte. „Bastian wurde angeschossen, unsere Freunde wurden gefangen genommen. Wer weiß, was die Kerle mit ihnen machen werden! Und du? Du wärst wahrscheinlich an jedem Ort der Welt lieber als hier!"

„Hm", brummte Scott nachdenklich. Dann schüttelte er langsam den Kopf. „Nein." Er drückte Theo so kräftig an sich, dass dessen Schulter knackte. „Du bist mein Freund!"

Theo spürte, wie seine Augen feucht wurden. „Danke, Scott. Ich bin echt stolz darauf, dass du mich deinen Freund nennst. Aber wäre ich wirklich ein Freund, hätte ich all das nicht zugelassen. Diese Leute wollen doch nur mich – warum auch immer. In jedem Fall habt ihr mit der ganzen Sache rein gar nichts zu tun!"

„Doch!", widersprach Scott in seiner ruhigen Art. „Freunde helfen!"

„Ich weiß! Und ihr seid die besten Freunde der Welt. Aber das Ganze hier ist eine Nummer zu groß für euch, und ich hätte es wissen müssen. Das ist es, was mir so leidtut!"

„Hm", brummte Scott wieder. Dann sagte er: „Du bist nicht der Böse. Die sind böse! Ich helfe."

Theo rann eine Träne über die Wange. Die unerschütterliche Loyalität seines Mitbewohners berührte ihn sehr. Und nicht nur das – sie enthielt auch eine sanfte Kritik: Mit welchem Recht sprach Theo es seinen Mitbewohnern ab, ihre eigenen Entscheidungen zu treffen? Geschah dies nicht letztlich aus einem Gefühl geistiger Überlegenheit heraus? Glaubte er nicht insgeheim, besser zu wissen, was gut und richtig für sie war? Er biss sich auf die Lippen. Im Grunde war es genau diese Haltung, die ihn regelmäßig wütend auf die Menschen in seiner Umgebung werden ließ. War es denn wirklich eine Frage des Intelligenzquotienten, ob jemand sich als Freund erweisen durfte, auch wenn er sich selbst damit in Gefahr begab? Wohl kaum. Helene, Paula und Scott hatten gewusst, dass es gefährlich werden würde, und trotzdem hatten sie entschieden, ihn nicht allein herkommen zu lassen. Es war eine Entscheidung auf Augenhöhe gewesen, und nun steckten sie alle gemeinsam in diesem Schlamassel.

„Du hast recht, Scott", sagte Theo leise. „Du hast absolut recht! Ich bin echt froh, dass du bei mir bist."

Scott nickte ernst.

„Ich denke, wir sollten versuchen –" Theo verstummte. Er hatte etwas gehört. Scott schien es ähnlich zu gehen, denn Theo spürte, dass der groß gewachsene Mann neben ihm erstarrte.

Ein Scheppern erklang, und gleich darauf war das leise Knirschen von kleinen Kieseln auf Beton zu hören.

Schritte – Schritte, die näher kamen. Hastig schaltete Theo das Handy aus und steckte es zurück in seine Brusttasche. „Da kommt jemand!", wisperte er.

Scotts Muskeln schienen sich noch mehr zu verhärten.

Mit angehaltenem Atem lauschte Theo. Die Schritte wurden lauter. Gleich darauf durchschnitt ein heller Lichtstrahl die Finsternis und beleuchtete ein bizarres Graffiti an der Betonwand, nur wenige Meter von der Nische entfernt, in der sich Theo und Scott versteckten.

Langsam glitt der helle Kreis verräterischen Lichts umher, wanderte über den rissigen Beton, beleuchtete einen kaputten Tisch und einen Stuhl, dessen rotes Kunstlederpolster nur noch aus ein paar Fetzen bestand. Ein Stromkabel, das von der Decke herunterhing wie eine schwarze Würgeschlange, wurde ins grelle Licht gezerrt und verschwand gleich darauf wieder in der Dunkelheit.

Der Lichtkegel wurde heller, als der Mann näher kam. Er traf ein verbogenes Blechregal, an dem ein zerrissener Stromverteilungsplan herunterhing wie die zurückgelassene Flagge einer geschlagenen Armee. Und schließlich kroch die Helligkeit in die Nische und verschlang die schützende Dunkelheit.

Theo hielt den Atem an. Der Lichtstrahl musste sie jeden Moment treffen ...

„Jost?“ Die Stimme war nicht laut, durchschnitt die lähmende Stille aber dennoch wie ein Donnerschlag.

Theo zuckte erschrocken zusammen.

Der Mann hielt inne. „Ja?“, antwortete er, die Taschenlampe weiterhin in ihre Richtung haltend.

„In den Löchern tut sich was. Sieh nach, was die da treiben. Ich will keine Überraschungen erleben.“

Jost schnaufte genervt. „Wozu brauchen wir die Bekloppten noch? Wir hätten sie gleich erledigen sollen.“

Einen Atemzug lang herrschte Stille, dann fragte die andere Stimme betont sanft: „Stellst du etwa meine Anweisungen infrage?“

„Natürlich nicht! Ich bin unterwegs.“ Das Licht verschwand, und hastige Schritte entfernten sich.

Erst jetzt merkte Theo, dass er die ganze Zeit die Luft angehalten hatte. Wie in Zeitlupe atmete er aus. Das war knapp gewesen. Nur einen halben Meter weiter, und der Lichtkegel hätte sie in ihrem Versteck getroffen.

Gerade als er sich fragte, wo der zweite Mann abgeblieben sein könnte, hörte er ein Geräusch dicht neben sich, und grelles Licht spie ihm höhnisch ins Gesicht. Es ging von einer Halogenlampe aus, die auf dem Lauf eines Gewehrs angebracht war.

Theo blinzelte, und sein Blick wanderte zu der Gestalt dahinter.

„Hallo, Theo, wie schön, dass wir uns endlich persönlich kennenlernen.“

Bisse in der Finsternis

Als sie das leise Quietschen der Türangel vernahm, hielt Lina inne und erschauerte. Der Entführer war zurück. Er hatte den Gang betreten, der zu ihrem Gefängnis führte. Selbst wenn es ihr jetzt gelänge, die Zellentür zu öffnen, wäre es zu spät. Ihre Gedanken rasten, während sie verzweifelt versuchte, die Schraube geräuschlos zu lösen und aus dem Schloss zu ziehen. Zurück an ihren Platz zu eilen und sich die Fußfessel wieder anzulegen, würde viel zu viel Zeit in Anspruch nehmen.

„Lene, er kommt zurück", flüsterte sie.

„Schrottmist, watt machen wa denn jetze?"

Lina zerrte weiter an der Schraube. Draußen auf dem Gang waren schwere Schritte zu vernehmen. Für einen Plan war es zu spät. Es war eher eine wirre Idee, die ihr plötzlich in den Sinn kam. „Lene, ich brauch dich hier. Schnell!"

„Ick komme –" Ein lautes Scheppern erklang. „Mist, der blöde Eima!"

„Pst", zischte Lina. Endlich löste sich der provisorische Dietrich. Hastig ließ sie ihn in die Rocktasche gleiten. Die Schritte waren nun ganz nah.

„Vaflixt, is dit duster!"

„Pst!!"

„Wo biste denn?", fragte Helene in einem Tonfall, den sie offenbar für Flüstern hielt.

Lina sprang, den Geräuschen folgend, nach vorn, packte

Helenes Arm und zerrte sie neben die Tür. Leise wisperte sie der beleibten Frau etwas ins Ohr.

Ein Schlüssel wurde im Schloss herumgedreht.

Lina stolperte hastig ein paar Schritte zurück. Sie wusste, dass sie lediglich auf zwei Faktoren setzen konnte: das Überraschungsmoment und die vage Annahme, dass der Kerl aufgrund seines Nachtsichtgeräts nur über ein eingeschränktes Sichtfeld verfügte.

Die Klinke wurde heruntergedrückt. Lina spürte den Luftzug des aufschwingenden Türblatts und stieß einen markerschütternden, unartikulierten Schrei aus.

Das war Helenes Signal. Doch die vereinbarte Reaktion blieb aus. Offenbar hatte Linas Gebrüll Helene genauso schockiert wie den Entführer. Bedauerlicherweise fing dieser sich als Erster wieder. „Was soll das? Wie bist du –“, setzte er an.

„Attacke!“ Helenes Kampfruf hallte in der dunklen Zelle wider, dicht gefolgt von einem dumpfen Aufprall und dem typisch pfeifenden Geräusch entweichender Luft aus einer stark komprimierten Lunge.

Vor ihrem inneren Auge sah Lina, wie der Entführer von hundertfünfzig Kilo Berliner Schnauze kalt erwischt und zu Boden geworfen wurde. Nun musste sie schnell sein.

„Ick hab ihn!“, triumphierte Helene. Ein Keuchen und wüstes Gerangel waren zu hören.

Hastig tastete sich Lina vor. Ein Schlag streifte ihre Schulter.

„Mist, doch nich!“, presste Helene hervor. „Der Typ is glitschig wie'n Aal.“

Lina bekam eine Handvoll Haare zu packen.

„Autsch, meene Frisur!“, beschwerte sich Helene.

Auf gut Glück stieß Lina ihren Ellenbogen in die entgegengesetzte Richtung und traf etwas Hartes. Der Schmerz war heftig, doch auch ihr Gegner schrie auf – allerdings mehr vor Wut als vor Schmerz. Lina vermutete, dass sie das Nachtsichtgerät getroffen hatte. Zumindest wusste sie jetzt, wo sich der Kerl befand.

Sie steckte einen heftigen Schlag in die Magengrube ein und packte mit beiden Händen zu. Ihre Rechte bekam das Nachtsichtgerät zu fassen, mit den Fingern der Linken krallte sie sich in das Ohr des Mannes. Sie zerrte an dem Nachtsichtgerät, bekam es aber nicht ab. Kurz entschlossen ergriff sie mit der rechten Hand auch sein anderes Ohr.

Zähne gruben sich in ihr linkes Handgelenk – so, wie sie ihren Gegner gepackt hatte, anatomisch betrachtet eigentlich eine Ding der Unmöglichkeit. „Lene! Das bin ich!"

„Tschuljung!"

Etwas traf Lina am Kinn. Für einen Moment flimmerte es vor ihren Augen, doch sie ließ nicht los. Der Mann brüllte vor Wut, kämpfte gegen Helenes Gewicht an und richtete sich langsam auf. Eine Hand packte Linas rechtes Handgelenk und presste es zusammen. Sie stöhnte vor Schmerz auf, ließ den Mann aber nicht los.

„Ick rutsch ab", nuschelte Helene. Offenbar hatte sie sich inzwischen woanders festgebissen.

Lina ahnte, dass sie verloren hätten, sobald es dem Kerl gelingen würde, sich vollständig aufzurichten. Sie hörte auf nachzudenken und überließ ihren durch jahrelanges Kampftraining gestärkten Instinkten die Kontrolle. Ihr Knie schnellte hoch und traf das Gesicht ihres Gegners. Der stöhnte auf. Sein Griff lockerte sich. Mit einer Drehung befreite sich Lina. Blitzschnell änderte sie die Position, sodass ihr ganzes Gewicht ihn nach unten drückte, während sie ihn gleichzeitig in den Würgegriff nahm.

Der Mann mobilisierte all seine Kräfte. Lina hatte das Gefühl, einen wütenden Stier in Schach halten zu müssen. Er versuchte, sich herumzuwerfen, rammte ihr den Ellenbogen in den Bauch, tobte und wand sich. Aber Lina ließ nicht los. Noch nie in ihrem Leben hatte sie mit solcher Kraft gekämpft. Sie dachte daran, was geschehen würde, wenn dieser skrupellose Kerl sich befreien und seinen Zorn an den Gefangenen auslassen würde. Sie dachte daran, was mit Lene und Paula, mit Bastian und ihr selbst geschehen würde, wenn er erkannte, dass er sie nicht mehr brauchte. Es fühlte sich an, als würde sie an einer hohen Klippe hängen, die Finger in einen winzigen Felsvorsprung gekrallt, während unter ihr gewaltige Wogen gegen den Felsen donnerten – bereit, alles zu zermalmen, was ihnen in die Fänge geriet. Es war nichts anderes als nackte Panik, die ihren vollkommen erschöpften Körper davon abhielt loszulassen.

Irgendwann wurde das Toben ihres Gegners schwächer, sein Körper erschlaffte. Er zuckte noch ein paarmal und blieb dann reglos liegen.

Mit einem Mal war es still. Durch das Brausen in ihren Ohren vernahm Lina nur noch den laut pfeifenden Atem der völlig erschöpften Helene.

„Ick gloob", schnaufte diese nach ein paar Sekunden, „wir ham jewonn."

Unendlich behutsam löste Lina den Würgegriff, jeden Moment damit rechnend, dass sich ihr Gegner erneut aufbäumen und auf sie stürzen würde. Doch nichts geschah.

Schwindel überkam sie, und ihre Muskeln zitterten so heftig, als hätte sie Schüttelfrost.

„Issa tot?", keuchte Helene besorgt.

Lina legte zwei Finger an die Halsschlagader des Mannes und spürte ein schwaches Pochen. Sie schüttelte den Kopf und registrierte erst ein paar Atemzüge später, dass Helene sie nicht sehen konnte. „Bewusstlos", sagte sie.

„Na, Jott sei Dank. Abmurksen wollt ick den Kerl nämlich nich.“

„Wir... wir müssen hier raus“, murmelte Lina.

„Spitzenidee“, keuchte Helene. „Aba ick wees nich, ob ick heute noch ma uffe Füße komme. Ick bin völlich aledicht.“

„Dann ruh dich noch ein bisschen aus.“

„Übaredet.“

Lina tastete nach dem Kopf des Mannes und spürte die Befestigungsschnallen des Nachtsichtgeräts unter ihren Fingern. Es dauerte einige Minuten, bis es ihr gelungen war, ihm das Teil abzunehmen und es sich selbst aufzusetzen. Das linke Okular war beschädigt, aber dennoch war es eine ungeheure Erleichterung für sie, endlich wieder etwas sehen zu können. Der Mann war ohne Zweifel Schmidt.

Sie wandte sich um. Helene lag auf den Beinen des Mannes, den Kopf auf sein Hinterteil gebettet. Wie es aussah, fehlte direkt neben seiner linken Gesäßtasche ein Stück Stoff.

„Lene, ich fürchte, du hast dem Typ in den Hintern gebissen.“

Helenes Kopf fuhr hoch. „Echt jetze?“

„Sieht ganz danach aus.“

„Is ja irjendwie nich so lecker.“ Helene versuchte, sich hochzustemmen. Ihre Wangen bebten vor Anstrengung, und unter ihrem linken Auge schien sich ein imposantes Veilchen zu bilden. „Hilfste mir ma?“

„Natürlich!“

Lina musste ihre ganze Kraft aufwenden, um der völlig erschöpften Frau auf die Beine zu helfen. Theos Mitbewohnerin stützte sich schwer auf sie, während sie langsam aus der Zelle hinaushumpelte.

„Hier, lehn dich einfach gegen die Wand. Aber versuch nicht, dich hinzusetzen.“

„Is schon klar", schnaufte Helene. „Wenn ick erst ma da unten bin, kriechste mich ohne Hebebühne nich wieda hoch."

„Warte einen Moment. Ich hole die Schlüssel, und dann befreien wir die anderen."

Lina kehrte in die Zelle zurück und kniete sich neben den Bewusstlosen. Vermutlich hatte er die Schlüssel in einer der vorderen Hosentaschen verstaut. Sie drehte den Mann auf den Rücken und verwendete dabei dieselbe Technik, die man anwendet, um jemanden in die stabile Seitenlage zu bringen. Es war keine besonders angenehme Vorstellung, in den Hosentaschen des Mannes herumzuwühlen, aber sie hatte wohl kaum eine Wahl.

Sie beugte sich vor und schob ihre Hand in die rechte Tasche, wo sie sogleich auf etwas Metallenes stieß. Plötzlich bewegte sich der bis gerade noch reglose Körper; das rechte Bein zuckte.

Lina schrie auf. Ihr Handgelenk wurde mit eisernem Griff umklammert. Panisch warf sie sich nach hinten. Der Griff lockerte sich nicht. Sie sah, wie der Mann sich aufrichtete. Im grünen Schimmer des Nachtsichtgeräts wirkte sein Gesicht seltsam deformiert, und seine Augen glühten.

Erneut schrie Lina auf, warf sich ein weiteres Mal nach hinten und trat gleichzeitig zu. Sie traf den Kerl am Kinn. Seine Hand löste sich. Lina rappelte sich auf und sah, wie der Mann sich ebenfalls aufrichtete und unter wütendem Knurren nach ihr griff.

Adrenalin schoss durch ihre Adern. Blitzschnell sprang sie auf, hechtete aus dem Raum und knallte die Tür zu.

„Watt is'n jetze?", fragte Helene erschrocken.

„Der Typ ist wieder bei Bewusstsein."

Lina tastete sich vor und stemmte sich gegen die Tür. Es rummste, als der Mann sich von innen dagegenwarf. Zwar gab es auf seiner Seite keine Klinke, aber da der Kerl noch immer die Schlüssel hatte, war es ein Leichtes für ihn, dort herauszukommen. Verzweifelt stemmte sie sich noch fester gegen die Tür.

Als sie das Klimpern eines Schlüsselbunds vernahm, kam ihr plötzlich eine Idee. Mit fliegenden Fingern tastete sie in ihrer Rocktasche. Sie musste schnell sein!

Gott sei Dank! Die Schraube war noch da. Hektisch fuhr Lina herum und rammte sie ins Schlüsselloch. Nahezu zeitgleich steckte der Mann von innen den Schlüssel ins Schloss. Es knackte. Lina spürte, wie der Schlüssel gegen die Schraube drückte. Der Kerl fluchte ungehemmt.

Lina schob die verbogene Schraube tiefer ins Schloss und bewegte sie so lange hin und her, bis sie sich verkeilt hatte. Erleichtert atmete sie auf.

Helene, die nichts sehen konnte, fragte verdutzt: „Wattn? Is der Typ zu dusslig, um dit Schloss uffzukriejen?“

„Ich hab die Schraube reingerammt. Er kann den Schlüssel nicht umdrehen!“

„Schätzchen, du bist ’n Genie!“

„Komm, wir müssen die anderen finden!“ Lina ergriff Helenes Hand und zog sie den Gang entlang. „Bastian? Paula?“, rief sie.

„Jeetz ooch ’n kleenet bisschen langsamer?“, schnaufte Helene.

„Ich fürchte, nein. Wir haben keine Ahnung, wie lange die Schraube hält, und außerdem schleicht hier irgendwo noch ein zweiter Mann herum.“

„Dit is jetz nich die Antwort, die ick hörn wollte.“

„Tut mir leid“, erwiderte Lina. Etwas lauter rief sie: „Bastian? Paula?“

„Ick schwör dir, ick mach Sport. Wenn ick dit übalebe, meld ick ma gleich beim Fitnessstudio an. Echt jetz!“

„Pst, ich hab was gehört!“ Über Helenes schnaufenden Atem hinweg vernahm Lina ein leises Rufen.

„Lina, bist du das?“

Das war Bastians Stimme!

„Ja! Wo seid ihr?“

„Hier! Wir sind hier!“, meldete sich Paula. „Da, wo’s ganz dunkel ist! Wir sind eingesperrt!“

„Da vorne muss es sein!“, rief Lina.

„Hä? Wo denn? Ick seh nur schwarz.“

Lina klopfte gegen die Tür. „Seid ihr da drin?“

„Ja!“, erwiderte Bastian. „Ich bin so froh, deine Stimme zu hören.“

Lina drückte die Klinke herunter – abgeschlossen.

Das war nicht weiter überraschend. Sie mussten irgendetwas finden, womit sie die Tür aufbrechen konnten. „Wir holen euch da raus, versprochen!“, versicherte Lina.

Lene war stehen geblieben, hatte ihre Hände auf die Knie gestützt und rang nach Atem.

„Warte hier“, wies Lina sie an. „Ich suche etwas, um die Tür aufzubrechen.“

„Keen Problem! Ick rühr ma nich vom Fleck.“

Lina hastete den Gang entlang und suchte nach einem passenden Gegenstand, doch es lag nur allerlei Schutt auf dem Boden herum – nichts Brauchbares. Der nächste Raum war bis auf einige Zementsäcke leer. In einem weiteren Zimmer fand sie eine uralte Werkbank und ein verbogenes Metallregal. Der nächste Raum hatte einen verstaubten Generator, Ersatzteile für eine Entlüftungsanlage und weiteren Schrott zu bieten. Lina wollte ihn schon wieder verlassen, blieb dann aber abrupt stehen. Da in der Ecke, verstaubt und von Spinnweben bedeckt, stand endlich etwas Brauchbares – ein Eisenrohr. Sie eilte hinüber und hob es hoch. Es war alt und schwer. Lina spürte den Rost unter ihren Fingern. So, wie es war, würde es ihr nichts nützen, aber wenn sie sich nicht täuschte, hatte sie in einem der anderen Räume schon das passende Werkzeug gesehen, um das Rohr in Form zu bringen.

„Lina, bist du noch da?“, vernahm sie Paulas klägliche Stimme.

„Ich hab’s gleich!“ Lina lief zurück in den vorherigen Raum. Da! Tatsächlich! An der Werkbank war ein schwerer Schraubstock befestigt.

Sie spannte ein Ende des Rohrs ein und versuchte, den Hebel herunterzudrücken. Das Rohr war dickwandig und äußerst stabil. Sie musste ihr ganzes Körpergewicht zum Einsatz bringen, doch Millimeter um Millimeter verbog sich das Eisen. Das eingeklemmte Ende des Rohrs wurde zusammengepresst und dadurch flacher.

Schweiß tropfte von Linas Nase. Die Wunde am Ohr war wieder aufgerissen, und sie spürte, wie das Blut an ihrem Hals hinabrann.

Endlich war sie zufrieden. Sie spannte das Rohr aus und eilte zurück zur Tür.

„Okay, ich bin wieder da! Ich versuche jetzt, die Tür aufzubrechen. Alles okay bei euch da drinnen?“

„Alles bestens!“, erwiderte Bastian, aber seine Stimme klang ziemlich dünn. Helene hatte gesagt, er sei angeschossen worden. *Bitte,* wisperte Lina in ihrem Inneren, während sie die abgeflachte Seite des Eisenrohrs zwischen Türblatt und Zarge rammte, *bitte lass ihn nicht verbluten! Bring uns alle heil hier raus!*

Sie presste sich mit aller Kraft gegen das provisorische Brecheisen, doch die Tür wurde nach innen geöffnet, und der Winkel war etwas ungünstig. Das Holz knirschte, aber das Schloss sprang nicht auf. „Ich schaff’s nicht!“, schnaufte sie. „Ihr müsst mir helfen!“

„Was sollen wir tun?“, fragte Bastian.

„Gibt es drinnen so etwas wie einen Türknauf?“

„Ja.“

„Dann zieht daran. Mit aller Kraft.“

„Okay.“

„Lene“, Lina zog Theos Mitbewohnerin zu sich herüber, „du muss dich gegen das Rohr stemmen. So doll du kannst. JETZT!“

Gemeinsam mobilisierten sie all ihre Kräfte. Lina hörte den schnaufenden Atem der anderen, spürte Helenes Arme, die vor Anstrengung zitterten. Die schweren Bohlen knackten. Metall knirschte. „Weiter!“

Wie stabil ist denn dieses bescheuerte Schloss?, schoss es Lina durch den Kopf. Im nächsten Moment krachte es, und das Rohr gab abrupt nach. Lina und Helene stürzten zu Boden. Das Rohr schlug klirrend auf dem harten Beton auf und traf Lina am Ellenbogen.

Neben ihr schimpfte Helene leise vor sich hin. „Vaflixte Axt! Ick hab keen Bock mehr. Ständich lande ich uff meene Visage.“

Aus dem Raum drang schmerzerfülltes Stöhnen.

Hastig rappelte Lina sich auf. Die Tür stand offen! Als sie eintrat, war Paula schon wieder auf den Beinen. Bastian hingegen hatte Mühe, sich aufzurappeln.

„Wir haben's geschafft!“, murmelte Lina.

Paula streckte die Arme aus, tastete nach Lina und schloss sie im nächsten Moment fest in die Arme. „Ich bin so froh!“

„Ich auch, Paula“, erwiderte Lina und strich der jungen Frau sanft übers Haar. „Ich auch.“

„Ich hab gedacht, hier komme ich nie mehr raus!“

„Da hast du dich wohl geirrt“, erwiderte Lina und führte Paula zur Tür. „Sei so lieb und hilf Helene beim Aufstehen, okay?“

„Klaro!“

Lina wandte sich Bastian zu, der inzwischen auf die Knie gekommen war, aber immer noch leicht schwankte. Auf dem provisorischen Verband um seinen Arm hatte sich ein großer dunkler Fleck gebildet.

Lina kniete neben ihm nieder. „Du siehst echt scheiße aus“, sagte sie.

„Woher willst du das wissen?“, fragte Bastian.

„Ich hab meinem Entführer das Nachtsichtgerät geklaut.“

Bastian schüttelte den Kopf und konnte ein leichtes Schmunzeln nicht unterdrücken.

Lina legte sanft eine Hand auf seine unverletzte Schulter. „Ihr seid ja vollkommen verrückt! Was habt ihr euch nur dabei gedacht, mitten in diese Falle zu stolpern?“

„Na ja, das war ja nicht unser Plan. Eigentlich wollten wir dich befreien! Aber irgendwie habe ich den Eindruck, dass du ohne uns besser zurechtkommst.“

Lina rückte ein Stück näher an ihn heran und betrachtete sein grünlich schimmerndes Gesicht. „Da täuschst du dich“, sagte sie leise. Sie rückte noch ein Stückchen näher und spürte die Wärme, die von seinem Körper ausging. „Ich bin froh, dass ihr verrückt seid!“

Er lächelte. Und aus irgendeinem Grund verspürte Lina plötzlich den überwältigenden Drang, diese grünlich flimmernden Lippen zu küssen. Sie beugte sich vor, doch irgendetwas schlug unangenehm gegen ihre Augenbrauen.

„Autsch. Womit habe ich denn das verdient?“, beschwerte sich Bastian.

Dieses bescheuerte Nachtsichtgerät! „Tut mir leid. Eigentlich wollte ich dich küssen!“

„Okay“, erwiderte Bastian überrascht, „dann, äh, verpass mir ruhig noch eine.“

Lina stand auf und packte seinen gesunden Arm. „Ich glaube, es ist pfiffiger, sofort von hier zu verschwinden."

„Na gut!" Bastian erhob sich ächzend. „Wahrscheinlich sollten wir erst mal versuchen zu überleben. Aber falls du spontan das Bedürfnis hast, dein Vorhaben doch noch in die Tat umzusetzen, kannst du auf mich zählen!"

Lina knuffte ihn in den gesunden Arm.

Als sie auf den Gang hinaustraten, standen Paula und Helene stumm und stocksteif nebeneinander.

„Was ist los?", fragte Lina.

„Da war eben so ein komisches Geräusch."

„Was für ein Geräusch?", hakte Lina nach.

„Na ja, erst so'n Klirren, als wenn 'n Löffel uffn Boden fällt, und dann so'n Knacken", erwiderte Helene. Unwillkürlich blickte sie über die Schulter zurück in den dunklen Gang.

Lina folgte ihrem Blick und erschauerte: Die Tür zu ihrer Zelle stand offen! „Lauft!"

Die Stimme aus der Dunkelheit

Theo starrte auf die Mündung der Waffe, die nur zwei Handbreit von seiner Stirn entfernt in der Luft schwebte. Sie wirkte seltsam unförmig, und Theo mutmaßte, dass dies von einem Schalldämpfer herrührte – ein Umstand, der ihm die ganze Sache noch bedrohlicher erscheinen ließ.

Die Gestalt hinter der grellen Lichtquelle war kaum mehr als ein Schattenriss. „Du hast uns eine Menge Ärger bereitet, weißt du das?"

Die Stimme des Mannes klang trügerisch sanft.

Theo schluckte trocken. Scott neben ihm war wie erstarrt.

„Das war nicht meine Absicht", brachte Theo heraus.

„Freut mich zu hören. Ich schließe daraus auf deine Kooperationsbereitschaft. Also", Theo konnte hören, wie der Sicherungshebel umgelegt wurde, „sag uns, was wir wissen wollen."

„Aber ich weiß doch gar nicht, was Sie von mir wissen wollen."

„Wo hat dein Vater den jungen Mann versteckt?"

„Mein Vater?", stammelte Theo. „Ich war noch nicht mal drei Jahre alt, als mein Vater verschwand. Ich weiß so gut wie nichts über ihn. Geschweige denn, wo er irgendjemanden versteckt haben soll."

„Interessant, fast die gleiche Argumentation hat deine Schwester vorgebracht. Offenbar seid ihr gut vorbereitet worden."

„Vielleicht ist es aber auch schlicht und ergreifend die Wahrheit?!“, stieß Theo hervor.

Der Mann rammte die Mündung der Waffe gegen Theos Stirn, sodass dieser hart mit dem Hinterkopf gegen die Betonwand schlug. Er unterdrückte einen Schmerzensschrei. Scott neben ihm sog entsetzt die Luft ein.

„Ich frage mich, was da in dir ist“, sinnierte der Bewaffnete scheinbar gedankenverloren. „Ist es Mut, Trotz, irgendeine verworrene Vorstellung von Loyalität oder schlicht und ergreifend Blödheit?“ Er presste die Waffe noch fester gegen Theos Stirn, und dieser stöhnte vor Schmerz auf. „Du hast schon einen deiner Freunde verloren. Bedeuten sie dir so wenig?“ Er riss die Waffe herum und drückte sie gegen Scotts Brust. Der Hüne schien zur Salzsäule zu erstarren.

„Hören Sie auf damit. Bitte! Scott hat mit der ganzen Sache nichts zu tun.“

„Doch, jetzt schon. Du hast ihn da hineingezogen.“

„Nein, bitte nicht –“

Der Mann veränderte die Position der Waffe. „Ich zähle bis drei, dann werde ich ihm eine Kugel ins rechte Schultergelenk jagen. Hast du auch nur die leiseste Ahnung, welchen Schmerz das verursacht? Du wirst gleich sehr laut sprechen müssen, um seine Schreie zu übertönen.“

Theo warf einen Blick in das angstverzerrte Gesicht seines Freundes, und der Anblick presste ihm das Herz zusammen. „Ich will Ihnen ja helfen. Aber ich weiß doch gar nicht –“

„Eins ... zwei ...“

„Bitte nicht!“

„Gut, wie du willst. Ich drücke ab.“

„Das wirst du nicht tun!“, drang eine heisere Stimme aus der Dunkelheit.

Theo zuckte zusammen. *Diese Stimme ...*

Der Bewaffnete erstarrte. Theo konnte seine Züge nicht erkennen. Aber offenbar hatte der Kerl sich sehr schnell wieder gefasst, denn er erwiderte: „Peter, so eine Überraschung", und vollführte eine blitzschnelle Bewegung.

„Stopp!", befahl die Stimme. „Versuch das noch einmal, und es wird das Letzte sein, was du tust."

Der Mann hatte innegehalten. Die Mündung seiner Waffe zielte nun genau auf Theos Gesicht. „Tja, wie es aussieht, haben wir hier eine Pattsituation", sagte er.

„Tatsächlich? Das sehe ich anders", erwiderte die Stimme trocken. Irgendetwas an ihr verursachte eine Gänsehaut bei Theo.

„Wenn du schießt, nehme ich deinen Jungen mit."

Deinen Jungen? Theos Herz hämmerte. Er wusste, dass er dem Tod ins Auge blickte, doch zu seiner Furcht gesellte sich ein verwirrendes Konglomerat unterschiedlichster Empfindungen.

„Du weißt, dass das Unsinn ist", erwiderte die Stimme aus der Dunkelheit. „Eine Neun-Millimeter-Kugel verlässt den Lauf mit durchschnittlich vierhundert Metern pro Sekunde. Du wärst tot, ehe du den Knall hörst."

„Nur, wenn du gut zielst."

„Leg deine Waffe auf den Boden. Langsam!"

„Okay, okay, du hast gewonnen!" Der Mann senkte die Waffe, und dann geschah alles unglaublich schnell. Das grelle Licht erlosch. Es knallte dreimal. Kugeln zischten durch die Luft, und dann waren schnelle, sich entfernende Schritte zu hören.

Theo brachte kein Wort über die Lippen. Scott gab ein leises, angstvolles Stöhnen von sich.

Plötzlich vernahm Theo dicht vor sich ein leises Geräusch. Dann spürte er eine Berührung und zuckte erschrocken zusammen. „Theo, ist alles okay bei dir?", fragte die heisere Stimme.

„Ja. Ja, ich glaub schon."

„Und du?", wandte sich der Fremde an Scott. „Bist du auch okay?"

Nur das hektische Atmen des Hünen war zu vernehmen.

„Scott, bist du verletzt?", fragte Theo sanft.

Wieder keine Antwort.

Ein leises Rascheln erklang. „Hier", sagte der Mann, „drück meine Hand, wenn du laufen kannst... Okay. Prima. Halt dich an meiner Schulter fest. Ich bringe euch hier raus."

Theo spürte, wie starke Arme ihn packten und hochhoben. „Okay so?"

„Wer sind Sie?", fragte Theo.

„Lass uns später darüber reden. Wir müssen hier verschwinden, bevor er zurückkommt."

Vorsichtig tasteten sie sich durch die Finsternis.

„Vielleicht ist der Kerl ja verletzt?"

„Nur wenn er im Dunkeln gegen eine Wand gelaufen ist. Ich habe nämlich gar nicht geschossen, das war er selbst."

„Aber die Schüsse waren so laut", wunderte sich Theo. „Ich dachte, seine Waffe hätte einen Schalldämpfer."

„Hat sie ja auch. Woran man erkennen kann, dass die Darstellung in Filmen wenig mit der Realität gemein hat."

Sie kamen an mehreren schmalen Lichtschächten vorbei, durch die schwaches Sonnenlicht fiel. Plötzlich blieben sie stehen.

Durch einen der Schächte drangen leise Stimmen. Theo konnte nicht verstehen, was sie sagten, aber sie wirkten aufgeregt.

Regungslos verharrte der Fremde und lauschte. Unvermittelt zuckte er zusammen, als habe irgendetwas seine Konzentration gestört. Seine Stimme war kühl und gelassen, als er sagte: „Wir sollten uns besser beeilen."

Westketchup und Neun-Millimeter-Kugeln

Robert hebt den schmächtigen Körper hoch und drückt ihn an seine Brust. Der Kleine ist gestürzt, wie so oft. Überall hat er Schrammen und blaue Flecke.

„Soll ich pusten?"

Der Zweijährige schüttelt entrüstet den Kopf und zeigt mit seinem winzigen Finger zum Fenster. „Lina!"

Roberts Blick fällt auf den umgestürzten Stuhl neben dem Küchentisch. Offenbar hat der Junge versucht, dort hinaufzuklettern. Es hätte auch schlimmer enden können als mit einem weiteren blauen Fleck.

Hastig stellt er den Stuhl wieder auf und tritt ans Fenster. Wenn Mechthild wüsste, dass er schon wieder nicht richtig aufgepasst hat, würde sie sich furchtbar aufregen. „Wir sagen Mama besser nichts davon, okay?"

Der Kleine reckt den Kopf und linst aus dem Fenster. Dünne Sonnenstrahlen malen einen hellen Fleck auf sein blasses Gesicht. Durch den schmalen Schacht des Hofs fällt ohnehin nur wenig Licht, und bis ins Erdgeschoss des Hinterhauses gelangt es nur selten. Mechthild und die Kinder haben etwas Besseres verdient als diese Bruchbude, etwas Besseres als dieses lausige Leben, bei dem man jeden Cent umdrehen muss.

„Noch ein Auftrag", murmelt Robert leise, „ein letzter Auftrag, dann beginnen wir ein neues Leben." Ein müdes Lächeln huscht über seine Züge. Er weiß, dass er ohnehin keine Wahl hat. Er muss

tun, was man ihm sagt. Aber wenn er es für seine Familie tut, fühlt es sich wenigstens nicht ganz so falsch an.

Theo blinzelt gegen die ungewohnte Helligkeit an. Konzentriert beobachtet er das Geschehen im Hof.

Laute Rufe hallen zwischen den bröckelnden Häuserfassaden wider. Ein halbes Dutzend Kinder feuert zwei Kämpfende an, die sich auf dem schmutzigen Pflaster balgen.

Robert erkennt zwei wippende, mit rosafarbenen Haargummis gebundene Zöpfe und seufzt leise. Lina hält den älteren Jungen im Schwitzkasten, und er boxt ihr mit zunehmender Verzweiflung immer wieder in den Bauch, was offenbar wenig Wirkung zeigt. Robert hat seiner Tochter gezeigt, wie sie die Bauchmuskeln anspannen muss, und die Kleine hat eine beeindruckende Körperspannung. Der Kopf des Jungen ist mittlerweile so rot wie Westketchup.

Robert öffnet das Fenster. „Es reicht!“, brüllt er in den Hof.

Die Anfeuerungsrufe verstummen. Lina blickt auf. „Aber Papa! Er hat angefangen!“

„Ja. Und du hörst auf! Lass ihn sofort los!“

Lina verzieht das Gesicht, löst aber den Griff.

Der Junge richtet sich auf und macht hastig ein paar Schritte rückwärts. Ein Blick in die Gesichter seiner Freunde verrät ihm, dass er ihrer Ansicht nach nicht allzu gut abgeschnitten hat. Er wirft Lina einen finsteren Blick zu und öffnet den Mund.

„Sag lieber nichts, was du später bereust, Junge!“, ruft Robert ihm zu.

Der Bursche kneift die Lippen zusammen und wendet sich ab.

„Komm rein, Lina!“

Seine Tochter macht ein finsteres Gesicht, streicht sich eine Haarsträhne aus der Stirn und hinterlässt dabei einen Schmutzfleck auf ihrer Wange. Dann stapft sie mit vor der Brust verschränkten Armen zur Haustür.

Robert unterdrückt ein Lächeln. Er wird nachher mit Lina zum Waldspielplatz gehen. Sie liebt es, dort zu schaukeln. Sein Blick fällt auf den kleinen Jungen in seinem Arm. Und irgendwann werden wir beide das auch machen, *verspricht er im Stillen.*

Eilige Schritte waren zu hören. „Schnell, er hat eine Waffe!", rief jemand. Panik lag in der Stimme, die durch den Lichtschacht in den Keller drang.

Robert blinzelte und verdrängte die auf ihn einströmenden Erinnerungen. Dort draußen ging irgendetwas vor sich. Er fand die schmale Treppe und hastete nach oben. Sein inzwischen erwachsener Sohn war noch immer erstaunlich leicht. Dass sich Theos groß gewachsener Freund allerdings weiterhin an Roberts Schulter festklammerte, machte diesem das Vorankommen etwas beschwerlich. „Du kannst jetzt loslassen!", sagte er.

Scott reagierte nicht.

Theo linste nach hinten und meinte: „Äh, Scotti, du kannst die Augen jetzt ruhig wieder aufmachen!"

Nach kurzem Zögern löste der Hüne den Griff.

Sie gelangten in eine Werkhalle und eilten, einigen Schutthaufen ausweichend, zur gegenüberliegenden Seite des Raumes. In allen Fenstern fehlte das Glas.

Als Robert vorsichtig einen Blick nach draußen riskierte, bot sich ihm ein ungewöhnliches Bild. Eine junge Frau, barfuß und im Minirock, hatte sich bei einem Mann untergehakt, dessen linker Arm schlaff herabhing und blutverschmiert war. Auch das T-Shirt der Frau war an der Schulter voller Blut. Beide sahen ziemlich mitgenommen aus. Mit etwas Abstand folgte ihnen eine recht klein gewachsene, schwer übergewichtige Frau, deren hochroter Kopf auf einen kurz bevorstehenden Kreislaufkollaps hindeutete. Sie wurde angeschoben von einer deutlich schlankeren jungen Frau mit rundlichem Gesicht, die immer wieder ängstliche Blicke über die Schulter warf.

„Meine Schwester und meine Freunde!", rief Theo aus. „Sie konnten entkommen."

Roberts Blick wanderte erneut zu der barfüßigen Frau. *Lina!* Vor seinem inneren Auge überlagerten sich das Bild eines kleinen Mädchens mit wirbelnden Zöpfen und das jener verletzten und geschundenen Frau. *Meine Lina!*

Ein Schuss fiel und hallte zwischen den verlassenen Gebäuden wider; die Fliehenden duckten sich ängstlich. Er war nicht von Josts Gewehr abgefeuert worden, sondern von einer Pistole. Robert tippte auf eine Neun-Millimeter-Makarow. Der Lautstärke nach zu urteilen, war der Schütze noch ziemlich weit entfernt – zu weit, um einen gezielten Schuss abzugeben. Er wollte ihnen nur Angst einjagen.

Der Fenstersims war niedrig genug, um mit Theo in den Armen hinauszuklettern. „Hierher!", rief Robert. „Hier rüber!"

Die Fliehenden blickten in seine Richtung.

„Da ist Scott!", rief Paula. „Und Theo!"

Lina und Bastian warfen sich einen kurzen Blick zu. Dann folgten sie Roberts Aufforderung.

Etwa zwanzig Meter südlich zweier riesiger Tanks stießen die beiden Gruppen aufeinander. „Ich bin so froh, euch zu sehen!", sagte Theo. „Wie seid ihr entkommen?"

„Tut mir leid, dafür haben wir keine Zeit!", mischte sich Robert ein. „Wie schlimm sind eure Verletzungen?"

„Geht schon", sagte Lina.

„Nur ein Streifschuss", ergänzte Bastian.

„Also ick ... bin völlich ... alledischt ... muss dringend ... vaschnaufn", keuchte Helene.

„Dafür bleibt keine Zeit, wir müssen dort an den Tanks vorbei und dann –", setzte Robert an.

„Moment mal", unterbrach Lina. „Niemand hat Sie zum Anführer ernannt. Wer sind Sie überhaupt?"

„Wir haben keine Zeit für Diskussionen –"

„WER SIND SIE?"

„Lina", sagte Theo leise, „schau ihn an: Du weißt es."

Linas Augen weiteten sich, als die Erkenntnis zu ihr durchbrach. Gerade als sie den Mund öffnete, um etwas zu erwidern, fiel erneut ein Schuss; diesmal war das Geräusch jedoch deutlich leiser. In etwa fünf Metern Entfernung stob eine Sandfontäne auf.

„Vaflixt", schnaufte Helene. „Wann hörn die endlich uff... zu ballern?"

„Scharfschützengewehr!", rief Robert. „Folgt mir. Schnell!"

Geduckt hetzten sie weiter und fanden gerade noch Deckung hinter einer Mauer, bevor ein weiterer Schuss abgefeuert wurde.

„Dit war's, Freunde", ächzte Lene. „Ick kann keenen Meta mehr krauchen."

„Das wirst du aber müssen. Hier sitzen wir in der Falle. Seht ihr die Mauer bei den großen Tanks? Wenn wir es bis dorthin schaffen, kommen wir sicher bis zu eurem Bus."

„Aber der Weg bis dahin führt über freies Gelände", merkte Bastian an. „Die Typen haben dann beste Sicht auf uns!"

„Das müssen wir riskieren – vertraut mir! Je länger wir hierbleiben, desto gefährlich wird es."

„Dir vertrauen?!", fuhr Lina auf. „Mit Sicherheit nicht! Du bist abgehauen. Einfach so. Hast uns im Stich gelassen!"

Ein Schuss hallte über das verlassene Gelände. Ganz in der Nähe pfiff der Querschläger vorbei.

„Lina, wir müssen hier weg!", drängte Theo.

Seine Schwester presste die Lippen zusammen und nickte widerwillig.

„Also los!", rief Robert. „Alle hintereinander, damit wir ihnen möglichst wenig Angriffsfläche bieten. Lina übernimmt die Führung, ich laufe als Letzter. Jetzt!"

Lina wandte sich wortlos um und rannte los. Die anderen folgten ihr. Spätestens bei Helene konnte man jedoch nicht mehr von einem Spurt reden. Sie bewegte zwar die Arme im Habitus einer Hürdenläuferin, aber ihr Tempo entsprach allenfalls dem einer rüstigen Rentnerin.

„Du machst das großartig, Lene!", ermutigte Theo sie. „Gleich hast du's geschafft!"

Ein weiterer Schuss pfiff über ihre Köpfe hinweg.

„Vaflixt!" Helene duckte sich und spurtete im Zeitlupentempo weiter.

„Keine Sorge, das ging weit daneben!", beruhigte Theo wahrheitswidrig. „Noch fünf Meter, dann bist du in Sicherheit!"

Die nächste Kugel zischte nur Zentimeter an Roberts rechtem Ohr vorbei.

„Könn diese ... Arschjeigen nich endlich ma uffhörn?", schimpfte Helene.

Robert schob sie in Sicherheit und duckte sich unter den Betonsplittern weg, die der nächste Schuss aus der Mauer riss. Hastig warf er einen Blick nach hinten. Es waren keine Verfolger zu sehen. Aber das musste nichts heißen. Die Kerle waren Profis.

„Weiter, weiter, weiter!", drängte er, denn er ahnte, dass sich diese Lene keinen Millimeter mehr bewegen würde, wenn sie erst einmal stehen geblieben wäre.

Für den kurzen Weg zum Bus brauchten sie deutlich länger, als es Robert lieb war. Seine Muskeln brannten. Es fühlte sich an, als hätte Theo in den vergangenen Minuten das Dreifache an Gewicht zugelegt.

„Oh nein!", stieß Lina aus.

„Was ist?"

„Jemand hat die Reifen zerstochen."

„Egal", schnaufte Robert, „steigt ein. Los!"

Die Gruppe zögerte.

„Los, los, los!“, drängte Robert. „Entweder wir ruinieren die Felgen oder wir gehen drauf.“

Zwei Minuten später saßen alle im Auto. Lina sprang hinters Steuer und gab Gas.

Bekenntnisse

Es war eine echte Horrorfahrt. Der Lärm, das Rumpeln und der Gestank nach verbranntem Gummi, gemischt mit der körperlichen Erschöpfung und der Angst, verfolgt zu werden – all das würde Theo garantiert noch in seinen Träumen begleiten.

Um es möglichen Verfolgern schwerer zu machen, fuhren sie nicht Richtung Westen zurück nach Berlin, sondern bogen auf der B1 nach Osten ab. Offenbar funktionierte dieser simple Trick, denn obwohl die Freunde intensiv die Umgebung beobachteten, war nichts Verdächtiges zu bemerken.

„Ick gloob, die hamwa abjehängt", rief Helene über den Lärm hinweg. „Und watt machen wa jetze?"

„Wir müssen den Wagen reparieren lassen", sagte Lina.

„Blödsinn!", widersprach Theo. „Zuallererst muss Bastians Wunde versorgt werden, und deine auch."

„Dein Bruder hat recht", sagte Robert.

Theo zückte sein Smartphone. „Wenn du die Nächste links abbiegst, ist es nicht mehr weit bis zur Immanuel-Klinik in Rüdersdorf. Dort setzen wir euch ab und bringen den Bus zur nächstgelegenen Kfz-Werkstatt in Woltersdorf."

Lina warf erst Theo und dann Bastian einen Blick zu. „Okay, einverstanden."

Knapp zwanzig Minuten später erreichten sie die Klinik. Robert drückte Lina ein Prepaidhandy in die Hand. Sie und Bastian stützten sich gegenseitig, als sie zum Eingang der Notaufnahme humpelten. Linas mit rotbraunen Flecken besudeltes, zerrissenes T-Shirt und Bastians blutdurchtränkter Verband ließen die beiden wie Flüchtlinge aus einem Kriegsgebiet erscheinen. Sie wirkten seltsam fehl am Platz, als sie über den fast leeren Parkplatz auf das moderne, mit rotem Backstein verklinkerte Klinikgebäude zuhielten.

„Sind echt 'n hübschet Paar, die beeden“, konstatierte Helene.

Theo bemerkte Roberts verblüfften Blick und musste schmunzeln.

„Darf ich vorstellen: Das sind meine Freunde und Mitbewohner Helene, Paula und Scott. Und das, Leute, ist mein Vater Robert Marquardt.“

„Du bist Theos Papa?“, fragte Paula skeptisch.

Robert nickte, und ein winziges Lächeln legte sich auf seine verhärmten Züge.

„Is ja echt krass!“, bemerkte Helene. „Ick dachte, du bist vaschwollen?“

„Äh ...“

„Ich schlage vor, wir lassen erst mal den Wagen reparieren und besorgen uns anschließend etwas zu essen“, warf Theo ein.

„Übaredet!“, verkündete Helene.

Zehn Minuten später parkten sie vor der Werkstatt. Mithilfe zweier Fünfzigeuroscheine konnte der Besitzer überzeugt werden, der Busreparatur besondere Priorität einzuräumen. Der Mechaniker hörte nicht auf, den Kopf zu schütteln, als er sich den Schaden besah, und er war geradezu schockiert, als seine Kunden verkündeten, schnellstmöglich weiterfahren zu wollen. Schließlich erklärte er sich bereit, Reifen und Felgen zu wechseln, forderte jedoch hartnäckig ein, auch die Achsen zu vermessen und die Stoßdämpfer zu prüfen.

Es war Helene, die die Diskussion mit den Worten beendete:

„Schluss jetze! Ick hab Hunga. Deine Achseln kannste selba vamessen." Damit war die Sache geklärt, und eine halbe Stunde später waren sie auf dem Weg zum nächstgelegenen Asia-Imbiss.

Dort angekommen, wartete Theo im Wagen, während seine Freunde die Bestellung aufgaben.

Robert leistete ihm Gesellschaft. Er sah ihn mit einem schwer deutbaren Blick an, sagte aber nichts, und Theo ahnte, dass sein Vater eher zu den schweigsamen Typen gehörte.

„Dir ist schon klar, dass du uns eine Erklärung schuldig bist, oder?", durchbrach Theo die Stille.

Robert nickte langsam.

„Und wir wollen die ganze Geschichte hören!", ergänzte Theo.

„Ich werde dir und deiner Schwester alles erzählen, woran ich mich erinnere", erwiderte Robert.

Theo runzelte die Stirn, doch sein Vater machte keine Anstalten, diese Bemerkung weiter auszuführen. Stattdessen blickte er aus dem Fenster zu Theos Mitbewohnern hinüber, die gerade mit mehreren Tüten in den Händen den Imbiss verließen. Helenes Gesicht strahlte in stiller Vorfreude.

„Deine Freunde scheinen wirklich nett zu sein", sagte Robert. „Aber was habt Lina und du euch dabei gedacht, sie in diese ganze Sache hineinzuziehen? Und dabei geht es mir nicht nur darum, dass sie in Gefahr sind. Je mehr Leute in eine Sache involviert sind, desto höher ist die Wahrscheinlichkeit, dass jemand mit seinem Wissen hausieren geht."

„Ja, objektiv betrachtet mag das so sein", erwiderte Theo. „Aber wir vertrauen einander, und Vertrauen ist eine ungeheure Stärke. Wer nicht vertraut, ist letztlich allein – und allein hätten Lina und ich niemals eine Chance gehabt."

„So isset nämlisch, Papa von Theo", bemerkte Helene, die

sich gerade in den Wagen wuchtete und die letzten Worte offensichtlich mitgehört hatte. Wie eine Trophäe hielt sie eine fettige Tüte in die Luft. „Wer will jebratene Nudeln mit Hühnchen?"

„Ich denke, wir sollten erst mal zurück zur Klinik fahren", sagte Robert.

„Wieso 'n ditte?", fragte Helene verblüfft. „Schmecken die Nudeln da besser oder watt?"

„Nein, aber vielleicht brauchen Lina und ihr Freund –"

„Er heißt Bastian, und er ist noch gar nicht ihr richtiger Freund", warf Paula ein.

„Also schön", seufzte Robert, „vielleicht brauchen Lina und ihr Fast-Freund Bastian Hilfe."

„Kann schon sein", gab Helene zu. „Aba dann broochen die uns mit volle Energie. Und wenn ick nich gleich watt zwischen die Kiemen krieje, kollaboriert meen Kreislauf. Also jib Jass, Papa von Theo. Ick kann ooch während die Fahrt futtan."

Ein Grinsen huschte über Roberts Gesicht, während er losfuhr.

Sie hatten den Bus gerade vor dem Krankenhaus geparkt, als Theos Handy den Empfang einer Kurznachricht anzeigte.

Seid ihr auf dem Parkplatz?

Ja.

Sind gleich da!

„Ich glaube, du solltest schon mal den Motor starten", sagte Theo.

Die Tür eines Seiteneingangs flog auf. Bastian, mit nacktem Oberkörper, frischem Verband und einem T-Shirt in der Hand, humpelte Richtung Parkplatz. Lina folgte dichtauf. Sie trug eine weiße Hose, und ihre Füße steckten in Birkenstockschuhen.

Als Bastian gerade die Beifahrertür aufriss und in den Wagen hechtete, kam eine Frau im wehenden Arztkittel aus dem Gebäude gestürmt.

„Äh, jetzt wäre der richtige Zeitpunkt, um Gas zu geben!“, sagte Lina, während sie sich neben Bastian auf den Beifahrersitz quetschte.

Robert brauste los, und Lina knallte die Tür zu.

Die Arme in die Hüften gestemmt, schaute ihnen die keuchende Ärztin hinterher.

„Wir haben uns ein paar Sachen von ihr geborgt“, erklärte Lina und zuckte entschuldigend die Achseln.

Theo runzelte die Stirn. „Kann es sein, dass ihr vergessen habt, sie vorher um Erlaubnis zu fragen?“

„Kann sein“, brummte Lina.

„Hühnchen mit Reis?“, fragte Helene.

„Oh ... danke.“ Lina lehnte sich über den Sitz nach hinten und kam Bastian dabei deutlich näher als nötig. *Vielleicht sind die beiden nicht mehr lange nur fast-befreundet*, ging es Theo durch den Sinn.

„Und wie geht's jetzt weiter?“, fragte Paula.

„Wir fahren an die Ostsee“, erklärte Robert.

Helene reckte den Daumen. „Klingt supa!“

„Gibt's auch eine Erklärung für diesen interessanten Vorschlag?“, fragte Lina.

„Ja. Die Typen werden erst aufgeben, wenn sie haben, wonach sie suchen, oder wenn es definitiv unerreichbar für sie ist.“

„Klar.“ Lina nickte. „In diesem Fall ist ein Tag am Strand natürlich die naheliegendste Lösung.“

„Wir fahren an den letzten Ort ... an den ich mich erinnern kann“, erklärte Robert.

„Und bevor wir dort ankommen, halten wir einen Familienrat“, ergänzte Theo.

Lina nickte grimmig.

„Natürlich“, sagte Robert.

Als sie auf die Autobahn fuhren, brach bereits die Abenddämmerung herein.

Irgendwann musste Theo eingenickt sein. Als er aus seiner reichlich unbequemen Haltung hochschreckte, parkte der Wagen an einer Autobahnraststätte.

Helene schnarchte lautstark. Paula hatte sich an Scotts breite Brust gekuschelt. Beide hatten die Augen geschlossen und schlummerten friedlich.

Lina und Bastian öffneten die Seitentür. „Komm“, sagte Bastian, während er die Gurte löste, mit denen der Rollstuhl fixiert war, „Zeit für den Familienrat.“ Er zwinkerte Theo zu. „Ich bleibe hier und passe auf die anderen auf.“

Sie suchten sich einen ruhigen Platz im Restaurant, fernab der wenigen Trucker, die jetzt noch unterwegs waren.

„Also?“ Lina verschränkte die Arme vor der Brust und lehnte sich zurück. „Was ist damals passiert? Warum hast du uns verlassen?“

Robert lächelte schmerzvoll. „Wie geht es ... eurer Mutter?“

„Prima!“, erwiderte Lina knapp. „Nachdem sie Jahre gebraucht hat, um das Trauma zu überwinden, von ihrem Mann verlassen worden zu sein, hat sie ihr Leben wieder im Griff.“

Robert schluckte. „Ist sie, äh, hat sie wieder geheiratet?“

Lina sah ihn prüfend an. „Weißt du das wirklich nicht?“

Er schüttelte den Kopf.

„Sie ist Single“, sagte Lina, „und bevor du weiterfragst: Auch unsere Großeltern sind wohlauf. Nur Opa Rudi ist gestorben – vor zwölf Jahren.“ Lina beugte sich vor und wirkte dabei eher wie eine Polizistin beim Verhör eines Verdächtigen als eine Tochter, die ihren verloren geglaubten Vater wiedersieht. „Und nun erkläre uns bitte, warum du uns im Stich gelassen hast!“

Theo legte ihr besänftigend die Hand auf den Arm.

Robert sah erst sie an, dann Theo, und schließlich senkte er den Blick auf seine Kaffeetasse. „Ich", er schluckte, „ich würde euch gerne die ganze Wahrheit erzählen, wenn es für euch okay ist."

„Natürlich ist es das", sagte Theo rasch.

Sein Vater rieb sich mit der Hand über das wettergegerbte Gesicht. „Ich war Kampftaucher beim KSK 18. Durch einen Unfall verlor ich meine Tauchtauglichkeit, was mich in eine ziemliche Krise stürzte. Ich war haltlos, wusste nichts mehr mit mir anzufangen und trank zu viel. Tja, und dann lernte ich eure Mutter kennen, was mich letztendlich in die Fänge der Stasi trieb."

Lina beugte sich vor. „Was erzählst du da? Mama hatte nie etwas mit der Stasi zu tun!"

„Nicht freiwillig", bestätigte Robert. „Kurz nachdem ich eure Mutter kennenlernte, wurde ich unter fadenscheinigen Gründen verhaftet und nach Hohenschönhausen gebracht. Ihr wisst, was dort war?"

Theo nickte. „Der Stasiknast."

„Erst später wurde mir klar, dass die ganze Aktion nur ein Ziel gehabt hatte, nämlich, mich zu rekrutieren. Wie ihr wisst, waren eure Großeltern in der kirchlichen Opposition keine Unbekannten. Die Stasi sah die Chance, durch mich an Informationen zu kommen. Man bot mir an, mich gegen eine Verpflichtungserklärung freizulassen."

„Und was hast du getan?", fragte Theo.

„Ich willigte ein."

„Du hast Mama bespitzelt!", stieß Lina wütend hervor.

Robert nickte. „Ja, deine Mutter, deine Großeltern und ihre Freunde aus Kirchenkreisen. Und nicht nur das. Ich war nicht nur inoffizieller Mitarbeiter – ich war Agent im Außendienst der Stasi. Meine besonderen Fähigkeiten wurden hier und da gebraucht."

„Was meinst du damit?", fragte Theo, der spürte, wie ihm das Blut aus dem Gesicht wich. „Warst du ein Auftragskiller?"

Sein Vater schüttelte den Kopf. „So weit ist es Gott sei Dank nie gekommen. Aber ich habe im Auftrag der Stasi gelogen, Dinge gestohlen, Menschen ausspioniert und verprügelt."

Lina schüttelte den Kopf. Es gelang ihr nicht, ihre Abscheu zu verbergen. „Wie konntest du nur?!"

„Mir war alles egal", erwiderte Robert und hielt ihrem vernichtenden Blick stand. „Wobei das nicht ganz korrekt ist", fuhr er nach einer kurzen Pause fort. „Eure Mutter war mir nicht gleichgültig, ganz im Gegenteil. Es dauerte eine Weile, bis mir das richtig bewusst wurde. Aber dann erkannte ich, dass diese junge Frau mir mehr bedeutete als alles andere auf der Welt. Ich musste ständig an sie denken. Und dabei ging es nicht nur um ihr – zugegebenermaßen – äußerst attraktives Äußeres."

Theo warf Lina einen unsicheren Blick zu. Dass jemand so von Mama redete, war irgendwie befremdlich für ihn. Lina schien das jedoch anders zu sehen – dem winzigen Lächeln auf ihren Lippen nach zu urteilen.

„Die Art, wie Mechthild lebte, ihre Authentizität, ihre natürliche Fröhlichkeit und ihr liebevolles Wesen: All das rief etwas in mir wach, von dem ich gar nicht wusste, dass es existierte. Ich fing an, ihr Fragen zu stellen. Ehrliche Fragen, und nicht etwa in dem Versuch, eine Rolle zu spielen und Informationen aus ihr herauszukitzeln. Ich fing an, meine Zweifel anzuzweifeln. Der indoktrinierte Atheismus bröckelte gewaltig. Eure Mutter und ich heirateten, mit dem Segen der Kirche und dem der Stasi. Und ich wusste, dass ich dieses Leben nicht mehr lange so fortführen konnte. Das, was ich tat, und das, wonach ich mich sehnte, schien mich schier zu zerreißen. Tja, und dann kam die Wende, und ich war frei – von einem Tag auf den nächsten. Zumindest dachte ich das."

Er nahm einen Schluck aus seiner Tasse und blickte nachdenklich aus dem Fenster. „Du wurdest geboren, Lina, und nun trug ich die Verantwortung für eine kleine Familie. Leider hatte ich nichts Brauchbares gelernt, und so wurde es in der Nachwendezeit extrem schwierig für mich, Arbeit zu finden. Überwiegend lebten wir von dem Geld, das Mechthild als Teilzeitkrankenschwester verdiente. Dann kamst du zur Welt, Theo, und mir wurde klar, dass es so nicht weitergehen konnte.

In dieser Situation kontaktierte mich mein ehemaliger Vorgesetzter. Ich kannte ihn unter dem Namen Helmut Knapp. Wie sich herausstellte, gab es einige gut vernetzte ehemalige Stasioffiziere, die nach dem Mauerfall im wiedervereinten Deutschland sehr weich gelandet waren. Die Gruppe wurde angeführt von Helmut Knapp und Georg Kranzler. Beide hatten einst bei der Stasi Karriere gemacht und rekrutierten nun ehemalige Mitarbeiter für ihre privaten Unternehmungen. Als Knapp mich ansprach, stellte er mich vor die Wahl: Entweder, ich würde wieder für ihn tätig werden und für ein oder zwei Tage Arbeit im Monat ein volles Gehalt kassieren, oder er würde meine alten Stasiakten hervorzaubern, mich öffentlich denunzieren, jeden potenziellen Arbeitgeber vergraulen und meiner Familie das Leben zur Hölle machen." Er lächelte gequält. „Tja, und so bekam ich einen neuen, gut bezahlten Teilzeitjob."

„Und was hast du in diesem neuen Job gemacht?", hakte Lina nach.

„Das Übliche: Menschen ausspionieren, Unterlagen verschwinden lassen, geheime Informationen stehlen, Leute einschüchtern." Er blickte seine Kinder eindringlich an. „Bitte glaubt mir, meine Taten widern auch mich an. Ich habe keine

Entschuldigung dafür. Nur das eine kann ich euch sagen: Ich habe euch immer geliebt. Dass euch etwas geschehen könnte, war das Schrecklichste, was ich mir vorstellen konnte."

„Warum hast du uns dann verlassen?"

„Ich habe euch nicht verlassen", erwiderte Robert. „Ich habe vergessen, dass es euch gibt."

„Wie bitte?!", schnaufte Lina.

Robert legte beide Hände um seine Kaffeetasse, als fröstle ihn. „Die Hintergründe der ganzen Geschichte reichen weit zurück, bis zu den Anfängen der DDR. Sagt euch der Begriff ‚Aktion Licht' etwas?"

Lina zuckte erkennbar zusammen. „Ja. Die Entführer haben davon gesprochen."

„Die Entführer waren Helmut Knapp und Detlef Jost, sein Mann fürs Grobe. Es hat mir Albträume bereitet, zu wissen, dass du in seiner Gewalt bist."

„Du wolltest uns von der ‚Aktion Licht' berichten", führte Lina ihn zum Thema zurück.

„In den Anfangsjahren der DDR war die SED chronisch knapp bei Kasse. Und so entstand die Idee eines groß angelegten geheimen Raubzugs. Angeordnet vom Minister für Staatssicherheit höchstpersönlich, wurden an ungefähr drei- bis viertausend Einsatzorten Bankschließfächer und Tresore durchsucht, die nach dem Krieg ungeöffnet geblieben waren. So kam die Stasi in den Besitz von Geld, Kunstobjekten und Dokumenten, die niemand mehr einforderte, weil die Besitzer im Dritten Reich umgebracht worden oder im Krieg gestorben, geflohen oder verschollen waren und ihre Angehörigen und Nachkommen nichts davon wussten oder keine Chance hatten, ihre Ansprüche geltend zu machen. Stasi-Major Günter Wurm war fünfzehn Jahre lang Chef der konspirativen Firma ‚Industrievertretung' und hatte den Auftrag, all diese Schätze für die DDR zu Geld zu machen. Das tat er auch sehr erfolgreich, allerdings behielt er einen Teil für sich."

„Und was hat das alles mit dir zu tun?", hakte Theo nach.

„Helmut Knapp und Georg Kranzler nahmen als junge Männer an der ‚Aktion Licht' teil und müssen sich dabei, offenbar inspiriert von ihrem Vorgesetzten, in irgendeiner Weise bereichert haben. Sie teilten die Beute untereinander auf. Viele Jahre später kochte das Ganze noch einmal hoch. Ich kann nur Mutmaßungen anstellen, aber offenbar geriet Knapp über einen Teil des Diebesguts mit seinem ehemaligen Kompagnon in Streit, und ich bekam einen letzten Auftrag.

Helmut Knapp war stets ein Mensch gewesen, der seine Gefühle vollkommen unter Kontrolle zu haben schien, aber als er mich an jenem Abend zu sich rief, konnte ich seine Verärgerung spüren. Er kochte förmlich vor Wut.

Georg Kranzler hatte beschlossen, sich mit seiner Beute über die Ostsee nach Skandinavien abzusetzen. Dabei kam ihm zugute, dass er als passionierter Segler über ein hochseetaugliches Boot verfügte. Er war also nicht auf die offiziellen Fähren angewiesen. Detlef Jost und ich sollten ihn aufhalten. Es war eine Operation, die mir und meinen Fähigkeiten als ausgebildeter Kampftaucher genau entsprach. Ich sollte mich auf hoher See unbemerkt an Bord schleichen, das Zielobjekt ausfindig machen und zurückbringen. Dafür würde ich zehntausend Euro bekommen und meine Stasiakten zurückerhalten. Knapp schwor mir, mich im Anschluss nie wieder zu behelligen. Detlef Jost sollte mir Rückendeckung geben.

Ich konnte nicht anders, ich musste einwilligen. Also erzählte ich eurer Mutter etwas von einer Baustelle in Cottbus, auf der ich ein paar Tage arbeiten sollte. Was ich allerdings nicht wusste: Jost hatte den Auftrag, sowohl Kranzler als auch mich aus dem Weg zu räumen, sobald das Zielobjekt sichergestellt wäre."

Theo schluckte. Das Gesicht seines Vaters blieb emotionslos.

„Ich fand das Zielobjekt unter der Bilgenklappe."

„Was war es?", fragte Lina.

„Es war eine in Plastik eingeschweißte Papprolle. Was sich darin befand, weiß ich bis heute nicht. Als ich in die Kajüte kam, trat ich in eine Blutlache. Jost hatte Kranzler erstochen. In dem Moment wurde mir klar, was er vorhatte. Es kam zu einem kurzen Kampf, und es gelang mir, über Bord zu springen. Das Zielobjekt trug ich in einem wasserdichten Seesack bei mir. Kranzler hatte ein Gewehr an Bord. Jost erwischte mich knapp unterhalb des Schulterblatts. Irgendwie schaffte ich es bis an Land –" Robert verstummte. Sein Blick schien sich in der Ferne zu verlieren.

Theo und Lina sahen einander an.

„Ab da verschwimmen meine Erinnerungen", fuhr Robert plötzlich fort. „Ich wusste, dass ich verraten worden war. Und mir war klar, dass mein Leben keinen Pfifferling mehr wert wäre, wenn Knapp und Jost mich mit dem Zielobjekt erwischen würden. Also ..."

„Also was?", bohrte Theo nach.

„Habe ich es versteckt."

„Und wo?", fragte Lina ungeduldig.

„Das weiß ich nicht mehr." Er seufzte leise. „Deshalb müssen wir zurück ans Meer, zurück zu dem Ort, wo meine Erinnerung endet. Ich hoffe, dass mir dort alles wieder einfällt."

Theo bemerkte eine Bewegung an der Eingangstür.

Eine Gestalt huschte herein. „Wo sind hier die Klos?"

Eine zweite, deutlich behäbigere Gestalt folgte ihr. „He, nu renn doch nich so. Ick muss ooch ma pieseln."

Robert lächelte und trank den letzten Schluck Kaffee aus. „Sieht ganz so aus, als könnten wir weiterfahren."

„Nicht so hastig", sagte Theo. „Was ist nach dem Vorfall auf dem Boot passiert?"

„Das ist schnell erzählt. Ich erwachte in einem polnischen Krankenhaus. Keine Ahnung, wie ich dort hingekommen war. Ich wusste gar nichts mehr; nicht, wie ich hieß; nicht, wo ich herkam; nicht, was passiert war. Man hatte eine Schusswunde, eine Platzwunde am Kopf und ein mittelschweres Schädel-Hirn-Trauma bei mir diagnostiziert. Ich trug keine Papiere bei mir, und mein Polnisch war ziemlich schlecht.

Irgendwann stellte ich fest, dass mein Deutsch deutlich besser war, und ich floh aus dem Krankenhaus und über die Grenze. Doch wohin ich auch ging: Ich fühlte mich verfolgt und hielt es nie lange an einem Ort aus." Er lächelte humorlos. „Ich will nichts schönreden: Seit siebzehn Jahren bin ich obdachlos."

„Aber wie kommt es, dass du dich jetzt wieder erinnerst?"

Robert zuckte mit den Achseln. „Alles begann damit, dass mich Jost im Hinterhof eines Münchener Nobelrestaurants ansprach. Er nannte mich bei meinem früheren Decknamen ‚Peter'. Dann zog er mir eins über. Ich wurde eine Zeit lang in einer ehemaligen konspirativen Wohnung der Stasi festgehalten und mit irgendwelchen Drogen vollgepumpt, die offenbar einige Denkblockaden lösten. Ich konnte fliehen, aber seitdem habe ich immer wieder so etwas wie Flashbacks und Träume, in denen ich mich bruchstückhaft erinnere. Also beschloss ich, aktiv zu werden, und nahm an einer neuartigen Therapie teil, die offenbar sehr gut anschlug. Inzwischen kann ich mich an fast alles erinnern, nur nicht an die letzten Stunden jener Nacht." Er erhob sich abrupt. „Und deshalb wird es Zeit, dass wir aufbrechen. Ich will die ganze Sache endlich hinter mir lassen." Ein Lächeln huschte über seine Lippen. „Am besten, ihr geht auch noch mal zur Toilette. Ich komme gleich nach.“ Ohne ein weiteres Wort verschwand er aus dem Restaurant.

Theo warf Lina einen fragenden Blick zu, doch seine Schwester schien vollkommen in Gedanken versunken zu sein.

Alle hatten ihre Toilettengänge erledigt und warteten bereits zehn Minuten im Bus, als Robert endlich wieder auftauchte.

„Wo warst du so lange?“, fragte Theo.

„Vorhin hast du mir ein paar wunderbare Dinge über das Vertrauen erzählt“, erwiderte Robert lächelnd und startete den Motor.

Die Wurzel der Wut

Lina starrte aus dem Fenster. Die von fahlem Mondlicht beschienenen Felder und Wäldchen rauschten wie ein Strom konturloser Schatten an ihr vorbei.

Sie war müde und sehnte sich danach, die Augen zu schließen und für einen Moment in der Stille zu versinken, doch innerlich war sie rastlos. Zu viele Gedanken spukten in ihrem Kopf herum. Geister der Vergangenheit tauchten wieder auf, und alles, was vertraut und sicher gewesen war, schien ihr unter den Händen zu zerrinnen. Sie war von Menschen, denen sie vertraut hatte, verraten worden, und diejenigen, denen sie misstraut hatte, standen auf einmal in einem völlig anderen Licht da. Man hatte versucht, sie zu vergewaltigen. Sie war entführt, geschlagen und gefangen gehalten worden. Man hatte ihr ein Stück vom Ohr abgeschnitten und auf sie geschossen. Der Vater, den sie geliebt hatte, war ein Stasispitzel gewesen, und der Vater, der sie im Stich gelassen hatte, hatte sich als unschuldig herausgestellt. Sie unterdrückte ein Schluchzen.

Es tat gut, Bastian so dicht neben sich zu spüren – sehr gut sogar. Sie wünschte, er würde den Arm um sie legen; wünschte, sie könnte sich genauso unbekümmert an ihn kuscheln, wie Paula es eine Reihe hinter ihnen bei Scott tat. Aber das ging nicht, denn zu viele unausgesprochene Dinge standen zwischen ihnen ... oder? Sie rekelte sich ein wenig und berührte ihn dabei mit der Hüfte. Bastian rutschte von ihr weg.

Die Wärme seines Körpers verschwand, und Lina verspürte einen Stich der Enttäuschung.

„Entschuldigung", flüsterte Bastian, „mach ich mich zu breit?"

„Alles gut", murmelte Lina. Sie starrte auf die vorbeihuschenden Schatten niedrigen Buschwerks, das die Felder säumte.

Das Gesicht ihres Vaters trat vor ihr inneres Auge, und sie dachte an seine Geschichte, die er mit stockender, rauer Stimme geschildert hatte. Ein Schauder überlief sie, als sie sich vor Augen führte, dass die Ehe ihrer Eltern von der Stasi eingefädelt worden war. Doch dann dachte sie an den Ausdruck in den Augen ihres Vaters, als er von Mechthild erzählt hatte. Das war keine Rolle gewesen, die er da gespielt hatte – welchen Zweck sollte es auch haben, jetzt noch eine Rolle zu spielen? Die Stasi existierte schon lange nicht mehr. Nein, diese Gefühle waren echt gewesen. Seltsamerweise machte dies die Sache nicht einfacher. Im Gegenteil: Es warf alles vollkommen durcheinander.

Lina veränderte ihre Sitzposition. Nun drückte ihre Schulter gegen Bastians Arm. Er rührte sich nicht. Ganz langsam neigte sie den Kopf und legte ihn behutsam auf seine Schulter. Er ließ es geschehen. Sein Atem kitzelte ihren Nacken, und sie spürte, wie sein Brustkorb sich hob und senkte. Ein winziges Lächeln huschte über ihre Lippen, als sie die Augen schloss.

Ihre Gedanken trudelten in wirren Spiralen umher und fanden schließlich zu einem sonnigen Nachmittag vor siebzehn Jahren zurück. Es waren die letzten Stunden mit ihrem Vater gewesen. Sie waren zu jenem kleinen, etwas verwahrlosten Waldspielplatz spaziert – nur sie beide. Und dort hatten sie den Kosmonautensprung erfunden.

Lina sah sich als kleines Mädchen auf der Schaukel sitzen. Mit aller Kraft hatte sie Schwung geholt, und dann, am höchsten Punkt, hatte sie losgelassen, war durch die Luft gesaust wie eine Rakete, und Papa hatte sie aufgefangen – immer wieder. Es war ein wildes Abenteuer gewesen und ein Moment grenzenlosen Vertrauens. Lina hatte nie wieder so bedingungslos vertrauen können wie an jenem Nachmittag. Papa hatte sie fest an sich gedrückt. Stirn an Stirn hatte er ihr zugeflüstert: *Du bist die beste Tochter der Welt, und ich hab dich sehr, sehr lieb. Vergiss das niemals, hörst du?*

Für einen Augenblick fühlte Lina wieder, was sie damals gefühlt hatte, doch dann packte sie ein dunkler Strudel und riss sie mit sich.

Die Wohnung ist düster, als wäre sie in ewiger Dämmerung gefangen. Theo weint. Sein kleines Gesicht ist ganz rot. Er ist gestürzt, wieder einmal. Doch diesmal hat er sich verletzt. Blut rinnt aus einer Platzwunde an seiner Schläfe. „Mama?", ruft Lina ängstlich.

Niemand reagiert.

Sie hetzt den schmalen Flur entlang und stürmt in die kleine Küche. Mama steht am Fenster, sie hat Lina den Rücken zugewandt.

„Mama!"

Die schlanke Frauengestalt steht reglos wie eine Statue da. Ein Sonnenstrahl bescheint ihr Haar und lässt es leuchten.

Lina packt Mamas schlaff herabhängende Hand. Die Finger sind kalt und kraftlos; alles Leben scheint aus ihnen gewichen zu sein. „MAMA! Theo blutet!" Sie zerrt am Arm ihrer Mutter.

Endlich bewegt sich die Gestalt. Sie dreht den Kopf. Die Wangen sind tränennass, doch die Augen wirken leer, als wäre mit den Tränen auch alles Leben aus ihnen herausgespült worden. Das macht Lina Angst – noch mehr Angst als das Blut, das aus Theos Kopf quillt. Ihre Furcht verwandelt sich in Wut. „Komm endlich!", ruft sie. „Theo blutet!"

Ein Ruck geht durch die Gestalt. „Ich komme", sagt sie emotionslos und folgt Lina ins Wohnzimmer.

Als Lina abends im Bett liegt, fühlt sie sich schrecklich allein. Es ist, als würde die Dunkelheit lebendig werden und auf sie zuschleichen.

Lina zieht sich die Decke über den Kopf, doch es nützt nichts. Die Dunkelheit kriecht zu ihr unter die Decke. Sie legt sich über sie und drückt ihr die Luft ab; sie windet sich auf widerwärtige Weise und haucht ihr den stinkenden Atem ins Gesicht. Und auf einmal hat sie Bens verzerrtes Gesicht und flüstert: „Du wolltest das doch. Ich hab doch gemerkt, dass du schon die ganze Zeit scharf auf mich bist."

Lina versucht, die Gestalt von sich abzuschütteln, doch diese hält sie fest umklammert. Dann endlich gibt das widerliche Etwas sie frei, und sie spürt einen harten Schlag an der Schläfe.

Lina riss die Augen auf und sah, wie der Scheinwerferkegel des Busses einen wilden Schlenker machte, als der Wagen über den Seitenstreifen und zurück in die Mitte der Fahrbahn sauste. „Entschuldigung! Tut mir leid", drang die Stimme ihres Vaters an ihr Ohr. „Bin kurz weggenickt. Wir sollten eine Pause machen!"

Lina rieb sich die schmerzende Stirn.

„Alles okay?", fragte Bastian. Seine Hand berührte kurz ihren Kopf. Sie zuckte zurück, und Bastian senkte die Hand rasch wieder. „Eine Beule mehr macht auch keinen Unterschied", brummte Lina. Dann wandte sie den Kopf und fragte: „Alles okay da hinten?"

„Alles super", erwiderte Theo mit müder Stimme.

Scott gab ein tiefes Brummen von sich, und Helenes Schnarchen kündete von einem sehr gesunden Schlaf.

Kurze Zeit später hielt Robert an einem winzigen Rastplatz. „Ich brauche etwas frische Luft." Er stieg aus und stapfte davon.

„Ich glaube, ein bisschen Sauerstoff würde uns beiden auch nicht schaden", bemerkte Bastian.

Lina nickte, und sie schlüpften aus dem Wagen. Gemeinsam schlenderten sie auf eine Bank zu, während Robert mit langen Schritten auf das angrenzende Feld zuhielt. Offenbar brauchte er einen Moment für sich.

Der Wind blies kühl unter Linas verschwitztes T-Shirt. Fröstelnd verschränkte sie die Arme vor der Brust, als sie sich setzte.

Bastian nahm neben ihr Platz und betrachtete sie von der Seite. „Lina, was genau ist passiert?"

Sie schnaufte und antwortete: „Mein Vater war siebzehn Jahre lang verschollen. Ich dachte, ich würde ihn nie wiedersehen, und dann taucht er plötzlich auf und erzählt mir, dass die Stasi ihn auf meine Mutter angesetzt hat und dass er bei einem Geheimauftrag, den er für seinen ehemaligen Vorgesetzten ausführen sollte, schwer verletzt worden ist und sein Gedächtnis verloren hat. Nun erinnert er sich nach und nach wieder. Um die Typen endgültig loszuwerden, müssen wir finden, was sie damals gestohlen haben. Das war die Kurzfassung. Willst du noch mehr wissen?"

„Definitiv", erwiderte Bastian. „Aber das meinte ich mit meiner Frage eigentlich nicht."

„Sondern?"

Er legte behutsam eine Hand auf ihre Schulter. „Was haben diese Kerle mit dir gemacht?"

Lina schüttelte seine Hand ab. „Sie haben mich gefangen genommen und mir ein Ohrläppchen abgeschnitten." Mit beißendem Spott in der Stimme fügte sie hinzu: „Es war eher unangenehm, deshalb plaudere ich nicht so gern darüber. Ich hoffe, das ist okay für dich?"

Sie biss sich innerlich auf die Lippen. Warum ließ sie ihre Wut an Bastian aus? Er konnte doch nichts dafür.

Statt sich enttäuscht von ihr abzuwenden, blickte Bastian ihr in die Augen. „Lina, deine Kleidung war zerrissen. Du hast blaue Flecke an den Oberschenkeln und Kratzer am Hals. Mal habe ich das Gefühl, du suchst meine Nähe, dann wieder schreckst du vor mir zurück, als hätte ich mich in eine Klapperschlange verwandelt. Und wenn du einnickst, hast du augenblicklich Albträume." Seine Stimme wurde sanfter. „Du musst nicht mit mir darüber reden, aber ich glaube, das würde dir guttun. Also: Was haben diese Mistkerle dir angetan?"

Lina wollte ihn anschreien und sagen, dass ihn das einen feuchten Dreck angehe. Aber sie brachte kein Wort über die Lippen. Stattdessen spürte sie, wie ihr die Tränen in die Augen traten.

Bastian rutschte näher an sie heran, berührte sie aber nicht. Sein Blick ruhte auf seltsame Art und Weise auf ihr; er drückte Mitgefühl aus, zugleich aber auch eine Art von Respekt und noch etwas anderes.

Sie schluckte. „Das ... was du beschrieben hast, waren nicht meine Entführer. Das war Ben ... mein Kollege."

Bastian schluckte hörbar. „Was?", stammelte er.

„Ich war so dumm!" Tränen rannen ihr über die Wangen. Zornig wischte sie sich übers Gesicht. „Ich hätte es ahnen müssen, aber irgendwie wollte ich es nicht wahrhaben. Ich habe mir immer eingeredet, dass wir einfach nur Kollegen sind, die sich gut verstehen. Aber Ben sieht das wohl anders. Er hat von Anfang an total eifersüchtig auf dich reagiert. Das hätte mich stutzig machen sollen. Und dann war mein Handy verschwunden. Ben brachte es mir nach Hause und meinte, er hätte es unter meinem Spind gefunden. Dabei war ich mir sicher, dort alles abgesucht zu haben. Tja, und auf einmal warst du untergetaucht, hast mir keine Nachrichten mehr geschickt und sehr seltsam auf meine reagiert."

„Du hattest mir eine Abfuhr erteilt, die nicht deutlicher hätte sein können“, erwiderte Bastian. „Zumindest dachte ich das.“

Lina nickte. „Ben muss dir diese Nachricht von meinem Handy aus geschickt haben. Aber davon wusste ich natürlich nichts. Na ja, und als ich dann bei dir war und mitbekam, dass diese junge Frau bei dir unter der Dusche stand, da –“

„Da war überhaupt nichts!“, sagte Bastian rasch. „Ich engagiere mich ehrenamtlich für den Verein ‚Asyl in der Kirche‘ und –“

„Ich weiß“, unterbrach Lina. „Die anderen haben es mir erzählt. Ich hätte dich ja auch einfach fragen können. Aber ich war so wütend. Ich bin zu Ben gefahren und wir sind tanzen gegangen. Es war eine Kurzschlussreaktion. Ich hab zu viel getrunken, und Ben hat mir wohl etwas ins Glas getan. Ich war völlig neben der Spur. Ich erinnere mich noch, dass er mir in ein Taxi half, und dann wachte ich in diesem Hotelzimmer auf und er … lag auf mir.“

„Dieses Schwein“, flüsterte Bastian.

„Keine Sorge, er bekam nicht das, was er wollte“, sagte Lina. „Es sei denn, er hatte es von Anfang an auf ein gebrochenes Nasenbein abgesehen.“

„Du hast ihn verprügelt?“, fragte Bastian verblüfft.

„Nicht wirklich. Aber ich habe mich gewehrt und konnte ihm entkommen.“

„Krass!“

„Auf der Flucht muss ich gegen einen Laternenpfahl gerannt sein. Ich verkroch mich in einem Park. Tja, und dann griff mich plötzlich jemand von hinten an und betäubte mich. Als ich aufwachte, saß ich an einen Stuhl gefesselt in dieser dunklen Zelle.“

Bastian schwieg. Dann hob er die Hand und strich ihr vorsichtig eine Haarsträhne aus der Stirn, als habe er Angst, etwas zu zerbrechen. Lina ließ es geschehen. Es fühlte sich ... richtig an.

„Glaubst du, Ben steckt mit diesen Stasileuten unter einer Decke?", fragte Bastian.

Lina schüttelte den Kopf. „Nein. Ich denke, sie haben mich schon länger beobachtet und dann die Gelegenheit beim Schopf gepackt. Nachdem sie an Theo nicht herangekommen waren, versuchten sie, mich als Druckmittel zu benutzen."

„Oh Mann!" Bastian schüttelte den Kopf. „In was bist du da nur hineingeraten?"

„Wir stecken alle mit drin. Oder hast du vergessen, dass du heute fast erschossen wurdest?"

Er verzog das Gesicht. „Wohl kaum. Die Wunde pocht immer noch wie verrückt."

„Wir hätten uns noch ein paar Schmerzmittel borgen sollen", bemerkte Lina.

Bastian musste grinsen, doch dann wurde sein Blick wieder ernst. „Lina, ich habe noch tausend Fragen an dich, aber eine brennt mir mehr als alle anderen unter den Nägeln."

„Und zwar?"

„Warum warst du wütend?"

„Was meinst du?", fragte Lina verblüfft.

„Als du dachtest, ich wäre mit einer anderen Frau zusammen, warst du stinksauer. Warum?"

„Weil –" Sie brach ab und gab ihm einen verärgerten Knuff in den Arm. „Was ist denn das für eine blöde Frage? Du weißt genau, warum!"

„Vielleicht. Aber ich würde es gerne von dir hören."

„Mann, das ist doch albern."

Bastian schwieg und sah sie einfach nur an.

„Weil, na ja, weil du mir ... wichtig bist!"

„Weil ich dir wichtig bin", wiederholte Bastian.

Lina schnaufte verärgert. „Weil ich dich mag, du Blödmann!"

Bastian grinste. „Ich mag dich auch, Lina Marquardt."

Sie sah zu ihm auf und grinste ebenfalls.

„Darf ich dich in den Arm nehmen?", fragte er.

„Na gut", erwiderte Lina und drückte sich so fest an ihn, dass er vor Schmerz aufstöhnte.

„Oh Mist, dein Arm! Entschuldigung!"

„Schon okay. Ich habe noch so viele Schmerzmittel intus, dass ich's fast schon angenehm fand."

„Spinner", flüsterte Lina und lehnte den Kopf an seine Brust.

Ein Räuspern dicht neben ihr ließ sie erschrocken zusammenzucken. Es war ihr Vater.

„Mann, erschreck mich doch nicht so!", entfuhr es Lina.

„Wir sollten aufbrechen, damit wir vor der Morgendämmerung am Ziel sind. Es war Nacht, als ich das letzte Mal dort war."

„Okay." Widerwillig löste sich Lina aus Bastians Umarmung.

„Soll ich fahren?", bot Bastian an.

Robert schüttelte den Kopf. „Mit deiner Verletzung? Das ist keine gute Idee."

„Dann mach ich das", sagte Lina.

„Unsinn, du bist auch verletzt." Robert wandte sich ab und ging zum Wagen. „Keine Sorge. Ich werde nicht noch einmal einnicken. Mir steht sehr deutlich vor Augen, wofür ich das alles mache." Er öffnete die Tür und stieg ein.

Lina und Bastian folgten ihm. Bastians Hand ergriff die ihre und drückte sie fest. Dann stiegen auch sie ein.

Der Schlüssel

Robert stellte den Motor aus und blieb einen Moment sitzen. „Hier ist es?“, fragte Lina verschlafen.

In der Stimme seiner erwachsenen Tochter hörte Robert noch immer die seines kleinen Mädchens. Lina hatte sich die Lebendigkeit und den starken Willen bewahrt, aber die kindliche Unbekümmertheit war einem stetig brodelnden Zorn gewichen.

Er warf einen Blick in den Rückspiegel. Theo richtete sich in seinem Rollstuhl auf. Er sah blass aus und sehr jung.

Robert presste die Lippen zusammen. Er konnte nur erahnen, welch tiefen Wunden sein plötzliches Verschwinden bei seiner Familie gerissen haben musste. Auch wenn er ganz sicher nicht geplant hatte, sein Gedächtnis zu verlieren, fühlte er sich dennoch schuldig.

„Hier irgendwo in der Nähe ist es“, erwiderte er auf Linas Frage und öffnete die Tür. „Zumindest hoffe ich das“, fügte er etwas leiser hinzu.

Er stieg aus dem Wagen. Schotter knirschte unter seinen Sohlen. Ein kühler Wind blies ihm ins Gesicht und trug das Rauschen des Meeres mit sich. Die Büsche und das hohe Gras an der Uferböschung wogten in der leichten Brise; ihre Schatten tanzten im silbrigen Licht des Mondes.

Ein Bild blitzte vor Roberts innerem Auge auf – ein verkrüppelter Baum, dessen Äste bizarre schwarze Schatten auf den hellen Strand warfen, die wie Fangarme eines urzeitlichen

Seeungeheuers anmuteten, und rechter Hand die bedrohlich aufragende Steilküste.

„Ich muss zum Strand.“ Er schloss die Tür des Wagens und schritt querfeldein auf die Uferböschung zu.

Lina rief ihm etwas hinterher, doch er verstand es nicht. Das Rauschen des Meeres schien alles andere zu übertönen. Sein Herz hämmerte, als ihn erneut eine Erinnerung überfiel.

Unter ihm und um ihn herum ist nichts als die wogende Schwärze des Meeres. Die See scheint unendlich weit zu sein.

Robert krault durch die schwarzgrauen Wogen. Seine anfangs geschmeidigen Bewegungen werden zunehmend kantiger. Sein Rücken schmerzt. Wärme und Leben strömen aus ihm heraus und verlieren sich in der Weite der kalten See. Er spürt die Erschöpfung bis tief in die Knochen. Seine Muskeln verhärten sich. Es ist nur eine Frage der Zeit, bis er einen Krampf bekommt, und dann ist es aus. Es hat keinen Zweck, *flüstert eine kalte, rationale Stimme in ihm.* Du kannst es nicht schaffen! Gib auf!

Aber sein Körper bewegt sich weiter, als wäre er völlig losgekoppelt von allen Fragen und Zweifeln in Roberts Verstand. Was ihn antreibt, sind die Bilder, die immer wieder vor seinem inneren Auge aufflackern: Mechthild, die aus der Straßenbahn steigt und sich umsieht. Lina, die jauchzend von der Schaukel springt. Theo, der Mühe hat, den Kopf zu halten, dessen breites Babygrinsen jedoch ein Zeichen übersprudelnder Lebensfreude ist.

Wenn sein kleiner Sohn sich trotz aller Einschränkungen mit solchem Mut dem Leben stellt, welches Recht hat er dann, einfach aufzugeben?

Für einen Moment verharrt Robert, hebt den Kopf und glaubt, in der Ferne den schwachen Schimmer des Strandes zu erblicken. Ist der schwarze Buckel, der sich dort dem nächtlichen Himmel entgegenwölbt, etwa die Steilküste bei Bansin?

Er schwimmt weiter, ignoriert die Schmerzen, die Kälte und die

Angst und lässt auch nicht zu, dass die Hoffnung ihn hektisch werden lässt. Langsam und gleichmäßig krault er weiter. Es scheinen Stunden zu vergehen, ehe er endlich den Sand des ansteigenden Meeresbodens unter sich spürt.

Taumelnd stolpert er die letzten Meter bis zum Strand. Ohne die tragende Kraft des Wassers fühlt sich sein Körper plötzlich an, als wäre er von einem Panzer aus Blei ummantelt.

Robert fällt auf die Knie. Seine Hände graben sich in den feuchten Sand. Er spürt Muschelschalen und Kiesel zwischen den Fingern.

„Ich lebe", wird ihm voller Staunen bewusst. „Ich lebe noch!" Ein heiseres Lachen entringt sich seiner Kehle. Rechts von ihm liegt die ansteigende Steilküste. Zu seiner Linken glaubt er die schwachen Lichter der Bansiner Seebrücke leuchten zu sehen.

Es flimmert vor seinen Augen, als er versucht, sich aufzurichten. Das Gewicht des Seesacks drückt auf seine Schultern. Wegen dieses Dings hat er fast sein Leben gelassen. Nun muss er dafür sorgen, dass es zu einer Lebensversicherung wird – für sich und seine Familie.

Er beißt die Zähne zusammen und stemmt sich hoch. Hinter sich kann er das rhythmische Schnaufen der brechenden Wellen vernehmen. Es klingt wütend, und für einen Moment hat er das bizarre Gefühl, das Meer strecke sich nach ihm aus, um seine verloren gegangene Beute doch noch zu ergreifen.

Einem unbestimmten Instinkt folgend dreht sich Robert um und sieht die schwarze Silhouette eines Segelbootes vor dem sich langsam aufhellenden Horizont. Ein Scheinwerfer streift suchend über die Wellentäler.

Schaudernd wendet er sich ab. Lauf, *flüstert ihm eine warnende Stimme zu.* Lauf!

Doch etwas lässt ihn innehalten. Da ist noch eine andere Stimme – und eine Hand auf seiner Schulter …

„Was ist los? Hey, hörst du mich?"

Robert blinzelte und sah in Linas besorgtes Gesicht. „Entschuldige", murmelte er leise.

„Du hast mir gerade eine Heidenangst eingejagt, weißt du das?", erwiderte Lina mit einer Mischung aus Zorn und Erleichterung in der Stimme. „Du warst minutenlang vollkommen weggetreten! Ich dachte schon, du hättest einen Anfall oder so etwas."

„Wir müssen dort entlang." Robert wies auf einen Trampelpfad, der sich die Uferböschung hinaufwand.

„Was?"

Er ignorierte Linas Frage, überquerte rasch den Strand und begann, die Böschung hinaufzukraxeln. Die Jahre schwanden, und innerlich war er wieder in jener Schicksalsnacht vor siebzehn Jahren.

Das hohe Gras streift ihn an Gesicht und Händen. Schwer atmend steigt Robert in die schützende Düsternis des Waldes hinauf. Ein letztes Mal sieht er sich um. Das Boot ist nun deutlich näher. Vorn am Bug steht eine Gestalt und lässt das Licht eines Scheinwerfers über den Strand gleiten. Robert duckt sich in die Schatten.

Als er auf einen Wanderweg stößt, hinterlässt er Spuren, die nach Südosten, Richtung Bansin, weisen, und wendet sich an einer von breiten Wurzeln durchfurchten Stelle vorsichtig nach Westen. Er muss ein sicheres Versteck finden, das er hundertprozentig wiederfinden wird. In dieser Gegend gibt es eigentlich nur einen Ort, der dafür infrage kommt.

Im Dunkeln zieht er am alten Forsthaus vorbei. Alle Lichter sind erloschen. Ein Hund schlägt an.

Robert flucht leise und hält sich weiter Richtung Westen. Das Bellen verstummt, und das Rauschen des Meeres sinkt zu einem leisen Flüstern herab. Er kann seinen eigenen Atem hören. Das Knacken toter Zweige unter seinen Füßen scheint unnatürlich laut zwischen den Bäumen widerzuhallen. Leise, *ermahnt er sich. Doch sein vollkommen erschöpfter Körper ist nicht in der Lage, sich kontrolliert zu bewegen. Wie ein Betrunkener taumelt er durch den Wald, stößt gegen Bäume und zerkratzt sich im dichten Unterholz das Gesicht.*

Schwer atmend bleibt er schließlich stehen und versucht, mit weit aufgerissenen Augen das Dunkel zu durchdringen. Hier irgendwo muss es doch sein! Ist er etwa schon vorbeigegangen? Er dreht sich um. Ein Schauder packt ihn. War das dort etwa der Lichtstrahl einer Taschenlampe? Unbewusst hält er den Atem an und lauscht.

Nichts. Alles bleibt still. Erleichtert wendet er sich ab und erstarrt. Aus den Augenwinkeln hat er etwas bemerkt. Etwas Helles, das durch die dicht belaubten Bäume schimmert. Reglos verharrt er und stößt dann erleichtert die Luft aus. Der helle Fleck muss das sein, wonach er gesucht hat.

Vorsichtig bewegt er sich darauf zu und erkennt schließlich ein weiß getünchtes Haus.

„Was ist das?"

Der erstaunte Ausruf riss Robert aus seinen Erinnerungen. Gemeinsam mit Lina und Bastian stand er inmitten einer Ansammlung von Ruinen. Gott sei Dank, die Häuser standen noch!

„Das ist ein ehemaliges DDR-Ferienlager." Robert sah sich um. Die Bungalows waren in sehr schlechtem Zustand. Türen waren eingetreten und Fenster eingeworfen. Die weiße Farbe blätterte ab oder war mit Graffitis beschmiert. Überall wucherte Unkraut.

„Hier hast du es versteckt?", fragte Lina zweifelnd.

Robert nickte. „Der Ort war schon damals verlassen."

Lina griff zum Handy. „Theo? Wir sind hier ein gutes Stück nördlich von Bansin bei einer verlassenen Bungalowsiedlung mitten im Wald."

„Und, können Sie sich erinnern?“, fragte Bastian.

Robert antwortete nicht. Sein Blick fiel auf das kleine Wachhäuschen, in dem früher eifrige Pioniere Dienst geschoben hatten. „Der Fuchs“, flüsterte er.

Die irritierte Rückfrage seines Gegenübers nahm er nicht mehr wahr. Die Erinnerungen zogen ihn mit Macht zurück in jene Nacht vor siebzehn Jahren.

Hier auf der weiten Lichtung ist es nahezu windstill. Alles liegt wie tot da. Das Lachen, Schreien und Rufen der Kinderstimmen ist längst verhallt. Die bleichen, ausgehöhlten Leiber der verlassenen Hütten liegen da wie aufgebahrte Leichen.

Vorsichtig tritt Robert aus der Deckung des Unterholzes und geht den breiten, mit Unkraut überwucherten Weg entlang. Aus den Augenwinkeln nimmt er eine Bewegung wahr und erstarrt. Als er den Kopf wendet, sieht er einen Fuchs dicht neben einem Wachhäuschen stehen. Das Tier betrachtet ihn ein wenig fragend, und als Robert weitergeht, huscht es ins Unterholz und verschwindet.

Die Häuser sind weitgehend leer. Im großen Speisesaal stehen noch ein paar alte Sessel. Es riecht muffig und feucht. Robert bleibt im Türrahmen stehen. Schwindel packt ihn, und für einen Moment verschwimmt seine Sicht. Er lehnt sich mit der Schulter gegen die Türzarge und spürt den heißen, pochenden Schmerz in seinem Rücken. Am liebsten würde er sich in eines der zerschlissenen Möbel fallen lassen und die Augen schließen. Aber er weiß, wenn er das tut, ist es möglich, dass er sie nie wieder öffnet.

Mit einem leisen Stöhnen wendet er sich ab. Der Speisesaal ist zu offensichtlich, er muss einen unscheinbareren Ort finden. Erschöpft schlurft er die Reihen der einfachen Bungalows entlang. Er braucht irgendeinen Schlüssel, etwas, was er sich einprägen kann, und er muss sich beeilen. Denn im Osten zeigt sich bereits die Morgendämmerung. Das zierliche Gesicht seines kleinen Sohnes tritt vor sein inneres Auge. Entschlossen humpelt er weiter.

„Vater?“ Er spürte, wie jemand seine Arme packte.

„Was?“

„Du stehst hier bereits seit zwanzig Minuten und starrst ins Leere!“ Linas zerschundenes Gesicht wirkte angespannt.

„Im Osten“, murmelte Robert. „‚O‘ wie Osten.“

Er bemerkte, dass seine Tochter Bastian einen besorgten Blick zuwarf. Doch es war ihm egal. Von neuer Energie erfüllt, bewegte Robert sich zum östlichen Rand der verfallenen Siedlung.

„Theo ist der Schlüssel“, murmelte er. Sein Blick wanderte über die zerfallenen Gebäude. „Eins, zwei, drei, vier.“ Sein Herz begann, schneller zu schlagen. „Wo das Kreuz ist, ist der Schatz.“ Er musste lächeln, als er in das verwirrte Gesicht seiner Tochter blickte. „Das ‚T‘ ist das Kreuz, verstehst du?“

„Äh, nicht wirklich“, erwiderte Lina.

„Komm!“ Robert ergriff ihre Hand und zog sie zu einem der Bungalows. Es war der vierte, von Osten aus gezählt.

Plötzlich hielt er inne. Da war irgendetwas gewesen, etwas, was sein Unterbewusstsein dazu veranlasst hatte, in Alarmbereitschaft zu gehen. Er blieb stehen und lauschte.

„Was ist los?“, fragte Lina.

„Nichts.“ Er betrat den Bungalow. Im Inneren roch es feucht und muffig, genau wie damals. Er fischte seine Taschenlampe aus dem Rucksack und schaltete sie ein. Langsam ließ er den Lichtstrahl über die Wand gleiten. „Nein, es war tiefer“, murmelte er.

Dicht über dem Boden wurde er schließlich fündig. Langsam kniete er nieder.

„Papa, alles okay?“, fragte Lina.

Robert lächelte. Seine Tochter hatte ihn Papa genannt – wenn auch eher aus ihrer Verwirrung heraus. Dennoch tat es ihm unglaublich gut, dieses Wort aus ihrem Mund zu hören. „Siehst du das dort?“ Er deutete zur Wand.

„Theo was here", las Lina stirnrunzelnd. „Echt jetzt?"

Robert zückte sein Kampfmesser. Es war nicht dieselbe Waffe, mit der er den Satz damals in die Wand geritzt hatte, aber auch sie taugte dazu, die Nägel zu lösen. Er schob Gerümpel und trockenes Laub beiseite. Die Holzdiele, die sich direkt unter dem Schriftzug befand, war genauso fest vernagelt wie die anderen. Es dauerte fast zehn Minuten, bis Robert sie so weit gelöst hatte, dass sie sich heraushebeln ließ. Er griff in den schmalen Spalt. Für einen Moment verspürte er Panik, als er nur den rauen Beton des Fundaments ertastete, dann fühlte er den festen Stoff des Seesacks unter seinen Fingern. Behutsam zog er ihn heraus.

„Das ... gibt's doch nicht", hörte er Lina neben sich murmeln.

„Wieso? Watt is'n?", meldete sich eine schnaufende Stimme hinter ihnen zu Wort.

Als Robert sich umsah, lugten vier Gesichter durch die Tür in den düsteren Bungalow.

„Da seid ihr ja endlich", stöhnte Lina.

„Was heißt hier ‚endlich'?", erwiderte Theo. „Diese Waldwege sind alles andere als rollstuhlgerecht."

„Genau", bestätigte Paula.

Scott nickte, und Helene ergänzte: „Und außadem war dit voll weit. Ick hab schon jedacht, ick latsch hier bis an mein seelijet Ende durch de Walachei."

Beim Anblick von Theo im Kreise seiner Freunde stahl sich ein Lächeln auf Roberts Gesicht. „Ich denke, wir haben es geschafft, Theo. Dank dir!"

„Wieso dank mir?"

„Du, Lina und deine Mutter – ihr habt mich am Leben gehalten in jener Nacht. Ohne euch würde ich jetzt irgendwo auf dem Grund der Ostsee liegen. Und du warst mein Schlüssel,

Theo. Mit deinem Namen habe ich dieses Versteck markiert. Dummerweise konnte ich mich siebzehn Jahre lang nicht daran erinnern."

„Und watt is da jetz drinne?", mischte sich Helene ein. „Ick kann ma nich vorstell'n, dass die Vabrechas die janze Zeit hinter 'nem ollen Sack herjewesen sind."

„Da hast du wohl recht", bestätigte Robert. „Wird Zeit, dass wir das Geheimnis lüften."

Gemeinsam mit Lina und Bastian trat er hinaus vor die Tür, wo in diesem Moment die Sonne aufging und die verdreckten Fassaden in ein rötliches Licht tauchte.

Behutsam öffnete Robert den Seesack. Er entdeckte einige Löcher im Stoff, die vermutlich von Mäusen stammten, aber die stabile Kunststofffolie schien unversehrt zu sein. Er zerschnitt sie und befreite die Papprolle von ihrer Hülle. In der Rolle befand sich bemaltes Leinen. Ein Bild? Mit spitzen Fingern zog er es heraus und rollte es auseinander. Zum Vorschein kam das Porträt eines jungen Mannes, der eine Kappe auf seinen langen braunen Haaren trug und mit den Augen etwas zu fixieren schien, das sich links von ihm befand.

„Äh, dit is allet?", fragte Helene ungläubig. „Wegen dem holden Knaben, der da inne Jejend rumschielt, wurden wa fast abjemurkst?"

„Tja", bemerkte Robert, „sieht ganz so aus."

„Ich vermute mal, das Gemälde ist ziemlich wertvoll", sagte Lina.

„Äh, Leute, ich hab da so eine Ahnung", meldete sich Theo zu Wort, während er eifrig auf seinem Smartphone herumtippte. Dann hielt er inne, und seine Augen wurden groß. „Oh, das ... ist ... krass!"

„Was ist?", fragte Paula.

„Nun spuck's schon aus!", forderte Lina ihn auf.

„Dieses Gemälde ist ein seit fast achtzig Jahren verschollenes Meisterwerk aus der Renaissance."

„Aha", kommentierte Helene wenig beeindruckt. „Ist dit die Jejend, wo die Kräuter herkomm, die man in 'nen Salat machen tut?"

„Du meinst die ‚Kräuter der Provence'. Nein, Lene, die Renaissance ist keine Gegend, sondern eine Epoche – also ein Zeitabschnitt in der Geschichte."

„Theo, hör sofort auf, den Lehrer zu spielen, und sag uns, was es mit dem Bild auf sich hat", unterbrach ihn Lina.

„Es heißt schlicht *Porträt eines jungen Mannes* und wurde vor fast fünfhundert Jahren von dem berühmten italienischen Maler Raffael angefertigt. Während des Zweiten Weltkriegs wurde es von der Gestapo gestohlen, und seit Kriegsende gilt es als verschollen."

Robert nickte. „Offenbar haben Kranzler und Knapp es gemeinsam mit anderen Bildern im Zuge der ‚Aktion Licht' in irgendeinem Banktresor gefunden und behalten. Erst Jahrzehnte später muss Knapp erkannt haben, was für einen Schatz sie dort entdeckt hatten. Aber Kranzler war nicht gewillt, diesen mit seinem ehemaligen Kompagnon zu teilen."

„Also ließ er das Bild stehlen und Kranzler ermorden", beendete Lina den Gedankengang. „Das ist krass."

„Wie viel mag das Gemälde wert sein?", fragte Bastian.

„Ich schätze mal, ein paar Millionen Euro", sagte Robert.

„Genauer gesagt, vierzig Millionen", warf Lina ein. „Ich habe gehört, wie die Entführer davon sprachen."

„Das ist korrekt", erklang plötzlich eine Stimme hinter ihnen.

Erschrocken fuhr Robert herum und starrte in das blasse Gesicht von Helmut Knapp. Dieser war aus dem Schatten eines Bungalows getreten und hielt eine Neun-Millimeter-Makarow in den Händen. Der Lauf zielte auf Roberts Stirn. „Vielleicht hätten wir dir beide Ohren abschneiden sollen und nicht nur ein Ohrläppchen."

„Leg die Waffe weg oder ich zerreiße das Bild", drohte Robert.

„Mach dich nicht lächerlich", erklang Detlef Josts Stimme von der anderen Seite her.

Robert schluckte. Sein Blick huschte zu Lina und Theo. Er war schuld, dass sie hier waren. Er hatte die beiden Menschen, die er doch um jeden Preis beschützen wollte, in diese Falle geführt. Und er gab sich keinen Illusionen hin: Knapp und Jost konnten sich keine Zeugen leisten. Sie würden sie töten – alle. Aber vielleicht, wenn er ein wenig Zeit gewinnen könnte, würden sie einen Fehler begehen ...

„Wie habt ihr uns gefunden?", fragte er deshalb.

„Du selbst hast uns den Weg gewiesen, alter Freund. Wie ein treuer Hund hast du uns immer wieder auf die richtige Fährte geführt."

Unwillkürlich wanderte Roberts Blick zu seiner Schulter.

Knapp grinste. „Ist der Groschen gefallen?"

Robert knirschte mit den Zähnen. Sie hatten ihm einen Tracker implantiert. Deshalb hatte er auch das Gefühl gehabt, es wäre zu leicht gewesen, ihnen zu entkommen – sie hatten gar nicht vorgehabt, ihn gefangen zu halten.

„Nu hört doch ma uff, mit die Knarren rumzufuchteln", meldete sich Helene zu Wort. „Ihr kricht ja dit Bild. Wir broochen dit nich. Ick find Posta sowieso hübscha."

Robert sah das gequälte Lächeln auf Theos Gesicht, und ihm wurde klar, dass sein Sohn die Situation richtig einschätzte. Doch das durfte nicht sein! Es durfte einfach nicht sein, dass seine Kinder durch seine Schuld ums Leben kamen.

„Ich schlage euch einen Deal vor", sagte er an Knapp und Jost gewandt, während er unauffällig einen Schritt rückwärts machte.

„Für wie blöd hältst du uns eigentlich?", knurrte Jost. „Noch einen Schritt weiter und die Dicke stirbt. Und dann machen wir weiter. Deine hübsche Tochter heben wir uns bis zum Schluss auf. Du wirst ihr beim Sterben zusehen, bevor du selbst dran bist."

Robert blieb stehen. In der Ferne bellte ein Hund, und er erschauerte. Dieses Bellen war es gewesen, das ihn kurz hatte innehalten lassen, bevor er den Bungalow betreten hatte. Zu diesem Zeitpunkt mussten ihre Verfolger in der Nähe des Forsthauses gewesen sein. Hätte er darauf geachtet, hätten sie vielleicht noch eine Chance gehabt. Doch nun war es zu spät.

Hoffnungslosigkeit überrollte ihn wie eine Welle schwärzester Düsternis.

Schüsse

Theo blickte in die Gesichter seiner Freunde. Todesangst stand in ihren Augen. Helenes sonst so rosiges Gesicht war aschfahl. Paula zitterte am ganzen Körper, und Scott stand da, als wäre er versteinert. Keiner von ihnen hatte etwas mit der Sache zu tun. Sie hatten ihm helfen wollen, einfach nur, weil Theo ihr Freund war, und nun würde sie diese Freundschaft das Leben kosten. Das durfte einfach nicht sein! *Bitte, Gott,* schickte Theo ein stummes Gebet gen Himmel, *bitte lass das nicht zu.*

Helmut Knapp zielte mit seiner Pistole auf Helenes Stirn.

„Nicht!", rief Theo und steuerte, ohne nachzudenken, mit seinem Rollstuhl auf den Mann zu. „Bitte lassen Sie meine Mitbewohner gehen! Sie wissen nichts und können Ihnen nicht gefährlich werden."

Knapp hob die Brauen, und Theo fuhr dichter an ihn heran. Die Bewegung des Mannes war so schnell, dass Theo keine Chance hatte zu reagieren. Der Lauf der Waffe traf ihn mit voller Wucht am Wangenknochen, die Haut platzte auf und sein Kopf wurde zurückgeschleudert. Theo hörte einen Halswirbel knacken, als er gegen die Kopfstütze prallte. Er hatte schon viele Beleidigungen und Diskriminierungen ertragen müssen, aber noch nie war er so brutal geschlagen worden. Für einen Moment sah er nur Schwärze und flimmernde Lichter. Dann blinzelte er und erkannte verschwommen die kalten blauen Augen des Mannes dicht vor sich.

Blut rann über Theos Gesicht und tropfte auf seine Hand. Für einen Moment verspürte er Erleichterung, als er feststellte, dass er seine Finger noch bewegen konnte, denn im ersten Moment hatte er befürchtet, der Schlag habe ihm das Genick gebrochen. Doch dann kam der Schmerz, und Theo stöhnte auf.

„Ich fürchte, ihr verkennt den Ernst der Lage“, sagte Knapp mit vollkommen emotionsloser Stimme. Seine Augen fixierten Robert. „Gib uns das Bild oder ich puste deinem schwachsinnigen Sohn das letzte bisschen Hirn aus dem Schädel.“

Aus dem Augenwinkel sah Theo, dass Lina wütend losstürmen wollte, doch Bastian hielt sie zurück.

„Lass es gut sein, Helmut“, sagte Robert. „Ihr habt gewonnen.“ Er hielt Detlef Jost das Gemälde hin.

Der breitschultrige Mann grinste.

Theo schloss die Augen. Er wusste, dass diese Gangster niemals Zeugen zurücklassen würden. Sein Herz wummerte. *Jesus?*, flüsterte er innerlich, *bist du da? Ich hätte jetzt echt nichts dagegen, wenn du dich irgendwie bemerkbar machen würdest.*

Er spürte die Pistolenmündung an seiner Stirn und hörte seinen eigenen keuchenden Atem. Dann krachte es. Ein harter Schlag traf ihn am Kopf.

Wo ist das Licht?, bahnte sich in seinem Inneren eine Frage durch den Nebel aus Schmerzen. *Und warum tut das alles so weh? Hört das nicht auf, wenn man tot ist?* Langsam öffnete Theo die Augen – und blickte in das schmerzverzerrte Gesicht von Helmut Knapp. Der Mann presste sich die linke Hand auf die rechte Schulter, zwischen den Fingern quoll Blut hervor. Die Pistole war zu Boden gefallen. Seine Augen glühten vor Zorn.

Verwirrt stellte Theo fest, dass irgendjemand auf Knapp geschossen hatte – etwa dessen eigener Kompagnon?

Knapp ließ seine Schulter los und beugte sich nach seiner Waffe.

Theo reagierte, ohne nachzudenken. Er rammte den Joystick seines Rollstuhls bis zum Anschlag nach vorn. Das Gefährt machte einen Satz vorwärts. Von 140 Kilogramm mit voller Wucht getroffen, ging Helmut Knapp zu Boden.

Im selben Moment krachte es erneut, diesmal jedoch deutlich lauter. Zwischen den beiden Schüssen waren nicht mehr als ein paar Sekunden vergangen.

Theo blickte sich um. Sein Vater kniete auf dem Boden und starrte auf seine Hände. Sie waren blutverschmiert. Das Gemälde war zu Boden gefallen.

Aus der Waffe von Detlef Jost stieg Rauch. Er bückte sich, um das Bild aufzuheben. Da krachte es erneut, und nur Millimeter von Josts Hand entfernt spritzte Erde auf.

Der Schuss war aus dem Wald gekommen. Da war noch jemand!

Jost fuhr herum und schoss auf den unsichtbaren Angreifer. Theos Vater nutzte den kurzen Moment der Ablenkung und stürzte sich auf ihn.

Indessen spürte Theo, wie etwas gegen sein Schienbein schlug. Helmut Knapp stemmte sich gegen den Rollstuhl. Theo gab Gas, aber im weichen Sand drehten die Räder durch. Hilflos musste er mitansehen, wie sich der Mann rasend vor Zorn unter dem Rollstuhl hervorwand und mit der unverletzten Linken nach seiner Waffe griff.

Theo wollte um Hilfe rufen, brachte aber kein Wort über die Lippen.

„Den mach ick platt!“, erklang auf einmal ein schnaufender Kampfruf von rechts. Helenes massiger Körper kam in Theos Sichtfeld. Sie drehte sich im Laufen um und ließ sich mit dem Hinterteil zuerst auf das Gesicht des Mannes plumpsen.

Knapps Finger krallten sich um die Waffe. Ein Schuss krachte. Die Kugel brachte den Plexiglastisch des Rollstuhls zum Bersten und zischte nur wenige Zentimeter an Theos Gesicht vorbei.

„Die Pistole!“, stieß Theo verzweifelt hervor.

„Jib dit Ding her, du alte Kackbratze!“, schnaufte Helene und versuchte, die Hand des Mannes zu packen.

Plötzlich kam Paula angeschossen. Sie stürzte sich auf Knapps Arm und biss ihm in die Hand. Der Mann gab einen gedämpften Schrei von sich, und die Waffe glitt ihm aus den Fingern.

„Scotti, schnell!“, rief Theo.

Sein hünenhafter Mitbewohner kam so vorsichtig näher, als würde ein hungriger Alligator auf ihn lauern. Dann bückte er sich, hob mit spitzen Fingern die Waffe auf und schleuderte sie ins Gebüsch. Ein Schuss löste sich, und die Kugel schlug in einem Baumstamm ein. Der Hüne hielt sich panisch die Ohren zu.

Hektisch blickte Theo sich um und stieß erleichtert die Luft aus. Bastian und Lina waren seinem Vater zu Hilfe geeilt.

Seine Schwester hielt Jost im Würgegriff. Dieser versuchte verzweifelt, sich zu befreien, doch Bastian saß rittlings auf ihm und fixierte mit den Beinen die Arme des Mannes.

Robert kniete etwas abseits und zog mit der rechten Hand die Waffe außer Reichweite, während er die linke auf eine Wunde knapp unterhalb des rechten Schlüsselbeins gepresst hielt.

Eine Gestalt löste sich aus dem Schatten der Bäume und kam rasch näher. Sie trug ein Gewehr unter dem Arm.

Mit offenem Mund starrte Theo den Näherkommenden an. „Petersen?“

Der Mann nickte ihm zu. „Gut reagiert, Junge.“

„Hast dir ganz schön Zeit gelassen“, ächzte Robert. Doch in seinen vorwurfsvollen Worten schwang eine unendliche Erleichterung mit.

„Ich gebe zu, ich bin etwas aus der Übung." Petersen zog einen Kabelbinder aus der Tasche und fixierte damit die Arme und Beine von Detlef Jost.

Sanft legte er Lina die Hand auf die Schulter. „Ich denke, du kannst ihn jetzt loslassen."

Nur widerstrebend lockerte Theos Schwester den Griff. Jost rang keuchend nach Atem. Dann wanderte Linas Blick zu ihrem Vater und sie eilte zu ihm hinüber. „Alles okay?"

Mit schiefem Grinsen reckte Robert den Daumen. „Alles bestens. Ich kann atmen, und keine große Arterie ist verletzt. Als ich mir mal den Hammer auf den Daumen geschlagen habe, war's schlimmer."

Lina schüttelte schnaufend den Kopf. Dann schlang sie die Arme um ihren Vater und drückte ihn fest an sich.

„Kannst du zurückfahren?", wandte sich Petersen an Theo.

„Klar." Theo setzte den Rollstuhl zurück, und Petersen fesselte Helmut Knapp. Dann half er Helene hoch, die ihr Opfer nur ungern aus der kehrseitigen Fixierung entließ.

Der ehemalige Stasioffizier sah ziemlich mitgenommen aus, als Petersen ihn zu seinem Kompagnon schleifte.

Lina und Bastian pressten Tücher auf Roberts Wunde.

Petersen zog Verbandszeug aus seiner Gürteltasche.

„Wie kommt es, dass Sie hier sind?", fragte Theo, der versuchte, die Ereignisse der letzten Minuten zu verarbeiten.

„Dein Vater hat mich angerufen."

„Du hast mir auf der Fahrt hierher einen Vortrag zum Thema Vertrauen gehalten", sagte Robert, „erinnerst du dich? Und ich habe beschlossen, es darauf ankommen zu lassen."

Theo erinnerte sich, dass sein Vater ungewöhnlich lange gebraucht hatte, um von der Toilette des Autobahnrestaurants zum Wagen zurückzukommen. Ein Lächeln legte sich auf seine Lippen. „Gut gemacht ... Papa."

„Danke, mein Sohn. Ich übe weiter, versprochen."

„Und watt machen wa jetze mit die Vabrechas?", erkundigte sich Helene.

„Die kommen in den Knast, ist doch klaro!", erwiderte Paula.

„Apropos, ick hab vielleicht 'n Knast! Ick könnt jetze echt 'n Schnitzel vatragen – mit Pommes rot-weiß."

Petersen blickte Helene mit großen Augen an.

Theo seufzte. „Können wir uns darauf einigen, dass ich erst mal Polizei und Krankenwagen rufe und dann den Lieferservice?"

„Klar!", erwiderte Helene großzügig. „Wenn de dir beeilen tust."

Emmentaler und Leberwurst

Der junge Arzt lachte und schüttelte den Kopf. „Nein, ganz sicher nicht.“ Er machte eine Notiz auf dem Klemmbrett und schob es in die Halterung am Fußende des Krankenbettes zurück.

„Aber mir geht es großartig, wirklich!“, versicherte Robert.

„Herr Marquardt, wir haben gerade in einer fünfstündigen Operation eine Neun-Millimeter-Kugel aus Ihnen herausgeschnitten, die Ihr Schlüsselbein touchiert, Teile Ihrer Lunge verletzt und sich dann in Ihr Schulterblatt gebohrt hatte. Wir mussten Ihnen drei Blutkonserven verpassen. Da diskutiere ich garantiert nicht mit Ihnen über Ihren Entlassungstermin.“

„Sie verstehen nicht: Ich kann hier nicht die ganze Zeit im Bett herumliegen, ich muss –“

„Sie müssen sich erholen!“, unterbrach ihn der Arzt. „Bleiben Sie im Bett, und klingeln Sie, wenn Sie etwas brauchen.“ Er ging zur Tür, drehte sich aber noch einmal um und fügte hinzu: „Und wehe, Sie versuchen, allein auf die Toilette zu gehen.“ Mit diesen Worten ging er hinaus und schloss die Tür hinter sich.

Robert schnaufte. Er würde sich von diesem ... Bürschchen mit Sicherheit nicht vorschreiben lassen, was er zu tun und zu lassen hatte. Als er sich auf die Ellenbogen stützte, um sich aufzurichten, musste er jedoch feststellen, dass diese simple Bewegung ein äußerst unangenehmes Ziehen in seinem Brustbereich zur Folge hatte.

„Verflixt", grummelte er und packte den Haltegriff des Bettgalgens. Ächzend zog er sich daran hoch. Schwindel ergriff ihn, und er musste einen Moment warten, bis das Flimmern vor seinen Augen wieder verschwunden war. Er kam sich vor wie ein steinalter Mann, als er seine Beine über die Bettkante gleiten ließ. Dass er dabei auf seine haarigen Oberschenkel blickte, weil er eines dieser peinlichen Krankenhaushemden trug, machte die Sache nicht besser.

Als er sich anschickte aufzustehen, wurde die Tür geöffnet. Aus den Augenwinkeln erkannte er einen Rollwagen mit dem typischen Krankenhausgeschirr. „Das würde ich schön bleiben lassen", sagte eine strenge Frauenstimme.

Robert zuckte zusammen und wandte sich so hastig um, dass ihn erneut der Schwindel packte. Eine schlanke Frau im blauen Krankenhauskittel schob den Wagen an sein Bett. Blinzelnd blickte er in ihr sommersprossiges Gesicht, sah die grünen Augen, die sanft geschwungene Nase und die braunen, von grauen Strähnen durchzogenen Locken, die sich aus ihrem Zopf gestohlen hatten. Die Lippen hatte sie fest zusammengepresst.

Robert spürte, wie sein Herz zu rasen begann. Seine Kehle fühlte sich mit einem Mal trocken an. Im ersten Moment brachte er kein Wort hervor, schließlich krächzte er: „M... Mechthild!"

Sie kam einen Schritt näher und blieb dann stehen. „Du solltest dich wieder hinlegen."

Robert starrte sie an. „Ich... Es tut mir so leid", stammelte er. „Ich wollte das alles nicht!" Er schüttelte den Kopf. „Ich kann mir gar nicht vorstellen, wie schlimm das alles für dich gewesen sein muss."

Mechthild schwieg. Ihre Hände zitterten, als sie den Deckel abnahm und den Teller mit zwei Scheiben Graubrot, Emmentaler Käse und Leberwurst auf den Nachttisch stellte.

„Du hast recht“, sagte sie leise. „Du hast keine Ahnung, was die Kinder und ich durchmachen mussten.“

Robert nickte stumm. Er hatte das Gefühl, etwas würde ihm die Kehle zuschnüren, und rechnete schon damit, dass sie sich abwenden und den Raum verlassen würde.

Stattdessen ließ sie sich behutsam auf der Bettkante nieder und fuhr fort: „Und ich habe keine Ahnung, was du durchmachen musstest.“ Sie hob die Hand und strich ihm ganz vorsichtig eine Haarsträhne aus der Stirn. „Du siehst müde aus.“

Er konnte nicht anders, als sie anzusehen. „Bist du wirklich ... echt?“, flüsterte er. Behutsam berührte er ihre Wange.

Sie lächelte.

Mit einem Mal verschwamm ihr Gesicht vor seinen Augen, und er spürte, wie ihm eine Träne die Wange hinabrollte.

Mechthild schluchzte auf, dann schlang sie die Arme um ihn und drückte ihn fest an sich. Ihre Wange berührte die seine. Die Wunde unter Roberts Schlüsselbein pochte, aber um nichts in der Welt würde er sich jetzt beschweren. Mechthild in den Armen zu halten, war das Wunderbarste, was ihm in den vergangenen siebzehn Jahren passiert war.

Robert konnte nicht sagen, wie lange sie einander in den Armen hielten und weinten. Er war erstaunt, wie viele Tränen ein Mensch haben konnte. Doch irgendwann waren sie versiegt.

Mechthild löste sich von ihm und schniefte. Eine letzte Träne perlte von ihren langen Wimpern, und ihre Wangen waren gerötet.

Robert schluckte. „Du siehst toll aus.“

Mechthild musste prustend loslachen. Sie wischte sich die Tränen aus dem Gesicht und ergriff die Serviette. „Na super, jetzt hast du meinen Schnodder an der Backe.“

„Ich liebe deinen Schnodder“, erwiderte Robert.

Mechthild schnäuzte in die Serviette. „Na, wenn das so ist, kannst du die hier gerne behalten."

Robert grinste, doch dann trat ein Funken Wehmut in seine Augen. „Wir haben so viel verpasst. Ich habe ungefähr tausend Fragen, die ich dir stellen muss."

„Ich hätte da auch noch die eine oder andere Frage", erwiderte Mechthild und erhob sich. „Aber jetzt muss ich erst mal meinen Frühdienst schaffen. Ich bin heute allein mit der FSJlerin." Sie ging zur Tür. „Wir sehen uns, wenn ich Feierabend habe."

„Ja", flüsterte Robert und sah ihr noch nach, als die Tür bereits ins Schloss gefallen war. „Wir sehen uns."

Das Schweigen und der Riecher

„Danke." Lina umklammerte Bastians Hand. „Danke, dass du mich begleitest."

„Danke, dass du mir vertraust." Bastian lächelte, sah allerdings ein wenig müde aus.

„Ist wohl nicht so ganz deine Zeit, was?", merkte Lina an.

„Ich bin topfit", widersprach Bastian und gähnte.

„Verstehe."

„Gestern Abend konnte Samira endlich ins Kirchenasyl umziehen. Wir haben dann noch sehr lange mit der Pastorin gesprochen. Es ist ein bisschen spät geworden."

„Und, bist du enttäuscht?", hakte Lina im Plauderton nach.

„Nein. Es war ein gutes Gespräch. Die Gemeinde ist sehr engagiert."

Lina verdrehte die Augen. „Ich meine, ob du enttäuscht bist, dass Samira nicht mehr bei dir wohnt."

„Wieso sollte ich –" Bastian hielt inne, schaute sie prüfend an und lächelte. „Du bist eifersüchtig."

„Quatsch!"

„Das finde ich echt süß."

„Jetzt reicht's aber! Ich bin überhaupt nicht eifersüchtig."

Bastian führte ihre Hand an seine Lippen und drückte einen Kuss darauf.

Lina schnaufte, konnte ein winziges Schmunzeln aber nicht unterdrücken. Bastian hatte sie durchschaut – und erstaunlicherweise störte es sie nur ein klitzekleines bisschen.

Sie bogen in die Friedrichstraße ab, und Linas Lächeln erlosch. Ihr Herz begann, schneller zu schlagen, als ihr Polizeiabschnitt in Sicht kam. Unwillkürlich verlangsamte sie ihre Schritte.

Bastian drückte ihre Hand. „Du hast genau das Richtige getan, Lina."

„Ja." Sie versuchte zu lächeln – mit mäßigem Erfolg. Das Richtige getan zu haben, machte die Sache nicht unbedingt leichter.

Etwa zwanzig Meter vom Eingang entfernt blieb Lina stehen.

„Soll ich mit reinkommen?", fragte Bastian.

„Untersteh dich", knurrte Lina.

„Diejenigen, auf die es ankommt, werden zu dir stehen."

Lina lächelte schmallippig. „Wir werden sehen."

„Lina, ich –"

„Pst!" Sie legte ihm den Finger auf den Mund. Dann zog sie ihn zu sich heran und küsste ihn. „Danke, dass du da bist", flüsterte sie. Dann wandte sie sich ab und ging entschlossen auf den Eingang zu. „Wir sehen uns später", rief sie, ohne sich umzusehen.

„Ja", erwiderte Bastian ein wenig atemlos.

Lina betrat das Gebäude und nickte dem Kollegen am Empfang kurz zu. Er sah sie stumm an, ohne ihr Nicken zu erwidern. Lina wurde übel, aber sie widerstand dem Drang, die Damentoilette aufzusuchen. Sie würde nicht fliehen, sie würde nicht ausweichen, das hatte sie sich geschworen.

Drei Kollegen traten plaudernd aus der Umkleide. Ihr Gespräch verstummte, als sie Lina sahen. Ihre Mienen wurden ausdruckslos, aber Lina glaubte, in ihren Augen einen stummen Vorwurf zu sehen. *Wie konntest du nur?*, schienen ihre Blicke zu sagen. *Wie konntest du nur?*

Lina hob das Kinn. „Guten Morgen."

Schweigen. Erst als sie an der Gruppe vorübergegangen war, brummte einer der drei ihr ein „Morgen" hinterher.

Aus ihrem Büro drang Gelächter. Lina trat ein.

Ben lehnte grinsend am Schreibtisch, eine junge Kollegin stand neben ihm, eine ältere hatte die Hand auf seine Schulter gelegt und sagte irgendetwas. Das Grinsen auf Bens Gesicht erlosch. Seine Augen verengten sich, aber er sagte nichts. Die beiden Frauen drehten sich zu Lina um. Ihre Blicke sprachen eine deutliche Sprache.

Lina wollte „Guten Morgen" sagen, brachte aber kein Wort heraus.

Alle drei wandten die Blicke wieder ab. „Also, dann bleibt es dabei", sagte die Jüngere, „nach Feierabend im Bella Italia."

Ben grinste. „Super, ich freu mich."

Lina spürte, wie ihr Magensäure in die Speiseröhre stieg. Sie wandte sich rasch ab und schluckte.

Dankbar registrierte sie die Aufforderung eines Kollegen, in den Besprechungsraum zu kommen. Als sie allerdings bemerkte, dass sich der ganze Abschnitt dort versammelt hatte, wäre sie am liebsten wieder umgekehrt. Doch sie biss die Zähne zusammen und hielt den stummen Blicken der anderen trotzig stand.

Einen Kollegen wegen versuchter Vergewaltigung anzuzeigen, war nicht leicht. Wenn dieser Mann aber selbst bei der Polizei arbeitete, für seinen Humor bekannt und äußerst beliebt war, dann konnte man sich gleich ein Schild um den Hals hängen, auf dem stand: *Ich bin eine egoistische Schlampe, die kein Problem damit hat, sich erst an einen Kollegen ranzumachen, um ihn dann zu verleumden und grundlos in den Dreck zu ziehen.*

Lina hatte geahnt, dass es schwer werden würde. Aber wie schlimm es wirklich war, registrierte sie erst jetzt. Ben war hervorragend vernetzt, und er hatte die Zeit, während Lina krankgeschrieben gewesen war, offenbar gut genutzt. Ihrer Anzeige wurde nachgegangen – natürlich. Man hatte Ermittlungen aufgenommen. Aber es gab keine Zeugen, und somit stand Aussage gegen Aussage.

Lina hatte von Anfang an gewusst, dass ihre Chancen nicht gut standen. Aber ihr Gerechtigkeitssinn hatte nicht zugelassen, dass dieses Verbrechen ungenannt geblieben war. Wenn diese ganze Tortur Ben davon abhalten würde, einer anderen Frau das Gleiche anzutun, hatte es sich schon gelohnt, ermutigte sie sich selbst.

Hubertus Siebenhaar betrat den Raum und verkündete, dass ihm die Leitung der Dienststelle übertragen worden sei. Ein Chor von Glückwünschen erscholl, den Siebenhaar mit einem gequälten Lächeln quittierte. Er stand kurz vor der Pensionierung und hatte bislang kein Hehl daraus gemacht, dass er auf diese Ehre gern verzichtet hätte. Im Anschluss wurden kurz einige Fälle angesprochen und Aufgaben verteilt. Ben sollte sich mit einem männlichen Kollegen einem Raubüberfall auf eine Spielhalle widmen. Linas Name wurde nicht genannt.

Plötzlich näherten sich vom Flur her polternde Schritte, und im Türspalt erschien das gerötete Gesicht von Kriminalhauptkommissar Seidel. Sein Blick huschte suchend durch den Raum und blieb an Lina hängen. „Wo bleiben Sie denn?“, bellte er.

„Was?“, stammelte Lina verdutzt.

Seidel trat ein. „Lesen Sie Ihre E-Mails nicht?“

„Äh, tut mir leid, ich bin heute den ersten Tag wieder da und hatte noch keine Zeit –“

„Schon gut, schon gut.“ Er winkte ab. „Haben Sie es schon bekannt gegeben?“, wandte er sich an Siebenhaar.

„Wieso bekannt gegeben?" Siebenhaar kratzte sich an der spärlichen Frisur. „Ich dachte, wir klären das nachher im Büro."

Seidel schüttelte verständnislos den Kopf. „Sie können ruhig ein bisschen mehr prahlen. Verehrte Kollegen", wandte er sich an die versammelte Mannschaft, „ich gratuliere! Eine Kollegin aus Ihren Reihen hat durch hervorragende Arbeit und Hartnäckigkeit einen Jahrzehnte zurückliegenden Mord aufgeklärt und darüber hinaus die Täter des bandenmäßigen Diebstahls, der Erpressung und des Totschlags überführt. Sie hat dabei großen Mut bewiesen, nicht zuletzt, weil sie den Fall entgegen meiner ausdrücklichen Anweisung verfolgte. So jemanden können wir uns bei der Mordkommission nicht entgehen lassen." Er sah Lina an und lächelte. „Herzlich willkommen in meinem Team, Frau Marquardt."

Lina starrte ihn mit großen Augen an.

Seidels Lächeln wurde breiter, dann wandte er sich wieder an das verdutzte Kollegium. „Ich denke, jetzt ist der richtige Zeitpunkt, um Frau Marquardt zu applaudieren."

Einige Kollegen fingen an zu klatschen, weitere fielen ein.

Der Hauptkommissar suchte die Menge ab. Sein Blick blieb an Ben hängen, der ein- oder zweimal emotionslos in die Hände klatschte. Seidel ging auf ihn zu, bis er dicht vor ihm stand – unangenehm dicht, wie Lina an Bens Gesichtsausdruck ablesen konnte.

„Sie sind der … Partner von Frau Marquardt?"

„Das war ich … bedauerlicherweise." Ben hielt dem Blick des Mannes trotzig stand.

Seidel sagte nichts. Er starrte sein Gegenüber einfach nur an. Bens Wangen röteten sich.

Der Hauptkommissar nickte langsam. „Bedauerlicherweise … in der Tat", sagte er. Dann wandte er sich abrupt ab. „Kommen Sie, Frau Kollegin. Wir haben viel zu tun."

Lina folgte ihm. Ihr Herz wurde leicht, als sie auf den Flur hinaustraten. „Danke!“, sagte sie.

„Danken Sie mir lieber nicht. Die letzten beiden Kollegen, die mit mir zusammengearbeitet haben, erholen sich noch immer von ihren Burn-outs.“

„Danke, dass Sie zu mir stehen!“, präzisierte Lina, als er ihr die Tür aufhielt.

„Da gibt es nichts zu danken. Ich spüre einfach, wenn jemand die Wahrheit sagt.“ Er tippte sich an die Nase. „Dafür habe ich einen guten Riecher. Leider wird das vor Gericht nicht reichen. Aber das war Ihnen von Anfang an klar, nehme ich an.“

„Es musste trotzdem sein.“

Seidel nickte. Gemeinsam traten sie hinaus in die Friedrichstraße. „Und jetzt genug geplaudert. Wir haben eine Leiche im Tiergarten.“

„Verstehe.“

„Sind Sie bereit für die Details?“

„Jederzeit“, erwiderte Lina.

„Gut“, er blieb neben einem verbeulten Audi stehen, „dann steigen Sie ein. Ich erzähle Ihnen unterwegs, was wir wissen.“

Abendschau

Theo betrachtete nachdenklich das Foto auf seinem Smartphone. Es zeigte Mike und ihn, wie sie lachend am Tisch saßen, während Scott ihnen unter Helenes argwöhnischem Blick einen Teller mit Grillwürstchen reichte.

Er seufzte. Wegen der Gier einiger ehemaliger Stasimitarbeiter hatte sein Freund sterben müssen – und wegen einer tragischen Verwechslung.

Die Tür wurde aufgerissen, und Paula steckte den Kopf herein. „Kommst du?“, fragte sie aufgeregt.

„Ja, gleich.“

Die junge Frau verschwand wieder.

Theo wandte den Blick erneut auf sein Handy. Bald würde ein neuer Mitbewohner bei ihnen einziehen. Martha hatte für nächste Woche ein Probewohnen angekündigt. Das Leben ging einfach weiter. Manchmal war das ganz schön brutal und desillusionierend. Aber manchmal gab es auch Grund zur Hoffnung. Er scrollte zum nächsten Bild – ein Selfie aus dem Krankenhaus. Mama in ihrer Schwesternkluft saß auf Papas Krankenbett. Beide lächelten mit rot umränderten Augen in die Kamera und sahen müde aus – müde, aber nicht unglücklich. Siebzehn Jahre waren sie getrennt gewesen. Sie hatten ihr Leben ohne den jeweils anderen geführt und waren nicht mehr dieselben Menschen, die damals jung und voller Hoffnung geheiratet hatten. Es würde nicht einfach werden. Aber Theo war guter Dinge, dass sie einen gemeinsamen Weg finden würden.

Erneut wurde die Tür aufgerissen. Diesmal stand Helene im Türrahmen, eine riesige Schüssel mit Popcorn in den Händen. „Watt is'n mit dir los? Biste einjepennt oder watt? Die Show fängt gleich an. Der Basti is ooch schon da."

„Schon gut, ich komme ja." Theo folgte seiner Mitbewohnerin und lenkte den Rollstuhl ins Wohnzimmer.

Helene quetschte sich zwischen Paula und Scott aufs Sofa, ohne die Schüssel aus den Händen zu geben.

Bastian hatte es sich im Sessel bequem gemacht. Hinter ihm stand Keno und wippte rhythmisch vor und zurück.

„Wo ist denn Lina?", fragte Theo überrascht.

„Unterwegs. Ihr neuer Fall hält sie ganz schön auf Trab", erwiderte Bastian.

Theo nickte. Dass Bastian über Linas Verbleib besser Bescheid wusste als er, wertete er als gutes Zeichen. Die beiden passten hervorragend zusammen. Das hatte er von Anfang an gewusst.

„Will jemand Cola?", fragte Sarah. Die junge Pflegerin mit den blau gefärbten Haaren gehörte mittlerweile fest zum Betreuerteam der WG – ein Umstand, den Theo sehr begrüßte, zumal sie ihm dankenswerterweise die peinliche Situation mit der Heimaufsicht verziehen hatte, in die Theo sie hineinmanövriert hatte.

„Aba imma!", meldete sich Helene mit leuchtenden Augen zu Wort.

„Pst, es geht los!", schimpfte Paula und stellte den Fernseher lauter.

„Hallo und willkommen zur Abendschau. Nachdem es um den mit neun Jahren Verspätung eröffneten Berliner Flughafen lange Zeit ruhig war, ist der BER nun wieder in aller Munde."

„Hä?", beschwerte sich Paula. „Wieso reden die nicht über uns?"

„Also ick hab Popcorn inne Schnute und nich den BER!“, brummte Helene.

„Vielleicht haben sie den Sendetermin verschoben?“, mutmaßte Sarah.

„Tim hat ein rotes Auto“, bemerkte Keno.

„Mann, Keno! Das interessiert jetzt echt keinen!“, maulte Paula.

Scott kippte sich ein Glas Cola hinter die Binde und rülpste herzhaft.

Helene kicherte. „Dit wollt ick ooch grad sajen.“

„Scott, mach wenigstens den Mund zu!“, mahnte Sarah.

„Geduld, Leute“, sagte Theo. „Bestimmt kommen wir auch noch dran.“

Vor einigen Tagen hatte ihnen ein Reporterteam der Berliner Abendschau einen Besuch abgestattet. Ganze sechseinhalb Stunden waren sie gefilmt und interviewt worden. Am Abend war Theo völlig erledigt gewesen.

„Pst!“, meldete sich Bastian zu Wort. „Es geht los!“

„Watt?“, fragte Helene.

„Es geht lo-hos!“, schimpfte Paula.

„Ach ja, da is ja der holde Knabe“, bemerkte Helene, als das Gemälde eingeblendet wurde.

„Pssst!“, fauchte Paula.

„Über achtzig Jahre lang galt das berühmte *Porträt eines jungen Mannes* des Renaissance-Malers Raffael als verschollen. Nun ist es wieder aufgetaucht. Hintergrund ist die Aufklärung eines spektakulären Kriminalfalls, der in Zusammenhang mit einer Geheimaktion der Stasi steht.“ Die Kamera fuhr zurück und zeigte einen graubärtigen Mann mit Bauchansatz und schütterem Haar.

„Hä? Wieso spricht der jetzt mit dem Opa?“, beschwerte sich Paula.

„Professor Doktor Waldemar Heidenreich ist Historiker und beschäftigt sich seit Jahren mit der sogenannten ‚Aktion Licht', einem spektakulären Raubzug, der im Jahr 1962 durch den Minister für Staatssicherheit, Erich Mielke, persönlich angeordnet wurde."

„Wattn nu? Quatscht der jetze die janze Zeit mit dem Typen oder watt?", fragte Helene ungläubig. „Die Flitzpiepe war doch jarnich dabei, als wa die Vabrechas awischt ham."

„Genau!", rief Paula empört.

Scott nickte und griff in die Popcornschüssel seiner Nachbarin. Der dreiste Diebstahl blieb allerdings nicht unbemerkt.

„Pfoten weg!" Helene schlug ihm auf die Pranke. „Dit sind meene. Kannst dir selba welche machen."

„Aua", brummte Scott.

„Manno, jetzt sei nicht so geizig!", schimpfte Paula. „Immer denkst du nur an dich."

„Ick denk übahaupt nich. Ick hab Hunga!"

„Tim hat ein rotes Auto!", warf Keno in die Diskussion ein.

„Pst, Leute, ich versteh nichts mehr!", mahnte Sarah.

„Na und?", maulte Paula. „Der Fuzzi interessiert sowieso niemanden. *Wir* haben den Fall gelöst und nicht der."

„Jetzt seid doch mal ruhig!", meldete sich Theo zu Wort.

„Ick bin ruhich", knurrte Helene, „die andan quatschen hier die janze Zeit." Mit einem finsteren Blick Richtung Scott fügte sie hinzu: „Und klaun mir meene Übalebensration."

„Da bin ich, da bin ich!", rief Paula plötzlich. „Und da ist Scotti!"

„Pst!", machten Bastian, Sarah und Theo unisono.

„Die Bewohner einer WG für Menschen mit Behinderung waren vor Ort, als sich der spektakuläre Fund ereignete."

„Dit sind wia! Die quatschen üba uns!"

Nach einem Schwenk durch die WG-Küche zoomte die

Kamera auf Paula, die mit ernster Miene verkündete: „Das war eingerollt unterm Fußboden von so 'nem alten Haus."

„Das Gemälde?", fragte der Reporter.

„Nee, das Bild."

Die Kamera schwenkte auf Helene, die hinzufügte: „Und dann sind da plötzlich die zwee Typen ausm Jebüsch jehüpft und ham mit ihre Knarren rumjefuchtelt."

„Sie wurden mit Waffen bedroht?"

„Ja, von die zwee alten Knacka vonne Stasi."

Der Reporter wandte sich an Scott. „Sie waren auch dabei?"

Der Hüne nickte ernst.

„Was empfindet man in solch einer potenziell lebensbedrohlichen Situation?"

Scott blähte die Wangen und schaute nachdenklich in die Kamera.

„Äh, ich verstehe", sagte der Mann mit zerknittertem Lächeln. Das Kamerabild wanderte weiter zu Theo.

„Wie konnten Sie sich aus der Situation befreien?", fragte der Reporter.

Für einen kurzen Moment war Theo zu sehen.

„Na, dann hat doch der andere Typ geschossen!", meldete sich Paula zu Wort. Die Kamera schwenkte hastig zurück.

„Jenau!", mischte sich Helene ein. „Und dann hat Theo den anderen mitm Rollstuhl umjenietet, und die Lina, watt dem Theo seine Schwesta is, is dem Vabrecha mit son Judotrick anne Jurgel jejang."

„DER TAUCHER!", erklang ein Schrei im Hintergrund.

Das Kamerabild fing nun wieder das Gesicht des Reporters ein. „Es waren ohne Zweifel dramatische Ereignisse, die schließlich zur Verhaftung der beiden Haupttäter führten."

„Dit warn doch keene Aeignisse, dit warn wir!", korrigierte Helene.

„DER TAUCHER!!!", dröhnte es erneut aus Kenos Zimmer.

Wenn man genau hinsah, konnte man eine Schweißperle über die Stirn des Reporters rinnen sehen, als dieser fortfuhr: „Nicht unerwähnt bleiben sollte, dass eine junge Polizistin und ein ehemaliger Stasimitarbeiter erheblich zur Lösung des Falls beigetragen haben. Beide wurden verletzt, befinden sich aber auf dem Weg der Besserung. Und damit zurück ins Studio."

Theo warf einen Blick in die enttäuschten Gesichter seiner Mitbewohner.

„Hä?", beschwerte sich Paula.

„Wattn? Dit wars schon? Für die paar Sekunden ham die hier stundenlang jefilmt?"

Entrüstet schüttelte Paula den Kopf. „Die haben ja nicht mal gesagt, dass ich Schauspielerin bin!"

„Pst!", zischte Sarah. „Ich will hören, was die sonst noch sagen ..."

„... bis zur Klärung der Eigentumsverhältnisse wird das Gemälde in der Alten Nationalgalerie in Berlin ausgestellt. Und nun die Nachrichten ..."

„Und Ende Jelände", verkündete Helene, während sie beherzt in die Popcornschale griff.

Sarah schaltete den Fernseher aus. „Sieht ganz danach aus." Nachdenklich runzelte sie die Stirn. „Sagt mal, müsstet ihr nicht eigentlich einen Finderlohn bekommen?"

Theo schüttelte den Kopf. „Nicht, solange die Eigentumsverhältnisse nicht geklärt sind. Und das kann dauern."

Sarah nickte und spielte nachdenklich mit einer Haarsträhne. „Irgendwie habe ich den Eindruck, es kommt nicht so ganz rüber, was ihr geleistet habt."

„Na, weil die Leute einfach keenen Schimmer ham, watt wir so druffham."

„Das glaube ich auch."

„Es war ja auch ziemlich kompliziert“, warf Theo ein. „Wahrscheinlich müsste man ein ganzes Buch schreiben, um die Ereignisse korrekt wiederzugeben.“

„Oder zwei!“, warf Paula ein und nickte bedeutsam.

„Oder zwei“, bestätigte Theo schmunzelnd.

„Na dann“, sagte Helene und griff in die Popcornschüssel, „weeste ja nun, watt de zu tun hast.“

Danksagung

Wenn ich vor einer leeren Seite sitze, beschleicht mich manchmal ein leichtes Gefühl von Panik, und die konstruktivste aller Fragen, *Was wäre, wenn …?*, verkehrt sich ins Gegenteil. *Was wäre, wenn mir einfach nichts mehr einfallen würde?*, schießt es mir dann durch den Kopf. *Was wäre, wenn die Figuren in meiner Geschichte immer mehr verblassen und die Handlungen immer belangloser würden? Was wäre, wenn diese Seite trotz aller Buchstaben, mit denen ich sie fülle, inhaltlich leer bleiben würde?*

In solchen Zeiten danke ich dem Erfinder der Kreativität, dessen Quellen zuweilen an den ungewöhnlichsten Orten zu sprudeln beginnen. Und ich danke ihm, dass er mir dich, Anne, zur Seite gestellt hat. Du bist meine Rettung. Zum einen, weil es für dich nicht entscheidend ist, ob ich schreibe oder nicht. Und zum anderen, weil du auch dann Vertrauen in mich hast, wenn mir mein Selbstvertrauen zwischenzeitlich abhandenkommt. Danke dafür!

Matthes und Malte, wir haben zusammen viele Monate Homeschooling, Fußballspielen im Wohnzimmer, gemeinsames Bücherlesen und peinliche Spaziergänge überlebt – was kann uns jetzt noch aufhalten?

Tina, du bist und bleibst meine allerliebste Kollegin. Danke für all die Wertschätzung, deine stets konstruktive Kritik und dein Mitfiebern bei jedem Projekt.

Liebe Ma, du hast alle meine Manuskripte gelesen, und anschließend waren stets etliche Kommata an Stellen, an denen ich ursprünglich keine vermutete. Vielen Dank für deine treue Unterstützung.

Lieber Reiner, Franken ist für uns – und vor allem für deine Enkel – ein zweites Zuhause geworden. Und das hat ganz viel mit dir zu tun. Vielen Dank dafür!

Danke, Johannes, für deine großartige Unterstützung. Es ist der natürliche Instinkt eines Verlags, an Bewährtem festzuhalten, erst recht in wirtschaftlich herausfordernden Zeiten wie diesen. Umso mehr weiß ich es zu schätzen, dass du dich immer wieder auf meine Ideen einlässt, auch wenn sie hier und da schon mal die Einführung eines neuen Genres erforderlich machen.

Liebe Caro, es war mir ein Vergnügen, mit dir zusammenzuarbeiten. Und watt dit Balinan betrifft, haste inzwischen echt watt druff – Glückwunsch och von meene Seite aus.

Ich möchte nicht versäumen, mich an dieser Stelle auch bei all den großartigen Menschen zu bedanken, die mich zum Schreiben dieses Romans inspiriert haben. Es gibt viele Theos, Helenes, Paulas, Scottis und Kenos auf der Welt, und ich beglückwünsche jeden, der die Chance ergreift, sie kennenzulernen.

Zu guter Letzt geht mein Dank an alle Leserinnen und Leser, mit denen ich meine Geschichten teilen darf. Es ist mir eine große Freude, ein Stück des Weges gemeinsam mit euch zu gehen.

FSC
www.fsc.org
MIX
Papier aus verantwortungsvollen Quellen
FSC® C014496

1. Auflage 2021
Bestell-Nr. 817778
ISBN 978-3-95734-778-7

Umschlaggestaltung: Grafikbüro Sonnhüter,
www.grafikbuero-sonnhueter.de, unter Verwendung von Shutterstock
Lektorat: Carolin Kilian
Satz: Uhl + Masspust, Aalen
Druck und Verarbeitung: GGP Media GmbH, Pößneck
Printed in Germany

www.gerth.de